Die Elfenbeinprinzessin

Feuer der Leidenschaft – große Liebesromane

Sandra Marton, **Nur mit deiner Liebe** (TB 27700)

Delia Parr, **Die Elfenbeinprinzessin** (TB 27701)

Elizabeth Graham, **Rivalinnen des Glücks** (TB 27702)

Alexa Smart, **Tausend Küsse im Paradies** (TB 27703)

Elizabeth Graham, **Vergib mir meine Liebe** (TB 27704)

Delia Parr, **Gefangene des Herzens** (TB 27705)

Dorothy Garlock, **Schöner, wilder Mann** (TB 27706)

Dorothy Garlock, **Geheime Passionen** (TB 27707)

Constance O'Banyon, **Die Flammen der Liebe** (TB 27708)

Susan Wiggs, **Wild wie deine Träume** (TB 27709)

Delia Parr

Die Elfenbeinprinzessin

Roman

Aus dem Amerikanischen von Wolfgang Thon

Econ & List Taschenbuch Verlag

Veröffentlicht im Econ & List Taschenbuch Verlag
Der Econ & List Taschenbuch Verlag
ist ein Unternehmen der Econ & List Verlagsgesellschaft, München
Deutsche Erstausgabe
2. Auflage 1998
© 1998 by Econ Verlag München – Düsseldorf GmbH
© 1997 by Mary Lechleidner
First published by St. Martin's Press
Titel des amerikanischen Originals: The Ivory Duchess
Aus dem Amerikanischen übersetzt von: Wolfgang Thon
Umschlagkonzept: Büro Meyer & Schmidt, München – Jorge Schmidt
Umschlagrealisation: Init GmbH, Bielefeld
Titelabbildung: Thomas Schlück, Garbsen
Lektorat: Esther Hansen
Gesetzt aus der Cochin, Linotype
Satz: Josefine Urban – KompetenzCenter, Düsseldorf
Druck und Bindearbeiten: Ebner Ulm
Printed in Germany
ISBN 3-612-27701-4

Meinen Schwestern
Patricia, Susan, Carol und Joanne,
und meinem Bruder John,
vor allem aber unserer Schwester
Kate,
einem der wundervollen Engel Gottes,
die über uns alle wacht.

Prolog

1850
London

Nach Kates Dafürhalten war dieses Instrument, verborgen in seinem Mahagonigehäuse, das genialste Folterinstrument, das jemals ersonnen worden war.

Sie saß kerzengerade unter dem drohenden Schatten ihres Vormunds, der hinter ihr stand, und setzte ihre Übungen auf dem Flügel fort. Mittlerweile spielte sie schon sechs grausame Stunden lang. Ihre Muskeln in Hals und Rücken schmerzten, und ihre Arme und Beine wurden allmählich taub. Stiche wie von tausend Nadeln pulsierten in ihren Fingern, und dennoch machte sie weiter, stand zu ihrem Entschluß, die Torturen schweigend zu ertragen ... bis sie am Ende des Tages aufhören würden. Doch nur, damit ein neuer Tag mit neuen Qualen beginnen konnte, während sie sich auf ihr überall angekündigtes Debüt als die Elfenbeinprinzessin auf den Bühnen von London vorbereitete.

Sie war immer noch von der langen, fast ein Jahr dauernden Tournee über den Kontinent erschöpft und mußte die Tränen zurückhalten, während ihre Hände sich wie von selbst über die Tasten bewegten. Die elfenbeinfarbenen und schwarzen Tasten verschwammen hinter einem grauen Schleier vor ihren Augen, und ihr Herz war schwer vor Kälte und Elend.

Sie bemühte sich, Erlösung in dem mystischen Reich ihrer Lieblingssonate zu finden, und begann den ersten Satz aus Beethovens Sonate für Hammerklavier Nummer neunundzwanzig. Doch statt ihr Trost und Frieden zu gewähren, löste die reine und lyrische Melodie eine Sturmflut an Widerwillen gegen das Pianoforte aus.

Der Konzertflügel.

Er hatte sie verführt, sie in eine Welt der Schönheit und des Entzückens gelockt, doch nur, um sie anschließend zu betrügen, das Geschenk ihrer natürlichen Begabung in einen Fluch zu verwandeln, der jetzt auf jedem einzelnen Tag ihres Lebens lastete. Jeder Vorstellung ging die Furcht voraus, die Scham, die von dem Geheimnis und dem Skandal ausgelöst wurden, die ihre Person umgaben, ein Geheimnis, das sie zu einem Leben ohne Wahrheit und Ehre verdammte, obwohl das aufwendige Kostüm aus Schleiern, das durch eine Kameebrosche zusammengehalten wurde, ihr Gesicht und ihren Körper vor den Zuhörern verbarg.

Ein eiserner Ring legte sich um ihre Brust. War die Liebe zur Musik, die aus ihrem tiefsten Inneren in die Tasten strömte, ebenfalls zerstört worden?

Sie war so in ihre Gedanken vertieft, daß ihre Finger bei einigen schwierigen Akkorden ins Straucheln gerieten. Dissonanzen erklangen, und sie stockte, als Panik ihre Finger ergriff.

»Halt!«

Kate zuckte zusammen und hielt ihre Hände unbeweglich über den Tasten. Ihr Herz hämmerte in ihrer Brust, und sie schnappte vor Angst nach Luft, während sich eine unheilvolle Stille im Raum ausbreitete.

Ihr Vormund Simon schlug heftig mit der Faust auf das Klavier. Seine Augen sprühten vor Verachtung, als er sich zu ihr herunterbeugte. Er war beeindruckend, ein großer, gutaussehender Mann, und hatte sie mit seiner strengen und gebieterischen Manier stets einschüchtern können. Nachdem er letztes Jahr ihre erste Konzerttournee arrangiert hatte, waren ihre Übungsstunden durch sein explosives Temperament zu einem wahren Alptraum geworden.

Instinktiv nahm Kate eine unterwürfige Haltung an. Sie senkte den Kopf und legte die Hände in den Schoß. Gleichzeitig unterdrückte sie das drängende Bedürfnis, sie zu massieren, um wieder etwas Gefühl in die Finger zu bekommen, oder ihm eine Entschuldigung für ihre Unkonzentriertheit zu liefern. Statt dessen wappnete sie sich gegen den bevorstehenden Wutanfall.

Simon legte ihr den Finger unter das Kinn und hob ihren Kopf an, damit sie ihm in die Augen sehen mußte. »Fang noch mal von vorn an!« knurrte er.

Kate schluckte den Kloß im Hals herunter und nickte, während ihr eine Träne über die Wange lief.

»Und hau nicht so auf die Tasten! Laß etwas mehr Finesse walten! Die Londoner Bühne wartet auf dich! London! Oder sollen sie glauben, daß die Elfenbeinprinzessin nur Talent zwischen den Laken besitzt?«

Er schnalzte verächtlich mit der Zunge und ließ Kate los. Ihre Wangen glühten vor Scham, und sie zuckte zusammen, als hinter ihr Taftröcke raschelten und ihren hämmernden Herzschlag übertönten.

Simons Gattin Helen stand von dem Sessel am Fenster auf und kam heran. Sie hatte eine Schüssel mit gesüßten Pflaumen in der Hand. Sie war schlank, wie es der Mode entsprach, und hatte faszinierend rote Haare. Jetzt trat sie rasch an die Seite ihres Gatten und tätschelte seinen Arm. Die Schüssel stellte sie auf das Klavier und blickte Kate stirnrunzelnd an. »Sitz gerade!« befahl sie. »Und wisch dir die Tränen weg!«

»Entschuldigt«, flüsterte Kate. Warum mischte Helen sich ein, statt ihre gewohnt gleichgültige Haltung zu zeigen? Kate straffte die Schultern, wischte sich mit zitternden Fingern die Wangen trocken und holte tief Luft. Ihr saß immer noch ein Kloß im Hals, und sie war einfach zu erschöpft, um sich Gedanken darüber zu machen, wie viel länger alles dauern würde, wenn sie um eine kurze Pause bat. »Darf ich ... darf ich vielleicht etwas ausruhen? Nur ein kleines bißchen ...?«

»Ausruhen? Nachdem du dir die schlimmsten Schnitzer erlaubt hast, die ich jemals gehört habe?« Simon trat einen Schritt von seiner Frau weg und musterte Kate mit zusammengekniffenen Augen. »Ich lasse weder deine Tränen noch deine Entschuldigungen gelten... Genausowenig wie dein faules Wesen! Trotz deiner Erfahrungen auf der Bühne mangelt es dir an Selbstdisziplin, und du kannst einfach deinen Hang zu Tagträumereien nicht ablegen. Das ist in den letzten drei Tagen mehr als deutlich geworden!«

»Konzentriere dich auf die Musik«, mahnte Helen, die ihre Kritik schonender vorbrachte als ihr Ehemann. »Erinnere dich an all das, was Monsieur Leblanc dich gelehrt hat. Es reicht nicht, fehlerlos zu spielen, du mußt die Zuhörer mit deinem Vortrag rühren, darfst sie nicht langweilen...«

»Oder sie mit Mittelmäßigkeit beleidigen.« Simon warf seiner Frau einen Seitenblick zu und holte tief Luft, bevor er Kate wieder ansah. »Begreifst du, wovon wir reden?«

Sein freundlicher Ton hatte eher einen frustrierten als verärgerten Unterton, und Kate schluckte schwer. Sie hoffte, daß seine Wut verraucht war. »Ja... ja, natürlich. Es... es tut mir leid.«

»Fang noch einmal von vorn an. Wenn du die Sonate ohne Fehler zu Ende spielst, darfst du dir eine Pflaume nehmen«, bot Helen ihr überraschend großzügig an. Sie hakte sich bei ihrem Mann ein. »Simon und ich sind nebenan.« Sie hob den Kopf und lächelte ihm zu. »Ich muß dir etwas zeigen«, flüsterte sie und erntete ein schwaches Lächeln ihres Gatten.

Sie drehten Kate den Rücken zu und gingen hinaus. Als die Tür vernehmlich ins Schloß fiel, zitterte Kate vor Erleichterung. Eine Brise aus dem Garten wehte den süßen Duft der Pflaumen herein. Ihr Magen knurrte, aber sie weigerte sich, der Verführung zu unterliegen. Damit hätte sie sich auch noch des Ungehorsams schuldig gemacht, zusätzlich zu den anderen Vorwürfen, die sie heute über sich hatte ergehen lassen müssen.

Statt dessen nutzte sie die unerwartete Erholung von Simons und Helens beengender Gegenwart, reckte sich und streckte Rücken und Hände. Sie hielt die Hände über die Tasten und atmete mehrmals tief durch, während sie den Flügel betrachtete. Eine süße, reine Sehnsucht erfüllte sie. War es wirklich schon zu spät, ihre Aversion gegen dieses Instrument zu überwinden und der Einsamkeit zu entrinnen, die ihr das Leben schwer machte? Es mußte doch irgendwo in ihrem Innersten noch ein Eckchen geben, in dem sie die Freude wiederentdeckte, die sie als Kind empfunden hatte, als sie noch ihre geliebte Großmutter hatte, ihren Flügel und ... ihre Träume.

Entschlossen runzelte sie die Stirn und sammelte all ihre Energie, um sich zu konzentrieren. Die Sonate war zu dem Zweck komponiert worden, das dynamische Potential des Flügels auszuloten. Sie hatte eine mystische und spirituelle Qualität, die Kate wachrufen wollte, und sei es auch nur, um ihre sorgenvollen Gedanken zu besänftigen. Sie schloß die Augen, als sie die Finger auf die Tasten legte: Sie fühlten sich kalt an, als sie die starken, tiefen Eröffnungsakkorde spielte. Zögernd noch erfüllte der Klang der vibrierenden Noten den Raum, lockte sie, forderte sie heraus, ihr Herz zu öffnen, damit die Schönheit und Freude wieder dort einkehren konnte, die ihr die letzten sechs Jahre von Simons Vormundschaft ausgetrieben hatten.

Allmählich wurden die Noten spielerischer und verwandelten sich in belebte, wohltönende Musik, die wie ein Sonnenstrahl, der durch einen bewölkten Himmel stößt, ihre lähmende Unzufriedenheit vertrieb und die Wunden der Vergangenheit heilte. Als das belebte Allegro des dritten Satzes in eine sehnsüchtige, fließende Melodie überging, flackerte ein Funken der Hoffnung in Kate. Eine Zukunft stieg vor ihrem inneren Auge auf, eine Zukunft, die ganz anders aussah als die, die Helen und Simon für sie geplant hatten.

Wunderbarerweise drang aus den perlenden Kaskaden der Musik, die den Raum erfüllte, ein Wort an ihre Ohren ... *Flucht.*

Flucht?

Ihr Herz schlug heftig, und sie konnte kaum atmen, als sie die Vorstellung erwog, daß sie tatsächlich Helen und Simon entkommen und auf sich allein gestellt ein ehrbares Leben führen könnte.

Flucht.

Die Idee machte ihr Angst, und sie öffnete rasch die Augen. Kopfschüttelnd betrachtete sie die verschlossene Tür. Im Moment konnte sie sich nur wenig Hoffnung machen wegzulaufen. Nicht, wo ihr Debüt in London so kurz bevorstand. Simon und Helen waren ja immer schon eifrig gewesen, nun aber waren sie beinah fanatisch. Sie schlossen Kate nachts in ihr Zimmer ein und sorgten dafür, daß sie niemals einen Raum ohne Begleitung verließ.

Sie war erst siebzehn. Und niemand würde ihr helfen. Außerhalb der Mauern dieses Anwesens ahnte niemand etwas von ihrer Existenz. Sie hatte kein Geld und wußte nicht, wohin sie sich wenden könnte, wenn sie tatsächlich entkommen konnte.

Flucht.

Jeder Herzschlag ließ das Wort widerhallen, und ihr Verstand raste vor Erregung. Er weigerte sich einfach, vor den Hindernissen zu kapitulieren, die ein Entkommen so unwahrscheinlich machten. War es denn wirklich unmöglich?

Sie schüttelte den Kopf und wußte, daß sie so gut wie keine Chance hatte zu entkommen, es sei denn, sie gewann die Schlacht, die in ihrem eigenen Inneren tobte. Sie drängte die Sonate zu einem faszinierenden Ende und schwor sich, daß sie eines Tages wirklich fliehen würde. Doch zuerst mußte sie mit ihrem einzigen Helfer Frieden schließen: mit dem Klavier.

1. KAPITEL

Mai 1854
Delaware Township, N.J.

Hatte die junge Frau sich einfach nur verlaufen, oder war sie in Not?

Maggie Gresham hielt den schweren Vorhang zur Seite und betrachtete eher neugierig als beunruhigt die Frau, die neben einer schweren Truhe auf dem kleinen Pfad stand, der zu Maggies Haustür führte, und auf und ab ging. Unerwarteter Besuch war hier selten, weil die Reisenden so gut wie nie auf dem Weg hielten, der an ihrem Cottage vorbeiführte. Hier lebte Maggie mit ihrer älteren Schwester Dolly. Die junge Frau war mittelgroß und hielt sich ungewöhnlich gerade. Der Rand ihrer Strohhaube verbarg ihre Gesichtszüge, aber sie schien jung zu sein und war eindeutig beunruhigt.

Maggie blickte kurz zur Tür, unterdrückte aber sofort den Impuls, einfach hinauszugehen und mit dieser vollkommen Fremden ein Gespräch anzufangen. Dolly würde das sicher nicht gutheißen, und Maggie wollte ihre Schwester nicht unterbrechen, die gerade mit ihrem morgendlichen Klavierspiel begonnen hatte.

Als das Mädchen stehenblieb und direkt das Haus ansah, ließ Maggie sofort den Vorhang wieder zurückfallen. Als sich ihr Herzschlag wieder beruhigt und sie ihr schlechtes Gewissen ausreichend besänftigt hatte, um noch einmal heimlich aus dem Fenster zu spähen, sah sie, daß sich die junge Frau auf die Truhe gesetzt hatte. Ihren Umhang und ihre Haube hatte sie abgelegt, und die Sonne ließ ihr dunkelbraunes Haar schimmern. Sie hatte es zu einem ordentlichen Knoten im Nacken zusammengebunden.

Fasziniert beobachtete Maggie, wie die junge Frau sich umdrehte und etwas aus der Tasche ihres Umhangs zog. Es sah aus wie ein Brief. Mit gerunzelten Brauen las sie ihn, seufzte und senkte den Kopf. Zäh flossen die Minuten dahin, und Maggie fürchtete, das Mädchen würde ewig auf der Truhe sitzen bleiben. Im selben Augenblick stand sie auf, glättete ihren Umhang, wischte sich den Staub von den Schuhen und strich sich übers Haar. Nachdem sie Cape und Haube wieder angelegt hatte, straffte sie die Schultern, drehte sich um und ging los ... geradewegs auf das Cottage zu.

Maggie ließ erschrocken die Vorhänge wieder fallen und trat vom Fenster zurück. Dann drehte sie sich um und sah nervös zum Musikzimmer, wo ihre Schwester am Flügel saß. Sie kehrte dem Salon den Rücken zu, vollkommen in ihr Spiel versunken und ohne ihre Umgebung wahrzunehmen. Es konnte sicher nichts schaden, hinauszugehen und dem armen Mädchen zu helfen. Dolly würde nicht das geringste davon merken. Sie schlich auf Zehenspitzen zur Tür. Das Geräusch ihrer Schritte wurde von der melodiösen Musik verschluckt, die das Cottage erfüllte. An der Tür blieb Maggie stehen und überlegte kurz, was sie ihrer Schwester sagen würde, falls Dolly herausfand, daß sie allein hinausgegangen war und mit einer Fremden gesprochen hatte.

Kate ging derweil zielstrebig den Pfad entlang und steckte die Hand in die Tasche ihres Capes. Sie umklammerte den Brief, der ihre verzweifelte Flucht zu diesem bescheidenen Anwesen ausgelöst hatte. Simon und Helen beschlagnahmten regelmäßig jede Korrespondenz, die an die Elfenbeinprinzessin gerichtet war. Doch ein neues Hausmädchen hatte ihr einige Briefe von Verehrern gegeben, einschließlich dieses Schreibens, und Kate war zu der Überzeugung gekommen, daß dieses Mädchen ein Engel sein mußte, der von Gott geschickt worden war ... um ihr bei der Flucht zu helfen.

Bei dem Gedanken regte sich ihr schlechtes Gewissen. Simon hatte herausgefunden, daß das neue Mädchen ihr die Briefe gegeben hatte, sie sofort gefeuert und Kate gezwungen, ihm die Briefe zu geben. Es war riskant gewesen, ihm diesen einen Brief vorzuenthalten, aber er hatte natürlich niemals vermutet, daß sie den Mut haben würde, sich ihm zu widersetzen.

Ihr Herz hämmerte erwartungsvoll in ihrer Brust, als ihr Visionen von Hoffnungen und Träumen durch den Kopf schossen. Würde sie hier in dieser ländlichen, unberührten Umgebung endlich einen Zufluchtsort finden? Würde sie ein neues Leben beginnen können, weit weg von der dekadenten Welt der Bühne, die sie verlassen hatte?

Als sie vor der Tür des Cottage ankam, schien ihr die Sonne auf die Schultern und vertrieb den kalten Schauer, der ihr über den Rücken gelaufen war. Sie holte tief Luft und wollte schon anklopfen, doch sie hielt inne, als die ersten Noten von Mozarts Sonate Nummer sechzehn in B-Dur sanft die Ruhe durchdrang, die das Cottage umgab.

Kate ließ den Arm sinken, weil sie den Pianisten nicht unterbrechen wollte. Ihr Herzschlag beruhigte sich ein wenig, und sie schloß die Augen, während sie konzentriert der Musik lauschte. Der Spieler besaß sicher ein nur bescheidenes Talent, aber sein Spiel ging dennoch weit über die Kompetenz eines Schülers hinaus. In seinem Spiel wurde die unfaßbare und dennoch unverwechselbare Liebe zum Klavier deutlich, die jeden Takt der Sonate durchdrang und diese Freude widerspiegelte, die Kate vor so vielen Jahren für sich entdeckt hatte und die sie jetzt unter so viel Mühe wiedererlangen wollte.

Die wundervolle Sonate hatte sie fast in Trance versetzt, und Kate riß überrascht die Augen auf, als die Tür geöffnet wurde. Eine zierliche Frau stand vor ihr. Sie hatte braunes

Haar, in das sich silberne Strähnen mischten, legte einen Finger auf die Lippen und trat hinaus, während sie die Tür hinter sich zuzog.

»Ich habe gesehen, wie Sie den Weg heraufgekommen sind«, sagte sie leise. »Kann ich Ihnen irgendwie helfen?«

Kates Herz hämmerte wie rasend. »Das hoffe ich. Ich möchte gern zu Miss Dahlia Gresham. Der Kutscher hat gesagt, das hier wäre ihr Cottage.«

Die Frau lächelte herzlich, aber ihr Blick war wachsam. »Wir bekommen nicht viel Besuch.«

Kate schluckte. »Ich habe hier einen Brief, den Miss Gresham vor einigen Wochen an die ... die Elfenbeinprinzessin geschickt hat.« Der niederträchtige Ruf ihrer Bühnenpersönlichkeit war so übermächtig, daß Kates Herz einen Schlag aussetzte und ihr sogar die wundervolle Umgebung getrübt vorkam. Sie lief rot an und zog schnell die kurze Notiz aus der Tasche, um sie der Frau zu reichen.

Die schüttelte den Kopf und runzelte die Stirn. »Dolly ist im Augenblick beschäftigt, aber vielleicht kann ich Ihnen ja helfen. Allerdings sind meine Augen nicht mehr so gut wie früher. Lesen Sie mir den Brief doch einfach vor, Liebes.«

»Ja, selbstverständlich.« Kate schluckte. Sie hatte zwar gehofft, mit Dahlia Gresham direkt sprechen zu dürfen, aber diese Frau, die Kate empfangen hatte, schien ebenfalls sehr freundlich zu sein und hatte offenbar Interesse daran, ihr zu helfen. Sie las den Brief laut vor, obwohl sich längst jedes einzelne Wort in ihr Gedächtnis eingebrannt hatte.

Ich habe die Zeitungsartikel über Ihr letztes Wohltätigkeitskonzert im Westfield Konservatorium in New York gelesen. Eine sehr edle Geste von Ihnen, die sicherlich dazu beitragen dürfte, Ihre Kritiker endlich zum Schweigen zu bringen. Ihre Großzügigkeit wird nur noch von Ihrem Talent übertroffen, dem sicherlich eines Tages der Respekt gezollt wird, der ihm gebührt.

Obwohl meine Schwester und ich leider Ihr letztes Konzert in Philadelphia nicht besuchen konnten, sind wir in den Genuß gekommen, Ihre Vorstellung im Vorjahr daselbst anzuhören. Wir scheinen eine gemeinsame Liebe für das Pianoforte zu teilen, und ich bete darum, daß Sie mir meine Kühnheit verzeihen, wenn ich Sie jetzt mit einer Bitte um Ihre Unterstützung behellige.

»Aber ja!« Die Frau unterbrach Kate. »Was für eine wunderbare Vorstellung! Wir fahren nicht oft in die Stadt, aber Dolly hat darauf bestanden ... Oh, meine Liebe, ich wollte Sie nicht unterbrechen«, sagte sie dann leise.

Kate nickte, und ihre Hoffnung wuchs, als sie begriff, daß diese Frau die Schwester sein mußte, von der in dem Brief die Rede war. Ohne weiter darüber nachzudenken, las sie den Teil des Briefes, der entscheidend für ihre Zukunft sein konnte.

Zerrissen zwischen dem Pflichtgefühl für meine Schwester und meinen Schülern, zwingen mich die Umstände dennoch, mich unverzüglich als Klavierlehrerin zur Ruhe zu setzen. Und zu meiner größten Beunruhigung habe ich bisher noch keinen Ersatz gefunden. Die Verantwortung liegt mir schwer auf der Seele, und es macht mir große Sorgen, daß meinen Schülern die Gelegenheit versagt bleibt, weiterhin Unterricht zu bekommen.

Falls Sie eine junge Frau kennen, die ein ordentliches Heim sucht und ihr Talent und ihre Liebe zum Konzertflügel meinen Schülern weitergeben möchte, würde ich mich tief in Ihrer Schuld fühlen, wenn Sie sie uns schicken würden, damit sie sich bei uns um diese Stellung vorstellen könnte. Zu diesem Zweck habe ich diesem Brief eine Wegbeschreibung zu unserem Heim beigelegt. Ich wäre natürlich außerordentlich geehrt, wenn ich nach Philadelphia kommen und darüber mit Ihnen sprechen dürfte, bevor Sie Ihre Tournee beenden. Dabei könnte ich Ihnen einige Empfehlungsschreiben präsentieren.

Hochachtungsvoll
Miss Dahlia Gresham

Kate seufzte und sah die Frau an. »Glauben Sie, daß Ihre Schwester mich empfangen würde? Ich bin an dieser Stelle sehr interessiert.«

Die Frau lächelte, und ihre Augen funkelten. »Halten Sie Ihren Brief bereit und kommen Sie mit.« Sie nahm Kate an die Hand und führte sie ins Haus. Sie durchquerten ein bescheiden möbliertes Wohnzimmer und gingen durch einen Bogen ins Musikzimmer. Eine rundliche Frau saß mit dem Rücken zum Eingang. Sie hatte ihr weißes Haar zu einem Knoten gebunden und spielte, ohne sich unterbrechen zu lassen. Sie schien außer ihrer Musik nichts wahrzunehmen.

Lächelnd bedeutete Kates Begleiterin ihr, sich auf einen gepolsterten Stuhl mit hoher Lehne zu setzen, bevor sie sich neben Kate auf einem identischen Möbel niederließ. Sie faltete die Hände, schloß die Augen und bewegte sich rhythmisch von rechts nach links.

Kate war von dem merkwürdigen Verhalten der Frau irritiert und sah sich verlegen in dem Zimmer um. Hohe, schmale Fenster rahmten einen geziegelten Kamin ein, und das Sonnenlicht, das durch sie hindurchschien, tauchte den Raum in natürliches Licht.

Auf dem Piano stand ein ungenutztes Metronom, das sicherlich den Schülern zu Diensten sein sollte. In einer Anrichte aus Mahagoni stapelten sich einige Bücher über Musik, und in der anderen Ecke des Zimmers wartete eine grob gezimmerte Garderobe.

Die Wände waren blaßblau gestrichen, und ihre Farbe wiederholte sich in dem Blumenmuster des Teppichs, der in der Mitte des Zimmers lag. Dahlia Greshams Interpretation der Mozartsonate perlte leise durch den Raum, wie eine Brise, die die ersten Frühlingsblüten schaukelt. Als Kate die Eröffnungsnoten des letzten Satzes erkannte, mußte sie sich bemühen, ihre Aufregung unter Kontrolle zu halten.

Sie hatte nur wenig Zeit nachzudenken und verglich die

Informationen aus dem Brief mit dem, was sie bis jetzt bemerkt hatte. Etwas stimmte nicht, aber Kate versuchte vergeblich, den Gedanken zu fassen, der sich wie ein Schemen durch ihren Kopf schlich. Sie schob die Hand in die Tasche ihres Umhangs und umklammerte den Brief. Das Musikzimmer war eindeutig so eingerichtet, um Schüler zu unterrichten, also hatte Dahlia ihre Absichten in dem Brief nicht falsch dargestellt. Kate betrachtete unauffällig die Frau, die neben ihr saß. Dahlia hatte die Pflichten ihrer Schwester gegenüber als Grund für ihre erzwungene Pensionierung angeführt, aber die Frau neben ihr strotzte nur so vor Gesundheit.

Hatte Dahlia die Ursache für ihre Pensionierung absichtlich falsch dargestellt? Wenn ja, was mochte in dem Brief dann außerdem nicht stimmen? Ging es hier überhaupt um eine Stelle, oder hatte Dahlia das nur als Köder benutzt, um sich so möglicherweise an die Elfenbeinprinzessin heranzumachen?

Als die letzten Noten verklangen, richtete sich die Frau auf, die Kate in das Cottage geführt hatte, und zwinkerte ihr zu. »Ich habe eine Überraschung für dich, Dolly«, verkündete sie lächelnd.

Kate hielt den Atem an und hoffte, daß Dahlia sie genauso willkommen heißen würde, wie ihre Schwester es getan hatte.

»Überraschung? Es ist noch etwas früh für Überraschungen«, erwiderte Dolly schnippisch und begann eine neues Stück, ohne sich umzudrehen.

Die Frau neben Kate runzelte die Stirn. »Bist du denn nicht neugierig? Gar kein bißchen?«

Dolly hielt mitten im Takt inne und drehte sich langsam auf ihrem Hocker herum. »Maggie, du weißt, wie sehr ich dieses Musizieren genieße. Kann das nicht warten, bis ...« Dolly hob die Brauen und schnappte nach Luft. Sie sah Kate kurz an, bevor sie ihren Blick wieder auf ihre Schwester richtete. »Was geht hier vor, Maggie?«

Die Angesprochene kicherte wie ein Schulmädchen, klatschte in die Hände und ließ sich offensichtlich von dem strengen Blick ihrer Schwester nicht einschüchtern. »Ich wußte, daß dich das überraschen würde! Du warst so in deine Musik vertieft, daß du uns gar nicht hast hereinkommen hören.«

»Und wer ist nun . . . ?«

»Das ist natürlich dein Ersatz. Die Elfenbeinprinzessin hat sie uns geschickt. Stimmt das nicht, Miss . . . Miss . . . Meine Güte! Ich habe Sie nicht einmal nach Ihrem Namen gefragt«, stotterte sie verlegen, als sie zögernd Kate anschaute.

»Danaher. Kathryn Danaher«, antwortete sie rasch, um die Frau aus ihrer Verlegenheit zu retten. Sie errötete leicht. »Meine . . . meine Großmutter nannte mich immer Kate«, fügte sie spontan hinzu. Ihre Finger zitterten, als sie das zerknitterte Papier des Briefes glättete und ihn Dolly reichte. »Entschuldigen Sie bitte, daß ich Sie gestört habe. Sie spielen sehr schön.« Kate sah, daß Dolly den Brief aufmerksam las.

Dann schien sie zu verstehen und spitzte die Lippen. »Sind Sie wirklich hier, um sich für diese Stelle zu bewerben?« fragte sie.

Kate schluckte und holte tief Luft. »Ja, das heißt . . . ich meine, falls die Stelle noch nicht vergeben ist . . .«

»Natürlich nicht«, mischte sich Maggie ein. Sie stellte sich neben Kate und lächelte.

Dolly spitzte die Lippen und schüttelte den Kopf. »Vielleicht erklärst du mir erst einmal, wieso du ohne mich die Tür geöffnet hast.«

Auch wenn Dolly ihre Schwester nur sanft tadelte, empfand Kate so etwas wie Gewissensbisse, weil sie für diese Mißstimmung zwischen den Schwestern verantwortlich war. Dollys Unterstellung, daß Maggie nicht in der Lage war, allein die Tür aufzumachen, unterstrich die Besorgnis um ihre Schwester, die sie in dem Brief geäußert hatte. Trotzdem hätte Kate nicht sagen können, was für ein Problem Maggie denn haben sollte, das Dolly zwang, frühzeitig in Pension zu gehen.

Maggie lachte einfach nur leise. »Ich habe nicht auf ihr Klopfen hin die Tür geöffnet. Kurz bevor du angefangen hast zu spielen, habe ich Miss Danaher ... Kate bemerkt, wie sie um ihre Truhe am Ende des Pfades herumgelaufen ist. Da wir keine Studenten als Gäste aufnehmen, dachte ich, daß sie sich entweder verlaufen hat oder vielleicht Hilfe braucht. Sie sah aus wie eine ordentliche junge Frau. Bevor sie zur Tür gekommen ist, hat sie ihr Haar geordnet und sich die Schuhe gesäubert. Das stimmt doch, Kate, hab' ich recht?«

Kate fühlte, wie ihr das Blut aus dem Gesicht wich. Hatte Maggie sie beobachtet? »Nun, ja, ich wollte ...«

»Ich weiß ja, wie ungern du dich unterbrechen läßt, wenn du morgens spielst«, fuhr Maggie fort und ignorierte Kate einfach. »Also bin ich zur Tür gegangen, bevor sie klopfen konnte. Und dann hat sie dir beim Spielen zugehört. Sie war so gefesselt, und als sie mir den Brief vorgelesen hatte, wußte ich, daß sie genau die junge Frau sein mußte, die wir uns von der Elfenbeinprinzessin erhofft hatten. Da habe ich das Mädchen hereingebeten. Stimmt das, Kate?«

Kate nickte zustimmend. Sie fühlte sich schon wie Maggies Verbündete. »Bitte seien Sie Ihrer Schwester nicht meinetwegen böse. Ich ... ich hätte darauf bestehen sollen, draußen zu warten, bis Sie mit Ihren Übungen fertig sind.«

Dolly schüttelte langsam den Kopf. »Magnolia, eines Tages wird deine Neugier noch einmal dein Untergang sein. Und meiner auch. Aber ich denke, es ist nichts Schlimmes geschehen.« Sie sah Kate an. »Wie haben Sie zu unserem Cottage gefunden?«

Ihre waghalsige Flucht aus dem Hotel in Philadelphia, wo sie mit Simon und Helen abgestiegen war, und die Reise zu diesem bescheidenen Cottage waren alles andere als einfach gewesen, und die Übernachtungen in einer heruntergekommenen Pension am Fluß hatten sie beinahe den letzten Nerv gekostet. Ihre ersten Tage in der kostbaren, neugewonnenen Freiheit war sie von Angst geschüttelt worden und wie besessen davon gewesen, nicht von Helen und Simon aufgespürt zu werden. Sie hatte ihren wahren Namen abgelegt und nannte sich Danaher. Gestern um Mitternacht hatte sie sich unauffällig an Bord der letzten Fähre von Philadelphia nach Camden geschlichen. Sie hatte sich an die Reling gedrückt und gehofft, daß niemand ihr gefolgt war. Kate schob die finsteren Erinnerungen an ihre Flucht beiseite und zwang sich zu einem Lächeln. »Oh, ich habe die Fähre aus der Stadt genommen und bin dann mit der Kutsche weitergereist.«

Maggie schnalzte mißbilligend mit der Zunge und schüttelte den Kopf. »War die Reise nicht schrecklich anstrengend?«

Kate zitterte und drückte sich fest gegen die Rückenlehne des Stuhls. Sie hatte zu viel Angst gehabt, ihre Dachkammer zu verlassen, und war nur einmal am Tag zu einer Mahlzeit heruntergekommen. Kate verbrachte die Tage in permanenter Angst. Jede männliche Stimme und jeder Schritt hatte ihren Puls hochschnellen lassen, bis sie sicher war, daß es sich nicht um Simon handelte oder um jemanden, den er auf sie angesetzt hatte. Alpträume hatten sie um den Schlaf gebracht, und sie hatte sich nur mir äußerster Willenskraft gegen ihre Furcht durchsetzen können, weil sie fest entschlossen war, ihr Leben selbst in die Hand zu nehmen. »Nein, es war nicht sehr anstrengend«, erklärte sie und versuchte, ihrer Stimme nichts anmerken zu lassen.

»Ich selbst reise ja nicht mehr viel, aber wenn meine Erinnerung mich nicht trügt, dann sollten Sie jetzt eigentlich eine Erfrischung gut gebrauchen können«, meinte Maggie. Sie nahm Kate Umhang und Haube ab und hängte sie an die Garderobe. »Ihr beide könnt ja ein bißchen miteinander plaudern, während ich einen frischen Tee aufsetze.« Sie tätschelte Kate den Arm, bevor sie durch eine Tür verschwand, die offensichtlich in die Küche führte.

Dolly umklammerte immer noch den Brief, den Kate ihr gegeben hatte, als sie aufstand und mit einem Nicken auf die beiden Stühle deutete. »Erzählen Sie mir doch einfach, wie es kam, daß die Elfenbeinprinzessin Sie weiterempfohlen hat. Ich hatte gehofft, selbst mit ihr sprechen zu können, bevor sie jemanden schickte, aber ...«

Kate befeuchtete ihre Lippen, setzte sich hin und wartete, bis Dolly sich ebenfalls gesetzt hatte, bevor sie ihr eine Antwort gab, die Dollys offensichtliche Enttäuschung linderte. »Ich ... ich habe sie nur einmal getroffen. Kurz. Bei einem Vorspielen in Philadelphia. Ich habe mich um die Stelle einer Ersatzpianistin beworben, die sich bereithalten sollte, falls sie selbst krank würde und nicht spielen könnte.«

Dolly runzelte die Stirn. »Dann waren Sie keine Schülerin an einem der Konservatorien, die die Elfenbeinprinzessin unterstützt?«

»Nein«, antwortete Kate. Sie hatte Angst, daß ihre Lüge schnell ans Licht kommen würde, wenn sie ein Konservatorium nannte, da sie kein Empfehlungsschreiben vorzeigen konnte.

»Aber Sie haben mit der Elfenbeinprinzessin gearbeitet. Und Sie kennen sie.«

»Nicht genau«, erwiderte Kate leise. »Ich habe die Stelle am Theater nicht bekommen, weil ich ehrlich gesagt nicht gut genug bin, um Konzertpianistin zu werden. Aber nach dem Vorspielen hat die Elfenbeinprinzessin mit mir geredet. Sie meinte, mein Spiel wäre sehr vielversprechend und hat mir vorgeschlagen, an ein Konservatorium zu gehen, um mich dort weiter ausbilden zu lassen. Als ich ihr die Umstände erklärte, die solche Kosten leider nicht zuließen, gab sie mir den Brief, den Sie ihr vor einigen Wochen geschickt hatten, und schlug vor, daß ich mich mit Ihnen in Verbindung setzen sollte.«

»Ich hätte eigentlich erwartet, daß die Prinzessin Ihnen wenigstens ein Empfehlungsschreiben mitgegeben hätte.«

Kates Herz schlug heftig. Dollys Blick war beinah anklagend, und Kate versuchte, nicht in Panik zu geraten. »Die Prinzessin mußte überraschend abreisen. Sie bat mich, Ihnen ihr Bedauern auszurichten, daß sie keine Zeit hatte, persönlich auf Ihren Brief zu antworten.«

Dollys Wangen röteten sich ein wenig. »Ich war nicht einmal sicher, daß Sie meiner Bitte überhaupt nachkommen würde, aber ich hatte gehofft, mit ihr reden zu können ... nun, das ist jetzt nicht mehr wichtig.«

Kate lächelte. »Haben Sie erst vor kurzem beschlossen, sich zur Ruhe zu setzen?«

»Unsere Gefährtin Anne ist im Februar gestorben. Da sie jetzt nicht mehr ist ...« Anscheinend wollte Dolly darüber nicht mit Kate sprechen. Sie straffte sich. »Selbst wenn die Elfenbeinprinzessin Sie für diese Stellung empfohlen hat, bleiben ja noch Ihre Eltern. Erlauben sie es denn, daß Sie einfach ihr Heim verlassen?«

Bei dieser Frage beschleunigte sich Kates Puls. Sie hatte nicht damit gerechnet, daß Dahlia Gresham etwas über ihre Eltern wissen wollte. »Meine Eltern sind gestorben, als ich noch sehr klein war. Ich bin von meiner Großmutter aufgezogen worden.« Sie senkte kurz ihren Blick, als ihr Tränen in die Augen traten. »Sie ist vor einigen Jahren gestorben.«

Kate blinzelte, um die Tränen zu vertreiben, und sah hoch. Sie begegnete Dollys Blick, während sie krampfhaft nach einem plausiblen Grund für ihr Interesse an dieser Stellung suchte. »Letztes Jahr bin ich nach Philadelphia gekommen, um zu heiraten. Aber ich mußte feststellen, daß der Mann, der mir mein Herz gestohlen hat, schon verheiratet war. Da ich kein Geld mehr für die Rückreise hatte, mußte ich eine Möglichkeit finden, um irgendwie leben zu können. Ich habe als Hausmädchen gearbeitet, aber als ich die Anzeige über das Vorspielen beim Theater gelesen habe, mußte ich es einfach versuchen.«

»Dann können Sie also wenigstens ein Empfehlungsschreiben Ihres letzten Arbeitgebers vorlegen?«

»Es tut mir leid. Ich bin … sehr plötzlich abgereist.« Kate senkte ihre Stimme absichtlich zu einem Flüstern und hoffte, daß Dolly das Thema nicht weiter verfolgen würde.

Sie war erleichtert, als die Frau das Gespräch dann auf Kates Ausbildung am Flügel lenkte, und hörte das Klappern des Geschirrs aus der Küche, wo Maggie den Tee zubereitete. Dann jedoch brachen die Geräusche plötzlich ab. Dolly sah nervös zur Tür. Ihre Miene war besorgt. Kate war keineswegs überrascht, als Dolly sich kurz darauf entschuldigte, um nach ihrer Schwester zu sehen.

Als keine der beiden Schwester zurückkam, und auch kein Laut aus der Küche drang, wurde Kate neugierig. Sie ging zur Tür und warf einen Blick in die gemütliche Küche. Auf einem Tablett auf einem Tisch mit Spitzendecke standen eine Teekanne und hauchdünne Porzellantassen. Aus dem Wasserkessel auf dem Herd stieg dampfender Nebel hoch, aber Maggie stand mit dem Rücken zum Raum und sah aus dem Fenster über der Spüle.

Dolly stand neben Maggie und hatte ihrer Schwester die Arme um die Schultern gelegt. Kate beobachtete, wie sie Maggie langsam vom Fenster wegdrehte.

Dann bemerkte sie die Veränderung, die mit Maggie vorgegangen war und unterdrückte gerade noch einen Ausruf der Überraschung. Maggies Augen waren glasig, und sie starrte ins Nichts. Sie wirkte verträumt und gelassen und war anscheinend in eine andere Welt geglitten. Kates Zweifel daran, daß Dolly sich zur Ruhe setzen mußte, um ihre Schwester zu pflegen, schwanden dahin, denn Maggie schien tatsächlich verrückt zu sein.

»Maggie, Liebes, es ist Zeit für den Tee«, sagte Dolly leise und murmelte ihrer Schwester etwas Beruhigendes ins Ohr, das Kate nicht verstehen konnte.

Maggie schrak zusammen und sah sich verwirrt um. Ihre Lippen zitterten, und sie fing an zu weinen. »Ich hab' es wieder getan, stimmt's?«

»Schon gut. Es war nur ein kleiner Anfall. Nichts ist passiert. Du bist wieder in Ordnung«, versicherte ihr Dolly.

»Nichts ist passiert«, wiederholte Maggie mit einem heiseren Flüstern, das Kate ins Herz schnitt. »Diesmal nicht.«

Fasziniert sah sie zu, wie Dolly Maggie vom Fenster weg und zum Tisch führte.

Der Brief. Kate wurde mit einem Schlag alles klar. Hätte Dolly nicht nach ihrer Schwester gesehen, hätte leicht ein Feuer in der Küche ausbrechen können. Kein Wunder, daß Dolly bisher keine junge Frau hatte finden können, die sie als Klavierlehrerin ersetzen wollte! Nur jemand wie Kate, die mehr von der Welt zu befürchten hatte, die sie hinter sich gelassen hatte, würde auch nur darüber nachdenken, eine Stellung zu akzeptieren, in der sie mit einer geisteskranken Frau zusammenleben mußte, die sowohl für sich selbst als auch für andere eine Gefahr bedeutete.

Kate war also nicht die einzige, die hier eine Zuflucht gesucht hatte. Diese Erkenntnis erschütterte sie. Auch sie hatte niemanden auf der Welt, zu dem sie sich flüchten konnte, und war genauso verletzlich wie diese Frau hier, die jetzt leise in den Armen ihrer Schwester weinte.

Was Kates Entschluß zu bleiben nur verstärkte.

Als hätte sie Kates Eindringen jetzt erst bemerkt, blickte Dolly hoch. Ihr Blick war hart vor Mißtrauen.

Kate reagierte entschlossen und rein instinktiv. Sie betrat die Küche, füllte frisches Wasser in den Kessel und setzte ihn auf. Dann drehte sie sich um, sah die beiden Frauen an, erhaschte aus den Augenwinkeln einen Blick auf den Garten vor dem Fenster und lächelte freundlich. »Vielleicht könnten Sie mir die Pflichten genauer beschreiben, die diese Stellung mit sich bringt, während wir einen Tee trinken. Dann spiele ich für Sie.«

2. KAPITEL

Es war das erste Vorspielen, bei dem Kate versucht war, absichtlich Fehler zu machen.

Sie hielt die Hände über den Tasten und schloß kurz die Augen, während sie es allmählich schaffte, ihr rasendes Herz zu besänftigen. Ihr zitterten die Beine, und sie stemmte die Füße fest auf die soliden Bodenplanken, um es abzustellen. Sie konnte jedoch die widerstreitenden Gedanken über diese Position als Dollys Stellvertreterin nicht abstreifen, die ihre Gedanken nur so durcheinanderwirbelten. Sie ließ die Hände sinken und wischte sie an ihren Röcken ab.

Dolly und Maggie hatten bei einer Tasse Tee Kates schlimmste Befürchtungen beruhigen können, was Maggies Anfälle anging. Sie waren ein Leiden, das schon immer Maggies Leben bestimmte und mit dem Alter sowohl an Intensität als auch an Häufigkeit zugenommen hatte. Kate liefen Schauer über den Rücken, wenn sie sich vorstellte, wie grausam Menschen sein konnten, wenn sie jemandem gegenüberstanden, der geistig behindert war. Vielleicht würden sie sogar Anklagen wegen Hexerei oder Schlimmerem gegen ein unschuldiges Opfer wie Maggie erheben. Kates Bewunderung für Dolly, die ihre Schwester schützte, verwandelte sich in tiefen Respekt. Kate war ebenfalls nicht unerfahren, was die Verachtung der Öffentlichkeit anging, und deshalb waren ihr Verständnis und Mitgefühl echt. Damit vertrieb sie auch die Sorgen der beiden alten Fräulein, was die Entdeckung des Geheimnisses durch Kate anging, ein Geheimnis, das sie bisher vor allen sorgfältig gehütet hatten.

Ihr kam sogar schon der Gedanke, so schlecht zu spielen, daß sie nicht angenommen wurde, weil die Vorstellung, Dolly als Lehrerin für den Konzertflügel zu ersetzen, Kate beunruhigte und verwirrte.

Miss Dolly, wie Kate Dahlia Gresham nennen sollte, war keine typische Lehrerin für das Pianoforte. Kate hatte eine Stellung erwartet, in der sie die Studenten in Maggies und Dollys Haus empfangen würde. Doch in diesem ländlichen Ort in Delaware gab es einfach nicht genug Schüler, um selbst einen bescheidenen Lebensunterhalt zu sichern. Etwas, was Kate sich schon bei ihrer Ankunft hätte denken können. Dolly hatte selbstverständlich einige Studenten, die nahe genug wohnten, daß sie zu den Stunden in ihr Haus kamen. Sie hatte es jedoch darüber hinaus bewerkstelligt, sich und Maggie zu ernähren, indem sie auch Schüler annahm, die in einem Umkreis von dreißig Meilen um das Cottage herum lebten. Dieser Unterricht gestaltete sich auf recht ungewöhnliche Weise.

Zwei Wochen pro Monat fuhr Dolly über Land zu den verschiedenen kleinen Siedlungen und Farmen, die sich im südlichen New Jersey befanden. Wie früher die Wanderprediger das Wort Gottes überall verbreiteten, so säte Dolly jetzt ihre Liebe für das Pianoforte unter das Volk. Indem sie abwechselnd bei den Familien einiger Schüler wohnte, konnte sie andere Studenten unterrichten, die in der Nähe der jeweiligen Familie wohnten, und nahm dabei so bescheidene Honorare, daß nahezu jedermann, der sich ein gebrauchtes Piano leisten konnte, in der Lage war, seine Frau oder seine Kinder von Dolly unterrichten zu lassen.

Dolly war vollkommen von der Überzeugung beseelt, daß sie ihr Talent weiterzugeben hatte, und akzeptierte sowohl eine Bezahlung in Naturalien wie auch in barer Münze. Und nur Maggies Anfälle, die es gefährlich für sie machten, allein zu Hause zu bleiben, zwangen sie, sich von ihrer Arbeit zurückzuziehen.

Kate atmete mehrmals durch und legte ihre Hände wieder über die Tastatur. So einzigartig Dollys Stellung auch sein mochte, für sie, Kate, war das viel zu gefährlich. Ständiges Reisen und die Bekanntschaft mit immer neuen Familien erhöhten das Risiko, daß Simon und Helen etwas über ihren Aufenthalt erfuhren. Es war viel zu riskant.

Aber welche Wahl hatte sie schon?

Instinktiv preßte sie den Arm gegen ihre Seite, um sich zu vergewissern, daß ihr Markenzeichen, die Brosche, die sie als die Elfenbeinprinzessin immer getragen hatte, noch an ihrem Mieder steckte. Es war ein wundervoller Kameestein, umringt von Diamanten in einer herrlich verzierten Fassung aus Platin. Die Brosche war schon an sich ungeheuer wertvoll. Als die berühmte Brosche der Elfenbeinprinzessin jedoch war sie von unschätzbarem Wert.

Kate wurde von Gewissensbissen geplagt.

Sie hatte die Brosche auf ihrer Flucht gestohlen, aber nur aus dem verzweifelten Wunsch, sich selbst zu schützen. Simon konnte ihr Verschwinden den lokalen Behörden nicht offiziell melden, ohne einen Skandal zu riskieren, den jede Zeitung von Boston bis Charleston aufgreifen würde, um ihre Auflagen zu steigern. Aber er konnte natürlich einen Privatdetektiv anheuern, vorausgesetzt, er verfügte über die Mittel dafür, und Kate hatte die Brosche mitgenommen, um ihm eben diese Mittel zu entreißen.

Trotz ihrer guten Absichten, die Brosche eines Tages zurückzugeben, überlegte sie jetzt, ob sie das Juwel lieber verpfänden oder gar verkaufen sollte. Dann würde sie keine Arbeit brauchen. Mit dem Geld, das sie dafür bekäme, könnte sie nach Europa fliehen und für immer verschwinden.

Aber dieser Plan war undurchführbar, selbst wenn sie ihre moralischen Skrupel hätte unterdrücken können.

Sie durfte das Risiko einfach nicht eingehen. Jeder einigermaßen ehrbare Juwelier auf beiden Seiten des Atlantiks würde die Brosche der Elfenbeinprinzessin erkennen. Und selbst wenn einer sie als die wahre Besitzerin akzeptierte, könnte nach einem Verkauf oder einer Verpfändung auch der blutigste Anfänger ihre Spur verfolgen.

Was bedeutete, daß sie keine Wahl hatte.

Sie mußte dieses Vorspielen erfolgreich beenden und die Brosche irgendwann einmal zurückgeben, wenn Helen und Simon keine Gefahr mehr für sie darstellten.

Nachdem sie ihr schlechtes Gewissen beruhigt hatte, drehte sie sich auf der Sitzbank um und sah Dolly und Maggie an, die es sich auf den beiden Stühlen bequem gemacht hatten. »Haben Sie ein bestimmtes Stück im Sinn?«

Dolly nickte zufrieden, und Kate wußte, daß es richtig gewesen war, Dolly die Möglichkeit zu geben, das Vorspiel zu kontrollieren.

Maggie kam ihrer Schwester jedoch zuvor. »Ich liebe Beethovens *Für Elise*«, sagte sie strahlend, bevor Dolly auch nur ein Wort herausbrachte. »Die Elfenbeinprinzessin hat ihr Konzert damit eröffnet.« Sie neigte den Kopf und sah Dolly an. »Ich würde es zu gern von Kate hören, du nicht auch?«

»Eine hervorragende Idee.« Dolly gab ihrer Schwester nach, behielt aber eindeutig die Zügel in der Hand. »Als Anfang. Wenn man Beethoven angemessen spielt, ist seine Musik Balsam für die Seele. Mozart dagegen fordert eine Menge Fingerfertigkeit. Vor allem von den Schülern.«

Kate drehte sich ohne ein weiteres Wort um. Beethoven und auch Mozart konnte sie gewiß zu Dollys und Maggies Zufriedenheit spielen. Sie straffte sich, und setzte den rechten Fuß leicht auf das Pedal. Simon hatte zwar unnachgiebig darauf bestanden, *Für Elise* als Eröffnungsstück für ihre Konzerte zu benutzen, aber gleichzeitig war es auch eines der Lieblingsstücke von Kates Großmutter gewesen. Wenn sie es jetzt für Dolly und Maggie spielte, würde es eher liebende Erinnerungen an ihre Großmutter statt an ihre Vorstellungen als Elfenbeinprinzessin wachrufen. Kate wurde klar, daß Maggie dieselbe arglose Unschuld besaß, die ihre Großmutter zu einer so außergewöhnlichen und liebevollen Frau gemacht hatte.

»Für dich, Oma«, flüsterte sie und spielte die ersten Töne mit größter Zurückhaltung. Im Gegensatz zu den meisten Hörproben, die Simon für sie arrangiert hatte, mußte Kate hier sehr sorgfältig darauf achten, nicht mehr als ein bescheidenes Talent für das Pianoforte zur Schau zu stellen. Sie runzelte vor Konzentration die Stirn, während sie die perlenden Läufe zurückhielt und nur gelegentlich ihren Emotionen freien Lauf ließ. Einmal verspielte sie sich sogar absichtlich, um zu zeigen, daß sie wirklich keine vollendete Künstlerin war.

Was ihr angesichts ihrer angespannten Nerven auch nicht allzu schwer fiel.

Sie hatte das Stück kaum beendet, als Dolly eine Sonate von Liszt verlangte. Es folgten Werke von Schumann und Wagner. Kate machte nur kurze Pausen zwischen den einzelnen Stükken, um einen Schluck Wasser zu trinken. Sie hatte Simons brutales Übungsreglement und Hörproben vor launischen Theaterimpressarios ertragen, und dieses Vorspielen war nicht weniger intensiv. Kate wurde ständig von dem Gedanken geplagt, daß sie vielleicht nicht gut genug spielte, um vor Dollys prüfenden Augen und Ohren Gnade zu finden und die Stellung zu bekommen, die sie so dringend brauchte.

Oder spielte sie zu gut?

Vielleicht erregte sie schon Verdacht, was ihre wahre Identität anging, denn schließlich hatten Maggie und Dolly den Auftritt der Elfenbeinprinzessin in Philadelphia letztes Jahr miterlebt. Und da sie mit dem Rücken zu den beiden Frauen saß, konnte Kate auch nicht sehen, wie sie auf ihre Darbietung reagierten.

»Danke, Kate«, sagte Dolly schließlich und beendete damit formell die Hörprobe.

Kate lächelte, als sie das Klatschen hörte. Die liebe, süße Maggie! Sie hatte Kates Herz bereits im Sturm genommen.

Müde, aber trotz ihres einstündigen, pausenlosen Vortrags keineswegs erschöpft, bewegte Kate die Schultern, die vor Anstrengung schmerzten. Ihr Puls pochte in ihren Schläfen, und sie stand auf, um die beiden Schwestern anzusehen. Sie hoffte, Anerkennung auf ihren Gesichtern zu finden.

Maggie enttäuschte sie nicht. Sie tupfte sich die Augen mit einem Taschentuch ab und lächelte Kate zittrig an. »Entzükkend, Liebes. Genauso entzückend wie das Spiel der Elfenbeinprinzessin. Finden Sie nicht auch, daß diese unappetitlichen Gerüchte schwer zu glauben sind, die man sich von ihr erzählt? Wie kann sie auf der Bühne wie ein Engel spielen und anschließend Männer empfangen ... ?«

»Schh!« unterbrach Dolly ihre Schwester. Sie hatte die Lippen fest zusammengepreßt und sah Kate aus zusammengekniffenen Augen an. »Kates Vorstellung war angemessen«, verkündete sie. »Vielleicht auch ein bißchen mehr als das.«

Als sie verstummte, lief Kate eine Gänsehaut über die Arme. Hatte sie zu gut gespielt, und Dolly genug an die Hand gegeben, um die Wahrheit zu erraten? Daß Kate tatsächlich die Elfenbeinprinzessin war? Die Paranoia drohte sie zu überwältigen, und sie holte mehrmals tief Luft, um einen klaren Kopf zu gewinnen. Wahrscheinlicher war, daß Dolly ihrer Pensionierung mit Mißfallen entgegensah, jetzt, da sie einen würdigen Ersatz für sich gefunden hatte ... Vorausgesetzt allerdings, daß sie Kate diese Stellung wirklich anbot.

Kate saß reglos da und hielt vor Angst die Luft an, während sie darauf wartete, daß Dolly sich äußerte.

Als diese schließlich aufstand, war sie blaß und erschöpft und ignorierte Kate. »Bitte zeig Kate ihr Zimmer und hilf ihr beim Auspacken«, sagte sie zu ihrer Schwester. »Ich habe schreckliche Kopfschmerzen und muß mich erst einmal hinlegen, bevor ich die Einzelheiten für Kates Einstellung diskutieren kann. Nach einer Probezeit selbstverständlich.« Ohne Kate auch nur eines Blickes zu würdigen, verließ sie steif das Zimmer.

Kate senkte den Kopf, bestürzt über Dollys abweisende Art. Als Maggie minutenlang schwieg, warf sie ihr einen Seitenblick zu. Sie hoffte bei der Schwester Unterstützung zu finden. Doch ein Blick auf die ältere Frau reichte, und Kate schnappte heftig nach Luft. Maggie stierte mit einem friedlichen, abwesenden Gesichtsausdruck ins Nichts. Anscheinend war sie wieder an diesen fernen Platz entrückt, an den ihr niemand folgen konnte.

Nun stand Kate verlassen da und hatte als Trost nur ihre Hoffnungen und Träume – und ihr geliebtes Pianoforte.

Die Angst überfiel sie wieder. Sie hatte soeben die Erlaubnis erhalten, zu bleiben. Nur die Zeit würde erweisen, ob sie tatsächlich eine Zufluchtsstätte gefunden hatte oder ob sie Opfer ihrer eigenen Träume geworden war.

Drei Wochen später kam Kate von ihrer ersten Rundreise zurück. Ihre Stellung erfüllte all das, was Kate sich davon versprochen hatte. Mehr noch. Sie bot soviel mehr, daß Kate tatsächlich zu hoffen wagte, ihre ersehnte Zuflucht gefunden zu haben. Sie erstattete Dolly und Maggie einen ausführlichen Bericht über ihre Erlebnisse einschließlich einiger Genesungswünsche an Dolly. Päckchen mit frischen Früchten und Gemüse lagen auf der Ablage neben der Spüle. Briefe und kurze Notizen einiger ehemaliger Schüler von Dolly oder von deren Eltern stapelten sich auf dem Tisch neben einer kleinen Leinenbörse, die mit Münzen prall gefüllt war.

Und Kate hatte Schwielen an den Händen.

Sie saß mit den Gresham-Schwestern am Küchentisch, lehnte sich zurück und tauchte ihre schmerzenden Hände in eine Schüssel mit Glyzerin und Rosenwasser.

»Ich dachte, Dolly hätte Ihnen ihre Handschuhe geliehen«, meinte Maggie mißbilligend, während sie warmes Wasser in die Schüssel goß.

»Zwei Paar sogar«, meinte Dolly beleidigt, warf einen kurzen Blick über ihre Lesebrille und unterbrach ihre Lektüre. Sie las die Briefe, die Kate ihr von einigen Schülern mitgebracht hatte. Darin schrieben sie, wie zufrieden sie über den Ersatz waren. Dolly beschränkte sich sogar darauf, Kate mit einem bloßen Stirnrunzeln zu tadeln.

Kate seufzte und verglich unwillkürlich die Reaktion der Schwestern mit der, der sie sich bei Helen und Simon gegenübergesehen hätte. Schon wenn Kate so unachtsam gewesen war, sich einen Fingernagel zu kurz zu schneiden, geschweige denn, wenn sie Schwielen an den Handflächen gehabt hätte. Es war, als vergliche man ein Feuerwerk mit einem Glühwürmchen. Sie lehnte sich auf ihrem Stuhl zurück. Kate fühlte sich sicher, ja sogar fast ein wenig übermütig. »Es war so warm, da habe ich mich entschieden, die Handschuhe nicht anzuziehen.« Sie unterdrückte ein Kichern, als Dolly und Maggie einen entsetzten Blick austauschten. »Jetzt bin ich natürlich bekehrt. Wenigstens heilen die Blasen schnell.«

»Blasen? Grundgütiger Himmel, Kind, welchen Eindruck ...?«

»Laß sie nur, Dolly. Kate hat ein natürliches Talent und ist eine gute Lehrerin. Ich weiß, daß sie einen guten Eindruck gemacht hat, auch ohne daß ich die ganzen Zettel lesen muß, die deine Schüler dir geschrieben haben. Alles ist gesagt und getan, und die Erfahrung ist der beste Lehrmeister. Sie weiß jetzt, daß sie eine Kutsche nicht mehr ohne Handschuhe lenkt. Ist es nicht so, Kate?«

Kate unterdrückte nur knapp ein Stöhnen, als sie an die Unzahl der Lektionen dachte, die sie auf ihrer Rundreise erhalten hatte, und lächelte Maggie etwas gequält zu. Für jemanden, der die letzten zehn Jahre abgeschlossen von der Welt nur in Gesellschaft von Simon und Helen verbracht hatte, hatte Kate sich auf ihrer Rundreise gut gehalten. Bemerkenswert gut sogar. Ihre Bühnenerfahrung hatte ihr das nötige Verständnis für ihre neue Rolle verliehen. Es war jedoch vor allem die herzliche Aufnahme in fast allen Haushalten, die sie davon überzeugt hatte, daß sie hier genau das Leben erwartete, nach dem sie sich so sehr sehnte: ein ehrbares Leben ohne Skandal und Schande.

Und ohne Dollys kurzes Empfehlungsschreiben wären Kates Träume niemals wahr geworden. Doch dadurch wurde Kate als ehrbare junge Frau mit bescheidenen Mitteln empfangen, die einem respektierlichen Beruf als Klavierlehrerin nachging.

Trotzdem, ihr erster Ausflug in die weite Welt war nicht ohne einige furchteinflößende Abenteuer an ihr vorübergegangen. Und die Auseinandersetzung mit einem störrischen Maultier namens Precious war nicht das geringste davon gewesen.

Dolly hatte den letzten Brief gelesen, setzte die Brille ab und band den Stapel Papier mit einem Bindfaden zusammen. »Es scheint so, als hätten Sie einen guten Eindruck hinterlassen. Die Schüler waren über Ihren Unterricht sehr erfreut.«

Kate hob fragend die Brauen. »Auch Mrs. Bennett?«

Maggie kicherte. »Das möchte ich sehr bezweifeln. Dieser Frau macht nichts Spaß. Fragen Sie nur ihren Ehemann. Oder Dolly. Penelope Bennett hätte selbst an der Elfenbeinprinzessin etwas auszusetzen. Denkt nur, wenn sie auch nur die kleinste Ahnung hätte, daß wir eine Beziehung zu ihr haben ...«

»Glücklicherweise hat sie die nicht«, fiel Dolly ihr wütend ins Wort. »Tratsch ist Teufelswerk, Magnolia, und du solltest eigentlich darüber erhaben sein.«

Dollys strenger Ton überraschte Kate genauso wie ihre scharfe Reaktion auf den harmlosen Klatsch ihrer Schwester. Bevor Kate auf die Rundreise ging, waren sich alle darüber einig gewesen, nicht zu erwähnen, wer sie für diese Stellung empfohlen hatte. Aber unter sich konnten sie gefahrlos darüber sprechen, jedenfalls was Kate anging.

Dolly jedoch schien etwas dagegen zu haben. Sie beachtete ihre Schwester nicht und wandte sich direkt an Kate. »Sie haben doch die Elfenbeinprinzessin weder gegenüber Mrs. Bennett noch jemandem anderen erwähnt, Kate?«

Kate lief es kalt über den Rücken. »Nein, selbstverständlich nicht. Ich dachte ... ich meine, wenn mich jemand gefragt hat, habe ich ihnen gesagt, daß mich ein ehemaliger Student empfohlen hat.« Sie hielt inne und entschied sich dann, vollkommen aufrichtig mit den Schwestern zu sein. »Einige Schüler haben mich gefragt, ob ich die Elfenbeinprinzessin bei ihrem Auftritt in Philadelphia gesehen hätte. Das habe ich verneint. Sie schienen zwar ein wenig enttäuscht zu sein, haben aber mit Vergnügen den Tratsch über sie weitergetragen.«

»Vermutlich waren das die Mullen-Mädchen, hab' ich recht?«

Kate nickte.

»Und was genau haben Sie Patty und Susan gesagt, als sie angefangen haben zu tratschen?«

»Ich habe einfach verkündet, daß wir jetzt mit dem Unterricht anfangen.«

Dolly nickte anerkennend und seufzte. »Die Mädchen können manchmal sehr schwierig sein, und ihr Interesse für die Elfenbeinprinzessin sollte man nicht auch noch ermutigen. Sie sind auch schon so viel zu fasziniert vom Theater.« Dolly hielt inne. »Und die anderen teilen unglücklicherweise nicht alle unsere Bewunderung für die Leistung der Prinzessin am Klavier. Es sind Klatschmäuler. Die ganze Bande. Es ist wirklich eine Schande ...«

»Schh. Du regst dich zu sehr auf«, beruhigte Maggie sie. Anscheinend hatte sie sich bereits von dem Tadel ihrer Schwester erholt. »Die arme Kate ist ganz erschöpft.« Sie tätschelte Kates Arm. »Warum schlafen Sie nicht ein bißchen vor dem Essen? Und anschließend haben Dolly und ich Neuigkeiten für Sie.«

»Neuigkeiten?« Kates Herz hämmerte, und sie sah Dolly erwartungsvoll an.

Dolly schüttelte streng den Kopf. »Magnolia, wenn du das nächste Mal versprichst, ein Geheimnis zu bewahren, erinnere mich daran, daß ich dich nicht mehr ernst nehme.« Sie drehte sich zu Kate um. »Ich hatte eigentlich warten wollen, bis Sie sich ausgeruht haben, aber meine liebe Schwester hat jetzt vermutlich Ihre Neugier so geweckt, daß Sie ohnehin nicht schlafen können.« Sie reckte das Kinn vor, und ihre Miene wurde hart. »Ich weiß, daß Sie von den mageren Honoraren sicherlich enttäuscht sind, die Sie auf den Rundreisen verdienen.«

»Eigentlich nicht. Ich ...«

»Wir waren übereingekommen, daß Sie die Hälfte von dem behalten, was Sie verdienen, und zusätzlich dafür freie Kost und Logis bekommen. Ich hingegen würde weiterhin die ortsansässigen Schüler unterrichten, die ich schon früher gehabt habe. Aber es gibt jetzt einen neuen Schüler, der zu Hause unterrichtet werden möchte. Da ich bereits genügend Studenten habe, dachte ich, daß Sie vielleicht einige Stunden pro Woche geben, wenn Sie nicht unterwegs sind. Es ist nicht sehr weit, aber Sie müßten schon den Einspänner nehmen.«

»Es ist eine großartige Chance«, mischte sich Maggie ein. »Und auch vollkommen ehrenhaft, weil Mrs. Spade dort arbeitet und Sie nicht allein im Haus sind.« Maggies Augen funkelten. »Nelda Spade ist die Haushälterin, und sie hat den Schüler an Dolly empfohlen.«

Kate richtete sich verwirrt auf und trocknete sich die Hände ab. Fast alle ihre Schüler waren wohlerzogene junge Mädchen gewesen, und obwohl einige von ihnen ihr ziemlich auf die Nerven gingen, war es bei keiner nötig gewesen, daß noch jemand während der Stunden im Haus war. »Ich hätte große Lust, noch ein bißchen dazuzuverdienen«, erklärte sie und hoffte, daß sie nicht undankbar klang. Natürlich fiel ihr Verdienst auf der Rundreise eher mager aus.

Aber die Freiheit, das kostbarste Gut, das sie ihrer Stellung verdankte, konnte nicht mit barer Münze aufgewogen werden.

Dolly lächelte. »Ich habe Mr. Massey bereits eine Nachricht geschickt, daß Sie vermutlich morgen beginnen können. Ist das zu früh?«

»Nein«, log Kate. Sie hatte eigentlich vorgehabt, einen Tag Pause zu machen. Aber sie wollte Dolly nicht enttäuschen und auch nicht faul erscheinen. Dennoch fand sie die Aussicht, einen Mann als Schüler zu haben, etwas unangenehm, vor allem, weil er neu in der Gegend war. Es war schon schwierig genug, in der Gegend herumzureisen, aber wenigstens wußte sie, daß diese Schüler alle zu Dollys kleiner Gemeinde gehörten.

Es rieselte ihr kalt über den Rücken. War es möglich, daß der Diebstahl der Brosche vergeblich gewesen war? Daß Simon trotzdem Mittel gefunden hatte, um einen Detektiv auf ihre Fährte zu setzen? War Mr. Massey etwa derjenige? Würde sie wieder weglaufen müssen?

Da sie ihre wahren Befürchtungen nicht äußern konnte, stellte sie eine unverfängliche Frage, um mehr über ihn herauszufinden. »Hat Mr ... Mr. Massey schon einmal Unterricht auf dem Klavier gehabt?«

Dolly schüttelte den Kopf. »Nein. In seinem Brief hat er geschrieben, daß er sich auf einen Sommersitz am Delaware geflüchtet hat, um der Hitze in der Stadt zu entgehen. Offenbar hat ihn ein Flügel im Arbeitszimmer fasziniert. Seine Referenzen sind in Ordnung, sonst würde ich nicht zulassen, daß Sie ihm in seinem Haus Unterricht erteilen.«

»Und Nelda Spade hat sogar auch etwas dazugeschrieben«, bemerkte Maggie.

Dolly errötete tatsächlich. »Ein geschmackloser Brief mit lauter Klatsch, den ich umgehend ins Feuer geworfen habe, nachdem ich ihn gelesen hatte.«

Maggie lächelte. »Aber erst, nachdem ich ihn auch gelesen hatte.«

»Unglücklicherweise.« Dolly seufzte und sah Kate an. »Nehmen Sie sich vor Mrs. Spade in acht. Sie ist ein unverbesserliches Klatschmaul.«

Maggie beugte sich über ihre Schwester, um Kates Aufmerksamkeit zu erregen. »Nelda Spades Schwester lebt in Philadelphia, und sie hat Nelda alles über den Mann erzählt, nachdem er das Grundstück gemietet hatte. Anscheinend verschwindet er von Zeit zu Zeit. Ihre Schwester hat Nelda versichert, daß der Mann in der Stadt wohlgelitten ist und ausgezeichnete Beziehungen hat. Allerdings lebt er etwas abenteuerlicher als die meisten anderen Männer, was vermutlich das Interesse an ihm erklärt.«

Dolly rutschte auf ihrem Stuhl zur Seite und versuchte halbherzig, Maggie zurückzuschieben, die einfach aufstand. »Er ist ein Juwelier aus Philadelphia«, fuhr sie fort. »Masseys Juwelengeschäft. Es ist die beste Adresse in der Stadt.«

»Woher weißt du das?« Dolly war offensichtlich verärgert. »Wieder so ein Tratsch von Nelda?«

»Nein. Aus einer Anzeige im *West Jerseyman*. Da steht es drin.«

Instinktiv preßte Kate den Arm an die Seite, und die Brosche grub sich in ihre Haut. »Ein Juwelier? Dann ist er ja wohl daran gewöhnt, mit den Händen zu arbeiten. Wie oft möchte er unterrichtet werden?«

»Jeden Tag, wenn Sie zu Hause sind. Da er nur im Sommer auf seinem Landsitz sein wird, dürfte das Wetter dieser kleinen Ausfahrt nicht im Weg stehen. Es sei denn, Sie denken, es wäre zu strapaziös ...«

Die Aussicht, sich die Börse zu füllen, verlockte Kate. Sie schüttelte rasch den Kopf. »Nein«, sagte sie leise und hoffte, daß der Mann keine ihrer Vorstellungen in Philadelphia besucht hatte. Und selbst wenn, würde er sie sicher nicht erkennen. Sie zog sich mit einer Entschuldigung nach oben zurück und tadelte sich dafür, daß sie aus Angst vor einer Entdeckung einen Mann verdächtigte, der nichts weiter wollte, als einen erfrischenden Aufenthalt auf dem Land mit ein paar Stunden Klavierunterricht zu verbinden, um sich die Zeit zu vertreiben.

3. KAPITEL

Philip Massey stand vor den breiten Glastüren des Balkons im ersten Stock seines gemieteten Sommersitzes und genoß die Sonnenstrahlen des frischen Morgens. Er sog den leichten Blütenduft der Luft ein und bewunderte die blühenden Birn- und Apfelbäume, die das Haus umgaben. Wie ein mittelalterlicher Burgherr ließ er seinen Blick über den breiten Delaware River gleiten, der an der westlichen Grenze seines Grundstücks entlangfloß und über den hinweg man in der Ferne Philadelphia sehen konnte.

Und die unsichtbaren Ketten, die ihn an seine Vergangenheit fesselten.

Zufrieden mit dem Anblick seines neuen Domizils trat er wieder ins Haus und sah sich in dem großen Schlafzimmer um. Burgunderrote Muster, die sich in dem orientalischen Teppich wiederholten, rahmten die hellen Wände ein. Links von ihm lagen Spitzenkissen und eine gehäkelte Tagesdecke auf dem massiven Himmelbett, und rechts flankierten ein Wandschirm mit einem aufwendigen Gemälde und eine gepolsterte Chaiselongue den geziegelten Kamin.

Er pfiff leise, drehte sich um und verließ das Schlafzimmer. Dann ging er an den sechs Zimmern vorbei und stieg die Treppe ins Erdgeschoß hinab. Dort schritt er geradewegs ins Arbeitszimmer, wo der Konzertflügel in der Morgensonne glänzte, die durch die hohen Fenster hereinschien.

Das hochglanzpolierte und mit Schnitzereien verzierte Gehäuse aus Rosenholz spiegelte die restliche Einrichtung des Zimmers perfekt wider. Ein schmales, gepolstertes Sofa, ein

Sekretär, eine kleine Anrichte mit silbernem Teeservice. Eine perfekte Umgebung für die täglichen Unterrichtsstunden mit seiner Lehrerin, die er bereits sehnlichst erwartete.

Er hatte immer wieder seinen Ruf als Abenteurer benutzt, um monatelange Einkaufsreisen für seinen Onkel Harold zu machen, den Besitzer des Juwelengeschäfts. Philip freute sich bereits auf einen Sommer weit weg von der Hitze und den Menschenmassen der Stadt.

Und weit weg von seinen Erinnerungen.

Natürlich hatte er nicht vor, die nächsten Monate überhaupt nicht zu arbeiten. Er betrat das Arbeitszimmer, das umgeräumt worden war, damit er vor dem Flügelfenster sitzen und die Morgensonne genießen konnte. Der dicke Teppich dämpfte seine Schritte, als er zum Tisch trat und mit den Fingern über seine Werkzeuge glitt. Sein Verstand jedoch beschäftigte sich nicht mit den paar Edelsteinen, die er in den nächsten Monaten zuschneiden und schleifen würde. Sie befanden sich im Moment noch in dem massiven Safe, der im Erdgeschoß stand.

Da er alles zu seiner Zufriedenheit vorfand, beschloß er, einen kurzen Ausritt zu unternehmen, bevor seine Haushälterin aufstand und ihnen ein reichhaltiges Frühstück zubereitete und ihr Ehemann dann seine Arbeit auf dem Besitz begann. Die Spades waren von dem Besitzer, der wegen einer Erbschaftsangelegenheit nach England zurückmußte, als Verwalter eingesetzt worden und zeigten keinerlei Interesse an seinem Alltag, außer, daß sie für sein leibliches Wohl sorgten.

Da sie bald Angestellte eines Mannes sein würden, der einen – wenn auch geringen – englischen Adelstitel tragen sollte, benahmen sich Abner und Nelda Spade etwas herrisch und überheblich und behandelten Philip von oben herab. Er hingegen zögerte, mehr Kontrolle über die beiden zu gewinnen, weil er nicht ihre Feindschaft oder, noch schlimmer, ihre Neugier auf sich ziehen wollte. Das würde ihn nur von dem ablenken, weshalb er tatsächlich hierhergekommen war: die kostbare Brosche zu finden, die Simon Morrell von der Elfenbeinprinzessin gestohlen worden war, und das Schmuckstück zurückzubringen.

Er hatte einen bitteren Geschmack im Mund.

Es mißfiel ihm außerordentlich, dem Mann auch die berühmte Künstlerin zurückzuführen, damit sie ihre Konzerttournee fortsetzte. Aber er hatte keine andere Wahl, wenn er sich von der Last des Skandals befreien wollte, der ihn seinen Ruf und seine Freiheit gekostet hatte.

Er warf einen Blick auf seine Taschenuhr und beschloß, mit der Arbeit an dem Schmuckstück zu beginnen, das er Eldridge Bradford für seine Frau aufgeschwatzt hatte. Dabei könnte er auf die Klavierlehrerin warten, die am späten Morgen auftauchen sollte.

»Beginnen wir das Spiel«, flüsterte er laut und schwor sich, daß es diesmal anders enden sollte, und zwar zu seinem eigenen Vorteil.

Er würde ein für allemal die Vergangenheit begraben und ein neues Leben anfangen. Zu seinen eigenen Bedingungen. Aufrecht und stolz. Und das alles dank der verdorbenen kleinen Prinzessin, die es ihm so leicht gemacht hatte, sie zu finden, daß er sogar seinen eigenen Namen benutzen und das Spiel verlängern konnte, wie es ihm gefiel.

Und lange genug, um sicherzustellen, daß sie nach Ende des Spiels begreifen würde, von einem Meister des Fachs besiegt worden zu sein: von Omega.

Kate zog die Zügel an, als Precious um eine scharfe Kurve bog. Das Maultier sträubte sich zwar noch gelegentlich gegen Kates Willen, aber sie hatten einen trügerischen Waffenstillstand geschlossen. Trotzdem hatte Kate diesmal einige Karotten eingepackt, nur für den Fall, daß Precious mal wieder seine Meinung änderte. Kate hielt die Zügel bequem in der Hand und ging in Gedanken noch einmal den Brief durch, den Philip Massey an Dolly geschickt hatte und in dem er um Unterweisung auf dem Pianoforte gebeten hatte. Kate konnte den zusätzlichen Verdienst gut gebrauchen, aber die Vorstellung, einem Mann Klavierunterricht zu geben, machte sie nervös.

Kate fuhr die Sorrel Horse Road entlang, und nachdem sie die kleine Siedlung Jordantown passiert hatte, die aus einer Gemischtwarenhandlung und etwa einem Dutzend Häusern bestand, verdoppelte sie ihre Aufmerksamkeit. Einige Meilen später sah sie den Orientierungspunkt, der in dem Brief beschrieben worden war, und hielt den Atem an. Ein großer Felsbrocken markierte den Eingang zu dem Landsitz, und sie zog am rechten Zügel.

Precious schien einverstanden zu sein und bog auf den holprigen Feldweg ab. In einiger Entfernung sah Kate staunend auf einem kleinen Hügel die Rückseite eines großen, zweistöckigen Ziegelhauses. Verglichen mit den meisten Bauernhäusern hier in der Gegend erinnerte dieses Anwesen hier an einen englischen Landsitz.

Erinnerungen an ihre Großmutter durchströmten Kate, und ihre Augen wurden feucht. In einem Haus wie diesem hier hatte ihre Großmutter sie aufgezogen, und als verwaiste Enkelin einer Haushälterin war es kein müßiges Leben gewesen. Kate hatte schwer gearbeitet, und sie war klug genug, jetzt dankbar dafür zu sein, statt sich darüber zu beschweren. Denn dieser Widerwillen ihrer ungestümen kindlichen Natur hatte sie geradewegs in Simons Falle geführt.

Sie hatte die Lektionen der Vergangenheit gut gelernt und konzentrierte sich lieber auf die Herausforderungen der Gegenwart. Kate konzentrierte sich auf die Kutsche, falls Precious wieder bockig werden sollte. Sie wollte auf keinen Fall einen peinlichen Auftritt erleben. Sie fuhr an dem kleinen Cottage der Verwalter und an verschiedenen Außengebäuden vorbei, die alle in exzellentem Zustand waren. Als sie sich der

Vorderseite des Hauses näherte, fuhr sie im Schatten einiger großer Bäume entlang, die von einem gepflegten Garten umgeben waren, in dem bereits die ersten Tulpen blühten.

Precious hatte offensichtlich etwas im Garten gesehen, was sein Interesse weckte. Kate fühlte, wie die Muskeln in ihrem Arm sich anspannten, als sie die Zügel straffer hielt, um dem Maultier keine Möglichkeit zu geben, seiner Neugier nachzugehen. Precious blieb stehen, gefährlich dicht an den Blumen, aber Kate hielt die Zügel fest, und ihr Herz klopfte heftig, als das Maultier anfing zu schreien. Kate schlug mit den Zügeln und benutzte die Peitsche.

»Nicht jetzt!« flüsterte sie, während sie das Haus musterte. Die Sonne glänzte auf dem steilen, spitzen Dach, und trotz der breitkrempigen Haube, die Kate trug, mußte sie mit einer Hand die Augen schützen, um besser sehen zu können. Um die Ecken des Ziegelgebäudes lugten gelbe Forsythien, und auf der Veranda standen mehrere Stühle, die alle zum Fluß hin ausgerichtet waren. Über die gesamte Breite des ersten Stocks erstreckte sich ein Balkon, der der Veranda im Erdgeschoß Schatten spendete.

Das Haus war groß und wunderschön und strahlte eine ruhige Eleganz aus, die Kate gefiel. Sie war fast ein bißchen enttäuscht, daß sie nicht länger als eine Stunde am Tag hier sein konnte.

Sie hielt den Einspänner an und stieg aus. Rasch schlang sie die Zügel über den Haken. Als sie sich vorbeugte, um die kleine Tasche zu nehmen, in der sich die Notenblätter und andere Lehrhilfen befanden, hörte sie, wie die Tür geöffnet wurde und Schritte über die Veranda auf sie zukamen. Bevor sie hochblicken konnte, hörte sie die männliche Stimme.

»Miss Danaher?«

Kate lächelte und drehte sich um. Doch als sie hochblickte, gefror ihr Lächeln, und die Zeit schien stillzustehen. Kate blinzelte zweimal, doch es wollte ihr einfach nicht gelingen, den

Gentleman, der da auf der Terrasse stand, mit ihrem Bild von Philip Massey in Einklang zu bringen.

Da er den Sommer auf dem Land verbrachte, hatte sie angenommen, daß er schon älter war. Doch der Mann, der auf sie zukam, zählte nur wenig Lenze mehr als sie selbst.

Er trug eine rehbraune Hose und ein cremefarbenes Hemd und bewegte sich energisch und zielstrebig. Er war zwar nicht besonders gutaussehend, aber auch keineswegs unattraktiv. Mittelgroß, schlank und muskulös strahlte er eine unterschwellige Aura von Männlichkeit und Selbstbewußtsein aus. Als er die Treppe herunterkam und aus dem Schatten der Veranda trat, fiel die Sonne auf sein rotbraunes Haar, das ihm bis zum Kragen reichte. Seine dunklen Augen funkelten lebenslustig, was Kate ausgesprochen anziehend fand. Und gleichzeitig höchst beunruhigend.

Sie hatte, von Simon mal abgesehen, nur sehr wenig Erfahrung im Umgang mit Männern, und ihr Puls hämmerte in ihren Schläfen. Sie hoffte, daß sie sich in seiner Identität vielleicht geirrt hatte. »M... Mist... Mister M... Massey?« stammelte sie und umklammerte ihre Tasche.

Er trat neben die Kutsche und lächelte sie an. »Sie sind vermutlich Miss Danaher, stimmt's?«

Sie nickte stumm, weil sie kein Wort herausbrachte. Ihre Hoffnung verflüchtigte sich zu einem frommen Wunsch. Ihr Herz hämmerte in ihrer Brust, und sie war überzeugt, daß er sie entweder für eine Idiotin oder für ein freches Flittchen halten mußte, weil sie ihn so ungeniert anstarrte.

Er lächelte wieder, als er von der anderen Seite der Kutsche nach ihrer Tasche griff, die sie mit aller Kraft umklammerte. Er war fast zwanzig Zentimeter größer als sie, und seine Gegenwart strahlte Macht aus. Aber er wirkte nicht bedrohlich.

Er legte seine Hand auf ihre, und sie zitterte, als ein beunruhigendes Gefühl in ihr aufstieg. Sie konnte sich nicht bewegen und war auch kaum in der Lage zu atmen, während sie seine Hand ansah. Er hatte wunderschöne, lange Finger, und sie spürte seine sanfte Kraft durch ihre Handschuhe. Seine Fingernägel waren sorgfältig geschnitten, und auf seiner Haut zeigten sich weder Schwielen noch Schmutz. Er hatte die Hände eines Künstlers, oder noch perfekter: die eines Konzertpianisten, von der Natur geschaffen, eine Klaviatur elegant und dennoch männlich zu beherrschen. Zum ersten Mal empfand Kate so etwas wie Bedauern wegen ihrer Hände. Sie war froh, daß die Handschuhe wenigstens die unschönen Schwielen bedeckten.

»Ich bin froh, daß Sie kommen konnten. Gestatten Sie mir, daß ich dies hier trage.« Er deutete auf ihre Tasche, und seine tiefe Stimme klang amüsiert. »Abner wird das Maultier versorgen.«

Sie zog ihre Hand zurück, als es sie heiß überlief, und die Röte überzog ihren Hals und brannte in ihren Wangen. »Sie brauchen wirklich niemanden damit zu belästigen. Es ist daran gewöhnt, vor dem Wagen zu stehen.«

»Wollen wir hineingehen?« Philip trug die Tasche und drehte sich um, ohne auf eine Antwort zu warten.

Kate schluckte und nickte, während sie die Muskeln betrachtete, die sich unter seinem Hemd abzeichneten. Simon hatte sie mit seinem massigen Körper, seiner ungewöhnlichen Größe und seinem finsteren, attraktiven Aussehen eingeschüchtert. Er hatte seine körperliche Überlegenheit, sein rauhes Wesen und seine dominierende Persönlichkeit benutzt, um sie zu kontrollieren und ihr Angst einzuflößen, damit sie ihm gehorchte.

Es hatte ihren ganzen Mut erfordert, von ihm zu fliehen, aber allein mit Philip Massey zu sein erforderte mehr als nur Mut. Wenn er neben ihr stand, schlug ihr Herz plötzlich unregelmäßig. Sein Blick jagte ihr warme, wundervolle Schauer über den Rücken. Und sein Lächeln ließ ihre Wangen erröten.

Ihre ganze Haut kribbelte vor unerwarteter und aufregender Anziehung.

Sie raffte ihre Röcke mit einer Hand und wagte kaum zu atmen, während sie um die Kutsche herumging, die Treppe hochstieg und auf die Veranda trat. Als sie vor ihm über die Schwelle des Hauses ging, wurde ihr schlagartig klar, daß ihr sehnsüchtiges Bedauern, nur eine Stunde am Tag in diesem Haus sein zu dürfen, ein großer Irrtum gewesen war.

Sie zählte schon jetzt die Minuten, bis sie endlich wieder abfahren konnte.

4. KAPITEL

Philip hatte erwartet, einer gebildeten, weltgewandten Frau zu begegnen, die ebenso faszinierend war wie ein kostbar geschliffenes Juwel. Doch zu seiner Verblüffung fand er sich in der Gesellschaft eines Rohdiamanten wieder. Kathryn Danaher war eine eher durchschnittliche Frau, die jede Ahnung von Weltgewandtheit unter ihrem spröden und schlichten Äußeren verbarg.

Die Vorstellung, ihr diese Maske wegzureißen, erregte Philip.

Er wartete, bis sich seine Augen an das gedämpfte Licht in der Eingangshalle gewöhnt hatten. Kathryn plauderte leise mit Nelda, während sie ihr die Handschuhe und die Haube reichte. Die Haushälterin wirkte ziemlich mürrisch und hochmütig, weil sie die Gartenarbeit unterbrechen mußte, um Dienstmädchen zu spielen.

Philip war immer noch ein wenig verblüfft, daß sein vorgefaßtes Bild von der Klavierlehrerin so falsch gewesen war, und musterte sie jetzt aufmerksamer. Er versuchte, den Widerspruch zwischen dem, was er jetzt sah, und dem Bild zu überbrücken, das Simons Schilderung in ihm erzeugt hatte.

Es gab keine blonden Löckchen, die ihr auf die Schultern fielen, weil sie offenbar nicht die Perücke trug, die sie bei ihren Bühnenauftritten benutzte. Ihr schwarzes Haar fiel wellig über ihre Ohren, war im Nacken zu einem Knoten gebunden und entsprach nicht ganz dem Ton, den Simon beschrieben hatte. Obwohl sie schlank war und ein körperbetontes, blaßgelbes Mieder trug, das zu dem unmodernen Rock paßte, war sie größer, als er es in Erinnerung hatte. Damals hatte er ihr Konzert von einer Balkonloge aus verfolgt, lange bevor er diesen Auftrag angenommen hatte.

Entweder hatte Simon ihre Fähigkeit, ihr Äußeres zu verändern, absichtlich heruntergespielt, oder Philip hatte sie unterschätzt. Als Vortragskünstlerin und Entertainerin war die Elfenbeinprinzessin sicherlich in der Lage, sich perfekt zu verkleiden. Aber er mußte zugeben, daß er von der Rolle, für die sie sich entschieden hatte, genauso überrumpelt worden war wie von ihrem neuen Namen und ihrer Identität. Warum diese Frau eine gewöhnliche Stellung als Klavierlehrerin angenommen hatte, statt die Kameebrosche ins Leihhaus zu tragen oder zu verkaufen und sich dann wieder über den Atlantik davonzumachen, war ihm schleierhaft. Im Moment jedoch war er von ihrem einfachen und schlichten Äußeren fasziniert.

Vielleicht war er von dem exquisiten Kostüm in die Irre geleitet worden, das sie auf der Bühne trug und in welchem sie ihre Identität vor den Zuhörern überall auf der Welt geheimhalten konnte. Bei den verschiedenen heimlichen Treffen, in denen weder Philip noch Simon Morrell sich gesehen hatten, um Philips wahre Identität zu wahren, war Morrell entnervend vage geblieben, was ihre Herkunft anging. Er hatte nur den Namen Kathryn Baxter angegeben und vermutet, daß sie ihn benutzen könnte. Als er schließlich bedrängt wurde, hatte sich Omegas Ruf gegen Philip selbst gewandt. Morrell erwartete bei der Summe, die er zahlte, um die Elfenbeinprinzessin zurückzubekommen – die Brosche natürlich nicht zu vergessen –, daß Philip sie aufspürte, ohne auch nur die kleinste Information über ihre Herkunft zu bekommen.

Philip hatte Zeitungen studiert, um mehr über sie zu erfahren, und einige Geschichten zusammengetragen, die von Bewunderern geschrieben worden waren. Angeblich hatten sie einen Blick auf ihr Gesicht werfen können. Obwohl alle

Autoren von ihrer Schönheit schwärmten, hatte anscheinend jeder ein anderes Gesicht gesehen. Das wiederum goß noch mehr Öl in das Feuer des Geheimnisses um die mysteriöse und schwer faßbare Elfenbeinprinzessin.

Einem Gerücht zufolge war sie eine Engländerin, die von einem grausamen Herzog mißbraucht und dann rasch abgeschoben worden war. Allein ihr bescheidenes Talent auf dem Klavier hatte sie am Leben erhalten. Eine andere Klatschgeschichte stempelte sie zu einer australischen Kokotte, deren sexueller Appetit und unmoralisches Wesen ihrem ältlichen Gemahl einen tödlichen Herzinfarkt beschert habe. Kurz nach den Flitterwochen habe der arme Mann sie in einer verfänglichen Situation mit einem Stallburschen und einer Dienstmagd ertappt. Als kinderlose Witwe sei die ehemalige Herzogin sehr schnell von dem nächsten Angehörigen verbannt worden.

Ähnliche Gerüchte hielten sich je nach Gegend in leichten Variationen, und sie hatten die Faszination der Öffentlichkeit für diese Künstlerin nur angestachelt. Ihre Jungfernschleier spotteten entweder dem giftigen Klatsch, oder aber sie stellten eine völlige Verwandlung ihrer verruchten Seele dar. Auf der ganzen Welt strömten die Zuhörer in die Theatersäle und erhofften, einen Blick hinter ihre Schleier zu erhaschen und auch das eine, gemeinsame Element in all den Gerüchten zu sehen: ihr Markenzeichen, die Kameebrosche.

Angeblich hatte ihr entweder ein verstorbener Ehemann oder einer ihrer zahllosen Liebhaber diese Brosche geschenkt. Sie war ein Erbstück und der einzige Teil ihrer wahren Identität, über den Simon bereitwillig Einzelheiten preisgab.

Philip spannte sich unwillkürlich an, als Nelda davonrauschte und die Klavierlehrerin sich zu ihm umdrehte. Er wußte anderes von ihr als ihre wahre Identität: Er kannte das ganze Ausmaß ihres schlechten Charakters. Morrell hatte behauptet, daß die Frau zu ihm gekommen war und diese Brosche als Entgelt für seine Erfahrung geboten habe, die er als Impresario einiger begnadeter Künstler hatte. Doch selbst in seinen kühnsten Träumen hätte er nicht erwartet, diese mittellose Frau mit ihrem bescheidenen Talent in eine internationale Berühmtheit verwandeln zu können.

Sicher, Morrell hatte nicht das Flair eines P. T. Barnum, der einige Jahre zuvor mit Jenny Lind die Welt bereist hatte. Aber Jenny Lind, die vielleicht die süßeste Stimme hatte, die jemals auf einer Bühne ertönte, war auch eine Frau mit einem makellosen Charakter. Wohingegen die Elfenbeinprinzessin eine eher dunkle Vergangenheit hatte. Und es hatte sicher nichts verbessert, daß sie letzten Monat auf dem Höhepunkt ihrer Amerikatournee verschwunden war, wobei sie die kostbare Brosche einfach hatte mitgehen lassen. Was mußte das für eine Frau sein, die sich so einem Mann gegenüber verhielt, der ihr mit ganzer Kraft geholfen hatte?

Eine verräterische, egozentrische, verwöhnte Primadonna, mit derartig überhöhten Ansprüchen, daß man sie als achtes Weltwunder hätte ansehen können!

Und deine Sünden der Vergangenheit? Sind sie nicht genauso wiederwärtig?

Philip schüttelte den Kopf und weigerte sich, weiter darüber nachzudenken, wie ähnlich er und diese angebliche Prinzessin sich möglicherweise waren. »Nicht mehr«, flüsterte er. Er hatte sich geändert, während sie einfach nur ein neues Gewand übergeworfen hatte. Es erfüllte Philip mit Stolz, daß er vermutlich der erste Mensch war, abgesehen einmal von ihrem hingebungsvollen Manager und dessen Frau, der das unverhüllte Gesicht und die wahre Gestalt der Elfenbeinprinzessin sah.

Als sie ihn ansah, hielt er unwillkürlich den Atem an. Als er an der Kutsche vor ihr gestanden hatte, hatte ihre Haube einen Schatten über ihr Gesicht geworfen. Doch jetzt schien das gedämpfte Sonnenlicht in ihr Gesicht, und Philip betrachtete sie überrascht.

Ihr Gesicht war klar und unauffällig, hatte hoch geschwungene Brauen über Augen mit dichten Wimpern, die von schillernden Farbtönen waren, wie er es noch nie gesehen hatte: braun mit farngrünen und seeblauen Tupfern, mit goldenen Flecken und einem Hauch Bernstein. Jede Farbe schien die andere an Intensität zu übertrumpfen, und der unschuldige Blick war faszinierend.

Kein Wunder, daß sie in der Öffentlichkeit niemals ohne Schleier aufgetreten war. Ihre Augen waren unverkennbar genug, um jede Verkleidung zu unterminieren, zu der sie vielleicht gegriffen hätte. Die einzige Ausnahme wäre gewesen, wenn sie eine Witwe gespielt hätte, mit einem schweren schwarzen Schleier, der ihre Trauer – und ihr Gesicht – vor der Welt verbarg.

Philip hatte schon immer den wahren Charakter eines Menschen nur anhand seines einzigen Körpermerkmals bestimmen können, das man nicht verändern konnte: die Augen. Sie waren die Fenster zum Herzen und die Spiegel der Seele. Aber dieser Frau schien es gelungen zu sein, die Natur selbst zu hintergehen und ihren wahren Charakter zu verstellen.

Er wußte, daß er hier einer würdigen Gegnerin gegenüberstand, und es schien sehr passend zu sein, daß sein letzter Auftrag als Omega auch sein schwierigster sein würde.

Omega.

Philip Massey.

Beide Identitäten paßten gut zu ihm.

Nach außen hin war Philip Massey nur ein Juwelier, wenn auch ein Meister seines Fachs. Doch einige Verzweifelte kannten ihn unter dem Pseudonym Omega – ein Juwelenexperte, den man anheuern konnte, um gestohlene Juwelen aufzuspüren und sie wieder ihren rechtmäßigen Besitzern zurückzubringen. Für manche war er die letzte Zuflucht. Für diejenigen, denen Diskretion vor öffentlicher Demütigung und einem Skandal ging, der normalerweise losgetreten wurde, wenn die

Behörden ihre Ermittlungen aufnahmen, für den Geldadel und auch für die neureiche Elite, die es vorzog, unerkannt zu bleiben, war er die erste Adresse.

Philip mußte einen Kloß im Hals herunterschlucken, aber noch bevor er auch nur ein einziges heiseres Wort herausbrachte, war sie schon an der Tür zu dem Arbeitszimmer. Als wäre sie in einem Bann, trat sie in den Raum und verschwand aus seinem Blickfeld. Verblüfft folgte er ihr. Mit einem Blick erfaßte er die Situation und beglückwünschte sich, als er sah, wie sie den Konzertflügel anstarrte. Er hatte wirklich die Fähigkeit, selbst die beste Verkleidung zu durchdringen und den wahren Charakter einer Person zu erkennen.

Intuitiv war ihm eines klar gewesen: Selbst wenn Kathryn Danaher Vorbehalte haben mochte, ihn hier im Klavierspiel zu unterrichten, würde die Elfenbeinprinzessin es nicht fertigbringen, diesem Meisterwerk der Klavierbaukunst zu widerstehen, das er extra für diesen Auftrag geordert hatte.

Er gratulierte sich erneut, daß er ihr Interesse geweckt hatte, stellte ihre Tasche auf den Boden und trat an die entfernte Seite des Pianos, während sie vor den Tasten stand und mit zitternden Fingern über die Perlmutt- und Onyxtasten strich. »Es ist wunderschön, finden Sie nicht?«

Sie blinzelte und wurde aus ihrer Träumerei gerissen. Ihre Wangen liefen rot an. »Was? Oh, es tut mir leid«, sagte sie, während sie ihn ansah. »Ich war so unhöflich ...«

»Ganz und gar nicht. Ihre Faszination ist sehr verständlich.« Er lachte leise und stellte sich neben sie. Mit den Beinen berührte er den Bezug der Klavierbank, die ebenso prächtig geschnitzt war wie die Beine des Klaviers. »Man sagt, daß die Konzertflügel von Boardman und Grays mit der Dolce-Campana-Maschinerie weltweit die besten Instrumente ihrer Art sind. Ich glaube, daß Jenny Lind darauf bestanden hat, daß ihr auf ihrer Tournee vor ein paar Jahren eines zur Verfügung gestellt wurde.«

»Die schwedische Nachtigall«, flüsterte Kate.

»Mit der Stimme eines Engels.«

Sie lächelte, und Philip spürte, wie es ihn warm durchrieselte.

»Boardman-und-Gray-Klaviere werden von den reichsten Königen gespielt.«

Und auch von einer Prinzessin? dachte Philip.

Er spielte mit dem Gedanken, es laut auszusprechen, aber er widerstand dem Impuls. Er hatte noch den ganzen Sommer Zeit herauszufinden, wo die Elfenbeinprinzessin alias Kathryn Danaher die gestohlene Brosche versteckt hatte. Und da er so einfach ihre Spur von Philadelphia ins südliche New Jersey gefunden hatte, war es so gut wie sicher, daß er auch die Brosche aufspüren würde.

Es besteht kein Grund, das Unausweichliche zu forcieren, dachte er, während er die zarte Haut ihrer geröteten Wangen bewunderte.

»Spielen Sie für mich«, bat er sie und trat von der Bank zurück.

Sie sah ihn entsetzt an und rang die Hände. »Ich ... ich darf auf keinen Fall die kurze Zeit, die wir haben, dazu mißbrauchen. Vielleicht ist es das beste, wenn wir ... wenn wir mit dem Unterricht anfangen.«

Er bemerkte, wie deutlich sie das Wort »kurz« betonte, und fühlte, wie sein Puls sich beschleunigte, als sie sich an die Seite des Klaviers stellte.

»Sie haben Miss Dolly geschrieben, daß Sie noch nie Unterricht auf dem Klavier hatten.«

Er verschränkte die Arme und lächelte. »Noch nie, das stimmt.«

Sie holte tief Luft und setzte eine entschlossene Miene auf. »Dann sollten wir mit den elementarsten Grundlagen beginnen. Setzen Sie sich bitte auf die Bank, Mister Massey!«

»Philip. Nennen Sie mich bitte Philip«, erklärte er, während er gehorsam ihrem Wunsch nachkam. »Darf ich Sie Kathryn nennen?«

»Ich glaube, es ist üblich«, erwiderte sie steif, »und auch ein Zeichen des Respekts, seinen Lehrer mit seinem Titel anzusprechen. Und wenn der Lehrer sich professionell verhält, wird er dasselbe tun.« Ihre Stimme bebte. »Wenn Sie einen Höflichkeitsbesuch bevorzugen, dann schlage ich vor...«

»Es tut mir leid, ich wollte nicht unhöflich sein.« Er räusperte sich. »Wie Sie gerade sagten, Miss Danaher...«

Sie atmete aus, und ihre Brüste spannten den Stoff ihres Mieders. Sie war eine entzückende junge Dame, und es war eine Schande, daß sie so ein kaltes, diebisches Herz hatte.

Je größer die Herausforderung ist, dachte er, desto süßer schmeckt der Sieg.

Sie musterte ihn kurz und schüttelte den Kopf. »Setzen Sie sich aufrecht hin und stellen Sie Ihre Füße flach auf den Boden. Und lassen Sie die Hände unmittelbar über...«

»So?« Er richtete sich kerzengerade auf, stellte die Füße ordentlich hin und hielt seine Hände steif und parallel zu den Tasten.

Sie befeuchtete die Lippen. »So ist Ihre Haltung besser, aber Sie halten die Hände zu steif und zu hoch. Wenn Sie Ihre Handgelenke etwas beugen und Ihre Finger etwas spreizen würden...«

Er hob die Ellbogen, lockerte die Handgelenke und krümmte die Finger, so daß seine Fingerspitzen die Oberfläche der schwarzen Tasten berührten und die Daumen auf den Perlmuttasten ruhten. »Besser?«

»Noch nicht ganz.«

»So vielleicht?« Er stützte die Handballen auf dem dünnen Holz an der Spitze der Tasten ab.

»Nein«, sagte sie und biß sich auf die Unterlippe.

Er runzelte die Stirn und reckte die Hände in die Luft. »Bin ich ein Dummkopf, oder einfach nur nicht für dieses Instrument geschaffen?«

Sie errötete erneut. »Aber nein«, sagte sie. »Ganz und gar nicht.«

»Dann sollten Sie es mir am besten zeigen.« Er wollte aufstehen, als sie um die Seite des Pianos ging und ihm bedeutete, sitzen zu bleiben.

Sie beugte sich zu ihm herunter, packte seinen linken Arm, bog seinen Ellbogen und hielt ihn mit der einen Hand fest, während sie mit der anderen seine Hände richtig positionierte. Dann wiederholte sie es bei dem anderen Arm. Ein süßer Duft nach Blumen drang in Philips Nase, den er noch roch, als sie schon wieder zurückgetreten war. Fast hätte er die rauhe Berührung ihrer Hände übersehen. Hatte sie Blasen vom Kutschfahren? Das war eigenartig, da sie doch Handschuhe getragen hatte. Er fragte sich, ob sie die Handschuhe angelegt hatte, um ihre Blasen zu verstecken, und ob sie aus Verlegenheit wegen ihrer mitgenommenen Hände gezögert hatte, seine in die richtige Position zu bringen.

Eitelkeit.

Kein überraschendes Laster bei einer verwöhnten Berühmtheit wie der Elfenbeinprinzessin, aber die junge Frau, die sich Kathryn Danaher nannte und neben ihm stand, schien viel zu schlicht zu sein, um diese skandalöse Vergangenheit und eine geheimnisvolle Aura zu haben, die ihr zu Weltruhm verholfen hatten.

Aber sie war eben clever, und ihr Verhalten gehörte zu ihrer Rolle. Wer konnte ihre List besser durchschauen als Omega, der überlegene Meister der Verkleidung höchstpersönlich?

»Perfekt«, sagte sie leise, als er seine Hände in genau der Haltung hielt, die sie ihm gezeigt hatte. »Ihr rechter Daumen ruht jetzt über dem mittleren C...«

Während sie die Noten unter seinen Fingerspitzen herunterrasselte, lauschte er auf ihre Stimme und versuchte, ihren

Akzent einzuordnen. Sie hatte offenbar eine Sprechtechnik erlernt, um ihre Bühnenpersönlichkeit zu verschleiern, weshalb er es unmöglich fand, einen Akzent aus ihren Worten herauszufiltern. Aber trotzdem verriet ihre Stimme ihre europäischen Vorfahren. Vielleicht Engländer, oder auch Franzosen …

Philip wurde abgelenkt, als hinter ihm jemand den Raum betrat. Als er über die Schulter sah, bemerkte er Nelda, die mit einem Tablett in der Tür stand.

»Ich habe leichte Erfrischungen zubereitet«, verkündete sie und stellte das Tablett auf die Anrichte. Ein Krug mit Pfefferminztee und ein Teller mit heißen, gebutterten Brötchen standen darauf. »Falls Sie nichts mehr benötigen, gehe ich wieder in den Garten.«

»Bitte, gehen Sie nur …«

»Meine Güte! Das Vieh ist in den Rabatten!« Mit einem erschreckten Aufschrei stürmte Nelda ans Fenster, schob die durchsichtigen Vorhänge zur Seite und öffnete das Fenster so weit, daß sie gerade den Kopf hindurchstecken konnte. »Hau ab, du Mistvieh!« schrie sie. »Wie kannst du es wagen … Ahhh!« Sie zog den Kopf wieder zurück, stemmte die Hände auf die Hüften und starrte die Klavierlehrerin an, die erbleichte. »Ein deftiger Hieb mit meinem Besen wird Ihr unverschämtes Maultier in den Fluß befördern, falls Sie nicht sofort etwas unternehmen und es aus meinem Garten holen!«

Der Ton von Neldas Stimme unterstellte, daß sie sich auf gleicher Stufe mit Kathryn wähnte. Philip ließ der Dienerin dieses Verhalten durchgehen, das er in keiner anderen Situation geduldet hätte. Aber er wollte sehen, wie die Elfenbeinprinzessin reagierte.

Noch bevor er Luft holen konnte, fegte Kathryn an ihm vorbei. Er zuckte mit den Schultern, als Nelda ihn böse anblickte, und folgte Kathryn zur Tür. Er hatte es nicht eilig, weil er erwartete, sie in Tränen aufgelöst oder ohnmächtig auf dem Boden liegend zu sehen.

Aber jetzt würde ihr keine Taktik mehr helfen. Und auch später nicht, wenn er den wertvollsten Edelstein von allen an Simon Morrell übergeben hatte: die Elfenbeinprinzessin höchstpersönlich.

Kate warf einen Blick auf die Katastrophe und hatte große Lust, Precious eigenhändig in den Fluß zu werfen. Wie Farbkleckse auf einer Malerpalette verstreuten sich die zerquetschten Tulpen über das einst so stolze Blumenbeet. Geköpfte, grüne Blumenstengel lagen gebrochen unter einem Rad der Kutsche, ihre Blüten vernichtet oder verzehrt, und der Pfad der Zerstörung endete am Kopf des Maultiers.

Kate hörte geradezu, wie die Geldmünzen, die sie an Philip Massey hatte verdienen wollen, den Pfad in den Abgrund des Schön-wär's-gewesen hinabrollten.

»Es muß doch eine Möglichkeit geben, dieses Desaster zu reparieren«, murmelte sie, während sie zu dem Maultier lief, es am Halfter packte und heftig daran zog. »Nein!« rief sie. »Nein, Precious. Hör damit auf! Sofort!« Sie stemmte die Absätze in den Boden und zerrte mit aller Kraft an den Zügeln. »Maultiere ... fressen ... keine ... Blumen! Das ... tun ... sie ... einfach ... nicht ... !« Sie preßte die Worte heraus und verdoppelte ihre Anstrengungen, bis das Maultier schließlich nachgab und den Kopf hob. Nachdem es einen weiteren Blütenkopf zermalmt hatte, schnaubte es einmal und wieherte. Dabei spritzte sein Speichel über das gesamte Vorderteil von Kates Kleid.

Das war zuviel für Kates angegriffene Nerven. Sie warf einen Blick auf ihr beschmutztes Kleid und die schlammigen Schuhe und vergaß ihre Frustration und Verlegenheit. Sie kicherte leise, doch Sekunden später lachte sie aus Leibeskräften, bis ihr die Tränen die Wangen herunterliefen. Schon als Kind hatte es sie in Schwierigkeiten gebracht, wenn sie selbst den unmöglichsten Situationen mit Humor begegnet war. Sie hatte eigentlich gedacht, daß Simons strenge Vormundschaft ihr diese unverzeihliche, kindliche Gewohnheit ausgetrieben hätte, aber kaum war sie einen Augenblick in Freiheit, mußte sie traurigerweise das Gegenteil feststellen.

»Sie ... Sie finden das auch noch amüsant?« Neldas Stimme klang schrill.

Kate blickte sich um und sah Nelda, die auf den Stufen der Veranda kauerte und einen Besen schwang. Aus den Augenwinkeln sah sie Philip Massey. Er lehnte am Rahmen der Haustür und hatte die Arme vor der Brust gekreuzt. Offenbar dachte er gar nicht daran, sich einzumischen, sondern schien es Kate zu überlassen, für sich zu kämpfen.

Kate stöhnte und wurde sofort wieder ernst. »Meine Güte, natürlich nicht. Ich ... ich ...« Sie schnappte sich eine Karotte aus der Tasche, die noch in der Kutsche war, und lockte Precious damit aus den Blumenbeeten zurück auf die kiesbestreute Zufahrt, die quer durch den Hof führte. »Es tut mir leid, wirklich.« Sie versuchte, Nelda zu besänftigen, während sie sich gleichzeitig die letzten Tränen von den Wangen wischte.

»Das ist so klar wie Spülwasser«, spie Nelda geradezu hervor. »Wer soll jetzt wohl meinen Garten wieder richten?« Sie senkte den Besen und deutete mit einer Hand auf die zerstampften Blumen, bevor sie sie an die Brust preßte, als wäre sie tödlich verletzt worden. »Meine Blumen ... meine kostbaren ... kostbaren Preziosen. Sie sind ruiniert. Einfach ... ruiniert.«

Das Maultier glaubte, seinen Namen zu hören, hob den Kopf, wieherte und stampfte mit dem Huf.

Kate biß sich auf die Unterlippe, streichelte dem Tier die weichen Nüstern und beugte sich vor. »Schh, du dummes Tier«, flüsterte sie. »Hast du uns beiden nicht schon genug Schwierigkeiten gemacht?« Sie beobachtete Nelda, während sie die Zügel entwirrte, sie über den Haken schlang und dann die Bremse festdrehte. Es fiel ihr nicht schwer, zerknirscht auszusehen, weil sie tatsächlich vergessen hatte, die Bremse festzustellen. Aber bei dem Anblick von Philip Massey war sie viel zu nervös gewesen, um daran zu denken. »Bitte entschuldigen Sie mich. Ich habe nicht über das gelacht, was mit Ihrem Garten passiert ist, und es ist auch nicht die Schuld des Maultiers. Ich bin es gewesen. Leider habe ich vergessen, die Bremse an der Kutsche festzustellen.«

Nelda schnüffelte mißmutig. »Einigen Leuten mögen Entschuldigungen ja reichen, aber sie werden sicher meinen Garten nicht wieder herrichten.«

Philip stieß sich von dem Türrahmen ab und trat an den Rand der Veranda, um einen Blick auf den verwüsteten Garten zu werfen. Kates Herz schlug schneller, und ihr wurde bewußt, daß sie einfach nicht in seiner Nähe sein konnte, ohne sofort ihre Konzentration zu verlieren und wie ein aufgescheuchtes Huhn herumzulaufen.

Oder wie ein wildgewordenes Maultier, dachte sie.

»Ich kümmere mich um den Garten«, sagte sie, als sich ihr schlechtes Gewissen meldete. Sie knöpfte ihre Ärmel auf und rollte sie über den Ellbogen hoch. »Wenn Sie so nett wären und mir Handschuhe leihen würden . . .«

»Handschuhe dürften kaum reichen, um dieses Gemetzel zu beseitigen«, meinte Philip spöttisch und schüttelte amüsiert den Kopf. Bevor Kate sich von seiner humorvollen Reaktion erholen konnte oder bevor sie überlegte, wie gleichgültig er es ihr überlassen hatte, zu versuchen, den Schaden zu beheben und die Haushälterin zu besänftigen, drehte er sich um und verschwand ohne ein weiteres Wort im Haus.

»Jemand sollte etwas wegen meines Gartens unternehmen!« meinte Nelda gereizt. Sie schulterte den Besenstiel und marschierte die Treppe hinauf. An der Tür blieb sie stehen und warf Kate noch einen mißbilligenden Blick zu, bevor sie ebenfalls ins Haus stürmte.

Kate blieb allein mit dem elenden Maultier und ihrer Verwirrung zurück. Sie schimpfte leise vor sich hin, als sie sich bückte und die zerstampften Blütenkelche und den anderen Pflanzenmüll einsammelte, ohne sich erst lange Handschuhe anzuziehen. Sie häufte die Abfälle in der Mitte des Garten auf und wünschte sich sehnlichst eine Schaufel, mit der sie die Reste hätte untergraben können. Die Pflanzen gaben wenigstens einen guten Kompost.

Nach einem forschenden Blick durch den Garten wurde ihr klar, daß es zu spät war, um Blumenzwiebeln auszusäen. Sie würden in dieser Saison nicht mehr zur Blüte kommen. Aber Maggie hatte noch ein ganzes Beet mit Iris, das unbedingt ausgedünnt werden mußte. Kate beschloß auf der Stelle, sie zu fragen, ob sie einige Blumen vielleicht hierher verpflanzen konnte. Nur als Wiedergutmachung, selbstverständlich.

Wiedergutmachung.

Das Wort hallte in ihr nach.

Sie arbeitete sich weiter durch den Garten und überlegte, ob es noch etwas gab, mit dem sie diesen verkorksten Morgen wiedergutmachen konnte. Der entscheidende Punkt würde sein, die mürrische Haushälterin zu besänftigen. Wenn Nelda friedlich gestimmt werden konnte, hatte Kate vielleicht auch die Chance, Philip Massey davon zu überzeugen, daß er mit seinen Klavierstunden weitermachen sollte.

Dafür würde sie seiner Haushälterin ohne Zögern einen neuen Wutanfall bescheren und möglicherweise sogar noch einen anderen Teil des Gartens zerstören.

5. KAPITEL

Am nächsten Morgen drehte Philip den gebrannten Granat in seinem Halter so, daß die Strahlen der Morgensonne direkt auf ihn fielen. Er klemmte sich eine Juwelierlupe ins Auge und betrachtete den Edelstein, um sich davon zu überzeugen, daß er keinen Fehler übersehen hatte, der den Wert des Halbedelsteins schmälern würde. Eldridge Bradford war der hochgeschätzte und gleichzeitig heikelste Kunde seines Onkels, und den Hals seiner Frau durften nur die perfektesten Steine schmücken.

Heute morgen jedoch lasteten die Erinnerungen schwer auf Philip und nahmen ihm jede Freude über seine Fähigkeiten als Juwelier. Er ließ die Lupe sinken, legte den Juwelenhalter zur Seite und stand auf, um sich zu recken.

Nachdem er Kate gestern verlassen hatte, damit sie den Garten wieder instand setzte, war er den ganzen Tag auf einem schmalen Skiff auf dem Fluß entlanggesegelt. Es war schon dunkel gewesen, als er zurückgekommen war. Nach einem späten Abendessen auf seinem Zimmer hatte er unruhig geschlafen und war schon lange vor Tagesanbruch wieder aufgewacht. Er hatte an der Halskette gearbeitet, die Bradford für seine Frau bestellt hatte. Eingefaßt von einer Perlenkette sollte ein von Diamanten gesäumter Granat in der Höhlung von Cynthias Hals liegen.

Das war genau die Stelle, die Philip vor einigen Jahren geküßt hatte, wo seine Lippen ihre weiche Haut liebkost und er ihren erregten Herzschlag gespürt hatte, als er sie bat, seine Frau zu werden.

»Die wankelmütigen Frauen«, murmelte er, während er behutsam den Granat aus der Halterung nahm und den geschliffenen Stein mit einem weichen Tuch abwischte. Nachdem er ihn in ein Tuch aus goldfarbenem Samt eingewickelt hatte, legte er ihn in den Safe zurück und schob die unangenehmen Erinnerungen an Cynthias endgültige Ablehnung einfach beiseite. Er wunderte sich, daß er noch daran dachte, hatte er seine Leidenschaft für sie doch für endgültig gezähmt gehalten.

»Gezähmt vielleicht, aber nicht versöhnt«, sagte er. »Noch nicht.« Er zwang sich dazu, an die Frau zu denken, die es geschafft hatte, ganz allein den Garten zu zerstören und sich die Haushälterin zur Feindin zu machen.

Oder war das Maultier schuld daran gewesen?

Er lachte, sammelte sein Werkzeug ein und nahm die Lederschürze ab. Er hatte gehofft, daß die grobe Nelda Kathryn einschüchtern und sie aus der Reserve locken würde, so daß sie ihre wahre herrische Natur enthüllte. Allerdings hätte er nie gedacht, daß die Gelegenheit so schnell kommen würde. Und daß sie so erheiternd sein würde.

Nachdem er seinen Arbeitstisch aufgeräumt hatte, griff er in die Tasche und zog die Notiz heraus, die Kathryn ihm dagelassen hatte. Nelda hatte sie ihm mit dem Abendbrot gebracht. Er hielt den Zettel ins Licht und las noch einmal die kurze, überschwengliche Nachricht.

Bitte verzeihen Sie mir, daß ich die friedliche Atmosphäre Ihres Heimes zerstört habe. Ich bedauere den Schaden im Garten sehr und hoffe, ihn wiedergutmachen zu können. Ich hoffe, Sie sind so großzügig und erlauben mir trotzdem, Sie weiterhin auf dem Klavier zu unterrichten. Ich wäre Ihrer Freundlichkeit zu Dank verpflichtet.

Miss K. Danaher

Er schüttelte den Kopf. »Du mußt nicht um meine Gunst bitten, Prinzessin.« Er faltete den Brief zusammen und überlegte, wie lange Nelda wohl gereizt über die Anwesenheit der Klavierlehrerin in ihrem Haus sein würde, in dem sie mit eiserner Faust und stählernem Willen das Regiment führte.

Vermutlich so lange, bis der Schaden in dem verdammten Garten behoben war.

Er vermutete, daß dies mindestens ein paar Tage dauern würde, Tage, die er zu seinem Vorteil nutzen konnte. Während Kathryn weiter in Unsicherheit schwebte, ob er das Risiko auf sich nehmen würde, weitere Stunden zu nehmen, konnte er die Zeit nutzen und darüber nachdenken, warum ihr diese Stellung gefiel, in der sie die ganze Zeit über Land tingeln mußte.

Während er sich mit diesem Aspekt seines Auftrags vergnügte, mußte er sich jedoch auch auf sein Hauptziel konzentrieren: seinen Plan, wie er das Cottage nach der Kameebrosche durchsuchen konnte, in dem sie mit den Gresham-Schwestern wohnte.

Zunächst einmal mußte er das Cottage überhaupt finden. Das wollte er heute angehen. Die Richtung konnte ihm sicherlich Abner verraten, aber er mußte sich einen guten Grund ausdenken, warum er wissen wollte, wo Kathryn lebte. Und wenn er ein paar Stunden weg war, ersparte ihm das Neldas Gesellschaft. Dieser Gedanke beflügelte ihn noch.

Nach einem kurzen Blick auf sein zerknittertes Hemd und seine Hose rieb er sich das unrasierte Kinn, drehte sich um, schloß ab und wollte auf sein Zimmer gehen, um sich frisch zu machen. Doch Stimmen aus der Küche lenkten ihn ab.

Und erregten seine Neugier.

Er änderte die Richtung, drehte sich von der Treppe weg und ging an Arbeits- und Eßzimmer vorbei. Dann stieß er die Schwingtür zur Küche auf, warf einen Blick durch den Raum und betrachtete erstaunt die beiden Frauen, die am Tisch saßen und plauderten.

Seine Ankunft hatte denselben Effekt wie ein Bienenschwarm bei einem Picknick. Wenigstens auf die eine Frau, die wie von der Tarantel gestochen aufsprang und sich an der Stuhllehne festhielt.

»M... M... Mr. M... Massey«, stammelte Kathryn.

War es ihr schlechtes Gewissen, das ihre Wangen rötete? Oder Verlegenheit? Er war zu überrascht über ihre Gegenwart, um das sicher sagen zu können.

»Miss Danaher?«

»Sie sollten Ihren Aufzug bedenken, bevor Sie so einfach in die Küche gestürmt kommen, Mister Massey«, zischelte Nelda. »Kate und ich machen uns gerade ein bißchen miteinander bekannt.«

Kate. Der Name paßte viel besser zu ihr als Kathryn. Er klang jünger. Weniger gebildet. Und unschuldiger.

Er mußte sie Kathryn nennen, sonst würde er noch ihrer List verfallen.

»Was ist mit dem Garten?« stieß er zwischen zusammengepreßten Zähnen hervor.

Nelda stand auf und räumte den Tisch ab. »Fix und fertig. Ich mache Ihnen Frühstück, da Sie ja anscheinend endlich aufgestanden sind.« Sie kniff die Augen zusammen. »Nicht, daß Sie aussehen, als wären Sie überhaupt nicht ins Bett gegangen. Oder schlafen Sie immer angekleidet?«

Philip wartete einen Moment, bis er seiner Stimme trauen konnte, während er innerlich über die Unverschämtheit der Haushälterin kochte.

Kathryn errötete und ging auf ihn zu. »Soll ich Ihnen den Garten zeigen, während Mrs. Spade Ihnen etwas zu essen macht?«

Er nickte, ignorierte die Haushälterin und folgte Kathryn. Sie ging zur Veranda hinaus und stieg die Treppe hinunter. Philip betrachtete den Garten ausgiebig. In einem frisch angelegten Beet standen mehrere Reihen Iris mit vielen schmalen Knospen, wo vorher die Tulpen geblüht hatten. Kleinere

Pflanzen faßten den ganzen Saum ein, und er erkannte Majoran- und Dillpflanzen, die Kräuter, die das Maultier gereizt hatten. Der Garten war vollkommen wiederhergestellt.

In weniger als einem Tag?

Kathryn lachte leise und sah ihn an, als könnte sie seine Gedanken lesen. »Miss Maggie war so entzückend. Sie hat mir sogar geholfen, die Iris auszugraben, und wollte einige der Kräuter ersetzen, die Precious mitsamt den Wurzeln gefressen hatte.«

»Wie haben Sie es überhaupt geschafft ... ?«

»Mrs. Spade war so freundlich, mit den Karren zum Cottage zu fahren. Wir haben einfach die Pflanzen aufgeladen und sie hierhergebracht.«

Er schüttelte erstaunt den Kopf. »Sie müssen ja den ganzen Tag ...«

»Bis zum Einbruch der Dämmerung«, platzte sie heraus. »Mrs. Spade hat viel Arbeit in ihren Garten gesteckt, und ich wollte nicht, daß sie sich Sorgen macht, ob ich mein Wort halten könnte, ihn wiederherzustellen. Auch wenn die Besitzer erst im Herbst zurückkommen, empfand ich die Verpflichtung, den Schaden sofort wiedergutzumachen. Vor allem, da Sie das Grundstück gemietet haben. Sie haben das Recht, es so vorzufinden, wie Sie es gemietet hatten. Oder jedenfalls fast.«

Sie klang so ernsthaft, daß Philip ihr fast geglaubt hätte. Ihr blauer Musselinrock streifte seine Beine und ihr Duft ... Der weibliche Duft weckte seine Eitelkeit. Er ärgerte sich über den Zustand seiner Kleidung und seinen Bart, runzelte die Brauen und trat einen Schritt zur Seite. »Es sieht gut aus«, sagte er ruhig. Es störte ihn, wie stark sie auf ihn wirkte, und er ging zurück ins Haus. Auf der Treppe hielt ihre Stimme ihn auf.

»Hatten Sie schon Zeit, meine Notiz zu lesen?«

Philip griff in die Tasche, zog den Zettel heraus und hielt ihn so, daß sie ihn sehen konnte. Er zählte bis fünf und drehte sich dann um. »Ich brauche noch ein paar Tage, um ein Schmuckstück fertigzustellen, an dem ich gerade arbeite. Ab Mittwoch müßte ich eigentlich die Klavierstunden wieder aufnehmen können.«

Ihr Blick war eindeutig erfreut. »Mittwoch.«

»Vielleicht«, erwiderte er und genoß die Enttäuschung, die ihren strahlenden Blick etwas trübte. »Ich schicke Abner mit einer Nachricht zu Ihnen, wenn ich mit dem Unterricht weitermachen kann.« Ohne ihr Gelegenheit zu einer Erwiderung zu geben, ging er die Treppe hinauf, überquerte die schattige Veranda und verschwand im Haus.

Es überlief ihn kalt. Während er die Treppe zum ersten Stock hinaufging, weil er sich oben rasieren und umziehen wollte, mußte er zugeben, daß sein Respekt vor der Elfenbeinprinzessin wuchs.

Sie war eine weit bessere Schauspielerin, als er nach Simons Auskunft geglaubt hatte. An einem einzigen Tag hatte sie die Haushälterin, einen wahren Zerberus, gegen sich aufgebracht und anschließend ihren Segen gewonnen. Sie hatte das gestählte Visier durchstoßen, das er sich als Omega angeeignet hatte, indem sie nichts weniger als egozentrisch war und sich ernsthaft um andere kümmerte. Am meisten jedoch überraschte ihn das Begehren, das sie in ihm auslöste.

Noch bevor er im oberen Stockwerk angelangt war, hatte er bereits die Frage aus seinem Hirn verscheucht, wie sie das bewerkstelligt haben mochte. Eine viel verwirrendere und wesentlichere Frage beschäftigte ihn: *Warum* tat sie das?

»Ein Exil sollte immer schön sein«, meinte Kate versonnen. Sie hockte auf den Knien, pflückte eine Erdbeere von einem kleinen Strauch, steckte sie in den Mund und genoß den süßen Geschmack.

Maggie hockte unmittelbar vor ihr und seufzte. »Sie sind noch nie vertrieben worden, Kindchen. Aber ich werde einen

Weg finden, dieses Maultier aus meinem Garten fernzuhalten. Als es gestern aus der Scheune ausgebrochen ist, hat es fast meine Erdbeeren zu Mus gestampft, bevor Dolly das Vieh dorthin zurückbugsiert hatte, wo es hingehört.« Sie schob einen geflochtenen Korb mit reifen Erdbeeren aus dem Weg und stand auf. »Sie hatten einen ziemlich verkorksten Anfang. Ich bin sicher, daß Mister Massey Verständnis dafür haben wird.«

Kate nahm den Wink nur zu gern an und stand ebenfalls auf. Sie klopfte sich den Staub von der Schürze, die ihre Kleider schützte, und wischte sich die Hände ab. Stirnrunzelnd sah sie auf ihre rosa gefleckten Fingerspitzen hinab und betrachtete den Dreck unter den Fingernägeln. »Sind Sie sicher, daß die rosa Flecken sich nach einem Tag abwaschen? Wenn Sie recht haben, und Mister Massey sich entscheidet...«

»Machen Sie sich nur keine Sorgen. Weder um das eine noch um das andere. Bis morgen sind die Flecken weg.« Maggie drehte sich um und lächelte, woraufhin ihr runzliges Gesicht noch faltiger wurde. »Natürlich, wenn Sie Handschuhe getragen hätten...«

Kate zog die Nase kraus. »Ich verabscheue Handschuhe. Ich kann nichts fühlen, wenn ich sie trage.«

Maggie lachte und kämpfte sich durch die Doppelreihe mit wilden Erdbeeren, die sie in ihrem Garten zog und pflegte. »Sie reden wie eine wahre Tochter der Erde. Aber geben Sie mir nicht die Schuld, wenn Dolly Ihre Hände sieht. Sie versteht einfach nicht, wie gut es sich anfühlt, die fette, feuchte Erde anzufassen oder ein regennasses Blatt zu berühren. Und die Erdbeeren ... sie kitzeln sogar.«

Kate lächelte. Sie fühlte sich immer mehr zu Maggie hingezogen, und fast war die ältere Frau eine Art Ersatz für ihre Großmutter. »Habe ich mich eigentlich schon angemessen für die Iris und Kräuter bedankt, die Sie Mrs. Spade gegeben haben?«

»Aber natürlich, Liebes. Ihre Manieren sind stets tadellos.« Sie reichte Kate ein Körbchen mit Obst. »Kommen Sie, setzen wir uns ein wenig auf die Veranda. Sie können die Erdbeeren schon putzen, während ich ein bißchen verschnaufe.«

Kate half Maggie sehr gern, weil es sie von ihren Gedanken ablenkte. Widersprüchliche Bilder von Philip Massey rangen mit der Sorge, daß sie eine großartige Gelegenheit verpatzt hatte, sich eine kleine Rücklage zu bilden. Sie fühlte sich zwar in ihrem neuen Heim sicher und geborgen, schwebte aber dennoch in der Angst, daß Simon sie möglicherweise finden könnte. Ohne ein kleines finanzielles Polster für den Notfall würde sie ihm sicher kein zweites Mal entwischen können.

Sie setzte sich neben Maggie auf die Bank und stellte den Korb auf den Boden. Pralle Weinstöcke hingen an dem Spalier über der Veranda, und in ihrem Schatten war es an warmen Nachmittagen angenehm kühl. Kate fing an, Stiele und Blätter von den Früchten zu pflücken, aus denen Maggie heute abend Marmelade kochen wollte.

Die ältere Frau umklammerte Kates Hand. »Hören Sie? Erkennen Sie den Gesang der Spottdrossel?«

Über ihnen flogen viele Vögel hinweg, und obwohl Kate den Gesang des Rotkehlchens nicht von dem Piepen der Amsel unterscheiden konnte, blieb sie ruhig sitzen und lauschte. Dann schüttelte sie den Kopf und seufzte. »Es ist hoffnungslos. Sie klingen alle irgendwie gleich.«

»Unsinn. Der Gesang jedes Vogels ist genauso einzigartig wie der Klang jeder Taste des Klaviers.« Während Maggie versuchte, die einzelnen Vögel zu unterscheiden und ihre Unterschiede zu erklären, schweiften Kates Gedanken gegen ihren Willen zurück zu ihrem letzten Besuch bei Philip.

Was die Sache noch komplizierter machte, war, daß Kate ihre körperliche Reaktion auf Philip Massey nicht vergessen konnte. Sie reagierte jedesmal, wenn er ihr nahe kam, und sie wurde selbst durch die geringfügigste Kleinigkeit an ihn erinnert.

Gestern hatte sie die Wäsche von den Leinen genommen und dabei einen cremefarbenen Kissenbezug berührt. Die Farbe war fast identisch mit der des Hemdes, das Philip getragen hatte, und ihr Pulsschlag hatte sich sofort beschleunigt. Und der Tee, den sie heute morgen getrunken hatte, war genauso braun gewesen wie sein Haar. Ihre Brust zog sich zusammen, so sehr sehnte sie sich danach, ihn wiederzusehen.

Als sie die Erdbeeren pflückte, brauchte sie nicht einmal die Augen zu schließen, um sich daran zu erinnern, wie es sich angefühlt hatte, als er ihr die Tasche abnahm und sich ihre Hände berührten. Ihr war eine Gänsehaut den Arm hinaufgelaufen.

Sie war versucht, die Augen zu schließen und sich sein Gesicht bis ins kleinste Detail vorzustellen, aber da nahm sie Maggies Stimme wahr und warf ihr einen Seitenblick zu.

»Sie interessieren sich nicht wirklich für Vögel, stimmt's?« Die ältere Frau sah sie mißtrauisch an.

Kate errötete und senkte den Blick. »Entschuldigen Sie. Vielleicht gelingt es mir ein anderes Mal besser. Ich versuche gerade, mir zu überlegen, was ich tun soll, falls Mr. Massey sich entscheidet, doch keinen Klavierunterricht bei mir zu nehmen.«

»Wie kommen Sie auf den Gedanken, daß ich meine Meinung ändern würde?«

Beim Klang seiner Stimme sprang Kate entsetzt hoch. Der Korb mit den Erdbeeren flog von ihrem Schoß, und die frischen Früchte segelten durch die Luft. Kate wäre vor Scham über ihre Ungeschicklichkeit am liebsten im Boden versunken, kniete sich hin und sammelte rasch die überall verstreuten Früchte auf. Als sie endlich hochblickte, sah sie ihn neben Dolly am anderen Ende der Veranda. Sie standen direkt vor der Küchentür.

Er trug eine kastanienbraune Weste und eine dazu passende

Hose und sah genauso attraktiv aus wie beim ersten Mal. Sogar dieses wölfische Funkeln in seinen Augen fehlte nicht, an das sich Kate nur zu gut erinnerte.

Miss Dolly dagegen sah Kate strafend an. »Wie Sie sehen, haben wir Besuch. Vielleicht warten wir besser im Haus, bis Sie Ihre ... Schürze gewechselt haben.«

Als Dolly ihren durchdringenden Blick abwandte, schlug Kates Herz wie rasend. Sie stand auf, drehte sich um, um Maggie den Korb zu geben, und erstarrte mitten in der Bewegung. Maggie hatte anscheinend wieder einen Anfall erlitten. Dolly würde fuchsteufelswild werden, wenn Philip Massey das mitbekam.

»Kommen Sie mit, Miss Danaher. Trödeln Sie nicht herum. Mr. Massey kann nicht den ganzen Tag auf Sie warten.

Die Angst nahm Kate beinah den Atem. Sie trat näher, um Maggie vor Masseys Blicken zu schützen, legte ihre Hand auf die von Maggie und drückte sie leicht. »Miss Maggie? Bitte, Miss Maggie, kommen Sie wieder zu mir zurück«, flüsterte sie und hoffte, daß weder Dolly noch Philip Massey sie hören konnten.

Doch Maggie reagierte nicht. Ihre Augen blickten immer noch in die Ferne. Oder waren sie vielleicht auf etwas gerichtet, das gewöhnliche Sterbliche nicht sehen konnten?

»Miss Maggie?« Kates Stimme klang drängender.

»Verängstigen Sie sie nicht.«

Philip Masseys Stimme war freundlich, aber entschieden, und er schob Kate sanft beiseite. Im nächsten Moment saß er auf der Bank und legte seinen Arm um Maggie. Ganz sacht zog er die ältere Frau an sich heran. »Miss Gresham, versuchen Sie einfach, Ihre schönen Träume ziehen zu lassen, und kommen Sie nach Hause.« Seine Stimme klang sanft und ermunternd, während er ihre Hände streichelte.

Kate kam kaum dazu, Luft zu holen, als Maggie auch schon blinzelte und Philip anstarrte. Kate knabberte unwillkürlich auf ihrer Unterlippe. Würde Maggie in Tränen ausbrechen, wenn ihr klarwurde, daß sie wieder einen Anfall gehabt hatte und Philip Massey, ein völliger Fremder, Zeuge geworden war? Oder besaß sie die Geistesgegenwart, diesen Anfall als eine unschuldige, alberne kurze Tagträumerei zu kaschieren?

Maggie blinzelte und lächelte. »Sie müssen Philip Massey sein. Und Sie sind genauso charmant, wie Kate Sie beschrieben hat. Allerdings spüre ich da etwas mehr von dem Schlingel in Ihnen, als Kate das getan hat, junger Mann.«

Kate wäre beinah vor Scham umgefallen. Sie hätte sich am liebsten in ein tiefes Mauseloch verkrochen und hoffte, daß eine mitleidige Seele es sofort verstopfen würde. Mit Zement.

Wenn das nicht passierte, würde sie vor Scham im Boden versinken und sterben. Und falls das noch niemand geschafft hatte, würde sie liebend gern das erste Opfer sein.

Allerdings erst, nachdem sie die entzückende, liebreizende Miss Maggie erwürgt hatte.

Und danach würde sie Philip Massey ersticken und so sein dröhnendes Gelächter zum Verstummen bringen, das ihn schüttelte und wie Glockengedröhn ihr Trommelfell traktierte.

6. KAPITEL

Die junge Frau war schlicht und eine Zauberin mit magischen Kräften, die jede Vernunft einfach überstieg.

Philip konnte sich einfach nicht erklären, wie Kathryn es geschafft hatte, Nelda Spade einzuwickeln und sich in die Herzen und das Heim der Gresham-Schwestern einzuschleichen.

Wenigstens in das der einen Schwester.

Er saß neben Maggie auf dem Sofa im Salon. Die ältliche Frau hatte sich von ihrem Anfall vollständig erholt. Jetzt beobachtete Philip unauffällig ihre Schwester, während die beiden Frauen die Vorzüge von Erdbeerkonfitüre gegenüber Erdbeergelee diskutierten. Dolly saß reserviert und zurückhaltend in einem Queen-Anne-Stuhl wie eine Monarchin, die hofhielt und versuchte herauszufinden, wer von ihren Untertanen sich der Sünde des Betrugs schuldig gemacht hatte.

Während Maggie ihm beim Tee für seine Hilfe bei dem Anfall gedankt hatte, ließ die mißtrauische Dolly ihn nicht aus den Augen. Aber es war ihr distanziertes Verhalten Kathryn gegenüber, das seine Aufmerksamkeit erregte.

Dollys Verhalten war angesichts von Maggies labilem Zustand angemessen, und Philip konnte nichts falsch daran finden, daß sie ihre Schwester beschützte. Er war ihr sogar unvermittelt zu Hilfe geeilt, und seine Aversion gegen die Frau, die sich Kathryn Danaher nannte, wuchs noch. Wie alle Meister der Verstellung besaß auch die Elfenbeinprinzessin ein bemerkenswertes Genie. Sie war eine erfahrene Jägerin, die sofort die schwächsten Mitglieder in einer Herde ausmachte, den verwundbarsten Teil des Charakters einer Person erkannte und ihn nutzte, um ihre Pläne zu schmieden. Philip war jetzt zweimal Zeuge gewesen, wie sie sich dieser Methode bedient hatte, zuerst bei Nelda und jetzt bei Maggie Gresham. Ihm fielen ihre Fähigkeiten vor allem deshalb auf, weil er sie selbst als Omega eingesetzt hatte, wie er zu seiner Schande eingestehen mußte.

Selbst Simon Morrell hatte mit erstickter und gebrochener Stimme zugegeben, daß die Elfenbeinprinzessin seinen Traum, eine praktisch Unbekannte zu orchestrieren und sie damit berühmt und vermögend zu machen, zu ihrem eigenen Vorteil ausgenutzt hatte. Nachdem er alle Gewinne für ihre Kostüme und kostspieligen Unterbringungen verwendet hatte, hatte sie die Kameebrosche gestohlen und Morrell mit einem Berg von Schulden, einer Konzerttour, die ohne sie sinnlos war, und einem zerbrochenen Traum zurückgelassen.

In Anbetracht von Morrells Behauptung, daß es kein Bargeld gegeben hatte, das sie stehlen konnte, und der offensichtlichen Weigerung der Frau, ihre Kameebrosche herzugeben, war diese Stellung hier ihre einzige Möglichkeit. Da sie sich bei den beiden Schwestern einschleichen mußte, hatte sie instinktiv erkannt, daß es einfacher wäre, Maggies Zutrauen zu gewinnen als Dollys. Er nahm auch an, daß die Elfenbeinprinzessin ihre faszinierenden Fähigkeiten einsetzen würde, um die Familien auf den Rundreisen für sich zu gewinnen, wie sie es schon bei Nelda, Maggie und den Morrells geschafft hatte.

Sein Respekt für ihre Fertigkeiten wuchs, und er betrachtete sie erneut. Sie trug eine frische Schürze und saß jetzt rechts von ihm in einem Schaukelstuhl. Auf dem Schoß hielt sie eine Teetasse und versuchte vergeblich, ihre von den Erdbeeren geröteten Finger zu verstecken. Er fand es außerordentlich amüsant, daß ihre Hände die Hauptlast ihrer neuen Arbeit zu tragen hatten, denn schließlich war sie eine Frau, die als Konzertpianistin enormen Ruhm geerntet hatte.

Dolly nahm nach einer kurzen Pause im Gespräch den Faden wieder auf. »Ich möchte Ihnen gern wie meine Schwester meine Dankbarkeit für die Hilfe ausdrücken, die Sie Maggie angedeihen ließen, aber ich hoffe auf Ihr Wort als Gentleman, daß Sie mit niemandem sonst über den Zustand meiner Schwester sprechen.«

Ihre Worte bestärkten nur seine Vermutung, daß sie Maggies Wächter und Schutzengel war. Er nickte, während seine Zuversicht, eine Person richtig einschätzen zu können, durch diese Bestätigung wieder wuchs. »Selbstverständlich haben Sie mein Wort.«

»Und ich wüßte es zu schätzen, wenn ich Ihr völliges ... vollkommenes ...«

»Stillschweigen ...«, schlug er vor. Es war merkwürdig, daß sie das richtige Wort nicht fand. Sie war offensichtlich von vornehmer Herkunft und gut erzogen, trotz der bescheidenen Umstände, in denen sie ihr Alter verbrachte. Dennoch fand sie seine Anwesenheit weit störender und beunruhigender, als er erwartet hatte.

»Stillschweigen, genau das Wort habe ich gesucht«, sagte sie ruhig, während sich die Runzeln auf ihrer Stirn glätteten. »Es erleichtert mich, daß auch Sie die Gefahren von Klatsch und Geschwätzigkeit begreifen. Beides verzerrt die Wahrheit und kann den Ruf eines Menschen sehr schnell ruinieren.«

Das begriff er nur zu gut.

Er nippte an seinem Tee, um seinen trockenen Mund zu befeuchten, bevor er antwortete: »Angesichts der Tatsache, daß ich unangemeldet in Ihr Heim eingedrungen bin und die Heiligkeit Ihrer Privatsphäre verletzt habe, schulde ich Ihnen sowieso eine Entschuldigung. Es wäre weit höflicher gewesen, Ihnen zuvor eine Nachricht zu senden ...«

»Es ist doch nichts Schlimmes passiert«, mischte sich Maggie ein. Sie spielte nervös mit den Händen in ihrem Schoß und lächelte Philip an.

»Bitte machen Sie sich keine Sorgen«, fuhr er fort. »Ich habe keinerlei Verlangen danach, dem Tratsch neue Nahrung zu geben oder Gerüchte über Sie zu verstärken. Ich selbst bin mehr als einmal davon getroffen worden.«

Hätte er gelogen, dann hätte er selbst als erster sich als Schuft verwünschen können. Die Erinnerung an die bösen Rufe nach Verdammnis und die ärgerlichen Racheschwüre waren zwar im Laufe der Zeit schwächer geworden, aber für einen Moment schossen sie ihm wieder laut und schmerzlich durch den Kopf.

Aber er hatte nicht vor, mit seiner List Erniedrigung und Schande über diese Menschen zu bringen, dazu schmerzten ihn die eigenen Erinnerungen daran zu sehr. Er konnte kaum atmen. »Ich würde niemals etwas sagen oder tun, das Sie verletzen würde«, flüsterte er und schwor sich, daß Maggie niemals unter irgendwelchem Klatsch würde leiden müssen, was ihren Geisteszustand betraf. Jedenfalls nicht, wenn er es verhindern konnte.

Sie war ein unschuldiges Opfer.

Er dagegen war völlig zu Recht angeklagt worden.

»Stimmt es, daß Sie mit Piraten gesegelt sind, während Sie nach Edelsteinen gesucht haben?« wollte Maggie wissen und sah ihn fasziniert an.

Er hörte das Knarren des Schaukelstuhls und bemerkte, daß Kathryn sich vorgebeugt und die Füße auf die Erde gestemmt hatte, damit der Stuhl aufhörte zu wippen.

Dolly richtete sich kerzengerade auf. »Magnolia! Wie kannst du nur so ein albernes Geplapper wiederholen?«

Er lachte leise, verblüfft über die Gegensetzlichkeit der beiden Schwestern. »Wenigstens verbirgt Miss Maggie ihre Neugier nicht. Ich finde das eher erfrischend.« Allerdings hatte er nicht vor, die Aura des Geheimnisvollen um seine Person zu lüften, indem er auf diese Frage antwortete. »Ich muß zugeben, daß mein Beruf viele Reisen in exotische Erdteile vonnöten macht. Und dort habe ich viele Abenteuer erlebt, die man sicherlich ein wenig übertrieben geschildert hat. Aber wenn man sich gegen die Klatschmäuler zur Wehr setzt, dann macht man ihr endloses Geschwätz nur noch glaubwürdiger.«

»Eine edle und angemessene Haltung«, verkündete Dolly, während sie ihrer Schwester einen strafenden Blick zuwarf. »Am besten ist es, Klatsch von vornherein zu vermeiden, und genau deshalb mache ich mir soviele Sorgen um meine Schwester.«

»Ich stimme Ihnen voll und ganz zu«, erwiderte er ruhig. Nachdem er die letzten sieben Jahre damit verbracht hatte, die Investoren auszuzahlen, die er in ein fehlgeschlagenes Immobiliengeschäft gelockt hatte, war er kurz davor, endlich den Skandal zu tilgen, der ihn seinen Ruf als Mann von Ehre gekostet und ihn gezwungen hatte, eine andere, geheime Identität als Omega anzunehmen. Nur noch ein Schuldschein an Eldridge Bradford war unbezahlt, und dieser Auftrag von Morrell bot Philip die Möglichkeit, auf die er gewartet hatte. Jetzt konnte er die verbliebene Ehrenschuld begleichen und das letzte Glied in der Kette abtrennen, das ihn an seine Vergangenheit fesselte.

Omega würde einfach genauso schnell verschwinden, wie er erfunden worden war, und Philip war endlich wieder ein ganzer Mensch, der seine Zukunft selbst schmieden konnte. Allerdings bezweifelte er, daß er jemals wieder ein normales Leben würde führen können. Er war so lange Omega gewesen und hatte seine Fähigkeiten, was Hinterlist und Maske anging, so vervollkommnet, daß er vermutlich mit der einfachen Existenz als Juwelier nicht mehr zufrieden sein würde. Die Herausforderung, sich mental mit seinen Gegnern zu messen, die Begeisterung, gegen alle Wahrscheinlichkeit zu gewinnen, waren zu tief in ihm verwurzelt, als daß er so einfach darauf hätte verzichten können.

Er musterte Kathryn mit zusammengekniffenen Augen, als sie ihren Tee trank. Sie war keine Zauberin mit magischen Kräften, sondern einfach nur eine Frau ohne Gewissen und ohne Seele. Sie mochte eine gefeierte Künstlerin sein, die ihr Publikum in ihrem Bann hielt, aber für ihn war sie nichts weiter als ein Mittel zum Zweck, eine Widersacherin, die von jemandem wie ihm überlistet werden würde, dessen eigener Charakter einmal genauso schlecht gewesen war wie ihrer.

Maggie war von seiner Antwort offensichtlich etwas enttäuscht, was man an ihren herabgezogenen Mundwinkeln sehen konnte. Kathryns Miene dagegen blieb ausdruckslos. Nur ihre Augen funkelten wie zwei Edelsteine, die von der Sonne beschienen wurden. Sie lieferten einen Anhaltspunkt, daß sie ebenso neugierig war, etwas über seine Vergangenheit zu erfahren. Ihr Interesse schien so ehrlich und vorurteilsfrei, daß es selbst Mauern durchbrochen hatte, die bisher noch von niemandem durchdrungen worden waren.

Doch jetzt begegnete sie ihrem Meister.

Der Selbstschutzinstinkt regte sich und errichtete rasch eine neue Mauer zwischen ihm und der Elfenbeinprinzessin, einen Wall, der undurchdringlich sein mußte, wenn er aus diesem Spiel, das sie miteinander spielten, siegreich hervorgehen wollte.

Er senkte den Blick und konzentrierte sich auf die Kameebrosche, die logischerweise irgendwo hier in dem Haus sein mußte. Es überlief ihn, als er sich vorstellte, wie es war, die Brosche zu finden. »Ich nehme an, daß Sie den Damen bereits erzählt haben, was passiert ist, als Sie für die erste Unterrichtsstunde zu mir gekommen sind«, sagte er. Er wollte sie in das Gespräch hineinziehen, das sie bisher vermieden hatte.

Sie besaß genug Geistesgegenwart zu erröten. »Es war so entsetzlich, als Ihr Garten zerstört war. Bitte entschuldigen Sie ...«

»Sie brauchen sich nicht wieder zu entschuldigen«, unterbrach er sie. »Ich bin heute extra hergekommen, um mein Bedauern auszudrücken, daß ich Ihnen nicht geholfen habe ...«

»Aber das hätte ich auch nicht erwartet«, fiel sie ihm ins Wort. Sie lächelte, was ihn an eine Blüte erinnerte, die sich unter der Wärme der Sonne öffnete und sich zu einer wundervollen Blume entwickelte. »Ich hätte mich wohl kaum unpassender vorstellen können, selbst wenn ich es versucht hätte.«

Er lachte. »Ich dachte schon, Mrs. Spade wollte uns beide in den Fluß werfen, nachdem sie das Maultier – Sie haben es Precious gerufen, stimmt's? – entweder ersäuft hätte oder es von dem Strom bis nach Philadelphia hätte treiben lassen.«

Dolly warf Kathryn einen raschen Seitenblick zu. »Sie hat Precious doch nicht etwa geschlagen, oder?«

Kathryn schüttelte ernüchtert den Kopf. »Ich habe Ihnen schon gestern versichert, daß ich dies niemals zulassen würde. Es war schließlich mein Fehler ...«

»Ein vollkommen unabsichtlicher und verständlicher Fehler«, mischte sich Maggie ein. »Lassen Sie uns doch ein wenig darüber plaudern, was Sie diesen Sommer vorhaben, Mr. Massey. Wir haben hier längst nicht soviel Unterhaltung, wie Sie sie in der Stadt genießen können.«

Er lächelte und schüttelte den Kopf. »Nach allem, was Sie offenbar über mich gehört haben, muß ich Sie leider enttäuschen.«

»Wirklich?« Maggies Augen funkelten.

Er lächelte. »Eigentlich habe ich mich auf den Frieden und die Ruhe gefreut, aber das ist schwieriger zu bekommen, als ich erwartet habe. Vielleicht bin ich einfach zu sehr daran gewöhnt, lange aufzubleiben, oder mir fehlt der Lärm der Stadt. Jedenfalls fällt es mir sehr schwer, hier auf dem Land einzuschlafen. Sie haben vermutlich noch nie gehört, daß sich jemand darüber beschwert hat, daß es zu ruhig ist, um einschlafen zu können, stimmt's?«

»Ich bin sicher nicht die Richtige, um darüber mit Ihnen zu plaudern«, erwiderte Maggie. »Denn ich hatte noch nie Einschlafprobleme, und mit den Jahren neige ich immer mehr dazu einzunicken, sobald ich mich nach dem Abendessen hingesetzt habe. Meiner Schwester geht es genauso, aber sie würde es niemals zugeben.«

Dolly saß kerzengerade da und verzog den Mund, als wollte sie antworten. Doch dann schien sie es sich zu überlegen.

»Vielleicht muß ich mich einfach tagsüber mehr beschäftigen«, erklärte Philip und stand auf. Er konnte es kaum erwarten, sich wieder mit Kathryn zu messen. »Deshalb würde ich gern meinen Klavierunterricht weiterführen. Darf ich Sie morgen erwarten?«

7. KAPITEL

Die Marmelade hatte über den Gelee gesiegt. Sauber gespülte Einmachgläser säumten den Tresen. Runde Stücke aus weißem Papier waren etwas größer ausgeschnitten worden als die Öffnungen der Gläser und lagen in Brandy getränkt in einer Schale. Die Erdbeerernte dieses Tages kochte bei niedriger Temperatur auf dem Herd und erfüllte die Küche mit ihrem schweren, süßen Aroma.

Kate hatte ihre Hand mit einem dicken Halbhandschuh geschützt und rührte die blubbernde Mischung aus Zucker und Früchten um, summte dabei die Melodie mit, die Dolly auf dem Klavier nebenan spielte. Maggie saß am Küchentisch und blätterte ein Exemplar von Mrs. Childs *Die sparsame Hausfrau* durch. Sie kniff die Augen zusammen, hielt das Buch dichter an ihre Nase, schüttelte den Kopf und schlug die Seite um.

Die Musik brach unvermittelt ab, und Dolly erschien in der Küche. Sie schnupperte und lächelte. »Das riecht gut, Kate.« Dann warf sie ihrer Schwester einen Blick zu und runzelte die Stirn. »Würdest du dir bitte meine Lesebrille nehmen?«

»Ganz bestimmt nicht. Ich sehe hervorragend, vielen Dank.« Maggie blieb hartnäckig. Sie legte einen Finger auf die Stelle der Seite, die sie gerade las, und sah ihre Schwester an. »Warum hast du aufgehört zu spielen?«

»Weil ich in der Küche nach dem Rechten sehen wollte.«

»Kate und ich kommen sehr gut zurecht. Die Marmelade ist fast fertig, und ich lese gerade ...«

»Du versuchst zu lesen ...«

»Ich brauche deine Brille nicht. Ich bin viel zu jung ...«

»Deine Augen sind ...«

»Meine Augen sind erst vierundfünfzig. Deine Augen sind fast sechzig. Wenn meine Augen sechzig sind, denke ich darüber nach, ob ich mir eine Brille anschaffe. Und wenn du nichts dagegen hast, würde ich jetzt gern weiterlesen.«

Kate kicherte, schob einen Handschuh über die andere Hand, hob den Kessel vom Ofen und stellte ihn auf einen Dreifuß neben den Gläsern auf den Tresen. »Miss Maggie versucht ein Mittel gegen Mister Masseys Schlaflosigkeit zu finden«, erklärte sie.

Dolly schüttelte den Kopf, während sie neben ihre Schwester trat. »In diesem albernen kleinen Büchlein? Also wirklich, Maggie!«

Maggie seufzte, schloß das Buch und deutete auf den Einband. »Mrs. Child hat keinen Unsinn geschrieben, und es interessiert sie auch nicht, daß soviele Leute ihr Werk als ›albernes kleines Büchlein‹ abtun. Sie schreibt sogar in ihrem Vorwort, daß Tausende von hart arbeitenden Leuten sich auf ihren Rat verlassen. Siehst du? Es ist immerhin die zwölfte Auflage.«

Dolly beugte sich über ihre Schwester und warf einen Blick auf das Buch. »Ich bin überrascht, daß du es überhaupt lesen kannst. Der Himmel sei dem armen Mister Massey gnädig. Wenn du irgendwelche lächerlichen Hausmittelchen findest, auf die er meiner Meinung nach gut verzichten kann, wirst du vermutlich die Zutaten falsch entziffern.«

Kate konnte es kaum glauben, aber sie hatte ihn ja selbst am frühen Morgen gesehen, nachdem sie den Garten wieder hergerichtet hatte. Es war ganz offensichtlich, daß der Mann in der Nacht vorher kaum Schlaf gefunden hatte.

Maggie ignorierte den Seitenhieb ihrer Schwester. »Der Himmel hilft denen, die sich selbst helfen. Da er mich um Hilfe gebeten hat, damit er nachts Ruhe findet, werde ich Mrs. Childs Rezepte ausprobieren.«

Dolly drehte sich um und trat an den Tresen neben Kate, die bereits Marmelade in die Gläser füllte. »Wie ich sehe, tragen Sie ja doch die Handschuhe, um Ihre Hände zu schützen.«

»Ich wollte mir die Finger nicht verbrennen, aber es ist etwas schwierig mit den Handschuhen.«

»Warten Sie, ich helfe Ihnen.« Sie nahm Kate einen Handschuh ab. »Sie füllen die Marmelade ein, und ich halte die Gläser fest.«

Mit einem Paar helfender Hände mehr hatte Kate schnell alle Gläser gefüllt. Als der Topf leer war und das letzte Glas voll, zog sich Dolly zurück. Aber zuerst flüsterte sie Kate zu, daß sie auf keinen Fall zu Bett gehen sollte, bevor Maggie nicht eingeschlafen war.

Da Maggie vollkommen in ihr Buch vertieft war, blieb Kate allein mit ihren Gedanken. Es war das erste Mal, seit Philip sie aufgefordert hatte, am nächsten Morgen wieder zu ihm zu kommen und den Klavierunterricht wieder aufzunehmen. Seine Selbstsicherheit beeindruckte sie, und sie beneidete ihn darum, daß er so scheinbar unberührt von dem Klatsch blieb, der sich um seine Arbeit und seine Reisen rankte. Vor allem, weil sie sich vorstellte, wie verletzlich sie dem Tratsch ausgesetzt wäre, falls jemand ihre wahre Identität herausfinden sollte.

Der Gedanke, wie eng sich immer noch das Netz des Verrates um sie wob, frustrierte sie, und sie war verärgert, daß sie unfähig war, so stark wie Philip zu sein und sich über den Skandal zu erheben, der sie umgab. Vor allem, weil er nicht berechtigt war und sich auf eindeutig falschen Tatsachen stützte. Deshalb kümmerte sich Kate lieber wieder um ihre Marmelade. Sie nahm eine runde Papierscheibe aus dem Brandybad und legte sie über die Früchte in einem der Gläser.

Als sie das letzte Papier auf das letzte Glas drückte, wurde ihr klar, daß sie ihrer Vergangenheit nicht entrinnen konnte. Sie hatte sich eines ganzen Haufens von Lügen bedient, um sie unter Verschluß zu halten, so wie das brandygetränkte Papier die Luft von den Früchten fernhielt. Aber die Siegel waren nicht luftdicht. Die Marmelade mußte regelmäßig nach Schimmel untersucht und erneuert werden, aber irgendwann einmal würde man sie brechen und essen.

Früher oder später würden auch ihre Lügen ans Licht kommen und ihre Vergangenheit aufgedeckt werden.

Zitternd wischte sie die Außenseiten der Gläser mit einem feuchten Tuch ab und stellte sie zum Abkühlen auf das Fensterbrett. Wurde es nicht Zeit, ihre glühende Angst vor Simon endlich zu überwinden? War es fair, Dolly und Maggie zu hintergehen, obwohl sie ihr nur Freundlichkeit entgegenbrachten?

Sie schob einige feuchte Haarsträhnen aus ihrem Gesicht und sah aus dem Fenster über der Spüle in den Garten. Kein einziger Stern war am Himmel zu sehen. Der Mond hatte sich hinter einer dicken Wolke versteckt, und Kate wußte, daß ihre Zukunft genauso schwarz und trostlos sein würde, wenn sie nicht den Mut fand, das Licht der Wahrheit zu entzünden, was ihre Vergangenheit anging. Sie mußte den Mut finden, sich ihr zu stellen, und stark und selbstbewußt genug sein, die Klatschmäuler zu ignorieren, die ihre Unschuld in Frage stellen würden.

Sie zitterte, als ihr bewußt wurde, daß sie keinen besseren Führer finden konnte auf dem Weg durch dieses Labyrinth, das aus ihrer Vergangenheit über die Gegenwart in ihre Zukunft führte, als Philip Massey. Wenn sie ein Schiff war, das steuerlos in der aufgewühlten See umhertrieb, dann war er ein Leuchtturm, der ihr von einem weit entfernten Strand aus das rettende Licht schickte und sie an den tückischen Sandbänken und spitzen Klippen vorbei in den Hafen leiten konnte.

Von ihm konnte sie so viel lernen, und ihr Puls raste und ihre Gedanken überschlugen sich, als sie sich vorstellte, daß sie ihn schon morgen zur Unterrichtsstunde sehen würde. Erneut würde das Klavier eine entscheidende Rolle in ihrem Leben spielen, und ihre Liebe zu diesem Instrument vertiefte sich noch. Sie mußte jedoch langsam vorgehen, aber sie war entschlossen, allmählich die Barriere der Formalität zwischen sich und Mister Massey zu senken, auf der sie selbst bestanden hatte. Wenn sie Freunde wurden, dann würde sie vielleicht tatsächlich lernen, wie sie ein ehrbares Leben führen konnte.

Sollte sie damit Erfolg haben, würde die paradoxe Situation entstehen, daß sie seine Schülerin wurde und er ihr Lehrer, obwohl nach außen hin ihre Rollen andersherum verteilt schienen.

»Dem Himmel sei Dank!«

Maggies Ausruf erschreckte Kate. Sie wirbelte herum und preßte unwillkürlich die Hand vor den Mund. »Geht es Ihnen gut, Miss Maggie?«

Maggie deutete mit dem Finger auf eine Seite in dem Buch und lächelte, so daß sich ihre runzlige Haut wie Pergament über ihre Wangen spannte. »Ich wußte, daß ich es hier finden würde.«

Kate seufzte erleichtert und ging zu Maggie. »Haben Sie ein Hausmittel für Mister Massey gefunden?«

»Hier, sehen Sie? Thoroughwort-Tee. Ich muß ihn zubereiten, damit Sie ihn morgen mitnehmen können.«

Kate spähte über Maggies Schulter und las die Passage, auf die Maggie mit dem Finger deutete. Sie runzelte die Stirn und blickte dann auf die Zeilen über denen, die Maggie bezeichnete. »Ich glaube, Sie meinen Motherwort-Tee. Hier steht: ›Leuten, die an Schlaflosigkeit leiden, wird er helfen‹. Thoroughwort-Tee wird zur Verdauung genommen. Hier oben steht es.« Sie deutete auf die Textstelle.

Maggie verzog nervös die Lippen und kniff die Augen noch etwas stärker zusammen, während sie ihren Kopf näher an das Buch heranschob. »Diese Schrift ist so klein. Sind Sie sicher, daß es Motherwort und nicht Thoroughwort heißt?«

»Absolut sicher.«

»Vermutlich sind meine Augen einfach etwas müde, nachdem ich so lange in dem Buch gelesen habe«, murmelte sie, während sie sich mit dem Handballen die Augen rieb.

»Bestimmt«, pflichtete Kate ihr beruhigend bei, während sie sich setzte und das schmale Bändchen durchblätterte. Am Ende des Buchs stieß sie auf ein Inhaltsverzeichnis. »Oh, hier gibt es einen Index. Sie hätten sich eine Menge Zeit sparen können ...«

»Ich kann ihn nicht benutzen«, flüsterte Maggie und sah sich in der Küche um, ob ihre Schwester auch nicht heimlich zurückgekommen war. »Die Schrift ist noch kleiner.«

Kate bemühte sich um eine strenge Miene. »Aber Miss Maggie, ich glaube, Sie brauchen doch eine Lesebrille.«

Maggie zuckte mit den Schultern und lächelte. »Ich glaube auch. Aber erzählen Sie es Dolly nicht. Ich möchte nicht, daß sie glaubt, immer recht zu haben. Das ist nicht gut für den Charakter.«

»Ein bißchen Nieselregen ist ja fast angenehm, und ich würde auch einen ständigen Regen akzeptieren. Aber dieser Wolkenbruch?«

Während Kate noch leise maulte, öffnete der Himmel seine Schleuse noch weiter und ließ einen Wasserschwall heraus, der Kate fast den Atem nahm. Ihr war zu kalt, um zu zittern, und sie kauerte sich unter der Öljacke zusammen, die sie zumindest trocken gehalten hatte. Die Regentropfen wurden von dem Wind weitergepeitscht, und sie zuckte zusammen, während der Einspänner langsam vorwärtszuckelte.

Trotz Dollys Warnung, daß das Wetter sich noch verschlimmern würde, bevor es aufklarte, hatte Kate sich nicht davon abbringen lassen, ihren Termin bei Philip Massey einzuhalten. Precious schien das Wetter gleichgültig zu sein. Das Maultier trottete unbeeindruckt über steinige Straßen und schlammige Wege. Maggie war natürlich sehr erfreut darüber gewesen, daß Kate ihren Termin nicht absagen wollte, und hatte dafür gesorgt, daß Kate einen Kanister Motherwort-Tee und eine genaue Verschreibung über seine Anwendung für Philip mitnahm.

Kate war fast versucht, umzudrehen und nach Hause zurückzufahren, als der Sturm schlimmer wurde, und sie zögerte noch mehr zuzugeben, daß Dolly recht hatte. Es war absolut kein Tag für eine Spritztour!

Als sie endlich zu dem Felsbrocken kam, der den Eingang zu dem Landsitz markierte, hätte sie vor Freude beinah gejauchzt. Sie hielt sich jedoch zurück und mußte unwillkürlich kichern. Vermutlich würde sie ertrinken, wenn sie den Mund weit genug öffnete, um ihre Enttäuschung herauszuschreien.

Ein ohrenbetäubender Donnerschlag erschreckte sie. Precious wollte sich weigern weiterzutraben, wieherte und wurde langsamer. Der Regen nahm an Stärke zu, und als Kate von der Hauptstraße abbog und den Weg zum Haus entlangfuhr, wäre sie nicht überrascht gewesen, wenn im Garten des Hauses eine Arche gestanden hätte, damit sich die Bewohner in Sicherheit bringen konnten.

Hufschlag hinter ihr durchdrang das Rauschen des Regens, doch noch bevor sie auch nur eine Vermutung anstellen konnte, wer bei einem solchen Wetter wohl unterwegs war, zügelte Philip sein Pferd neben ihrer Kutsche.

»Mr. Massey!«

Er lächelte und tippte sich gegen eine imaginäre Hutkrempe, während er sein Pferd zurückhielt. »Miss Danaher. Sagen Sie mir nicht, daß Sie nicht entgegen dem ausdrücklichen Rat von Miss Gresham den Elementen getrotzt haben!«

»Welcher von beiden?« rief sie, um sich in dem Regen verständlich zu machen, und kämpfte gleichzeitig mit Precious' Zügeln, damit das Maultier auf der Mitte des Weges blieb, der sich in einen schlammigen Bach verwandelt hatte.

»Miss Dolly natürlich«, erwiderte er lachend.

Sie war überrascht, daß er sofort bemerkt hatte, daß Miss Dolly die Beherrschendere der beiden Frauen war, und warf ihm einen verstohlenen Blick zu. Sofort war sie wie gebannt. Er strahlte reine männliche Energie aus. Sein Gesicht glühte vor Lebensfreude, und seine magnetische Ausstrahlung war angsteinflößend und intensiv. So intensiv, daß Kate kaum atmen konnte.

Als er lachte, blitzten seine weißen Zähne auf, und sie betrachtete seine Lippen. Wie es wohl war, von einem Mann geküßt zu werden?

Vor allem von einem Mann wie Philip Massey.

Entsetzt von ihren Gedanken senkte sie den Blick. Aber das war keine gute Idee. Sie stöhnte, als sie seinen kräftigen Körper in der regennassen Kleidung sah. Sie war sprichwörtlich vom Regen in die Traufe gekommen. Nur ein Fisch hätte sich bei diesem Wetter wohl gefühlt.

Und nur eine Heilige hätte weggesehen.

Er war schlank, aber trotzdem bemerkenswert gut gebaut. Seine Muskeln an den Armen und Beinen waren gut ausgebildet, und seine durchnäßte Hose und das Hemd klebten so eng an seinem Körper, daß sie den Blick nicht abwenden konnte und eine Gänsehaut über ihren ganzen Körper lief. Sie schüttelte sich, und er reagierte sofort.

»Kommen Sie mit zur Scheune. Wir bringen das Maultier in Sicherheit und geben ihm etwas Hafer. Dann sollten Sie sich aufwärmen.« Er gab seinem Pferd die Sporen und war im nächsten Moment praktisch von der Regenwand verschluckt.

Kate folgte Philip langsam mit ihrer Kutsche, und als sie die

Scheune erreicht hatte, war er bereits abgestiegen und hatte einen Flügel der Tür geöffnet. Precious marschierte geradewegs auf die offene Tür zu.

Der Regen war wie abgeschnitten, als Kate in die Scheune ritt. Er prasselte zwar auf das Dach, konnte ihr aber nichts mehr anhaben. Der Duft von süßlichem Heu vermischte sich mit dem Geruch der Tiere, die man auf einem Bauernhof für gewöhnlich antraf.

Nachdem Philip sein Pferd in eine Box geführt hatte, schloß er die Tür zur Scheune. Kate war inzwischen von ihrem Karren geklettert und schüttelte den Regen aus der Öljacke. Sie war froh, daß wenigstens ihre Röcke noch einigermaßen trokken waren. Ihre Schuhe dagegen waren pitschnaß, und wenn sie die Zehen bewegte, spürte sie das nasse Leder. Wenn sie lange genug vor dem Feuer saß, würden ihre Schuhe sicher wieder trocknen, aber ein Griff genügte, und sie wußte, daß ihre Haube wahrscheinlich ruiniert war.

Während Philip absattelte, nahm sie Precious aus dem Geschirr und führte das Maultier in einen freien Stall. Augenblicke später kauten Pferd und Maultier den Hafer, getrennt durch eine leere Box. Weder Philip noch Kate hatten etwas gesagt, während sie sich um die Tiere kümmerten, aber nachdem alles erledigt war, fiel das Schweigen zwischen ihnen unangenehm auf. Eine ganze Reihe von Donnerschlägen ertönte, und sie sahen, wie es mehrmals aufblitzte.

»Wir sollten lieber ins Haus gehen«, schlug er vor.

Sie trat neben ihn an die Scheunentür. Als er sie aufmachte, warf sie einen Blick hinaus und seufzte. Der Wind peitschte derartig dichte Regenschleier über den Hof, daß sie kaum die Umrisse des Hauses erkennen konnten. Kleine Pfützen hatten sich in wahre Seen verwandelt, und ein Blitz schlug in der Nähe ein.

»Es ist hoffnungslos«, meinte sie. »Wir schaffen es nie bis zum Haus.«

Philip trat nach draußen und grinste. »Aber natürlich schaffen wir das. Passen Sie auf.«

Bevor sich Kate auch nur ansatzweise vorstellen konnte, was er meinte, verflog jeder Gedanke aus ihrem Kopf. Sie konzentrierte sich nur noch auf eins: Luftholen!

Mit einer einzigen flüssigen Bewegung hatte Philip sie von den Füßen geholt. Und zwar im wörtlichen Sinn. Ihre Sicht vernebelte sich einen Augenblick, und erst als sie sicher in seinen Armen lag, kam ihr Gleichgewichtssinn wieder zur Ruhe.

»Mr. Massey! Was Sie auch vorhaben . . . !«

»Ruhig, Miss Danaher. Wir haben einen ziemlich verrückten Lauf vor uns.«

Er drückte sie fester an sich, und sie hielt sich an seinen Schultern fest, als er mit einer Hand den Riegel von der Tür öffnete.

Dann verstärkte er wieder seinen Griff um sie und lächelte. »Halten Sie sich gut fest.« Dann lief er los. Es dauerte siebzehn Herzschläge, die Entfernung zwischen Scheune und Haus zurückzulegen.

Siebzehn heftige, sehr unregelmäßige Herzschläge.

Selbst mit Kate im Arm nahm er zwei Stufen der Veranda auf einmal, schaffte es, die Haustür zu öffnen und trug sie in eine Art Lagerraum neben der Küche. Mit dem Absatz trat er die Tür zu.

Kates Herz hämmerte heftig, während sie sich in dem Raum umsah. Hier befand sich ein merkwürdiges Sortiment an Regenkleidung, Stiefeln, Gartengeräten und verschiedenen Ausrüstungsgeräten, die man für Reparaturen oder Wartung brauchte. Außerdem diente der unverputzte Raum auch als Eingangszimmer, dessen Lage und Einrichtung dafür sorgten, daß man sowenig Schmutz wie möglich ins Haus schleppte.

Kate kam wieder zu Atem und fragte sich, ob er sie genauso schnell wieder auf den Boden setzen würde, wie er sie hochgehoben hatte. Doch statt sie loszulassen, verstärkte sein Griff sich noch. Als sich seine Brust gegen ihre Brüste drückte, überfielen Kate dieselben beunruhigenden Gefühle wie an dem Tag, als sie ihn zum ersten Mal gesehen hatte. Damals hatte er ihre Hand berührt, doch diesmal war das Kribbeln noch stärker, und sie spürte es zu ihrer Überraschung zwischen ihren Beinen.

Sie drehte den Kopf und sah, daß er sie interessiert beobachtete. Sein Blick war so eindringlich, daß sie sich vollkommen hilflos ihm gegenüber fühlte. Seine dunkelbraunen Augen ließen ihren Blick nicht los, und sein Atem strich über ihre Lippen, bis sie ganz trocken waren und pochten. Von seinem Haar fiel ein Wassertropfen auf ihre Lippe und rann ihr langsam über das Kinn. Es war ein sehr sinnliches Gefühl.

Kate hielt den Atem an, als das übermächtige Verlangen sie packte, von ihm geküßt zu werden. Wenn doch seine Lippen dem Weg des Regentropfens folgen würden! Als er seinen Kopf neigte, konnte sie ein leises Stöhnen nicht zurückhalten.

Seine Augen hatten einen merkwürdigen Ausdruck, und er spannte sich an. Der Funke der Leidenschaft erlosch, als sich Belustigung in seinen Blick mischte. »Für eine Frau, die auf einer formellen Anrede besteht, ist Ihr Verhalten heute wenig schicklich, Miss Danaher, um nicht zu sagen, vollkommen ungehörig, finden Sie nicht?«

Kates Wangen brannten vor Scham, als sie zugeben mußte, daß er recht hatte. Als er sie absetzte, schwankte sie einen Moment unsicher auf den Füßen. Sie erinnerte sich an Simons Tadel, und auch die harschen Worte von Monsieur Leblanc und anderen Meisterlehrern fielen ihr wieder ein. Philips Ermahnung jedoch war sanft und ein wenig neckend gewesen. Deshalb nahm sie allen Mut zusammen, um sich zu verteidigen, etwas, das sie noch nie zuvor gewagt hatte.

»Ich habe Sie nicht gebeten, mich in Ihr Haus zu tragen, und Sie haben mir auch wenig Wahl gelassen«, konterte sie.

Sie zog das Ölzeug aus und drehte sich herum, während sie die Handschuhe auszog, um ihre zerknitterten Röcke glattzustreichen.

»Allerdings«, sagte er. Dann glitt sein Blick zu ihrem Mieder und verharrte dort.

Als seine Augen sich unwillkürlich weiteten und unmißverständliches Begehren ausdrückten, sah Kate rasch an ihrem Mieder herunter. Sie schnappte nach Luft. Der feuchte, weiße Batist schmiegte sich in höchst schamloser Weise um ihre Brüste, und obwohl sie ihr feinstes Hemd trug, zeichneten sich ihre harten Brustspitzen unter dem Stoff wie kleine, rosa Knospen ab. Ihr Herz hämmerte vor Verlegenheit, und sie verschränkte rasch die Arme über ihrer Brust. Sie schluckte und blickte strafend hoch. Er war anscheinend doch nicht so ein Gentleman, wie er zu sein vorgab.

Doch dann traute sie ihren Augen nicht.

Zu ihrer völligen Überraschung befand sie sich allein in dem Raum.

Philip Massey war verschwunden.

8. KAPITEL

Barfuß und nur mit einer frischen Hose bekleidet stand Philip in seinem Zimmer und rubbelte sich das Haar mit einem Handtuch trocken. Dann warf er es zu Boden, warf seinem Spiegelbild einen finsteren Blick zu und bürstete sich das Haar. »Du Narr!« knurrte er.

Er wandte sich von seinem Spiegelbild ab, weil er wußte, daß er sein Dilemma nicht dadurch lösen konnte, daß er seiner schlechten Laune nachgab oder sich Vorwürfe machte. Er mußte ruhig bleiben, um mit klarem Kopf nachzudenken. Das war nicht einfach, wenn sein Körper immer noch vor Verlangen brannte. Seine Gedanken überschlugen sich. Er dachte über die Elfenbeinprinzessin nach, über seinen Auftrag, die gestohlene Brosche zu finden und sie und die Frau Simon Morrell zu übergeben.

Unabsichtlich hatte er das Desaster herbeigeführt, das jetzt seine Entschlossenheit bezüglich seines Auftrags bremste. Er hatte gehofft, die Elfenbeinprinzessin zu überrumpeln, wenn er sie hochhob und ins Haus trug. Doch der wahrhaft Überrumpelte war er selbst. Ihre Beschuldigung stimmte: Er hatte sie länger in den Armen gehalten, als schicklich war. Als sie schließlich zu ihm hochsah, nachdem sie die Haube endlich abgenommen hatte, war er von ihren schimmernden, braunen Augen gefesselt gewesen, die so klar waren, daß er bis in ihre Seele hatte blicken können.

Liebreizende Verwirrung und Staunen hatte in ihrem Blick gelegen, keine Lust, sondern eine starke, hypnotische Leidenschaft, die ihm fast den Atem nahm.

Als der Regentropfen auf ihre blaßroten Lippen gefallen und sinnlich ihre zarte, cremige Haut hinuntergelaufen war, um in der Kurve ihres Kinns zu landen, hatte ihn das Verlangen nach einem Kuß beinah überwältigt. Aber er wußte, daß es nicht bei einem Kuß geblieben wäre.

Ihre unverhüllte Unschuld durchdrang ihn tief und brachte seine tiefsten Gefühle zum Erklingen. Da hätte er beinah seine Abwehr aufgegeben und sie geküßt. Und im gleichen Moment hatte er gewußt, daß die Berichte und Gerüchte, daß sie eine talentierte und erfahrene Hure wäre, mehr als lächerlich waren. Sie waren eine Beleidigung ihrer wahren Natur.

Sie hatte scheu auf ihn reagiert und unverstellt, und ihr Blick hatte das unschuldige Staunen einer ersten, tiefen, körperlichen Anziehung verraten. Eine Frau mit so vielen ehemaligen Ehemännern und Liebhabern, wie man ihr nachsagte, konnte eine solche Unschuld unmöglich vorspielen. Die Vorstellung, daß sie eine Unzahl von Männern verführt haben sollte, indem sie in eine Rolle schlüpfte, um der Schwäche des jeweiligen Mannes zu gefallen, war einfach unglaublich. Sei es, daß sie ein gebrochenes Herz trösten, einen Hunger nach sexuellen Abenteuern befriedigen oder den lebenslangen Traum erfüllen sollte, eine Unschuldige zu verführen, die sich dann als talentierte Kurtisane entpuppte – all das stand im eklatanten Widerspruch zu dem, was er mit eigenen Augen gesehen und mit seinem eigenen Körper gefühlt hatte, als er sie in den Armen gehalten hatte.

Ihm war nur eine vernünftige Reaktion eingefallen: Sofort in seine Privatgemächer zu verschwinden, um in Ruhe über diese verblüffende Erkenntnis nachzudenken. Aber er konnte sie nicht lange allein im Erdgeschoß lassen, ohne sich gefallen lassen zu müssen, zu Recht als gefühlloser Flegel beschimpft zu werden, der nur seine eigene Bequemlichkeit suchte, statt sich um sie zu kümmern.

»Verdammt sollst du sein, Morrell!« Er schnappte sich ein

Hemd aus dem Schrank und zog es sich über den Kopf. Der Stoff berührte seine Lippen und führte ihm wieder vor Augen, wie sehr er sich nach einem Kuß sehnte. Er band das Hemd zusammen und atmete heftig ein. Er hatte seit fast sieben Jahren keine anständige Frau mehr angesehen, und zwar aus einem guten Grund: Er hatte nicht das Recht, eine Frau zu fragen, sein Leben zu teilen, bis er seine Ehrenschulden bezahlt hatte. Es gab nur noch eine Schuld, die zurückzuzahlen war: die an Eldridge Bradford. Und das verstärkte nur die Annahme, daß Philip Morrells Beschreibung des Charakters der Elfenbeinprinzessin nicht zuletzt deshalb so leicht Glauben geschenkt hatte, weil er unbedingt wollte, daß sie stimmte. Er brauchte das Geld, das die Erledigung dieses Auftrags ihm bringen würde.

Diese unerwarteten Komplikationen dagegen paßten ihm absolut nicht. Sie gefährdeten seinen Erfolg und zwangen ihn dazu, der Tatsache ins Auge zu sehen, daß er vielleicht sein Leben als Omega doch nicht so einfach aufgeben und ein normales und ehrbares Leben führen konnte.

Allerdings würde kaum eine Frau von gesellschaftlichem Rang ihn als einen geeigneten Heiratskandidaten betrachten. Die Eltern sicherlich genausowenig. Nicht mit dem Klatsch, der, ganz gleich wie wohlbegründet, seinen Ruf untergrub und ihn zu einem Mann stempelte, der für Abenteuer und Reisen prädestiniert war. Dadurch würde er nur schwer Wurzeln schlagen, die ihn bei Heim und Familie hielten.

Oder doch?

War er schon zu lange Omega gewesen, als daß er wieder ein normales Leben führen konnte?

Er schob die Antwort auf diese beunruhigende Frage zur Seite und überlegte statt dessen, was er als nächstes tun sollte. Er zog Schuhe an und ging ruhelos durch den Raum. Dieser Auftrag war weit vielschichtiger, als er vermutet hatte, und es faszinierte ihn, auf seinen Boden vorzudringen.

Er versuchte, das Ganze wie einen Edelstein zu betrachten, den er als echt oder gefälscht einstufen sollte. Also stellte er sich einige Fragen über Morrell, die dringend beantwortet werden mußten. Welches Motiv konnte Morrell haben, Lügen über den Charakter der Elfenbeinprinzessin zu verbreiten? Fürchtete er, daß Philip am Ende ihr Bild in der Öffentlichkeit verändern würde? Ein Bild, das absichtlich gezeichnet zu sein schien? Aber aus welchem Grund?

Andererseits hatte er genauso viele Fragen zu der Elfenbeinprinzessin selbst. Warum war sie weggelaufen? Hatte sie eine List angewandt, um etwas von Morrell zu bekommen? Etwas, das er ihr vorenthielt, und das sie vielleicht zu gewinnen hoffte, wenn sie eine Zeitlang verschwand?

Er hatte keine Antwort auf diese Fragen, aber er hatte vor, all seine Fähigkeiten einzusetzen, um sie zu bekommen. Er ging noch unruhiger auf und ab, als er die überraschende Erkenntnis des heutigen Tages bedachte. Es gab nur einen einzigen Weg, die Wahrheit herauszufinden: Er mußte Zeit mit der Elfenbeinprinzessin verbringen. Wenn das bedeutete, seine Suche nach der Kameebrosche zu verlängern, während er die Frau ein bißchen besser kennenlernte, dann war das eben so. Er würde letzten Endes die Brosche finden. Bis dahin mußte er einen Weg erkunden, sie davon abzuhalten, die Rundreise zu machen, weil das nur einen ganzen Berg neuer Schwierigkeiten schuf.

Dolly würde natürlich nicht wollen, daß ihre Schüler ohne Lehrerin blieben. Er ahnte auch, daß Dolly über ihre Pensionierung nicht allzu glücklich war, und nur allzugern die Rundreise wieder aufnehmen würde: Falls sie eine passende Entschuldigung dafür fand. Wenn das jedoch wirklich so war, warum hatte Dolly dann nicht einfach eine Gesellschafterin für ihre kranke Schwester eingestellt, statt sich zur Ruhe zu setzen und es selbst zu machen? Gesellschafterinnen waren erheblich leichter zu bekommen als Klavierlehrerinnen. Allerdings machte es Maggies Geisteszustand sehr schwierig, eine Gesellschafterin zu finden, die Verständnis für ihren Zustand hatte und die gleichzeitig keine Klatschbase war.

Außerdem wäre das auch nicht klug gewesen. Dolly hätte Maggie manchmal wochenlang in der Obhut einer relativ unbekannten Person lassen müssen. Und das würde sie niemals tun. Es war letztlich einfacher und weit sicherer, eine Klavierlehrerin zu finden, die Dollys Rundtour übernehmen konnte, damit sie zu Hause bei ihrer Schwester bleiben und auch die neue Lehrerin einweisen konnte, wenn die nicht unterwegs war.

Aber wie sollte er Kathryn davon abhalten, diese Rundreise zu unternehmen? Es kam natürlich nicht in Frage, ihr eine kleinere Verletzung zuzufügen, und Philip schämte sich, daß ihm dieser Gedanke überhaupt durch den Kopf geschossen war. Sich einen Grund auszudenken, aus dem sie zu Hause bleiben sollte, verwirrte ihn, und er entschied sich, lieber wieder hinunterzugehen und nachzusehen, was Kathryn machte.

Er hatte weder Zeit noch Lust, sie davon zu unterrichten, daß Nelda und ihr Ehemann am frühen Morgen mit der Fähre von Camden nach Philadelphia gefahren waren. Der Sturm hatte ihre Rückkehr zweifellos verzögert, aber keiner von ihnen hatte erwartet, daß Kathryn dem Wetter trotzen und ihren Unterricht antreten würde. Und das schlug nun zu seinen Gunsten aus.

Beschwingt stieg er die Treppe hinunter. Die Aussicht erregte ihn, daß die Elfenbeinprinzessin und er die nächsten Stunden damit verbringen würden, sich besser kennenzulernen, ohne daß jemand sie stören würde.

Er suchte das ganze Erdgeschoß nach der Frau ab, und als er das letzte Zimmer, die Küche, betrat, breitete sich Enttäuschung in ihm aus.

Die Frau war nirgendwo zu finden!

Dann fiel ihm ein Behälter auf dem Tisch auf, an dem ein Zettel lehnte. Nein, es waren zwei. Er trat an den Tisch und nahm das Papier in die Hand. Auf dem einen Zettel stand eine kurze Anweisung von Maggie Gresham, die beschrieb, wie er den Motherwort-Tee zubereiten sollte, der angeblich gegen Schlaflosigkeit helfen sollte. Er warf den Zettel auf den Tisch zurück und las die zweite Notiz.

Es war die vertraute, ausladende Handschrift.

Und schon wieder eine Entschuldigung.

Hatte diese Frau vor, ihr halbes Leben damit zu verbringen, Briefe zu schreiben?

Er überflog die Nachricht noch einmal.

Es tut mir sehr leid, daß ich Ihnen Ungelegenheiten bereitet habe, weil ich trotz des Wetters zu der Unterrichtsstunde erschienen bin, obwohl Sie mich ja offensichtlich nicht erwartet haben. Ich komme morgen zu angemessener Zeit für Ihre Stunde wieder – falls das Wetter es zuläßt.

Miss K. Danaher

Er schüttelte den Kopf, runzelte die Stirn und warf einen Blick aus dem Küchenfenster. Es regnete immer noch, obwohl der Wolkenbruch zu einem ruhigen Regen abgeklungen war. Das Scheunentor stand immer noch offen. Sah er dort eine Öljacke in der Scheune verschwinden, oder war das nur eine Wunschvorstellung? »Du glaubst also, du kannst einfach in dein sicheres Nest zurückflattern«, sagte er laut, während er den Brief auf den Tisch warf.

Philip stürmte aus der Küche, durch den Vorratsraum und aus der Hintertür hinaus. Er wollte sie einholen und ihr klarmachen, daß sie bleiben mußte. Auf halbem Weg zur Scheune war er naß bis auf die Knochen.

Schon wieder.

Er rutschte auf dem Schlamm aus und hätte zweimal fast

seine Schuhe verloren. Schließlich überließ er die verdammten Schuhe dem Schlamm. Diese unglückselige Frau brachte ihn dazu, etwas weit Stärkeres trinken zu wollen als Motherwort-Tee!

Barfuß, klatschnaß und verärgert sprang er über eine große Pfütze und stürmte in die Scheune. Er kollidierte mit dem Rad der Kutsche. Die Luft wich pfeifend aus seinen Lungen, und er fluchte hemmungslos. Sein rechter Fuß schmerzte, und sein Ärger verwandelte sich in blinde Wut. Ihm wurde fast schwarz vor Augen.

Philip rang keuchend nach Luft, bis der Schmerz in seinem Fuß ein wenig abklang und er wieder etwas sehen konnte. Dann ließ er seinen Blick durch die Scheune gleiten. Er brauchte eine Weile, bis er begriff, was sich seinen Augen bot.

Ein Gemetzel?

Nicht ganz. Es gab kein Blut.

Chaos?

Das war schon besser. Aber es traf es immer noch nicht ganz. Er vernahm so gut wie kein Geräusch. Nur die Küken piepten leise. Sie waren von ihren Stangen heruntergeflogen und pickten auf dem Boden, während das Maultier Korn fraß. Und Gerste. Und Heu. Und Flachs.

Flachs?

Er humpelte so schnell er konnte an einigen Getreidesäcken vorbei, die umgeworfen und aufgetreten worden waren. Er schnappte sich den kleinen Sack mit Flachs, schob den Kopf des Maultiers beiseite und riß ihm den Sack vor dem Maul weg. »Du blödes Vieh! Wie jemand, der bei klarem Verstand ist, deine Eskapaden tolerieren kann, ist mir unbegreiflich! Und mir reißt bald der Geduldsfaden!«

Ein bißchen Flachs half Pferden und Maultieren, ihr Winterfell abzulegen, doch eine Überdosis davon konnte gefährlich sein. Sogar tödlich. Er musterte den Sack und vermutete, daß das Maultier ihn gerade aufgetreten hatte, als er hereingekommen war. Es hatte nur sehr wenig von dem Flachs gefressen. »Du bist das glücklichste blöde Maultier, das ich jemals gesehen habe«, knurrte er. Er legte den Sack auf ein hohes Regal, führte das Maultier in den Stall zurück und verschloß den Riegel. Und um sicherzugehen, verschloß er auch die obere Hälfte der Tür und sicherte sie.

Dann bückte er sich und untersuchte seinen schlammigen Fuß. Eine lange Schramme auf seinem Spann begann bereits anzuschwellen, aber es schien nichts gebrochen zu sein.

Da er völlig damit beschäftigt gewesen war, das Maultier vor sich selbst zu retten, hatte er ganz vergessen, warum er überhaupt in die Scheune gekommen war. Sein Herz schlug heftig, als er sie nun mit den Augen nach Kathryn absuchte. Er dachte, daß er gesehen hatte, wie sie die Scheune betrat, aber das war anscheinend ein Irrtum gewesen. Jedenfalls war sie nicht hier.

Dann erregten Schritte seine Aufmerksamkeit, und er drehte sich um. Im selben Augenblick stand sie schon in der Scheune. Ihre Reaktion auf das Chaos war seiner sehr ähnlich: fassungslose Ungläubigkeit. Sie wurde blaß, und ihre Augen weiteten sich vor Staunen, so daß ihre Wimpern fast ihre Brauen berührten. Unwillkürlich machte sie einen Schritt zurück. »Was ... was ist denn hier passiert?«

Er humpelte auf sie zu. »Glücklicherweise bin ich noch rechtzeitig gekommen, um das Maultier in den Stall zurückzubringen, bevor es sich zu Tode fressen konnte«, knurrte er.

»Precious? Precious hat all das getan?« stieß sie hervor.

»Er scheint einen unstillbaren Appetit zu haben. Auf Katastrophen.« Er schob sich an ihr vorbei und humpelte zum Tor, ohne ihr Gelegenheit zu einer Antwort zu geben.

Er war kaum im Haus, als er es sich anders überlegte und wieder zur Scheune zurückging, um ihr zu helfen, das Chaos aufzuräumen.

Noch nie hatte er eine verwirrtere Frau gesehen als die, die er in der Scheune hatte stehenlassen. Mit ihrer steifen Öljacke, ihrer durchnäßten Haube und ihren schlammigen Schuhen sah sie einfach mitleiderweckend aus, und ihren Gesichtsausdruck, mit dem sie das Chaos musterte, konnte man verloren nennen.

Ein Teil in ihm wollte zurück zur Scheune gehen, Kathryn in die Arme nehmen, sie trösten und ihr versichern, daß alles gut würde. Ein anderer Teil, der zynischere, erinnerte ihn daran, daß diese Frau lernen mußte, Verantwortung für das zu übernehmen, was dieses verdammte Maultier anrichtete. Doch zu seiner Verblüffung konnte er einfach nicht anders: Er empfand Mitleid mit ihr, was ihn genau zu dem Narren machte, dessen Spiegelbild er vorhin noch gescholten hatte.

Narr hin oder her: Er würde die Wahrheit über die Elfenbeinprinzessin herausfinden, und nichts würde ihn davon abhalten, das zu Ende zu bringen, was er immer noch als den einfacheren Teil seines Auftrags betrachtete: die Kameebrosche zu finden.

9. KAPITEL

Kate stand mitten in der Scheune und starrte einfach nur fassungslos auf das unglaubliche Chaos auf dem Boden. Sie holte tief Luft, um sich zu beruhigen, und versuchte, nicht Precious die Schuld zu geben. Sie selbst mußte die Verantwortung übernehmen, weil sie vergessen hatte, wie leicht es dem Maultier fiel, eine Stalltür zu öffnen. Und da half es auch nichts, Dolly Vorhaltungen zu machen, daß sie Precious verwöhnte. Und auch Philip wollte sie nicht dafür verurteilen, daß er sie einfach hier alleingelassen hatte und es ihr überließ, wieder Ordnung zu schaffen.

Doch Kate wußte nicht, wo sie die Energie hernehmen sollte, die Scheune aufzuräumen. Ihre Schuhe waren mit Schlamm überzogen. Ihr war kalt, und Hunger hatte sie auch. Sie war vollkommen erschöpft, nachdem Philip sie fast geküßt hätte und dann im nächsten Moment verschwunden war.

Sie war müde. Und sie hatte es vollkommen satt: Precious und seine Launen, die Heimlichkeit wegen ihrer Vergangenheit und auch, immer stark sein zu müssen!

Ihre Unterlippe zitterte, und Tränen stiegen ihr in die Augen. Sie wünschte sich, daß Precious sich einmal wie ein normales Maultier benahm! Und sie wäre zu gern in eine andere Welt geschlüpft, wo alles ruhig und friedlich war ... wie Miss Maggie es tat.

Nur ein einziges Mal.

»Au!« Sie sprang zurück, und das Huhn, das ihre Zehen angegriffen hatte, stürzte sich gierig auf einen kleinen Körnerberg. Als ein anderes Huhn flatternd von seinem Balken herunterflog und beinah auf ihrem Kopf landete, schoß sie in den sauberen, leeren Stall, der das Pferd von dem Maultier trennte, und schlug die untere Halbtür zu.

Precious stand da und wieherte, und das Pferd schnaubte leise.

Sie ignorierte das gierige Vieh und ging rasch zur anderen Seite, um das Pferd zu beruhigen. Der Rand ihrer Öljacke hatte sich in der Tür verfangen, aber Kate bemerkte es zu spät. Sie wurde zur Seite gerissen und landete in einem Berg von raschelnden Röcken auf einem Strohballen.

Etwas schnappte.

Ihr Sturz hatte den Zügel des Maultiers zerrissen, den sie festgehalten hatte. Jetzt endlich kamen ihr die lang ersehnten Tränen, zuerst ganz langsam, in einem sanften Tröpfeln – doch ehe sie es sich versah, heulte sie Rotz und Wasser.

Sie schälte sich aus der Öljacke, nahm ihre aufgeweichte Haube ab, zog die Handschuhe aus und rollte sich zu einem Ball zusammen. Dann heulte sie sich einfach die Seele aus dem Leib.

Sie schien über einen endlosen Vorrat an Tränen zu verfügen, hatte Zeit genug, sie zu vergießen, und war seit Jahren so ungestört wie nie. Sie hatte kein Verlangen, sich zusammenzureißen. Wenn sie schon einen altmodischen Heulkrampf bekam, dann wollte sie ihn wenigstens genießen.

Kate weinte um ihre Großmutter. Wie sehr sie sie vermißte.

Sie weinte um all die Jahre, die sie bei Simon und Helen verbracht hatte – Jahre, die ihr fast die Liebe zum Klavier ausgetrieben hätten. Sie weinte, weil sie nicht stark genug gewesen war, Simons Plan zu widerstehen, und die beschämende und verräterische Elfenbeinprinzessin gespielt hatte.

Sie weinte, weil sie Miss Dolly, Miss Maggie und Philip Massey belogen hatte.

Und sie weinte, weil es so guttat, zu weinen – bis ihre Tränen endlich versiegten.

Erschöpft und gleichgültig gähnte sie ausgiebig und schloß ihre geschwollenen Augen. Das sanfte Geräusch des Regens auf dem Dach lullte sie ein, genauso wie das warme, duftende Bett aus Stroh unter ihr. Kate glitt sanft in den Schlaf und ließ sich von der Traumwelt umarmen.

Kate wurde wach und rekelte sich. Zögernd öffnete sie die Augen und setzte sich dann ruckartig auf. Benommen und verwirrt schüttelte sie den Kopf und zwinkerte, bis ihr klar wurde, wo sie hier war.

Und vor allem: Warum!

Die Realität war so weit von ihren Träumen entfernt, daß sie am liebsten sofort wieder ins Stroh gekrochen wäre und ihren unterbrochenen Traum weitergeträumt hätte. Vielleicht wäre ja der Traum, daß die Scheune aufgeräumt war, wahr geworden, wenn sie das nächste Mal aufwachte.

»Aber fromme Wünsche werden diese Scheune nicht aufräumen«, sagte sie leise, stand auf und klopfte sich das Stroh aus den Röcken. Sie war erschöpft, aber auch irgendwie erfrischt, holte tief Luft und blinzelte verwirrt, als sie aus dem Stall in die Scheune sah.

Sie blinzelte noch einmal. Das ganze Chaos war beseitigt!

Kate stolperte vor und umklammerte das Holz der Tür so hart, daß es sich in ihre Hände grub. »Ich träume.« Sie flüsterte, weil sie Angst hatte, daß ihr »Träume-werden-wahr«-Zauber verschwinden würde, wenn sie laut sprach.

»Endlich sind Sie wach! Wie fühlen Sie sich?«

Philips Stimme erschreckte sie, und sie sah zu ihm hin. Er stand in der offenen Scheunentür, eine Silhouette gegen das helle Sonnenlicht. Er trat wieder in die Scheune und lächelte. In den Händen trug er ein Tablett mit ein paar Bechern und etwas zu essen.

Offenbar hatte er die Scheune aufgeräumt, während Kate geschlafen hatte. Es rührte sie, daß er ihr diesmal geholfen hatte, statt sie einfach sich selbst zu überlassen, als Precious den Garten verwüstet hatte. »Sagen Sie mir, daß dies hier kein Traum ist. Ein unglaublicher, unmöglicher Traum«, flüsterte sie.

Er lachte und stellte das Tablett auf eine Ecke der Stalltür ab. »Es ist kein Traum.«

Philip war ihr so nah, daß Kates Herz heftig pochte. Sie fand ihn noch viel attraktiver und reizvoller als bei ihrer ersten Begegnung. Glücklicherweise konnte er ja keine Gedanken lesen, und sie beugte sich an ihm vorbei und musterte die Scheune. »Es ist tatsächlich alles aufgeräumt!«

Er grinste, während er das Tablett hochnahm. »Ich bin froh, daß ich es geschafft habe, ohne sie zu wecken. Sind Sie hungrig?«

Sie nickte, zu überwältigt, um Worte zu finden. Ein unwiderstehliches Aroma zog ihren Blick magnetisch zu dem Tablett. Auf einem Teller lagen zwei dicke Scheiben gebuttertes Brot, zwei Schüsseln mit Suppe, zwei dampfende Becher und Besteck. Ihr Magen knurrte, und sie errötete.

»Gut, Sie sind wirklich hungrig. Darf ich hereinkommen?«

Sie zögerte unmerklich, bevor sie die Halbtür öffnete und zur Seite trat.

Philip benahm sich, als habe sie ihn soeben in ihre Wohnung gebeten. Er stellte das Tablett auf einen Heuballen ab und lokkerte das Stroh an beiden Enden, um bequeme »Sitze« für sie zu schaffen. »Wo möchten Sie sitzen?« fragte er sie und trat zur Seite, während sich Kate für den niedrigeren Heuhaufen entschied.

Er setzte sich auf den anderen, reichte ihr einen Löffel und eine Schüssel mit Suppe. Kate stellte sie in ihren Schoß. »Nelda und ihr Mann sind heute morgen nach Philadelphia gefahren. Ich vermute, daß der Sturm ihre Rückkehr verzögert hat. Sie hat die Suppe gestern zubereitet, aber normalerweise schmeckt Suppe am zweiten Tag immer besser. Ich hoffe, Sie mögen sie.«

»Sie riecht köstlich. Danke.« Sie probierte einen Löffel voll und lächelte. »Sie schmeckt wundervoll.«

»Nehmen Sie ein bißchen Brot. Es ist zwar etwas hart, aber . . .«

»Ich würde sogar gebuttertes Papier essen, so hungrig bin ich«, protestierte sie und biß ab.

Sie aßen schweigend, und als die Schüsseln leer und das Brot längst gegessen war, war sie nur noch hungrig auf die Erklärung, wie er es geschafft hatte, die Scheune aufzuräumen, ohne sie zu wecken.

Aber Kate wollte ihn nicht mit Fragen bestürmen und die friedliche Stimmung verscheuchen, in der sie sich befanden. Sie trank einen Schluck Tee und lehnte sich auf dem Stroh zurück. »Danke, für alles«, sagte sie leise.

Er lächelte, und in seinen Augen lag ein schuldbewußter Ausdruck. »Es war das wenigste, das ich für Sie tun konnte.« Er deutete auf die Scheune und schüttelte den Kopf. »Ich hatte wirklich gedacht, daß ich den Stall zugemacht hätte, aber ganz offensichtlich habe ich es vergessen. Es ist mein Fehler, daß dieses störrische Maultier aus seinem Stall ausbrechen konnte.«

Kate schlug einen Moment den Blick nieder, bevor sie sich traute, Philip anzusehen. »Nein, es war sicher nicht Ihre Schuld. Sie haben vermutlich den Riegel vorgeschoben. Precious macht sehr oft seine eigene Stalltür auf. Neulich hat Miss Maggie das Maultier am hellichten Nachmittag in ihrem Garten erwischt.«

Er lachte. »Ich hätte nicht geglaubt, daß ein Maultier soviel Ärger machen kann, wenn ich es nicht selbst gesehen hätte.«

»Warum haben Sie mich nicht geweckt? Ich hätte Ihnen geholfen.«

Er neigte den Kopf. »Ehrlich gesagt wußte ich gar nicht, daß Sie hier waren. Zuerst jedenfalls. Da Sie die Stalltür geschlossen hatten, waren Sie dahinter perfekt versteckt. Und als ich Sie gefunden habe, konnte ich es nicht über mich bringen, Sie zu wecken.«

Er packte eine Hand und zog sie mit sanftem Druck in seine. Erneut betrachtete Kate fasziniert seine Hände. Die langen Finger umfaßten ihre eigenen Hände, und diese Berührung löste Gefühle aus, die gefährlich erregend waren. Als Kate ihm in die Augen sah, deren glühender Blick Hoffnung und Interesse verriet, wurde ihr Herzschlag zu einem Rasen.

Sie sah fasziniert zu, wie Philip ihre Hand an seine Lippen führte und ihre Knöchel küßte. Es überlief sie warm von den Fingerspitzen bis zu den Zehen.

»Sie haben ja geweint«, flüsterte er.

Seine heiseren Worte besänftigten ihr Herz und vertrieben all ihre Ängste. Philip Massey war ein liebevoller, einfühlsamer und freundlicher Mann, doch nach dem eher beunruhigenden Vorfall vorhin, als er sie beinah geküßt und dann doch seine Meinung geändert hatte, wollte sie lieber keine Vermutungen anstellen, was er jetzt vorhatte.

Dann bog er ihre Finger sanft auf und küßte ihre Handfläche. Federleicht berührte er ihre Haut mit seinen Lippen und zerstreute all ihre Zurückhaltung.

Sie schloß die Augen und seufzte vor Wonne, als es sie prickelnd überlief... Das Quietschen eines Kutschrades vor der Scheune fuhr ihr wie eine Klinge ins Herz und verwandelte die Wonne schlagartig in Panik.

Sie riß ihre Hand zurück, sprang auf und sah hinaus. »Nelda und ihr Ehemann! Was ... was machen sie ... !«

»Sie kommen aus Philadelphia zurück«, informierte er sie flüsternd. Seine Stimme klang gepreßt. Er packte das Tablett, schlüpfte aus dem Stall und versteckte es schnell hinter den ordentlich gestapelten Getreidesäcken.

»Was werden sie bloß denken?« jammerte Kate, während sie sich an der Stalltür festhielt.

»Ich spanne das Maultier ein. Sie setzen ihre Haube auf und legen Ihren Umhang um. Wenn sie bemerken, daß wir beide allein hier in der Scheune sind, glauben Sie, daß wir unsere Klavierstunde beendet haben und ich Ihnen helfe, Ihre Kutsche anzuspannen.«

Kate schnappte sich den Umhang, setzte sich achtlos die Haube auf den Kopf und schlüpfte aus dem Stall. Sie konnte nur daran denken, daß sie schnell genug sein mußte, um ihren Ruf zu wahren. Was Philip Massey von ihr hielt, darüber konnte sie später noch genügend nachdenken.

Nach all der Mühe, die sie auf sich genommen hatte, um sich eine ehrbare Stellung als Miss Kathryn Danaher aufzubauen, wäre es nicht gerade poetisch, das alles zu zerstören, weil sie ein ganz entscheidendes Prinzip ihres neuen Lebens mißachtete: Sie würde niemals die Freiheit besitzen, einen Mann zu lieben oder von einem geliebt zu werden. Denn sie war eine Frau, die von der Abscheulichkeit ihrer Vergangenheit beschmutzt war und von den Lügen der Gegenwart gefangengehalten wurde: Sie war – jetzt und für immerdar – die Elfenbeinprinzessin.

10. KAPITEL

Eine ganze Woche war seit Kates schicksalhafter, regnerischer Begegnung mit Philip Massey verstrichen. Morgen würde sie wieder auf die Rundreise gehen.

Keinen Tag zu früh.

Zunächst einmal mußte sie jedoch den heutigen Tag herumbringen, und die Morgenstunden dehnten sich endlos vor ihr. Sie hatte noch eine letzte Stunde mit ihm, aber die war auf den frühen Nachmittag verlegt worden, weil er heute morgen nach Philadelphia gefahren war, um seinen Onkel zu besuchen und sich bei einem Apotheker einen weiteren Vorrat von Motherwort-Tee zu beschaffen. Miss Maggie triumphierte, weil ihr Hausmittel ihm tatsächlich half, aber sie mußte trotzdem das Bett hüten, weil sie eine Sommergrippe erwischt hatte. Miss Dolly war nebenan und unterrichtete eine ihrer Schülerinnen, Abigail Sweet, deren Mutter die Fortschritte ihrer Tochter beobachtete.

Kate war auf sich selbst gestellt und beschloß, nicht erst heute abend zu packen. Sie warf einen Blick auf den Stapel von Kleidern, die auf dem Stuhl neben dem Küchentisch lagen, und runzelte die Stirn. Das Leben als Klavierlehrerin hatte mehr Durcheinander gebracht als nur in den Kleidern, die darauf warteten, geplättet und für die Reise verpackt zu werden. Aber wenigstens konnte man die Kleider neu falten und ordnen.

Kate beschloß zu bügeln, um die Morgenstunden zu überbrücken, stellte das Eisen auf den Herd und nahm die Vase mit den Blumen und die Spitzendecke vom Tisch. Nachdem sie eine alte Decke halb eingeschlagen und auf den Tisch gelegt hatte, bedeckte sie ihn mit einem Laken und glättete es. Dann nahm sie ein Unterhemd von dem Stapel und legte es auf das Laken.

Mit den Fingerspitzen berührte sie einige Löcher an der Seite des Hemdes und schüttelte den Kopf. Es forderte seinen Tribut, daß sie die Kameebrosche ständig trug, aber sie hatte keine andere Alternative. Sie fühlte sich nicht wohl, wenn sie nicht wußte, daß die Brosche absolut sicher war. Und obwohl sie allmählich damit leben konnte, die Brosche in dem Cottage zu verstecken, wollte sie sie nicht zurücklassen, wenn sie die Rundreise antrat.

Gegen den Schaden an ihren Unterhemden konnte sie nichts unternehmen, also prüfte sie das Eisen mit ihrer angefeuchteten Fingerspitze. Es war heiß genug, und sie begann mit dem Plätten.

Aus dem Nachbarzimmer drangen Dollys Anweisungen zu ihr herüber. Ihre Stimme war leise und geduldig und leistete Kate Gesellschaft. Als Klavierspielerin war sie sicher geübt, aber als Lehrerin mangelte es ihr noch an Erfahrung. Und da sie heute morgen hier war, konnte sie Dolly zuhören, wie sie ihre Schüler unterwies. Ein Rascheln von Röcken ertönte und eine weitere kurze Unterweisung, und dann erklangen einige Noten, als Abigail die Tonleitern spielte, die sie angeblich eine Woche lang geübt hatte.

Langweilige, leblose und fast schon lakonische Töne drangen durch das Haus, und Kate mußte unwillkürlich lächeln. Sie mußte nicht im Musikzimmer sein, um Abigails Miene vor Augen zu haben. Sie wußte, daß das Mädchen absolut kein Interesse daran hatte, Klavier zu spielen. Kate erkannte den Widerwillen des Mädchens an ihrem gleichgültigen Spiel und hoffte, einen Funken in dieser traurigen Vorstellung zu entdecken. Vergebens.

Während einer Bügelpause stand sie neben dem Ofen, darauf wartend, daß sich das Eisen wieder aufheizte. Sie lauschte, wie die kleine Übung zu Ende ging und das Mädchen jetzt eine einfache Melodie spielte, die es erst heute gelernt hatte.

Ganz unerwartet schlug dieses Stück eine jähe Bresche in die Mauer, die Kate um ihren Verstand errichtet hatte. Die lange vergessene Melodie ihrer Kindheit weckte Erinnerungen an ein anderes kleines Kind, das dieses Stück beinah genauso schlecht gespielt hatte.

Charlotte Ann Ludfallow.

Ein engelhaft wirkendes Kind mit langem, dunklem Haar, funkelnden blauen Augen und rosigen Wangen. Sie war Kates Freundin und Vertraute gewesen wie auch die einzige Tochter des englischen Landedelmannes, in dessen Diensten Kates Großmutter gestanden hatte.

Als Kate gerade in ihre Vergangenheit eintauchte, beendete Abigail gnädigerweise ihren kleinen Vortrag, und das Bild von Charlotte Ann verblaßte. Kate prüfte zitternd das Eisen, aber es war noch zu kühl. Während sie wartete, konnte sie das Gespräch mithören, das Dolly und Mrs. Sweet führten, und auch das Schnüffeln der kleinen Abigail. Es war ein so vertrautes Szenario, das sofort das Bild von Charlotte Ann wiederbelebte und Kate in die Vergangenheit zurückversetzte...

»Ihre Tochter ist erst neun Jahre alt. Vielleicht ist sie noch ein bißchen zu jung für die Disziplin, die es erfordert, diese Stellen zu spielen«, sagte Mrs. Harley taktvoll.

Mrs. Ludfallows Stimme klang schrill, als sie protestierte. »Charlotte Ann ist ein einfühlsames, hoch emotionales Kind. Das Klavier ist das ideale Instrument, um ihre Gefühle auszudrücken. Der Fehler liegt in Ihrer Unterrichtsmethode.«

Kate hatte sich hinter dem Sofa versteckt, wo sie die Stunde mitverfolgen konnte, ohne gesehen zu werden, und wagte kaum zu atmen. Mrs. Harley war die dritte Klavierlehrerin in genauso vielen Jahren, und sie betete, daß Mrs. Ludfallow diese Lehrerin nicht auch entließ wie die anderen zuvor.

»Charlotte Ann reagiert weit besser auf Lob denn auf Tadel«, schalt ihre Mutter.

Kate schlug rasch die Hand vor den Mund, um ein Kichern zu unterdrücken, bevor es sie verriet. Charlotte Ann haßte das Klavier. Sie haßte es wirklich! Es gab keinen einzigen Klavierlehrer im ganzen Empire, der ihr beibringen konnte, gut zu spielen. Kate dagegen konnte sich an keinen einzigen Augenblick in ihren zehneinhalb Jahren erinnern, den sie das Klavier nicht von ganzem Herzen geliebt hätte – bis auf den Teil ihres Herzens, den sie ihrer Großmutter geschenkt hatte, natürlich.

Um ihren Eltern eine Freude zu machen, ertrug Charlotte Ann die Unterrichtsstunden, während Kate sich versteckte, damit sie zusehen konnte. Zwischen den Unterrichtsstunden, wenn Charlotte Ann eigentlich üben sollte, schlich Kate rasch in das Zimmer und spielte, während Charlotte Ann an der Tür Wache hielt, damit ihre Eltern sie nicht überraschten. Aber sie waren normalerweise zu beschäftigt, um nachschauen zu kommen, ob Charlotte Ann auch wirklich übte.

Mrs. Ludfallows Stimme erschreckte Kate, und sie wich bis an die Wand zurück. »Wenn Sie vorhaben, Ihre Stellung zu behalten, dann erwarte ich von Ihnen, daß Sie meinen Vorschlägen Folge leisten. Lob, keine Kritik. Ansonsten muß ich eine andere Lehrerin suchen.«

Kates Herz pochte vor Aufregung. Sie hielt den Atem an und betete, daß Mrs. Harlow einlenken würde. Sie hatte gehört, daß Großmutter sich mit der neuen Klavierlehrerin unterhalten hatte. Sie war frisch verwitwet und hatte drei kleine Kinder. Also brauchte sie die Stellung doch sicherlich, oder?

»Vielleicht habe ich einen Fehler gemacht. Möglicherweise war ich zu ... direkt in meinen Methoden. Verzeihen Sie.«

Kates erleichterter Seufzer hätte sie fast verraten, aber Charlotte Ann überdeckte das Geräusch mit einem Hüsteln, wie immer. Kate streckte die Hand aus, umfaßte das Bein des Sofas und hielt still ... ganz, ganz still ...

Schmerz. Scharfer, brennender Schmerz durchdrang ihre Hand, und Kate zog sie unwillkürlich zurück an den Körper. Als sie sich unter Tränen umsah, bemerkte sie das Eisen auf dem Herd und betrachtete ihre Hand. Dann begriff sie, daß sie wahrscheinlich das Eisen genommen und es umklammert hatte, so daß ihre Fingerspitzen die glühendheiße Platte berührt hatten. Ihre Kindheitserinnerungen waren so lebhaft und plastisch gewesen, daß sie wie in Trance gewesen sein mußte. Wie hatte sie nur so achtlos mit dem Plätteisen umgehen können!

Sie stolperte blindlings vom Herd weg zur Tür und lehnte sich an den Rahmen. Ihre verletzte Hand hielt sie vor sich. Sie starrte in das Musikzimmer und holte tief Luft, während sie benommen versuchte, Vergangenheit und Gegenwart zu entwirren. Erleichtert erkannte sie Dolly, Abigail und Mrs. Sweet in dem Zimmer, und nicht ...

Die rothaarige Abigail blickte verblüfft hoch und hörte sofort mit dem Spielen auf. Ihre Mutter warf Kate einen scharfen Blick zu, aber Dollys erstaunte Miene wich einem Ausdruck der Besorgnis.

»Was ist denn passiert?« fragte sie, ließ Abigail allein und ging zu Kate.

»Meine Hand. Ich ... habe mir ... die Hand verbrannt«, jammerte Kate. »Ich habe das Eisen wieder aufgeheizt, und dann habe ich plötzlich ...«

Dolly drehte sie um, führte sie zur Spüle und pumpte Wasser über ihre Fingerspitzen. Dann füllte sie eine Schüssel damit und tauchte Kates Hand hinein. »Hier, das müßte die Schmerzen lindern. Aber ich bin nicht sicher, daß es keine Blasen gibt. Wirklich, Kate, Sie müssen sorgfältiger mit Ihren Händen umgehen!«

Kate kämpfte wacker gegen die Tränen. »Das nächste Mal trage ich wohl besser Handschuhe.«

Aber ihr schwacher Versuch von Galgenhumor entlockte Dolly kein Lächeln, wie sie erhofft hatte. »Sie tragen jetzt eine Verantwortung für Ihre Schüler. Wie können Sie erwarten, heute Unterricht zu geben oder morgen auf die Rundtour zu gehen, wenn Ihre Hand ...«

»Sie fühlt sich schon besser an«, widersprach Kate. »Ich muß nur einfach ein bißchen ausruhen. Dann plätte ich weiter und fahre zu Mister Massey.«

»Und wenn Sie Blasen an den Fingern bekommen und die Zügel nicht mehr halten können?«

»Es wird schon gehen, wirklich.« Kate nahm die Schüssel und legte sie in ihre Armbeuge. Sie entschuldigte sich, bat Mrs. Sweet und ihre Tochter um Verzeihung für die Störung und ging sofort auf ihr Zimmer.

Dort setzte sie sich aufs Bett, balancierte die Schüssel auf ihrem Schoß und legte sich das Kissen hinter den Kopf, um sich anzulehnen. Der Schmerz ließ langsam nach, bis er nur noch ein sanftes Pochen war, das sich im Rhythmus ihres Herzens wiederholte. »Ich war offenbar in Trance«, sagte sie leise, während sie die Augen schloß. »Ich wünschte, es wäre eine schöne Trance gewesen, so wie bei Miss Maggie.«

Sie war sehr dankbar. Wenigstens hatte sie nicht die schmerzhafteste Erinnerung ihrer kindlichen Spiele mit Charlotte Ann durchlebt, den Tag, an dem sich ihr Lebensweg für immer geändert hatte.

Trotz schlafloser Nächte und intensiver Selbsterforschung war Philip kurz davor, seine Niederlage zuzugeben. Es wollte ihm einfach kein Weg einfallen, wie er die Elfenbeinprinzessin davon abhalten konnte, morgen ihre Rundtour zu beginnen.

»Noch nicht«, flüsterte er, während er eine Reihe von kompliziert geschliffenen Steinen auf dem Arbeitstisch vor sich ausbreitete. Er legte den letzten Stein hin und musterte sie. Ein schimmernder grüner Smaragd war der beeindruckendste, jedenfalls was die Größe betraf. Aber ein kornblumenblauer Saphir würde gewiß die Aufmerksamkeit jeder Frau wecken. Des weiteren sollten ein blaßrosa Turmalin, einige außergewöhnliche Amethyste und zwei ungarische Opale ihre Begeisterung erregen. Perfekt gleiche Perlen wie die, die er für

Cynthias Halskette verwenden wollte, vervollständigten die Auslage.

Zusammen konnten die Steine nahezu ein Vermögen darstellen, je nachdem, ob der Betrachter ein Juwelier oder ein Laie war.

Onkel Harold hatte heute morgen kurz gezögert, als Philip ihm vorgeschlagen hatte, noch an einigen anderen Stücken außer an Cynthias Halskette zu arbeiten. Wenn Philip früher das Juweliergeschäft verlassen hatte, um einen Auftrag als Omega auszuführen, hatte er niemals Arbeit mitgenommen. Aber schließlich hatte sein Onkel dann doch Philips Begehr nachgegeben.

Philip sah, wie Kathryn mit ihrer Kutsche vorfuhr, drehte sich um, verschloß die Tür und ging hinaus. Als er die Veranda erreichte, hatte Abner sich bereits klugerweise des verwöhnten, unberechenbaren Maultiers angenommen, und Kathryn stand schon mitten auf der Treppe.

Sie trug ein blaßgrünes Leinenkleid und sah so jung und zerbrechlich aus wie eine Frühlingsblume. Aber ihre Wangen waren gerötet, und sie hatte die Röcke gerafft, was den Eindruck etwas dämpfte. »Tut mir leid, daß ich Sie an einem so heißen Tag herumscheuche«, begrüßte er sie. Es war als eine Art Entschuldigung gemeint.

»Es ist ziemlich warm für Anfang Juni«, entgegnete sie. »Jedenfalls hat Miss Dolly das gesagt.«

»Am Fluß ist es erheblich kühler als im Inland oder gar in der Stadt.« Er deutete auf die Verandastühle. Auf dem Tisch daneben stand ein Tablett mit Erfrischungen. »Setzen wir uns doch einen Augenblick. Mrs. Spade befürchtete, daß Sie vielleicht zu erhitzt wären. Wenn sie nicht wenigstens ihren Himbeersirup probieren, wird sie mich zurechtweisen, daß ich unhöflich bin.«

Er lachte leise, als er Kates sehnsüchtigen Blick bemerkte, mit dem sie die Erfrischungen bedachte. Dann nahm er ihre

Tasche und führte sie zu einem Stuhl. »Ziehen Sie Haube und Handschuhe aus und entspannen Sie sich einen Augenblick im Schatten. Der Himbeersirup ist wirklich äußerst empfehlenswert.«

Kate zögerte, während er zwei große Gläser mit dem Sommergetränk füllte. Dabei fiel ihm auf, daß sie Mühe hatte, die Bänder ihrer Haube zu lösen. Schließlich gelang es ihr, und sie nahm die Haube ab, aber die Handschuhe hatte sie noch angelassen, als sie das Glas nahm und einen Schluck kostete.

»Danke«, sagte sie lächelnd. »Ich kann mich nicht erinnern, jemals Himbeersirup getrunken zu haben. Er ist sehr erfrischend.«

Er setzte sich auf den Stuhl neben sie und betrachtete sie. Irgendwie war es merkwürdig, daß sie das Glas mit der linken Hand nahm. Er hätte geschworen, daß sie Rechtshänderin war. »Sie sind anscheinend neu hier in der Gegend.«

Sie befeuchtete die Lippen und senkte den Blick. »Ich komme eigentlich aus Europa, aber ich lebe schon seit über einem Jahr hier in Philadelphia.«

Die erste Lüge des Tages, dachte Philip. Er gratulierte sich zu seiner Vermutung, daß ihr Akzent europäisch sein könnte. Aber es war eine Lüge, daß sie schon seit einem Jahr hier lebte. Sie war erst Anfang März angekommen, um eine Reihe von Konzerten zu geben. Trotzdem war Philip erleichtert, daß sie den gezierten Kokon endlich verlassen hatte, in den sie sich seit ihrem Erlebnis in der Scheune geflüchtet hatte. An diesem Tag hatte er ihr zu sehr zugesetzt, aber heute schien sie entspannter zu sein. Deshalb wuchs seine Zuversicht, seinen Plan weiterverfolgen zu können und sie besser kennenzulernen, damit er endlich die Wahrheit hinter ihrer Erscheinung enthüllte. Im Augenblick beschäftigte ihn aber nur die Frage, warum sie ihre Handschuhe nicht auszog.

»Behalten Frauen aus der Alten Welt immer ihre Handschuhe an, wenn sie Erfrischungen zu sich nehmen?«

Sie blickte unwillkürlich auf ihre Hände und rutschte nervös auf ihrem Stuhl herum. »Nein. Um ehrlich zu sein ... ich habe ganz vergessen, daß ich sie noch anhabe.«

Zweite Lüge.

Philip sah es in ihrem Blick, als sie ihn wieder anschaute.

»Ich bin sehr froh, daß Sie sie in der Scheune gefunden haben. An dem Tag hatte ich es so eilig ...«

»Gern geschehen. Es wäre auch ein bißchen peinlich gewesen, ihre Anwesenheit zu erklären. Ich meine, es Abner zu erklären«, fügte er hinzu, während er registrierte, daß sie plauderte, ohne die geringsten Anstalten zu machen, die Handschuhe auszuziehen.

Schließlich stand sie unvermittelt auf und stellte das Glas auf den Tisch. »Vielleicht sollten wir jetzt mit dem Unterricht anfangen. Ich habe morgen einen langen Tag vor mir, und ich muß zu Ende packen.«

»Selbstverständlich.« Philip stand ebenfalls auf, nahm ihre Tasche, und sie gingen geradewegs in den Salon. Er setzte sich auf die Pianobank, und sie nahm ihre übliche Position neben dem Klavier ein, während sie sich mit dem Verschluß der Tasche abmühte, um ihm ein neues Lehrbuch zu geben.

Die Handschuhe trug sie immer noch.

Er zeigte ihr, daß er die Skalen in der letzten Woche gelernt hatte, und war sehr mit sich zufrieden.

Kate lobte ihn und schlug das neue Buch auf. »Sie sollten jetzt eine einfache Melodie ausprobieren. Lesen Sie sie zunächst einen Augenblick sorgfältig. Und achten Sie nicht auf das Tempo. Spielen Sie einfach nur die Noten.«

Er runzelte die Stirn. Notenlesen fiel ihm noch sehr schwer, und er stolperte mehr schlecht als recht durch das Stück. Nach dem dritten Mal zuckte er mit den Schultern und schüttelte den Kopf. »Ich war ziemlich schrecklich, hab' ich recht?«

Sie lächelte. »So schlecht war das gar nicht. Versuchen Sie es noch einmal.«

Das tat er auch, zweimal sogar. Philip konnte einfach nicht glauben, wie schwer das war! Er konnte zwar einen ungeschliffenen Stein nehmen und ihn in ein kostbares Juwel verwandeln, aber er konnte dem Klavier keine Note entlocken, die anders klang als armselig.

»Warum zeigen Sie es mir nicht«, knurrte er. »Das hilft vielleicht.« Er fühlte sich verlegen und war davon überzeugt, daß sie sechsjährige Schüler hatte, die es besser machten.

Er stand auf und überließ ihr seinen Platz auf der Bank. Sie trat einen Schritt zurück und zögerte unmerklich, bevor sie sich schließlich setzte. Sie hob die Hände über die Tasten.

»Ihre Handschuhe«, meinte er. »Sollten Sie sie nicht ausziehen?«

Sie wurde so blaß, daß man hätte meinen können, er habe sie gebeten, ihr Kleid abzulegen. Doch dann biß sie sich auf die Lippen und entfernte einen Handschuh. Den linken. Als sie jedoch den rechten bis zur Handfläche heruntergezogen hatte, hielt sie plötzlich inne und senkte den Kopf. »Es... es tut mir leid. Ich fühle mich nicht gut«, flüsterte sie. »Ich fürchte, wir müssen Ihre Stunde für heute beenden. Natürlich müssen Sie nichts bezahlen. Wenn Sie mich jetzt entschuldigen würden...«

Kate wollte aufstehen, aber er legte ihr instinktiv die Hand auf die Schulter und hinderte sie daran. Dann setzte er sich neben sie. Sie zitterte, wehrte sich jedoch nicht, als er behutsam ihre rechte Hand in seine nahm. »Sie haben sich die Hand verletzt...«

Sie nickte, und eine Träne lief ihr über die Wange. »Nur meine Finger«, brachte sie erstickt heraus.

»Warum haben Sie es mir nicht einfach gesagt? Und warum um alles in der Welt tragen Sie Handschuhe, wenn...«

»Es durfte doch niemand wissen, schon gar nicht Miss Dolly! Ich fange morgen mit der Rundtour an, und wenn sie glaubt, daß ich nicht einmal den kurzen Weg zu Ihrem Anwesen fahren kann, wie soll sie mich da...«

Er hätte eigentlich Triumph und Begeisterung empfinden müssen, weil sie nun anscheinend nicht in der Lage war, ihre Rundreise anzutreten und sich von Miss Dolly vertreten lassen mußte. Aber es gefiel ihm nicht, ihren Schmerz mitzuerleben. Außerdem machte es ihn auch nicht stolz, daß er den Gedanken einer kleinen Verletzung, damit Dolly und Kathryn die Plätze tauschten, sofort abgeschmettert hatte.

Unerklärlicherweise hatte er sogar ein schlechtes Gewissen, als wenn allein dieser Gedanke von irgendeiner übersinnlichen Macht aufgenommen und verwirklicht worden wäre. »Sagen Sie mir, was passiert ist«, forderte er Kate auf und hörte ihr genau zu, als sie schnell ihre Verletzungen erklärte. Sie schilderte ihm, wie sie sich an dem heißen Plätteisen verbrannt hatte.

»Vermutlich hat es Brandblasen gegeben«, meinte er stirnrunzelnd.

Sie nickte.

Er hätte sie am liebsten durchgeschüttelt! »Und Sie haben Handschuhe darüber angezogen? Sind Sie dumm oder haben Sie einfach nur einen Hang zur Selbstverstümmelung?«

Sie versuchte, die Hand wegzuziehen, aber er hielt sie am Handgelenk fest. »Ich habe zuerst Salbe daraufgeschmiert. Um sie zu schützen«, erklärte sie zu ihrer Verteidigung.

»Früher oder später werden Sie aber Ihre Handschuhe ausziehen müssen.«

Sie senkte den Kopf. »Ich weiß. Deshalb muß ich auch gehen. Ich will nach Hause auf mein Zimmer. Ich komme schon allein zurecht.«

»Sie können nicht heimfahren. Wenn Sie die Handschuhe nun nicht alleine ausziehen können? Wer soll Ihnen helfen? Miss Dolly?«

»Nein, das kann ich allein.«

»Natürlich können Sie das.« Er half ihr auf die Füße. »Aber ich werde Ihnen trotzdem helfen.«

Sie wich vor ihm zurück. »Nein. Ich muß fahren. Sie dürfen mir nicht helfen. Was passiert, wenn Mrs. Spade meine Hand sieht? Sie wird es Miss Dolly erzählen.«

»Mrs. Spade wird gar nichts sehen, das verspreche ich Ihnen.« Er stützte ihren Arm und führte sie über den Flur in das ehemalige Wohnzimmer, das jetzt sein Arbeitszimmer war, bevor ihr noch ein Gegenargument einfiel. »Das hier ist mein Arbeitszimmer«, erklärte Philip. »Ob Sie es glauben oder nicht: Aber dies ist das einzige Zimmer im ganzen Haus, in das Mrs. Spade keinen Fuß setzt. Unter Androhung der Todesstrafe«, fügte er dramatisch hinzu und versuchte, sie davon zu überzeugen, daß sein Angebot aufrichtig gemeint war.

Sie lachte, weil ihr offenbar klar war, wie respektlos die Haushälterin Philip behandelte. Neugierig blickte sie in das Zimmer. »Sind Sie wirklich sicher?«

»Absolut. Und ich kann auch die Tür von innen abschließen ...«

»Das dürfen Sie nicht. Es wäre nicht schicklich! Mrs. Spade würde niemals erlauben, daß ich mich allein mit Ihnen hinter einer verschlossenen Tür aufhielte.«

Oder in einem Stall an einem Regentag?

Er knirschte mit den Zähnen. »Na gut, dann schließe ich die Tür nicht ab.«

»Sie muß auch offenstehen, was bedeutet, daß Mrs. Spade sehen kann, was wir tun. Also ...« Sie drehte sich zögernd von der Tür weg.

»Vertrauen Sie mir«, flüsterte er. »Ich will Ihnen wirklich helfen. Warum müssen Sie immer so unabhängig sein? Ist es so schwierig, sich von jemandem helfen zu lassen?«

Kate preßte die Lippen zusammen, und ihre Augen veränderten den Farbton. Jetzt erinnerte ihr Grün ihn an eine wogende See. Wenn sie ihm gestattete, ihr zu helfen, konnte er das Maß ihrer Verletzungen selbst beurteilen. Wenn er sie dann noch etwas drängte, konnte er sie sicher auch davon überzeugen, ihre Abfahrt noch etwas hinauszuzögern. Wenn er noch ein paar Tage mit ihr verbringen konnte, war das zwar weniger, als er erhofft hatte, aber er würde ihren Dickkopf nicht durchgehen lassen. Mit ihrem Eigensinn würde sie noch größeren Schaden an ihren Händen anrichten.

Es paßte einfach nicht zusammen! Philip überlegte, warum sie mitten auf einer Konzertreise verschwand und nach Simons Auskünften ihn und einige Theaterimpresarios in eine finanziell prekäre Lage brachte, gleichzeitig aber darauf beharrte, ihre Pflichten als Klavierlehrerin wahrzunehmen? Philip war sich sehr wohl bewußt, daß dieser Charakterzug auch nicht zu der Frau paßte, wie Simon sie beschrieben hatte, und er wartete geduldig, bis sie es sich überlegt hatte.

Als sie schließlich nickte und den Raum betrat, atmete er erleichtert auf. »Ich muß kurz ein paar Dinge für Sie holen. Ich bin sofort wieder da«, sagte er leise, drehte sich um und ließ sie allein, bevor sie Zeit fand, es sich anders zu überlegen.

11. KAPITEL

Das große, dreiflügelige Fenster mit dem Blick über den Fluß zog Kate wie magisch an, und sie hatte fast den ganzen Raum durchquert, als ihr auffiel, daß sie Philip bei seiner Arbeit unterbrochen haben mußte.

Mit großen, erstaunten Augen betrachtete sie die Juwelen, die achtlos auf dem Arbeitstisch verstreut lagen. Ihr Herz schlug heftig. Die Steine waren ein Vermögen wert, und sie legten ein faszinierendes, schimmerndes Zeugnis über seine beruflichen Fähigkeiten ab.

Sie konnte der außerordentlichen Schönheit der Steine, die wie ein kristallisierter Regenbogen in allen Farben funkelten, nicht widerstehen. Sie mußte sie berühren, etwas halten, das er mit seinen eigenen großartigen Händen geschaffen hatte.

Amethyste in allen Rotschattierungen erinnerten sie an Veilchen, die auf dem Besitz der Ludfallows gewachsen waren. Sie glitzerten in der Nachmittagssonne auf dem Tisch. Sie nahm zwei in die Hand und hielt unwillkürlich die Luft an. Nur ein großartiger Künstler konnte einfache rote Kristalle in derartig atemberaubend schöne Schmucksteine verwandeln. Jeder einzelne war so faszinierend geschliffen, daß sie sich kaum vorstellen konnte, daß jemand die Fertigkeit und auch noch die Geduld besaß, die es erforderte, um einen Halbedelstein in ein Juwel zu verwandeln, das in Brillanz und Klarheit mit den schönsten Diamanten wetteiferte.

Nur ein Mann, der seine Arbeit liebte, war fähig, eine solche Schönheit zu erschaffen, die sie jetzt in ihrer Hand hielt. Nur ein empfindsamer und einfühlsamer Mann, der hinter das rauhe Äußere eines ungeschliffenen Steins blicken konnte, würde den richtigen Weg finden, um die innere Schönheit ans Licht zu bringen, die der übrigen Welt verborgen blieb.

Würde er auch hinter die täuschende Maske blicken können und die Frau wertschätzen, die sich dort verbarg?

Einen Moment verschleierten Tränen ihren Blick, Tränen des Bedauerns. Sie konnte nicht erwarten, daß ein ehrbarer Mann einfach ihre Vergangenheit beiseite schob oder die Lügen entschuldigte, die sich um ihre Gegenwart rankten. Sie war wie ein ungeschliffener Stein, der auf einem Kiesweg lag, unbeachtet von Hunderten von Wanderern, bis endlich ein Mann, ein seltenes und talentiertes Exemplar, vorbeischlenderte, sie bemerkte und sich die Mühe machte, sie genauer zu betrachten. Dann würde er erkennen, daß sich unter der unscheinbaren Oberfläche eine Frau von beträchtlichem Wert versteckte.

Philip Massey war vermutlich solch ein Exemplar, aber noch war es viel zu früh für Kate, sich in ihrem freien Leben auf etwas anderes zu konzentrieren als auf ihre Stellung als Klavierlehrerin. Simon konnte sie immer noch aufspüren oder schlimmer noch: jemanden auf ihre Fährte setzen, den sie nicht kannte. Zwar fühlte sie sich mit jedem Tag, der verstrich, sicherer, aber sie mußte sich trotzdem mit der hohen Wahrscheinlichkeit vertraut machen, daß sie den Rest ihres Lebens allein verbringen würde. Sie mußte darauf vorbereitet sein, beim ersten Anzeichen, daß man ihr folgte oder sie erkannte, davonzulaufen.

Allein.

Schon das Wort ließ sie erzittern, und die Steine in ihrer Hand glitzerten in dem Sonnenlicht, das durch die Fenster schien.

»Tut mir leid, daß ich so lange gebraucht habe.«

Sie schrak bei dem Klang von Philips Stimme zusammen, schloß unwillkürlich die Hand um die Steine und wirbelte herum. Ihre Wangen brannten, als sie die Finger wieder öffnete und die Steine hochhielt. Noch bevor sie eine Entschuldigung herausstammeln konnte, daß sie einfach mit seinen Steinen herumgespielt hatte, lächelte er sie an.

»Wie ich sehe, haben Sie meine Steine gefunden.«

»Steine? Es sind nicht einfach nur Steine! Es sind wunderbare Juwelen«, widersprach sie, während sie verlegen die Amethyste auf den Tisch zurücklegte. »Sie müssen ein Vermögen wert sein.«

Er blieb kurz stehen. »Eigentlich gehören sie mir gar nicht. Ich bearbeite sie nur für einige Kunden meines Onkels.«

»Machen Sie sich denn keine Sorgen, daß Sie sie so einfach offen liegen lassen?«

Er hatte die Hände voll von Dingen, mit denen er ihr helfen wollte, den Handschuh auszuziehen, und zuckte mit den Schultern, als wäre er ein bißchen verlegen. »Normalerweise ist die Tür abgeschlossen, wenn ich nicht arbeite, und die Steine verwahre ich im Safe.«

Er legte die Utensilien auf den Arbeitstisch. »Ich habe die meisten davon heute erst mitgebracht. Ich konnte nicht widerstehen, sie anzusehen, und habe offenbar dabei die Zeit vergessen. Als Sie gekommen sind, habe ich die Edelsteine einfach liegengelassen und die Tür abgeschlossen.«

Er warf einen Blick auf ihre behandschuhte Hand, sah dann auf die Edelsteine und runzelte die Stirn. »Wenn wir uns jetzt um den Handschuh kümmern sollen, dann werde ich die Steine besser in den Safe legen, wenn es Ihnen nichts ausmacht. Falls Ihre Hand Ihnen aber zu schaffen macht ...«

»O nein, bitte. Es wäre mir lieber, wenn sie in Sicherheit wären. Ich habe noch nie so viele wunderschöne Juwelen gesehen, schon gar nicht aus der Nähe, aber ich habe genug darüber gelesen, um zu wissen, daß sie wertvoll sind. Vor allem«, fügte sie leise hinzu, »weil sie so fachmännisch geschliffen worden sind.«

»Wirklich? Sie haben über Edelsteine gelesen?« Er schien nicht auf das Kompliment eingehen zu wollen, das sie ihm eben gemacht hatte. »Die meisten Menschen finden das Thema eher langweilig. Sie bevorzugen es, die Steine zu betrachten, statt etwas über sie in Erfahrung zu bringen.« Er nahm den Smaragd und legte ihn in einen weißen Samtbeutel.

»Ich auch«, sagte sie. »Ich meine, ich fand es auch langweilig«, erklärte Kate, als er sie fragend ansah. »Ich verstand die Methode nicht, nach der man einen vernünftigen Schliff für die verschiedenen Edelsteine findet.«

»Das überrascht mich nicht. Es braucht jahrelange Erfahrung. Und was hat Sie dann genug gereizt, um sich tiefer mit dem Thema zu beschäftigen?«

Sie lachte leise. »Nichts Besonderes. Jedenfalls nichts Besonderes für jemanden mit soviel Wissen und Erfahrung wie Sie.«

Er sah sie erstaunt an. »Ach?«

»Mir gefielen die Mythen und Legenden, die die einzelnen Edelsteine umgeben, aber ich bezweifle, daß heute noch jemand besonders viel Wert darauf legt.« Sie kam sich sehr albern vor. Simon und Helen hatten sie von anderen Menschen ferngehalten, aber sie waren keine vollkommenen Ungeheuer gewesen. Manchmal hatten sie ein Haus mit einer kleinen Bibliothek gemietet und ihr gestattet, sich dort frei zu bedienen. Da sie wenig mehr zu tun hatte, um die Pausen zwischen ihren Übungen zu überbrücken, las sie Bücher, deren Themen von Geschichte bis ... eben bis zu Edelsteinen reichten.

»Einige Menschen nehmen diese Mythen sehr ernst«, erwiderte er ernst. Er drehte das kleine Säckchen um und ließ den Smaragd auf seine Handfläche gleiten. Sein Blick verriet seine Faszination. »Früher einmal wurden Smaragde dazu benutzt, um Krankheiten zu heilen.« Er lachte leise, während er den Edelstein wegsteckte. »Ich nehme an, das bedeutet, daß nur die sehr wohlhabenden Menschen von Krankheiten verschont blieben.«

Als nächstes räumte er den Saphir weg. »Herrscher der Antike haben solche Steine getragen, weil sie ihnen Unsterblichkeit garantieren sollten. Ob das wohl funktioniert hat?«

Sie neigte den Kopf. »Wissen Sie viel über diese Legenden?«

»Das muß ich. Kunden können manchmal sehr schwierig sein. Es kommt zum Beispiel ein Mann ins Geschäft und möchte eine Halskette oder Ohrringe als Geschenk für seine Frau haben. Aber die Frau will es nicht annehmen, weil sie keine Opalohrringe trägt.« Er nahm die beiden Opale hoch, sah sie merkwürdig an und legte sie in einen blauen Samtbeutel.

»Ich glaube, sie sollen dem Träger Unglück bringen«, sagte sie. »Aber in manchen Gesellschaften waren sie heilig und repräsentierten den Geist der Wahrheit.«

Philip blickte sie an, und einen Augenblick trafen sich ihre Blicke. Sie blieb regungslos stehen und wagte kaum zu atmen. Sein Blick schien bis in ihre Seele vorzudringen. Als er dann wegsah, lief ihr ein Schauer über den Rücken, und sie zitterte. Hatte er tatsächlich in ihre Seele geblickt, eine Vision von ihrer Vergangenheit bekommen und ihre Täuschung aufgedeckt?

Sie schwieg erschüttert, während er die Perlen und die rosa Steine wegräumte, die sie nicht kannte. Nur die Amethyste lagen noch auf dem Tisch, und als Philip sie in das Licht hielt, war die merkwürdige Stimmung wie weggeblasen.

Er lächelte. »Das sind meine Lieblingssteine, obwohl ich mich nicht erinnern kann, ob sich irgendwelche Legenden um sie ranken.«

»Ich glaube, sie sollen verhindern, daß man vergiftet oder berauscht wird.«

Diesmal sah er Kate zärtlich an, und ihr wurde warm, als

hätte jemand in ihrem Inneren eine Flamme entzündet. Ihr Puls beschleunigte sich, und sie konnte keinen vernünftigen Gedanken mehr fassen.

Nur noch das Gefühl zählte, das sein Blick in ihr auslöste. Sie fühlte sich dann genauso wertgeschätzt wie seine Edelsteine, die er in der Hand hielt. Eine merkwürdige Schwäche hatte sie gepackt, und sie war Gefühlen ausgeliefert, zu denen sie kein Recht hatte. Fast war sie versucht, nach den Amethysten zu greifen, um sich gegen die berauschende Wirkung zu schützen, die dieser Mann auf sie ausübte.

Im selben Moment machte Nelda Spade einen Talisman vollkommen überflüssig. »Ich bin nur gekommen, um zu sehen, ob Ihre Unterrichtsstunde schon vorbei ist. Und dann mußte ich durch das ganze Erdgeschoß schleichen, um Sie beide zu finden«, beschwerte sie sich.

Kate wirbelte herum und sah Nelda mürrisch in der Tür stehen. Offensichtlich hatte Philip nicht übertrieben. Die Frau setzte keinen Fußbreit über die Schwelle. Einen Augenblick wünschte Kate sich, daß es einen Edelstein gäbe, der ihn vor einer widerlichen Haushälterin schützen konnte.

Philip trat etwas dichter an Kate heran, damit Nelda die Gerätschaften auf dem Tisch nicht sehen konnte, mit denen er Kates Handschuh abziehen wollte. »Ja, wir sind für heute fertig, aber Miss Danaher hat sich für meine Arbeit interessiert. Ich bringe sie hinaus, sobald wir damit fertig sind. Und wir lassen auch die Tür offen«, fügte er mit einem kurzen Augenzwinkern zu Kate hinzu.

»Darum möchte ich auch gebeten haben. Ich möchte schließlich nicht, daß der Ruf der jungen Dame befleckt wird. Nicht in meinen vier Wänden!« Sie stampfte weg und redete dabei mit sich selbst.

Philip lachte leise und drehte sich zu Kate um. »Ich glaube, hier liegt ihr Problem.«

»Daß sie meinen Ruf schützt?« fragte sie, als er einen Stuhl an den Tisch vor das Fenster zog und ihr bedeutete, sich hinzusetzen.

»Sie leidet offenbar unter dem mißgeleiteten Eindruck, daß dies ihr Heim ist und nicht meines.« Er setzte sich neben sie und deutete mit einem Nicken auf die Tür hinter ihnen. »Solange wir an dem Tisch sitzen und dem Raum den Rücken zuwenden, wird sie glauben, daß Sie meine Arbeit bewundern. Und jetzt zeigen Sie mir Ihre Hand.«

Kate stützte den rechten Unterarm auf dem Tisch und drehte die Handfläche nach oben. Die Salbe auf ihren Fingerspitzen war schon längst getrocknet und wirkte jetzt wie ein Klebstoff, der ihre Haut an den Handschuh pappte. Wenn sie den Handschuh einfach auszog, bedeutete das, die neue Haut auf ihren Fingern mit abzureißen, aber es schien keine andere Alternative zu geben. Sie konnte diesen Handschuh schließlich nicht endlos tragen, und wenn doch, würde eine Infektion noch das kleinste Übel sein.

Sie stemmte die Füße auf den Boden und holte tief Luft, weil sie erwartete, daß er den Handschuh mit einer schnellen Bewegung einfach abzog. »Nein!« rief sie, als er eine kleine Schere herausholte.

Er hielt die Schere hoch und sah Kate an. »Ich will nur die Handschuhe hier aufschneiden«, sagte er und deutete kurz hinter ihr zweites Fingerglied.

»Das dürfen Sie nicht! Sie werden die Handschuhe ruinieren! Es sind nicht mal meine, sondern sie gehören Miss Dolly!« Sie zog rasch die Hand weg.

Er sah sie erstaunt an. »Und wie soll ich Ihrer Meinung nach den Handschuh entfernen? Soll ich ihn einfach herunterreißen?«

Sie nickte.

Er runzelte die Stirn. »Das wird die Verletzung an Ihren Fingern nur noch verschlimmern. Vertrauen Sie mir. Ich werde mein Bestes tun, um Ihnen so wenig Schmerzen wie möglich zu bereiten. Und kümmern Sie sich nicht um diese Handschuhe. Sie haben doch sicher noch ein Paar?«

Sie nickte zittrig.

»Dann können Sie die benutzen und Miss Dolly ein neues Paar kaufen.«

Sie legte ihre Hand wieder auf den Tisch, als sie sich in den Gedanke fügte, ihre kleinen, aber stetig wachsenden Ersparnisse für ein neues Paar Handschuhe anzutasten. »Da Sie so überzeugend sind, können Sie vielleicht auch Miss Dolly erzählen, wie ich es geschafft habe, die Finger von einem ihrer Handschuhe abzuschneiden.«

»Das ist kein Problem«, bemerkte er, während er das Leder aufschnitt und es zu ihren Fingerspitzen zurückrollte. »Sie brauchen ihr nur die Wahrheit zu sagen. Daß Sie zu eigensinnig waren, zuzugeben, daß Sie noch ein paar Tage hätten warten sollen, bis Ihre Verbrennungen geheilt waren, bevor sie auf die Rundtour gingen ...«

»Ich bin nicht eigensinnig, sondern pflichtbewußt ...«

»Eigensinnig«, wiederholte er. »Und jetzt tauchen Sie Ihre Fingerspitzen in eine Schüssel mit Wasser, dann werden wir versuchen, das Leder abzulösen, ohne mehr Haut als nötig zu zerstören. Und jetzt tun Sie mir einen Gefallen: Seien Sie hartnäckig und nehmen Sie die Hand nicht aus der Schüssel, selbst wenn es zuerst wehtut.«

Sie biß die Zähne zusammen. »Wasser wird schon nicht so schlimm schmerzen.«

»Das tut es aber, wenn man etwas hinzufügt.«

»Was? Was haben Sie denn hineingetan ... ?« Sie hielt den Atem an. Ihre Fingerspitzen fühlten sich an, als würden sie brennen! Der Schmerz schien zu explodieren, und dann fühlte sie überraschenderweise gar nichts mehr. Nichts. Ihre Fingerspitzen waren gefühllos. »Was haben Sie bloß ... ?«

Sie brach ab, weil Philip nicht auf sie achtete, und sah zu, wie er das Leder von ihren Fingern streifte und die Spitzen einfach wegwarf. Die Haut der großen Blasen an den Fingern war zwar geplatzt, aber bis auf eine lagen die Hautfetzen noch über dem rohen Fleisch und schützten es.

Überraschenderweise spürte Kate nur ein sanftes Pochen in ihren Fingern und lehnte sich auf dem Stuhl zurück, als Philip den Rest des Handschuhs von ihren Händen zog.

Als er fertig war, stieß er die Luft aus und sah sie so eindringlich an, daß sie den Blick niederschlug. »Wie geht es Ihnen bis jetzt?« fragte er leise, während er ihre Hand nahm und sie sanft mit dem Daumen streichelte.

»Besser, als ich gedacht habe. Danke. Wiederum.« Sie wollte aufstehen, aber er legte ihr die andere Hand auf die Schulter und drückte sie sanft auf den Stuhl zurück.

»Nicht so hastig. Ich muß Ihre Wunden noch auswaschen.«

»Das kann ich auch tun, wenn ich zu Hause bin.«

»So lange wird die Betäubung nicht halten«, widersprach er. »Vertrauen Sie mir. Ich habe sie oft benutzt, wenn ich den Finger geschnitten habe statt den Stein, an dem ich gerade arbeitete.«

Gegen ihren ausdrücklichen Wunsch wusch er ihr jeden einzelnen Finger aus, strich eine süßliche Salbe über die Blasen und wickelte ihr Hand in ein kleines Tuch. »Behalten Sie das umgewickelt, wenn sie nach Hause reiten, und sorgen Sie dafür, daß kein Schmutz in die Wunde kommt. Wenn Sie zu Hause sind, lassen Sie für ein paar Tage Luft an die Wunde, dann sind Ihre Finger so gut wie neu. Wenn Miss Dolly sieht, wie schlimm die Verletzung ...«

»Sie darf nicht sehen, was ich getan habe. Ich muß lernen ...«

Er warf die Schere in die Schüssel. »Wenn die Rundtour so wichtig ist, warum läßt Miss Dolly nicht Sie bei ihrer Schwester zu Hause?«

Ihr Herz schlug heftig. »Weil ... weil ich die Stellung nur

auf Probe habe. So lange, bis Miss Dolly mit meiner Arbeit zufrieden ist.« Sie holte tief Luft. »Ich habe bisher nur eine einzige Runde absolviert. Wenn ich diese hier zu spät anfange, beweise ich nur, daß ich zuwenig Verantwortung besitze, um eine solche Stellung auszufüllen.«

Seine Augen funkelten amüsiert. »Sie sind nicht unverantwortlich, sondern nur ein bißchen ungeschickt beim Bügeln.«

Sie hätte diese Bemerkung zurückweisen können, statt dessen jedoch war sie unfähig, seinem gutherzigen Humor und seinen Bemühungen, ihr zu helfen, zu widerstehen. Sie lachte. »Ungeschickt und vergeßlich. Manchmal bin ich selbst mein schlimmster Feind. Ich bin so bemüht, alles richtig zu machen, daß ich genau das Gegenteil erreiche.«

Er fiel in ihr Lachen ein. »Wie zum Beispiel, nicht daran zu denken, die Bremse Ihrer Kutsche anzuziehen?«

Sie stöhnte, als sie sich den ruinierten Garten vorstellte. »Oder zu vergessen, den Riegel vor dem Stall zu sichern.«

»Das war wirklich ein Riesendurcheinander«, bemerkte er lachend. »Eines Ihrer Hauptprobleme scheint ein ausgesprochen übermütiges Maultier zu sein.«

Sie lachten und genossen ihre gemeinsame Belustigung, bis er ihren Aufbruch nicht mehr länger hinauszögern konnte. Sie fuhr ab, nachdem sie sich darauf geeinigt hatten, daß sie ihm nach der Rundtour weiter Unterricht geben würde.

Das Maultier zockelte gemächlich nach Hause, und sie ruhte ihre verletzte Hand aus, indem sie die Zügel mit der Linken hielt. Sie war froh, daß sie jetzt die Rundtour begann. Und sie war absolut sicher, daß Philip sich irrte, was ihre Probleme anging.

Ihre momentanen Probleme hatten ihrer Meinung nach nämlich überhaupt nichts mit Precious zu tun. Statt dessen gingen sie auf einen freundlichen und hinreißenden Mann zurück, der bereits einen festen Platz in ihrem Herzen hatte: Philip Massey.

Sie würde mindestens zwei Wochen brauchen, um die Stärke zu finden, sich einer Tatsache zu stellen: Sie mußte sich mit ihrer Vergangenheit auseinandersetzen, wenn sie mit seinem Mut mithalten wollte, und den Klatsch ertragen, der ihr neues Leben möglicherweise mit sich bringen würde. Vorher hatte sie nicht das Recht, ihm ihr ganzes Herz anzubieten.

Während der Wagen über die Schotterstraße nach Hause holperte, wurde ihr klar, daß sie immer noch zu unbedarft mit ihrer Freiheit umging, zu sehr von Simon bedroht wurde und zu unerfahren war, was Männer anging, um sich überhaupt auf jemanden einzulassen. Und sie log zu rasch, um ihre Geheimnisse zu wahren. Ihre Hände brauchten ein paar Tage Erholung, und sie hatte Dolly angelogen, weil Kate fürchtete, es wäre ein Fehler, ihr die Wahrheit zu gestehen. Und war Philips erster Vorschlag nicht gewesen, Miss Dolly eben diese Wahrheit zu sagen?

Sie betrachtete die Straße, die vor ihr lag, und wußte zweifelsfrei, daß sie immer noch ein ungeschliffener Stein war, der mitten in dem Kies lag. Sie war des einen Mannes nicht würdig, des einzigen von allen, der in der Lage gewesen wäre, ihre Vergangenheit außer acht zu lassen und sie zu akzeptieren. Mit all ihren Fehlern.

Bis sie den Mut fand, ihre Fehler zuzugeben und bereit war, die Konsequenzen zu ziehen – selbst wenn das bedeutete, ihre Stellung bei Miss Dolly zu verlieren –, würde Kate das tun, was sie in der Vergangenheit immer schon getan hatte: Sie würde einen anderen Weg suchen, um zu überleben.

12. KAPITEL

Als Kate nach Hause kam, hörte sie, wie Dolly gerade ihre Unterrichtsstunde mit Carolbeth Hamilton begann. Von Maggie war nichts zu sehen, und Kate vermutete, daß die jüngere der beiden Schwestern immer noch ihre Erkältung pflegte. Dankbar für diese Galgenfrist ging sie sofort auf ihr Zimmer.

Es lag im hinteren Teil des Cottage neben der Küche, und der Schatten einiger Bäume vor dem Haus hielt es ziemlich kühl, eine angenehme Erholung nach der Heimfahrt durch die Hitze. Und im Gegensatz zu allen anderen Zimmern, in denen sie jemals gewohnt hatte, bot dieser Raum ihr etwas, was sie bisher nicht gekannt hatte: Privatsphäre.

Unmittelbar nachdem sie eingestellt worden war, hatten Dolly und Maggie eine eherne Regel unmißverständlich klargemacht: Ihre Schlafzimmer waren absolut tabu. Dementsprechend war Kate bisher nur ein einziges Mal in den aneinandergrenzenden Schlafzimmern der beiden Frauen gewesen, als sie ihnen geholfen hatte, die Fenster zu putzen. Und ebenso selbstverständlich war es für die beiden Schwestern, Kates Privatsphäre zu respektieren. Da sie noch nie ein wirklich ungestörtes Fleckchen Erde auf dieser Welt gehabt hatte, war dieser Raum für Kate unermeßlich kostbar. Es war gleichgültig, daß er nur spärlich möbliert war mit einem Bett, ihrer Truhe, in der sich ihre Kleider befanden, und einem fast blinden Spiegel an der Wand über einem wackligen Tisch, auf dem ihre Waschschüssel und eine Bürste lagen.

Ein handgewebter Teppich, auf den sie gerade ihre Füße stellen konnte, lag neben dem Bett. Die gelbe Decke war dünn und nur für den Sommer geeignet, und an der Wand waren Haken befestigt, an denen sie ihre wenigen Kleider und Hauben aufgehängt hatte. Wenigstens bildeten sie einen bunten Kontrast zu den weiß getünchten Wänden.

Selbst nach bescheidenen Maßstäben war dieser Raum schlicht und spärlich möbliert, doch für Kate war er das Paradies.

Sie wickelte das Handtuch von ihrer Hand und zuckte zusammen, als sie den Finger mit der schlimmsten Blase berührte. Dann nahm sie die Haube ab, hängte sie an einen Haken und spülte ihre Hand in der Waschschüssel ab. Danach spritzte sie sich etwas Wasser ins Gesicht.

Erfrischt wartete sie, bis Carolbeths Unterricht beendet war und Dolly genug Zeit hatte, ihr Buch wegzulegen. Dann verließ sie ihr Zimmer.

Kate holte tief Luft und nahm ihren ganzen Mut zusammen. Sie hatte jedoch kaum die Küche betreten, als auch schon Maggie und Dolly hereinkamen.

»Sie sind ja wieder da«, stellte Dolly fest. »Ich habe Sie gar nicht kommen hören.«

Maggie seufzte. »Natürlich nicht. Kate weiß genau, daß sie leise sein muß, damit deine Schüler bei ihrem Unterricht nicht abgelenkt werden.«

Kate lächelte gerührt über Maggies Hilfeleistung. »Sie fühlen sich offenbar besser, Miss Maggie.«

Maggie schnüffelte und tupfte sich mit einem Spitzentaschentuch die Nase. »Ein bißchen. Danke, Liebes.«

Dolly setzte sich an ihren gewohnten Platz an den Tisch, während ihre Schwester einen Schinken vom Haken aus der Kühlbox nahm. Kate deckte den Tisch und versteckte ihre Hand so gut sie konnte.

»Wie war der Unterricht bei Mister Massey?« wollte Dolly wissen, die sich wie immer überhaupt nicht um die Zubereitung des Abendessens kümmerte.

Kates Herz schlug unwillkürlich schneller. »Er macht nur langsam Fortschritte, aber er hat versprochen, mehr zu üben.«

Maggie kicherte, während sie ein paar Scheiben Schinken abschnitt und sie auf einen Teller auf den Tisch legte. »Der Mann kann sich einfach nicht auf das Klavier konzentrieren, weil er Sie ständig beobachten muß.«

»Sie sollten sich immer professionell verhalten, Kate«, meinte Dolly nachdrücklich, als würde sie ein Dekret verlesen.

Kate errötete und nickte. »Selbstverständlich.«

»Ich hoffe, daß Sie diesen Mann nicht ermutigen«, fuhr Dolly fort. »Sie tragen eine Verantwortung Ihren Schülern gegenüber. Ich wäre sehr enttäuscht, wenn auch der zweite Mann, der Sie beachtet, Ihnen romantische Flausen in den Kopf setzt.«

Dollys unverblümte Anspielung auf den erfundenen Freier, dem Kate angeblich nach Philadelphia gefolgt war, linderte ihre Gewissensbisse über ihre erlogene Vergangenheit nicht gerade. Jetzt machte sie sich noch mehr Sorgen, ob sie Dolly von ihrer Eignung für diese Stellung überzeugen konnte.

»Ich habe meine Lektion gut gelernt, Miss Dolly. Ich will meine ganze Energie nur darauf richten, eine so gute Lehrerin wie möglich zu werden.«

Dolly nickte wie eine Königin, die soeben eine befriedigende Antwort von ihrer Untertanin gehört hatte, und seufzte. »Ich erwarte nicht nur von Ihnen, daß Sie Ihren Verpflichtungen nachkommen und vernünftig sind, sondern daß Sie ebenso erkennen, daß Mister Massey kein geeigneter Mann für Sie oder für irgendeine andere wohlerzogene junge Dame ist.«

Maggie hätte fast den Teller mit den Tomatenvierteln fallen lassen, den sie gerade auf den Tisch stellen wollte. »Wie kannst du das sagen? Philip Massey ist ein sehr guter Mann, der hart für seinen Lebensunterhalt arbeitet. Es kann nicht schaden, wenn er Zeit mit Kate verbringt. Er ist nur während des Sommers hier. Es wird dem Mädchen guttun, wenn es nach ihrer Erfahrung mit diesem anderen Mann etwas Aufmerksamkeit bekommt. Mr. Massey ist ein Gentleman ...«

»Er ist ein bekannter Abenteurer und alles andere als ein häuslicher Typ. Er wird das Herz jeder anständigen Frau brechen, die versucht, ihn zu ändern«, erklärte Dolly verächtlich.

Maggie setzte sich an den Tisch und sah ihre Schwester erstaunt an. »Ich traue meinen Ohren nicht. Wiederholst ausgerechnet du hier diese Tratschgeschichten?«

»Ich haben den Brief von Nelda Spades Schwester gelesen, und ich wiederhole nur, was dort gestanden hat, weil Kate wissen soll, daß Philip Massey nicht der Mann ist, der sich häuslich niederläßt. Und selbst wenn, würde er sich nicht ändern. Früher oder später würde er einen Vorwand finden, um wieder auf Abenteuerreise zu gehen.«

»Er hat einen guten Charakter«, erklärte Maggie.

Kate setzte sich an den Tisch. Das war genau die Chance, die sie brauchte. Sie legte die Hände in den Schoß und schluckte. »Ich habe noch nie jemanden wie ihn getroffen. Ich bewundere ihn. Mehr nicht«, räumte sie ein, obwohl sie selbst nicht einmal annähernd wußte, was sie wirklich für ihn empfand.

Die beiden Schwestern akzeptierten ihre Bemerkung ohne weiteren Kommentar, und als sie ihre Teller gefüllt hatten und Kate die Servierplatte vorhielten, wußte sie, daß sie besser sagen sollte, was sie auf dem Herzen hatte, bevor die beiden bemerkten, wie umständlich sie versuchte, ihr Fleisch zu schneiden. »Ich habe eine Menge von Mister Massey gelernt, und ich muß selbst eine Beichte ablegen«, fuhr sie fort.

Maggie aß unbeeindruckt weiter, als hätte Kate soeben eine unwichtige Bemerkung über das Wetter gemacht. Erleichtert sah Kate Dolly an, und sofort wich alles Blut aus ihrem Gesicht.

Dollys blasse Haut war beinah durchscheinend, und sie saß stocksteif da, als hätte sie einen Besenstiel verschluckt oder wäre zur Todesstrafe verurteilt worden.

Kate schämte sich, daß sie die Frau glauben gemacht hatte, sie hätte eine verheerende Mitteilung zu machen, und reagierte rasch, bevor Dolly einen Schlaganfall bekam. Sie nahm ihre verletzte Hand vom Schoß und hielt sie so, daß Dolly und Maggie sie sehen konnten. »Ich habe nicht ganz die Wahrheit gesagt, wie schlimm meine Hand verbrannt war. Ich wollte es eigentlich vor Ihnen verbergen, indem ich Handschuhe trug, aber das hat es nur noch schlimmer gemacht. Es ... es tut mir wirklich leid. Ich glaube, daß ich einige Tage lang die Kutsche nicht fahren kann. Deshalb werde ich morgen nicht mit der Rundfahrt beginnen können.«

Sie senkte den Blick, weil ihr ganzer Mut verbraucht war. »Es tut mir leid. Ich habe Sie im Stich gelassen, Miss Dolly. Und auch Ihre Schüler. Und wenn Sie mir nicht verzeihen oder mir glauben können, wie sehr ich es bedauere, daß ich so ungeschickt und so verantwortungslos war ...«

»Zeigen Sie mir Ihre Hand.«

Dollys Stimme war ruhig und gelassen, so daß Kate den Mut fand, den sie brauchte, um hochzublicken, als sie ihren Arm ausstreckte. Aus den Augenwinkeln sah sie Maggies trauriges Gesicht, aber sie konzentrierte sich vollkommen auf Dolly.

Dollys Berührung war zwar kühl, aber liebevoll, als sie Kates Hand untersuchte, und dann schüttelte sie den Kopf. Kate konnte ein Zittern nicht unterdrücken. Würde Dolly sie wegschicken? Wohin sollte sie dann gehen? Wie weit würde sie mit dem bißchen Geld kommen, das noch übrigblieb, nachdem sie Dollys Handschuhe ersetzt hatte? Falls es überhaupt reichte, um ein paar neue Reithandschuhe zu kaufen.

Die Handschuhe!

Fast hätte sie vergessen, Dolly die Sache mit den Handschuhen zu erzählen. »Mr. Massey hat versucht, mir zu helfen. Er mußte mir den Handschuh von der Hand schneiden, aber ich verspreche, sie zu ersetzen, sobald ich kann!« platzte sie heraus.

So. Sie hatte es hinter sich.

Und seltsamerweise spürte sie keine Angst, jetzt, wo sie die Wahrheit gestanden hatte, sondern fühlte sich befreit von dem Schuldbewußtsein, das den ganzen Tag auf ihrer Seele gelastet hatte.

Sie schuldete Philip viel dafür, daß er sie inspiriert hatte, ihr Leben zu ändern, und bei dem Gedanken an ihre Vergangenheit fiel ihre Laune genauso schnell wieder in den Keller wie sie zuvor gestiegen war.

Es war eine Sache, Miss Dolly und Miss Maggie einen kleinen Schwindel zu gestehen... Etwas ganz anderes war es, ihnen zu beichten, daß Kates Identität eine Lüge war. Sie würde noch viel mehr Zeit mit Philip Massey verbringen müssen, bis sie diesen letzten Sprung wagen und zugeben konnte, daß sie die Elfenbeinprinzessin war. Sie mußte erklären, warum sie gelogen hatte... und vertrauen...

Sie fühlte ein leichtes Ziehen an ihrer Hand und sah, daß Dolly ihr einen fragenden Blick zuwarf. Anscheinend hatte sie etwas gesagt, und Kate war so in ihre eigenen Gedanken versunken, daß sie sie nicht einmal gehört hatte.

Schon wieder eine Trance?

Sie zitterte. »Entschuldigen Sie. Ich wollte nicht unhöflich sein.«

Maggie stand auf und schlang ihre Arme um Kates Schultern. »Sie Arme. Ich habe Dolly gewarnt, daß sie zu bestimmend ist. Sie hat Ihnen Angst eingejagt, dabei haben wir das schon an dem Tag entschieden, an dem Sie von der ersten Rundreise zurückgekehrt waren. Und zwar weil... Komm schon, Dolly, siehst du nicht, daß sie beinah krank vor Sorgen ist?«

Selbst wenn Dolly sie ohne eine einzige Münze aus dem Cottage werfen würde, hätte Maggie Kates Leben mit einer unschätzbaren Gabe bereichert: mit ihrer Zuneigung. Kate warf Maggie einen Seitenblick zu und lächelte.

»Ich bin sehr zufrieden mit Ihrer Arbeit und möchte, daß Sie diese Stellung so lange behalten, wie Sie wollen. Und ich glaube auch nicht, daß die Welt untergehen würde, wenn Sie den Anfang der Rundreise ein paar Tage verschieben.« Dollys Worte klangen kühl und sachlich, aber für Kate waren es die schönsten auf der Welt. Sie lachte strahlend, und ihr Herz schwoll ihr vor Freude an.

Doch im nächsten Augenblick wurde Dollys Blick hart und tadelnd. »Ich erwarte allerdings, daß Sie in Zukunft vorsichtiger sind.«

Kate nickte. Sie hätte alles versprochen, um ihre Stellung zu behalten.

»Wenn etwas nicht richtig ist oder ein Problem auftritt, müssen Sie sofort darüber reden.«

»Das verspreche ich Ihnen.«

»Gut.« Dolly stand auf und stellte sich neben Kates Stuhl. »Wenn Sie in Haddonfield haltmachen, um Patti und Susan zu unterrichten, können Sie vielleicht auch Mrs. Spencer in ihrem Laden besuchen. Sie kennt meine Größe. Ich hätte gern ein paar Kalbslederhandschuhe. In Dunkelbraun.«

Sie drehte sich um und rauschte hinaus. Es war ein Abgang, wie Kate ihn selbst nur auf der Bühne hingelegt hatte. Das Bild war so real, daß sie glaubte, den Applaus hören zu können. Doch was sie im Moment am stärksten einnahm, war das so wohltuende Gefühl ihres beruhigten Gewissens.

13. KAPITEL

Kate war erschöpft. Und ihre Geduld war fast am Ende. Es war der zwölfte Tag der Rundreise, und ein strapaziöser Nachmittag mit den Mullan-Mädchen stand ihr bevor. Da sie die Rundfahrt erst spät begonnen hatte, hatten einige Schüler ihre Stunden für diesen Monat abgesagt, und Kate sehnte sich danach, den Abend in ihrem eigenen Bett verbringen zu können.

Doch dazwischen lagen noch die Mullan-Mädchen, und Kate mußte ihre Aufregung beiseite schieben und sich auf die Stunde vorbereiten. Die sechzehnjährigen Zwillinge eines verwitweten Pastors in der kleinen Siedlung östlich von Haddonfield bestätigten wirklich alle Vorurteile, die man über Pastorentöchter haben konnte.

Patti und Susan waren eitel und oberflächlich, liebten Klatsch und Tratsch und verschlangen fasziniert Groschenhefte. Ihre Begeisterung für die Elfenbeinprinzessin, die sie schon bei der ersten Stunde deutlich gemacht hatten, war der Grund, daß Kate dem nächsten Unterricht nicht gerade entgegenfieberte.

Überraschenderweise spielten sie Klavier wie zwei kleine Engel. Ihnen Unterricht zu geben war eine Leichtigkeit im Vergleich dazu, ihr hohles Geplapper zu ertragen. Dafür brauchte man Nerven aus Stahl. Kate versuchte immer noch, Respekt bei den Mädchen durchzusetzen, die altersmäßig nicht so weit von ihr entfernt waren. Sie behandelten sie eher wie eine ältere Schwester denn eine Klavierlehrerin.

Während Kate im Wohnzimmer darauf wartete, daß die

Mädchen endlich kamen, packte sie das Metronom aus und stellte es auf den Deckel des Pianinos neben einem Stapel Musikbücher. Sie hörte die Mädchen schon, lange bevor sie das Zimmer betraten. Kate stöhnte leise, preßte die Lippen zusammen und versuchte, Miss Dollys strengsten Gesichtsausdruck nachzuahmen, als ein Wirbelwind aus rosa Röcken und blonden Locken in den Raum fegte.

»Miss Danaher, sagen Sie Patti, daß es völlig natürlich ist, wenn ein junger Mann sie küssen will, bevor man sich verspricht. Und es ist auch vollkommen schicklich.«

»Ist es nicht!« widersprach Patti. »Jedenfalls nicht auf die Lippen. Das ist eine Schande.«

Kate runzelte die Stirn so gut sie konnte. »Also Mädchen ...«

»Joseph Andrews hat mich schon zweimal geküßt. Auf die Lippen. Und es war überhaupt nicht peinlich, sondern himmlisch! Du bist nur eifersüchtig, weil er dich nicht geküßt hat!« Susan schmollte und streckte trotzig ihr Kinn vor.

»Das stimmt nicht! Mathew Leel hat mich geküßt ...«

»Auf die Wange. Das ist nicht dasselbe.«

»Mädchen!« rief Kate. Sie war insgeheim erleichtert, daß die beiden nicht das Thema Elfenbeinprinzessin angeschnitten hatten. Aber es erstaunte sie, daß die beiden über Küsse redeten. Küsse!

Zwei paar bestürzte blaue Augen erwiderten ihren strafenden Blick. »Euer Geplapper ist sehr anstrengend für mich, und es ist höchst unschicklich für junge Ladies, eine so intime und persönliche Angelegenheit öffentlich zu diskutieren. Wenn uns zufällig jemand belauscht, wird euer Ruf Schaden nehmen. Und jetzt schlage ich vor, daß wir mit dem Unterricht beginnen. Susan, fang du an. Du scheinst heute abgelenkter zu sein als deine Schwester.«

Kate hoffte, daß ihre strenge Ermahnung das Interesse der Mädchen an diesem Thema beendete, und hielt unwillkürlich den Atem an. Ihr Herz pochte heftig, während sie die beiden Mädchen betrachtete.

Patti senkte den Kopf und errötete. »Entschuldigen Sie bitte, Miss Danaher.«

Susans Augen hingegen funkelten. »Sie sind doch schon einmal richtig geküßt worden, stimmt's, Miss Danaher?«

Kate traute ihren Ohren nicht. »Ich glaube kaum ...«

»Aber natürlich.« Susan schmollte. »In Ihrem Alter sind Sie bestimmt schon von drei oder vier Männern richtig geküßt worden, obwohl Sie noch nicht verlobt sind.«

Geküßt worden? Fast. Aber nur einmal, dachte Kate.

Die Erinnerung an den Beinah-Kuß zwischen ihr und Philip ließ Kate die Röte in die Wangen steigen, und ihr Herzschlag beschleunigte sich unwillkürlich. Es hatte kaum eine Nacht gegeben, in der sie nicht wachgelegen und überlegt hatte, warum er sich von ihr weggedreht hatte, als sich ihre Lippen so nah gewesen waren. So nah. Und dann später, in der Scheune ...

Mit einem Kopfschütteln vertrieb sie diese erregenden Erinnerungen. »Ich habe nicht vor, mein Privatleben mit euch oder jemandem anderen zu diskutieren«, erwiderte sie tadelnd. »Und eine anständige junge Dame würde auch nicht so impertinent fragen.«

Susan zuckte mit den Schultern. »Dann sind Sie überhaupt noch nicht geküßt worden.«

Kate starrte das Mädchen an. Ihre Kühnheit raubte ihr die Worte. Nein, sie war noch nie geküßt worden, aber wenigstens wußte sie jetzt endlich, warum. Der einzige Grund, aus dem Philip Massey sie nicht geküßt hatte, war seine Furcht gewesen, daß sie ihn zurückweisen würde. Offenbar hatten die Klatschgeschichten, die sich um ihn rankten, ihm jede Hoffnung geraubt, jemals eine anständige Frau zu finden, die ihn heiraten würde. Selbst Miss Dolly hatte ihre Zweifel über seine Eignung zum Ehemann ja unmißverständlich kundgetan.

»Ich habe vor allem keine Zeit für Tratsch«, ermahnte Kate die Zwillinge und hoffte, daß wenigstens ihm der Motherwort-Tee half und er gut schlafen konnte. Im Gegensatz zu ihr. »Sollen wir mit unserem Unterricht beginnen, oder soll ich Reverend Mullan einfach sagen ...«

Susan setzte sich sofort auf die Bank. Sie hatte offenbar nicht die geringste Lust, ihren Vater zu unterbrechen, der oben saß und seine Sonntagspredigt vorbereitete. Sie griff selbst nach dem Metronom und warf dabei einige Musikbücher herunter.

Kate bückte sich, um sie aufzuheben, und bemerkte einen Zeitungsausriß, der vermutlich aus einem Buch gerutscht war. Als sie ihn aufheben wollte, stieß sie dabei mit Patti zusammen, die ebenfalls nach dem Ausriß griff. Ihre Blicke begegneten sich, und keine von beiden wollte der anderen den Artikel überlassen.

»Bitte, Miss Danaher. Darf ich meinen Artikel wiederhaben?«

Obwohl Pattis eindeutig schlechtes Gewissen Kate neugierig machte, ließ sie den Zeitungsausriß sofort los. »Anscheinend ist es ein Gedicht, das euch gefällt! Wollt ihr es mir nicht zeigen? Ich liebe Gedichte!«

Das Mädchen sah von ihrer Schwester zu Kate und trat verlegen von einem Fuß auf den anderen. »Es ist kein Gedicht. Sondern nur einfach etwas, das Susan und ich aufheben wollten.«

»Stell dich nicht so an!« schalt Susan ihre Schwester. »Zeig es ihr doch einfach. Wir haben es doch schon in unsere Tagebücher geschrieben.«

Patti drehte sich zu ihrer Schwester um und runzelte die Stirn. »Miss Danaher hat uns doch verboten, über die Elfenbeinprinzessin zu tratschen.«

Susan stöhnte. »Wenn man etwas über die Prinzessin liest, ist das doch kein Tratsch.«

Kates Herz schlug kurz schneller, aber sie versuchte nicht, den zweiten Streit der Mädchen zu schlichten, der sich zu einer weiteren Redeschlacht ausweitete. Wenn der Zeitungsartikel tatsächlich von ihr selbst handelte, dann zweifelte sie nicht daran, daß Simon es nicht gelungen war, sie aufzuspüren und das Undenkbare getan hatte: Er hatte den Behörden ihr Verschwinden gemeldet! Hatte er denn keine Angst, ihre Konzerttour zu gefährden? Und wenn er versuchte, öffentliche Unterstützung zu gewinnen, um sie zu finden, wie genau würde er sie dann beschreiben? Wie viele Menschen suchten schon nach ihr?

Fast gelähmt vor Angst, nahm sie Patti den Artikel einfach aus der Hand.

Patti war fassungslos, doch Kate lächelte sie so freundlich an wie möglich. »Ich bin hierher gekommen, um euch zu unterrichten, und genau das gedenke ich auch zu tun. Wenn unsere Lektion zu Ende ist, könnt ihr euren Artikel wiederhaben.« Sie sah Susan an, die auf der Klavierbank saß, und nickte ihr zu. »Bitte fang an.«

Die Stunde verstrich schleppend, und Kate machte sich immer mehr Sorgen, daß die Mädchen denken könnten, ihr Interesse an dem Artikel hätte noch einen anderen Hintergrund, als nur die Störung der Stunde zu beenden. Es wäre sehr gemein, den Artikel nach der Unterrichtsstunde einzubehalten, aber es war noch viel gefährlicher, ihn Patti zurückzugeben, ohne zu wissen, was darin stand. Kate mußte einfach wissen, ob es noch sicher war, hier in New Jersey zu bleiben, oder ob sie besser verschwinden sollte.

Mal wieder.

Während sie über den Inhalt nachdachte, empfand sie seltsamerweise noch ein anderes Gefühl: Staunen. Obwohl sie sich immer noch schämte, daß sie die Rolle der Elfenbeinprinzessin gespielt hatte, eine reine Erfindung des geldgierigen Simon, hegte sie Hoffnung. Wenn sie all die Jahre als Elfenbeinprinzessin etwas gelehrt hatten, dann war es das Wissen, daß sie ihre Liebe zum Klavier an ihre Zuhörer und inspirierte jungen Frauen weitergeben konnte, wie zum Beispiel Patti und Susan Mullan es waren. Sie würden lernen, Klavier zu spielen, weil sie ihre Kunst bewunderten.

Obwohl sie niemals die Chance bekommen würde, all den jungen Frauen zu sagen, wieviel sie ihr bedeuteten, konnte sie es zumindest Patti und Susan mitteilen. Plötzlich schien es ihr wichtiger, über das zu sprechen, was sie bewegte, als darüber nachzugrübeln, was wohl in dem Artikel stehen mochte. Sie mußte einfach einen anderen Weg finden, um an den Artikel zu kommen. Aber ihre Sorgen ließen sich nicht so einfach vertreiben und bekümmerten sie.

Als die beiden Mädchen endlich die Stunde beendet hatten, war Kates Dilemma so groß, daß sie Kopfschmerzen hatte. Sie trug die Zahlung der Mädchen in Dollys Buch ein und gab Patti den Artikel zurück. »Ich bin sicher, daß die Elfenbeinprinzessin sehr erfreut wäre, wenn sie wüßte, daß sie jemandem so wichtig ist, daß er sie in sein Tagebuch einträgt oder einen Zeitungsartikel über sie aufbewahrt.«

Patti lächelte. »Danke. Ich mag Sie beinah so sehr wie die Elfenbeinprinzessin.«

Noch bevor Kate Luft holen konnte, drückte Patti ihr den Artikel in die Hand und zog ihre Schwester aus dem Zimmer.

Kate war von dem überwältigenden Verlangen, den Artikel zu lesen, und ihrer Angst vor dem, was darin stehen mochte, hin- und hergerissen. Sie schloß die Augen und dachte an Philip. Was würde er tun? Sie lauschte ihrem Herzschlag und wußte, daß er den Artikel ohne Zögern lesen würde.

Aber sie war nicht Philip, und sie besaß auch nicht seinen Mut. Noch nicht. Wenn die Neuigkeiten in dem Artikel verheerend waren, dann konnte sie nichts tun, um es zu ändern. Doch wenn dieser Artikel aus irgendeinem wundersamen Grund positiv für sie war, dann war dies hier nicht der rechte

Platz zum Feiern. Sie konnte sowohl die Zeit als auch den Ort wählen, an dem sie den Artikel las. Mehr Mut brachte sie im Augenblick nicht auf, aber es war schon ein himmelweiter Unterschied zu dem, was sie noch vor einem Monat getan hätte. Und es war ein weiterer Schritt in ihr neues Leben, das sie endlich akzeptieren wollte.

Sie hatte noch zwei weitere Stunden vor sich, dann mußte sie bei Mrs. Spencers Geschäft in Haddonfield vorbeifahren, um Dollys Handschuhe zu kaufen. Dann, und erst dann, würde sie einen Moment Zeit finden, um den Artikel zu lesen, und anschließend nach Hause fahren.

Je mehr sie darüber nachdachte, daß sie warten wollte, desto mehr gefiel ihr die Vorstellung. Es gab einen abgelegenen Platz an Coopers Creek, den sie bei ihrer ersten Rundfahrt entdeckt hatte und der perfekt dafür war.

Kate verstaute den Ausriß sehr sorgfältig in ihrer Tasche, aufgeregt, weil sie entschieden hatte, wann und wo sie den Artikel lesen wollte, und fuhr los, um ihre letzten beiden Unterrichtsstunden zu geben.

Von der Straße aus war sie kaum zu sehen, als sie sich endlich an das Ufer von Coopers Creek setzte. Einige Barken mit landwirtschaftlichen Produkten glitten langsam über den Fluß, doch Kate achtete nicht darauf. Sie war vollkommen von dem Artikel in Beschlag genommen.

Der Fluß schwappte sanft in einem ruhigen und friedlichen Rhythmus ans Ufer, doch das konnte Kates pulsierenden Herzschlag nicht beruhigen. Sie legte die Haube ab, um die Wärme der Spätnachmittagssonne zu genießen, und legte sie neben sich ins Gras. Sie faltete den Zeitungsartikel auseinander und glättete mit zitternden Fingern das Papier. Als sie auf den Titel blickte, sah sie das Datum. Der Ausriß stammte aus der Zeitung vom 15. Juni 1854, war also fast eine Woche alt!

Sie seufzte erleichtert auf und schloß die Augen. Wenn eine Woche seit Erscheinen dieses Artikels vergangen war, hatte sie vielleicht nichts mehr zu befürchten. Jetzt fühlte sie sich mutig genug, um weiterzulesen. Der Artikel war fast eine ganze Spalte lang und trug den Titel: *Eine Adoptivtochter.* Er war an beiden Seiten von zwei gezeichneten Klavieren eingerahmt. Sie war ganz besessen darauf zu erfahren, was der verwirrende Titel wohl bedeuten mochte, und begann, langsam zu lesen.

In der Ruhephase nach ihrer letzten Amerikatournee bereitet sich die Elfenbeinprinzessin auf die neue Konzertsaison vor. Durch ihren Agenten, Mr. Simon Morrell, möchte sie ihren vielen Anhängern für ihre Unterstützung danken und all die zahllosen jungen Frauen im ganzen Land ermuntern, die die Freuden des Klavierspiels entdecken.

Überwältigt von der wachsenden Popularität dieses bemerkenswerten Instruments in diesem schönen Land, verkündet sie freudig, daß sie sich entschieden hat, für immer in Amerika zu leben.

Die Informationen über den genauen Ort, an dem sie sich niederlassen will, werden genauso geheimgehalten, wie die Künstlerin selbst oder ihre Planung für ihre Herbsttournee. Mr. Morrell verspricht, daß weitere Einzelheiten im August bekanntgegeben werden, damit ihre zahllosen Bewunderer Pläne für ihre Konzerte machen können, die vermutlich die Höhepunkte der Herbstsaison sein werden.

Mit Ausnahme von Miss Jenny Lind hat es keine Frau gegeben, die so elegant die Bühne beherrschte. Der Elfenbeinprinzessin kommt das große Verdienst zu, die Töchter der Freiheit dazu inspiriert zu haben, das Klavier auf die Liste ihrer Errungenschaften zu setzen. Es gibt ganz offenbar keine größeren Vorteile unserer Zivilisation, als daß die Mütter unserer Zukunft ihre Liebe zur Musik zu einem weiteren Eckpfeiler des Familienlebens erheben, das so entscheidend für die ordentliche Formung und Bildung eines guten Charakters ist.

Kate unterdrückte ihre Tränen, während ihr fast das Herz brach vor Dankbarkeit über diese freundlichen und überschwenglichen Worte. Trotzdem ging ihr der erste Absatz nicht aus dem Kopf. Simon war wirklich noch verschlagener, als sie erwartet hatte, und doppelt so arrogant wie früher. Es war verrückt, davon auszugehen, daß sie im September die Konzerte wieder aufnehmen würde! Er wußte ganz genau, daß es im Herbst keine Konzerttour geben würde, weil sie entflohen und verschwunden war. Diese Äußerung der Zeitung gegenüber war der reine Schwindel!

Nichts hatte sich verändert, das wurde ihr jetzt klar. Er war immer noch der Manipulator der Presse, der er schon immer gewesen war.

»Aber ich habe mich verändert!« flüsterte sie. Sie weigerte sich, sich von ihrer Angst vor ihm lähmen zu lassen und blindlings vor ihm zu fliehen. Sie schloß kurz die Augen und beschwor das Bild Philip Masseys. Und seine Stärke, seinen Mut und sein Selbstvertrauen.

Das würde sie nun auch alles bei sich finden!

Mit aller Kraft konzentrierte sie sich darauf, Simons Absichten zu erkennen. Mit Sicherheit erwartete er, daß sie auf die Bühne zurückkehrte, und da ihm klar war, daß sie dies freiwillig niemals tun würde, blieb ihr nur noch eine Schlußfolgerung: Er hatte jemanden beauftragt, sie zu suchen. Jemand, der sie von dem Moment an verfolgt hatte, in dem sie ihre gewagte Flucht am hellichten Tag aus dem Morningstar Hotel vollbracht hatte. Eine Woche lang hatte sie sich in einer verschwiegenen Pension versteckt, war um Mitternacht mit der Fähre von Philadelphia nach Camden geflohen und hatte es bis zu Dollys und Maggies Cottage geschafft.

Da der Mann, den Simon beauftragt hatte, sie bis jetzt noch nicht aufgespürt hatte, bestand eine sehr große Chance, daß er ihre Spur aus den Augen verloren hatte. Er brauchte eine neue Spur, und genau das war, was entweder er oder Simon mit diesem Artikel beabsichtigt hatte: Man wollte ihr Angst einjagen und sie zwingen, wieder wegzulaufen, damit sie sich verriet und eine neue Fährte hinterließ, der man folgen konnte.

Aber sie würde nicht weglaufen. Das war gar nicht nötig. Sie hatte ihren Zufluchtsort hier in dieser ländlichen, friedlichen Gegend gefunden. Sie hatte ein neues Heim entdeckt, bei Dolly und Maggie, und eine Stellung mit Schülern bekommen, die sie bewunderten und respektierten. Und sie hatte einen ganz besonderen Mann gefunden, der sie die heilenden Kräfte von Ehrlichkeit und Mut lehrte.

Kate sprang fast übermütig vor Erleichterung auf, weil dieser Artikel ihr nicht schaden konnte, wirbelte herum und tanzte zu der Musik, die ihr Herz erfüllte. Sie tanzte und tanzte, wirbelte herum, bis sie ganz atemlos war ... und benommen. Sie schwankte, stemmte die Beine fest auf den Boden und schloß die Augen, bis der Schwindel aufhörte und ihr Herz langsamer schlug.

Als sie sich endlich wieder sicherer fühlte, öffnete sie die Augen, schob den Artikel in ihre Tasche und ging zur Straße. Sie bückte sich kurz, um ihre Haube aufzuheben. Dabei sah sie einen Schatten auf dem Gras. Der Schatten eines Mannes, der sich ihr näherte.

Kate stand immer noch gebückt da und drückte die Haube gegen ihre Brust. Als sie es schließlich wagte hochzublicken, erkannte sie den Mann, der nur ein paar Meter von ihr entfernt stehengeblieben war, und rang nach Luft.

14. KAPITEL

Philip ging langsam auf sie zu und hoffte, daß er sie nicht erschreckte. Als sie zu ihm hochblickte, blieb er wie angewurzelt stehen. Sein Herz hämmerte, er tat rasch zwei Schritte und streckte die Hand nach ihr aus. Als sie seine Hand nahm, um aufzustehen, lächelte sie ihn unsicher an.

Ihre Augen verrieten noch eine Spur von Angst, die jedoch von dem Wiedererkennen rasch getilgt wurde. Dann wurde sie von unverhülltem Begehren ersetzt, das seine eigene Sehnsucht nur anstachelte, die ihm keine Ruhe gelassen hatte, seit sie auf ihre Rundreise gegangen war. Die widerstreitenden Gefühle in ihm hatten ihm den Schlaf geraubt und vielleicht sogar, so fürchtete er manchmal, auch seinen Verstand.

Philip war auf dem Heimritt von Haddonfield gewesen, und sein Verlangen nach Kate war so stark, daß er sicher gewesen war, daß es sich bei der am Flußufer tanzenden Frau nur um ein Hirngespinst handeln konnte. Doch dann hatte er Precious am Wegsaum fressen sehen.

Er sah Kate immer noch an, während er stehenblieb und kurz nachdachte. Dann kam er zu einem Entschluß. Selbst der König aller Narren hatte das Recht auf einen schwachen Moment. Natürlich wußte Philip, daß er diese Entscheidung später bereuen würde, aber das war viel später. Viel, viel später.

Er starrte Kate eindringlich an mit dem Wissen, daß er den Willen des Schicksals nicht ändern konnte, das sie beide zu Widersachern gestempelt hatte. Trotzdem hoffte er, die Realität lange genug aufheben zu können, um das Begehren zu befriedigen, ein Begehren, das er viel zu lange verleugnet hatte.

Er blickte tief in ihre Augen und ließ reglos geschehen, daß Omega sich entfernte und auf einen neuen Auftrag wartete. Selbst Philip Massey mit seiner schillernden Vergangenheit und seiner ungewissen Zukunft verabschiedete sich, und für einen Augenblick stand dort einfach nur ein Mann, der Bedürfnisse und Sehnsüchte hatte, die nur von einer Frau erwidert werden konnten, die wie er zwischen ihren verschiedenen Identitäten gefangen war.

Er befahl ihnen zu verschwinden.

Im gleichen Moment sah er bewundernd die spröde und scheue Kathryn Danaher und die anmaßende Elfenbeinprinzessin entschwinden, und nur noch Kate stand vor ihm – die wunderschöne, junge und unschuldige Kate.

Er hielt den Atem an, und die Zeit stand still. Kate befeuchtete sich die Lippen mit der Zungenspitze, und er trat näher an sie heran und neigte den Kopf zu ihr hinunter.

Die Nachmittagssonne brannte immer noch heiß vom Himmel herab, und als sein Mund ihre Lippen in einem federleichten Kuß berührten, erfrischte das sowohl seinen Körper als auch seine Seele. Er barg ihr Gesicht in seinen Händen, streichelte ihre Wangen mit seinen Daumen und genoß die zarte Berührung ihrer rosigen Haut.

Kate hielt die Augen geschlossen und lehnte sich an ihn. Er strich mit den Fingern durch ihr Haar, während die Kraft der Sonne seine Empfindungen noch weiter anheizte.

Mehr. Er wollte mehr.

Philip trat noch dichter an Kate heran, und als sie sich in seine Arme schmiegte, schlug sein Herz schneller. Philip war erfüllt von zärtlichen Gefühlen, und sein Bedürfnis, sie zu beschützen, war fast übermächtig, genauso wie das Verlangen, sie noch einmal zu küssen. Und immer und immer wieder, bis das Verlangen in seiner Seele ein für allemal gestillt war.

Er hob sanft ihren Kopf und küßte zärtlich ihre Augenlider. Als sie zitterte, preßte er den Mund auf ihre Lippen, lockte sie mit der Spitze seiner Zunge, bis sie ihn erneut einlud und er noch mehr von dem Geheimnis erforschen konnte, das Kate für ihn war.

Er ließ sich tief in diesen leidenschaftlichen, innigen Kuß fallen. Noch tiefer, forschender. Ihre Brüste preßten sich weich und warm gegen seine Brust, und ihre Hände umklammerten seine Schultern. Ein scharfes Verlangen brannte in seinen Lenden und erfaßte seinen ganzen Körper. Geschüttelt von den mächtigen Bedürfnissen, die er nicht einmal mit noch so vielen Küssen stillen konnte, wie süß sie auch sein mochten, löste er sich von ihr. Er bedauerte nur eines: Seine Flucht in die Irrealität war viel zu kurz gewesen.

Philip atmete schwer und trat einen Schritt zurück. Schon fühlte er, wie die beiden Identitäten, die er eigentlich war, wieder zurückkehrten: Philip Massey, der Idealist, und Omega, der Zyniker. Fasziniert beobachtete er, wie die scheue Kathryn Danaher wiederkehrte und wußte, daß die Elfenbeinprinzessin sich wieder dahinter versteckte, unmittelbar unter der Oberfläche.

Die Zeit, so schien es, hatte ihren Lauf wieder aufgenommen.

Kate war blaß und preßte verlegen eine Hand auf ihre Lippen. Er lachte leise und strich eine Strähne ihres Haares zurück. »Ich habe die Grenze überschritten, bitte verzeihen Sie mir«, flüsterte er. »Ich war vollkommen verzaubert. Haben Sie an jedem Flußufer auf Ihrer Rundreise getanzt oder nur an diesem hier?«

Ihre Wangen leuchteten dunkelrosa. »Natürlich ... natürlich nicht«, stammelte sie. Der Blick ihrer funkelnden Augen richtete sich tadelnd auf ihn. »Ich glaubte, einen besonders abgelegenen Platz gefunden zu haben, an dem ich ungestört wäre. Schleichen Sie sich immer an Frauen heran und erschrecken sie halb zu Tode ... um dann Ihren Vorteil auszunutzen?«

Er mußte unwillkürlich lächeln. »Nur, wenn die Frau dafür empfänglich ist.«

Plötzlich glühten ihre Wangen.

»Wie überaus ungewöhnlich für Sie, Mister Massey. Ich hatte Sie für einen Gentleman gehalten. Offenbar habe ich mich geirrt.« Sie drehte sich um und bückte sich, um ihre Haube aufzuheben.

Er war verwirrt, wie schnell sie zu ihrer formellen Haltung zurückgefunden hatte. Doch gleichzeitig wurde ihm auch bewußt, wie armselig er sich verhielt. Philip trat hinter sie, als sie stocksteif stehenblieb. »Es tut mir leid. Sie haben vollkommen recht. Bitte nehmen Sie meine Entschuldigung an. Ich verspreche Ihnen, daß es nicht wieder vorkommt. Ich war nur so überrascht, auf Sie zu stoßen, daß ich nicht mehr klar gedacht habe. Ich hatte Sie erst in ein paar Tagen zurückerwartet.«

Er hielt den Atem an, bis sich schließlich ihre Schultern entspannten. Kate drehte sich herum, während sie die Haube zuband. Dabei musterte sie ihn mit ihren wunderschönen, braunen Augen. Sie waren etwas feucht. Von ungeweinten Tränen?

»Ich akzeptiere Ihre Entschuldigung«, sagte sie. »Und bitte Sie selbst um Verzeihung.« Sie sah über seine Schultern und kniff die Augen gegen die Sonne zusammen. »Vermutlich waren wir beide ein bißchen von der Hitze in Mitleidenschaft gezogen.«

Er nickte nur.

»Es war eine lange Rundfahrt, und ich möchte gern nach Hause.«

»Stört es Sie, wenn ich mitreite, oder ... nein. Nein, vielleicht ist es besser, wenn ich eine andere Strecke nehme.«

Ihr Blick wurde sanft. »Aber ganz und gar nicht. Ich würde

Ihre Gesellschaft genießen. Ich habe nie jemanden, mit dem ich auf meinen Fahrten reden kann«, erklärte sie, während sie zu ihrer Kutsche gingen.

Philip reichte ihr die Hand und half ihr beim Einsteigen. Dann drehte er ihre Hand um und musterte die Finger. Die Spitzen waren bereits mit einer dünnen Hautschicht bedeckt. »Ihre Hand heilt gut.«

Sie lächelte. »Dank Ihrer Behandlung. Ich nehme an, daß Sie meinen Brief erhalten haben?«

Er lächelte sie an. »Ich bin froh, daß Sie Miss Dolly um einige Extratage gebeten haben, damit die Blasen zuerst heilen konnten. Trotzdem hatte ich nicht erwartet, daß Sie so früh zurückkommen würden, da Sie ja später losgefahren sind.«

»Einige Schüler haben abgesagt«, erklärte sie, während sie das Maultier losband. Dann dachte sie nach und kaute dabei auf ihrer Unterlippe. »Sollen wir mit Ihrem Unterricht morgen weitermachen?«

Er bemerkte ihre blassen Wangen und sah, wie ihre Hände zitterten, als sie sich die Handschuhe überzog, die sie auf dem Sitz liegengelassen hatte. Glaubte sie, daß sie ihrem Ruf geschadet und ihre Chance auf regelmäßigen Unterricht in Gefahr gebracht hatte, weil sie sich von ihm hatte küssen lassen?

Einen Augenblick spielte er ernsthaft mit dem Gedanken, sie in diesem Glauben zu lassen, doch sie war nicht die einzige, die von ihrem kurzen, aber nichtsdestoweniger faszinierenden Erlebnis und ihren Umarmungen aus dem Gleichgewicht gebracht worden war. Als Philip sie geküßt hatte, glaubte er die Erfüllung zu schmecken, die ihn in den Armen einer Frau erwartete, die ihn lieben und respektieren konnte. Und was ihre Küsse noch bittersüßer machte, war die Erkenntnis, daß er vermutlich niemals eine solche Frau finden würde. Vor allem, weil er nicht einmal wußte, ob er je sein Leben als Omega aufgeben konnte.

Er war noch entschlossener als zuvor, die Brosche zu finden und diesen Auftrag endlich zu einem Ende zu bringen. Besser bald, bevor er alle seine Ziele aus den Augen verlor und anfing, davon zu träumen, wie schön eine Zukunft mit einer Frau wie Kate an seiner Seite sein könnte. Philip lächelte gezwungen. »Morgen früh um zehn?«

Sie nickte und sah ihn mit unverhüllter Erleichterung an. Philip überkam plötzlich das ungewöhnliche und völlig unerklärbare Verlangen, Kate zu beruhigen und zu sehen, wie sie sich freute. Er hielt die Zügel fest. »Warten Sie noch einen Moment«, sagte er. Er lief zu seinem Pferd, das er näher an der Straße angebunden hatte, nahm ein kleines Päckchen aus der Satteltasche und ging eilig damit zu ihr zurück. »Da ich sowieso mit Ihnen zusammen reite, möchte ich gern ... ach, machen Sie es einfach auf.«

Sie starrte das Päckchen an. »Was ist das?«

»Ein Geschenk«, antwortete er ruhig. »Öffnen Sie es.«

Sie blickte eine Weile auf das braune Packpapier und benahm sich, als hätte ihr noch nie jemand etwas geschenkt. »Ich ... ich kann kein Geschenk von Ihnen annehmen«, flüsterte sie, obwohl er ihren sehnsüchtigen Blick bemerkte, den sie nicht verbergen konnte. »Das wäre unschicklich.«

Er lachte leise. »Dann ist es eben kein Geschenk. Betrachten Sie es einfach als eine Rückzahlung für das, was ich Ihnen schulde.« Er nahm ihr das Päckchen wieder weg, machte es auf und reichte ihr den Inhalt. Er hatte es in Haddonfield für sie abgeholt und hatte gedacht, daß er noch einige Tage Zeit bis zu ihrer Rückkehr hatte. »Mrs. Spencer macht die schönsten in der ganzen Gegend, jedenfalls laut Nelda.«

Kate drehte die hellbraunen Lederhandschuhe immer wieder zwischen ihren Fingern, und diesmal erkannte er die Tränen in ihren Augen ganz genau. »Sie sind wunderschön, aber warum haben Sie mir welche gekauft?« Kate sah ihn an, und wieder lag dieser Ausdruck in ihrem Blick: diese verblüffende

Kombination aus Unschuld und Erstaunen, die sie, reinen Herzens wie sie war, so überzeugend ausstrahlte, daß er sein Verlangen kaum zu zügeln vermochte.

Diesmal fantasierte er nicht.

Diesmal begegnete er der Frau nicht in einer Seifenblase, in der ihre realen Selbste einfach aufgehoben waren.

Diesmal war er Omega, durchschaute die Lügen ihres Agenten und erblickte durch ihren angeblichen schlechten Charakter die besondere und einzigartige Frau, die sich tatsächlich dahinter verbarg.

Verwirrt senkte er den Blick. »Da ich Ihre Handschuhe zerschnitten habe, fühlte ich auch die Verpflichtung, sie zu ersetzen.«

»Aber ich war doch diejenige, die närrischerweise die Handschuhe angezogen hat. Ich habe heute bei Mrs. Spencer ein neues Paar für Miss Dolly in Auftrag gegeben.«

»Und da ich wußte, daß Sie kein ordentliches Paar für sich bestellen würden, habe ich mir die Freiheit genommen«, konterte er. »Jetzt probieren Sie sie wenigstens einmal an.«

Ohne länger zu zögern, zog sie die alten, zerrissenen Handschuhe aus, die sie als Ersatz trug, und streifte langsam die neuen Handschuhe über. Philip war davon überzeugt, daß er sich gegen ihre Reize zur Wehr setzen konnte, und wurde von den intensiven Erinnerungen überrascht, die der Anblick ihrer Hände in ihm auslöste.

Als Kate den Handschuh überzog, hämmerte sein Herz heftig bei der Vorstellung, wie sich ihre Hände angefühlt hatten, als er ihr beim Aufstehen geholfen hatte. Als sie ihre Finger in den Handschuh schob und ihn eng anpaßte, konnte er fast den Druck ihrer Hände auf seinen Schultern während ihres Kusses fühlen. Ihres zweiten Kusses. Der Kuß, der noch gefährlichere Gefühle in ihm ausgelöst hatte als der erste.

»Sie sitzen perfekt«, verkündete er und bemühte sich, nicht mit den Zähnen zu knirschen. »Ich habe Mrs. Spencer das

Leben schwergemacht, aber die Handschuhe passen, und das ist alles, was zählt. Tragen Sie sie und bleiben Sie gesund«, sagte er leise, drehte sich um und ging zu seinem Pferd, bevor sie noch ein weiteres Wort der Dankbarkeit oder des Protestes hervorbringen konnte.

Aber Philip konnte einfach nicht vergessen, wie sie sich an seinen Körper geschmiegt hatte. »Sie paßte perfekt«, murmelte er, während er sein Pferd bestieg. Trotzdem hütete er sich, auch nur einen Funken Hoffnung zu hegen, daß sich ihre Leben irgendwann einmal miteinander verbinden würden, wenn er seinen Auftrag ausgeführt hatte.

Trotz der vielen Fragen, die er zu der Elfenbeinprinzessin hatte, erkannte er instinktiv das unschuldige Wesen dieser Frau. Wenn sie der Bühne den Rücken zugekehrt hatte, um ein normales Leben zu führen, dann verdiente sie einen Mann, der ihr Wurzeln in einer Gemeinschaft bieten konnte, ein Heim und Familie, und keinen Mann, der so sehr mit Intrigen und Listen vertraut war, daß er kaum glauben konnte, selbst jemals wieder ein normales Leben führen zu können.

Philip rief sich in Erinnerung, daß er sich lange genug auf seinen Auftrag konzentrieren mußte, um wenigstens die Kameebrosche zurückzubringen. Also gab er seinem Pferd die Sporen und folgte Kates Kutsche. Aber er würde sie auf keinen Fall zu Simon Morrell zurückbringen, bis er genau wußte, warum sie ihre Bühnenkarriere aufgegeben hatte und warum Morrell sie so unbedingt überreden und sie gegen ihren Willen zurückbringen wollte.

Auf der kurzen Fahrt vom Coopers Creek zum Cottage ritt Philip Massey neben ihr her, und Kate konnte sich kaum auf die Straße konzentrieren. Glücklicherweise kannte Precious die Strecke so gut, daß man kaum auf sie achten mußte, und Kate hielt die Zügel oft schlaff und ließ dem Maultier seinen Willen.

»Wie fühlen sich die Handschuhe an?« Philips Frage unterbrach eine kurze Pause in der Unterhaltung.

»Wunderbar. Ich kann Ihnen gar nicht genug danken«, antwortete Kate. Ihr Lächeln kam ganz offensichtlich von Herzen. »Das war sehr aufmerksam von Ihnen.«

Er erwiderte das Lächeln. »Es freut mich, daß ich Ihren Tag versüßt habe, obwohl ich vermute, daß Sie auch so einen ungewöhnlich erfreulichen Tag hatten.«

Kate runzelte die Stirn, lächelte dann jedoch sofort wieder. »Der Tag war sogar großartig. Trotz der Mullan-Zwillinge.« Ihr Herz klopfte schneller, und sie war froh, daß sich die Zwillinge gestritten hatten, bevor sie ihren ersten richtigen und gründlichen Kuß erleben durfte! Eine Sekunde lang hatte sie gefürchtet, Philip würde sich umdrehen und sie stehenlassen, wie er es an dem Tag getan hatte, als er sie durch den strömenden Regen zum Haus getragen hatte.

Sie hatte heute erneut seine Verletzlichkeit gesehen, sein Bedürfnis und sein Zaudern gespürt, und als er endlich ihre Lippen berührt hatte, war Kate von einer Begeisterung durchströmt worden, die weit mehr als nur körperlich gewesen war. Er schenkte ihr sein Herz. Durfte sie ihm auch ihres schenken?

Sie blickte zu ihm hoch, doch er schüttelte nur fragend den Kopf. »Die Mullan-Zwillinge?«

»Reverend Mullans Töchter. Patti und Susan.«

Er sah sie immer noch verwirrt an.

»Sie sind ein ausgesprochen frühreifes Pärchen«, erklärte sie. »Außerdem lieben sie es zu tratschen, aber sie haben Talent für das Klavier, was für vieles entschädigt. Wenn sie sich nur auf den Unterricht konzentrieren könnten.«

Er stimmte in ihr Lachen ein. »Und worüber haben die Mädchen heute getratscht?«

Über Küsse. Schickliche und unschickliche.

Beinah hätte Kate es laut gesagt. Entsetzt schloß sie den

Mund und biß sich fast auf die Zunge. Wenn sie dieses Thema erwähnt hätte, wäre es zweifellos zu einem Gespräch darüber gekommen, was für ein Zauber sie umfangen hatte, als sie sich am Bach küßten. Und dieses Thema wollte sie lieber vermeiden, bis sie in Ruhe darüber nachdenken und den Zauber ihrer Küsse selbst verstehen konnte. Und zwar, bevor sie mit Philip darüber redete.

Sie schob die Hand in die Tasche und berührte mit ihren behandschuhten Fingern den Zeitungsausschnitt. Wollte sie es wagen, die Elfenbeinprinzessin zu erwähnen? Und wenn sie es tat, würde er dann uninteressiert und mitleidlos reagieren, oder wäre es vielleicht eine Gelegenheit, wenn auch eine sehr begrenzte, über die Elfenbeinprinzessin zu sprechen und ihre Fähigkeit zu testen, distanziert über sie zu reden?

Es gab weit und breit niemanden, dem sie mehr vertrauen konnte als Philip Massey, vielleicht bis auf Miss Maggie. Und es war viel zu riskant, mit ihr über die Elfenbeinprinzessin zu plaudern, weil sie damit rechnen mußte, den Tadel von Miss Dolly auf sich zu ziehen. Sie nahm allen Mut zusammen, den sie finden konnte, und stürzte sich in die ungewissen Wasser, die vor ihr lagen.

»Die Mädchen sind beide vollkommen fasziniert von der Elfenbeinprinzessin«, sagte sie schnell, bevor sie es sich anders überlegen konnte.

Lieber Himmel, versteifte er sich tatsächlich bei der Erwähnung der Elfenbeinprinzessin, oder veränderte er nur seinen Sitz im Sattel? Kate seufzte beinah vor Erleichterung, als Philip sie wieder anblickte. Seine Miene war vollkommen sachlich.

»Die Pianistin?«

»Sie haben schon von ihr gehört?« Kate versuchte, ihren heftigen Herzschlag zu kontrollieren.

»Ich glaube, die meisten Leute kennen sie«, merkte er amüsiert an. »Ich habe im Frühling eine ihrer Vorstellungen in Philadelphia besucht.«

Kate konnte kaum noch atmen, als Angst und Panik ihr die Luft nahmen. Ihre Finger verkrampften sich um die Zügel, und ihr Herz hämmerte in ihrer Brust. Dolly und Maggie hatten die Vorstellung der Elfenbeinprinzessin im letzten Jahr gesehen. Sie hatten sie nicht erkannt, er jedoch hatte erst vor einigen Wochen ihre Vorstellung besucht. Hatte ihr Schleierkostüm sie wirklich bis zur Unkenntlichkeit verhüllt, oder spielte er nur mit ihr? Sie suchte in seiner Antwort nach einem Hinweis darauf, daß ihre gemeinsame Zeit mit ihm nicht nur ein fürchterlicher, leichtsinniger Fehler gewesen war.

»Eine sehr begabte Frau«, stellte er fest. Er redete so beiläufig, als würden sie sich über irgendeinen Künstler unterhalten. Dann sah Philip sie an und sein Blick verriet echte Sorge. »Geht es Ihnen nicht gut?«

Sie schüttelte den Kopf und holte tief Luft. Er hatte sie so ernst und mit echter Besorgnis angeblickt, daß sie sich eine Närrin schalt, weil sie an ihm gezweifelt hatte, und führte ihr Mißtrauen das auf ihre eigene Vergangenheit und ihren Verrat an ihm zurück. »Die Mädchen werden von ihrer Begabung auf dem Klavier inspiriert«, sagte sie und versuchte weiter herauszufinden, ob er einer ihrer Anhänger oder ein Gegner war. »Aber ihre Vergangenheit ist skandalös.«

Seine Miene wurde weich, und er schüttelte den Kopf. »Niemand war bisher in der Lage, die Elfenbeinprinzessin zu identifizieren oder zu beweisen, daß irgend etwas von dem Klatsch, den man sich über sie erzählt, stimmt. Bis dies geschieht, möchte ich mich jeden Urteils über diese Frau enthalten. Selbst wenn an den Gerüchten etwas wahr sein sollte, bin ich eher geneigt, ihr alles Gute zu wünschen, als sie zu verurteilen. Wenigstens versucht sie, ihre Vergangenheit hinter sich zu lassen.«

Sein sanfter Tadel und seine Verteidigungsrede für ihr Bühnenpseudonym rührte sie und nahm sie noch mehr für ihn ein. Rasch senkte sie den Blick und konzentrierte sich auf eine

Kurve in der Straße. »Aber es sind nicht alle Ihrer Meinung.«

»Ich dachte, Sie seien es.«

Sie wandte ihm ruckartig den Kopf zu. »Das bin ich auch, aber Miss Dolly ist sehr daran gelegen, jeden Tratsch zu vermeiden, vor allem unter ihren Schülern. Es lenkt sie nur von ihrem Unterricht ab. Als ich das erste Mal bei den Mullan-Mädchen war, wollten sie als erstes wissen, ob ich die Elfenbeinprinzessin jemals habe spielen sehen.«

»Und?« Er sah sie neugierig an. »Haben Sie?«

Sie schluckte. »Nein. Ich ... ich hätte niemals das Geld gehabt, mir eine Eintrittskarte zu kaufen.« Es war die beste Ausrede, die ihr einfiel, ohne daß sie direkt lügen mußte. Es schmerzte ihr Gewissen, daß sie ihm nicht die Wahrheit sagen konnte, aber sie war nicht bereit dafür. Noch nicht.

Er lehnte sich in seinem Sattel zurück. »Vermutlich gibt es mehr als ein Dutzend Pianisten, die eine bessere Technik auf dem Klavier haben, aber keiner von ihnen spielt mit mehr Gefühl. Ihr Geschenk an ihre Zuhörer ist wirklich einzigartig.«

Verwirrt nickte sie. »Und welches Geschenk soll das sein?«

»Liebe. Einfach ausgedrückt, spielt sie das Klavier nicht, sondern sie liebkost es. Sie interpretiert kein Stück von Beethoven oder Mozart, sondern sie wird zu der Musik. Es ist ihre magische, rätselhafte Liebesbeziehung zu dem Klavier, die die Zuhörer in ihren Bann zieht und auch das Herz eines jeden kleinen Mädchens verzückt, das das Glück hatte, anwesend zu sein.«

Kate stiegen die Tränen in die Augen, und sie konnte kaum atmen. »Kein Wunder, daß die Mädchen sie so lieben und sich so sehr den Übungsstunden hingeben.«

»Und jetzt wissen Sie auch, warum ich auf die Idee gekommen bin, Unterricht zu nehmen, obwohl ich zu behaupten wage, daß sie sich vermutlich schütteln würde, wenn sie auch nur eine einzige Note meiner kläglichen Versuche hörte.« Er lachte amüsiert auf.

»Sie hat immerhin auch jahrelang gelernt, denke ich. Sie würde nicht lachen«, widersprach Kate.

»Das nenne ich einmal eine großzügige und taktvolle Lehrerin!« Er runzelte die Stirn. »Übrigens hat der *West Jerseyman* vor kurzem einen Artikel über die Elfenbeinprinzessin gebracht. Haben Sie ihn zufällig gelesen?«

Der Zeitungsausschnitt in ihrer Tasche schien sich plötzlich in einen heißen Brikett zu verwandeln. Kate zuckte mit den Schultern und versuchte verzweifelt, jede weitere Diskussion über die Elfenbeinprinzessin zu vermeiden. »Nicht richtig. Ich habe ihn nur überflogen.«

»Offenbar will sie sich in den Vereinigten Staaten niederlassen, was eigentlich keine schlechte Idee ist«, meinte er und weigerte sich, das Thema fallenzulassen, trotz Kates gespieltem Desinteresse. »Sie hat eine neue Tournee für den Herbst angekündigt, und ihr Agent will angeblich im August die Städte bekanntgeben, in denen sie auftritt. Ich denke, daß Philadelphia dazu gehören wird, was bedeutet, daß Sie noch einmal die Möglichkeit bekommen, sie zu sehen.«

Panik erfaßte Kate. »Ich ... ich glaube nicht, daß ich ihre Vorstellung sehen kann.«

Er lächelte. »Aber natürlich werden Sie sie sehen, denn ich werde Sie einfach mitnehmen. Miss Dolly und ihre Schwester ebenfalls, wenn Sie wollen. Dann können Sie alle selbst sehen und hören, was ich meinte.«

»Nein! Ich meine ... Miss Dolly und Miss Maggie haben erst letztes Jahr ihr Konzert gesehen ...«

»Um so besser«, sagte er, während er sein Pferd anhielt. Kate sah hoch und bemerkte, daß sie den Weg erreicht hatten, der hinter dem Cottage zur Scheune führte.

»Ich weiß nicht ...«

»Natürlich werden Sie hingehen. Wir besprechen das morgen weiter. Um zehn.« Er lächelte und war weg, bevor sie ihm widersprechen konnte.

»Morgen um zehn«, wiederholte sie, während sie Precious antrieb, damit das Maultier die letzten Schritte nach Hause tat. Die Chance, daß Philip Massey und Kate Danaher jemals gemeinsam im Zuhörerraum sitzen und dem Spiel der Elfenbeinprinzessin lauschen würden, war genauso hoch wie die, daß Sonne und Mond ihren Platz tauschten oder die Sterne vom Himmel in ihren Schoß fielen.

15. KAPITEL

Als Kate Precious ausgespannt und die Kutsche entladen hatte, war sie so erschöpft, daß sie keinen Gedanken mehr an ihre Unterhaltung mit Philip Massey verschwendete. Sie fühlte sich schmutzig und erhitzt und akzeptierte dankbar Maggies Vorschlag, vor dem Abendessen ein Bad zu nehmen.

Als sie mit feuchtem Haar aus ihrem Zimmer kam, war der Tisch mit Tellern und Servierplatten gedeckt. Die beiden Schwestern saßen bereits und warteten auf Kate. »Entschuldigen Sie, daß es so lange gedauert hat«, sagte sie leise, während sie sich auf ihren Stuhl setzte. »Danke, daß Sie gewartet haben.«

Sie blickte auf ihren Teller, der mit Scheiben kalten Hühnerbratens, frischen Gartengemüsen und Mais gefüllt war. »Das sieht ja köstlich aus.«

Dolly nickte, als wollte sie so offiziell das Abendessen eröffnen, und sie fingen an zu essen. »Ich bin neugierig«, bemerkte Dolly und tupfte sich die Lippen mit einer Serviette ab. »Habe ich richtig gesehen: Sie tragen ein Paar neue Handschuhe?«

Kate hätte sich beinah an dem Bissen Hühnchen verschluckt und trank hastig einen Schluck Wasser. »Ja. Sie sind hübsch, stimmt's?«

Dolly kniff die Augen zusammen. »Eine Neuerwerbung?«

»Oh nein. Ganz und gar nicht. Sie sind ein Geschenk.« Sie schluckte, weigerte sich jedoch, Dolly etwas anderes als die Wahrheit zu erzählen. »Ich habe auf dem Heimweg Mister Massey getroffen. Er kam gerade von Mrs. Spencer zurück.«

»Wußte ich's doch!« Maggie lächelte, und ihre Augen funkelten. »Er versucht, Ihnen den Hof zu machen, und er hat Ihnen die Handschuhe als Zeichen seiner Zuneigung geschenkt.«

»Sehr unangemessen!« Dolly schnüffelte indigniert. »Ich dachte, ich hätte meine Einstellung zu dieser Angelegenheit mehr als deutlich gemacht.«

Kate durchrieselte ein alarmierender Schauer. »Ja, das haben Sie. Aber bitte interpretieren Sie Mister Masseys Geschenk als nichts anderes als einen Akt seiner Freundlichkeit. Er ... es tat ihm leid, daß er die Handschuhe zerschnitten hat, die ich mir von Ihnen geliehen hatte, als ich meine Finger verbrannt hatte. Er fühlte sich verpflichtet, sie zu ersetzen. Ich habe versucht, es abzulehnen ...«

»Er ist ja so ein entzückender Mann.« Maggie seufzte.

»Sicher hat er gute Absichten, aber auf lange Sicht ist er einfach zu unzuverlässig!« fuhr Dolly sie an.

Sie klang fast verbittert.

»Mr. Massey hatte nicht die Pflicht, die Handschuhe zu ersetzen, sondern Sie«, fuhr Dolly fort. »Und außerdem waren es meine Handschuhe. Wenn er es wiedergutmachen wollte, dann hätte er ...«

»Ich habe Ihre Handschuhe bereits bei Mrs. Spencer bestellt«, unterbrach Kate sie entschlossen. Sie schätzte Miss Dolly und ihre Stellung hier sehr, durch die sie ein neues Leben beginnen konnte, doch allmählich fiel ihr der egoistische Charakterzug an ihrer Mentorin auf, der ihr in den ersten sechs Wochen entgangen war.

Trotz dieses Fehlers jedoch empfand Kate Sympathie für die ältere Frau. Ihr Mißtrauen, was Philip Masseys Absichten anging, beruhte nach Kates Ansicht zwar auf einem Mißverständnis, aber es gründete sich vermutlich auf eine tiefe, lang zurückliegende Enttäuschung, die ein Mann ihr zugefügt hatte. Ein Mann, der Dolly so stark verletzt hatte, daß der Schmerz bis heute nicht geheilt war.

»Ich hoffe, daß Ihnen die Handschuhe gefallen, die ich für Sie bestellt habe. Mrs. Spencer hat mir geholfen, einen wunderschönen, dunkelbraunen Farbton auszusuchen, und sie hat mir versichert, daß die Handschuhe fertig sind, bevor ich wieder auf die Rundfahrt gehe. Bis dahin ...«

»Nein«, flüsterte Miss Dolly, als fiele es ihr schwer, ihre Stimme zu finden. »Ich bin vollkommen zufrieden damit, auf meine zu warten.« Sie ließ die Gabel sinken und seufzte. »Ich bin nicht sehr hungrig. Wenn ihr beide mich entschuldigen würdet.« Sie stand auf, ohne eine Antwort abzuwarten, und verließ das Zimmer. Hinter ihr herrschte verlegenes Schweigen in der Küche, bis die Töne einer einfachen Melodie zu ihnen in die Küche drangen, als Miss Dolly sich an das Klavier setzte.

Maggie reichte hinüber und streichelte Kates Hand. »Machen Sie sich keine Sorgen wegen Ihrer neuen Handschuhe. Dolly ist heute einfach nur ein wenig müde. Die Hitze macht ihr zu schaffen. Sie wird sich besser fühlen, wenn sie ein bißchen gespielt hat.«

Sie warf einen Blick auf die Tür und zwinkerte Kate zu. »Und jetzt erzählen Sie mir von Ihren Schülern, und lassen Sie nicht einmal das kleinste bißchen Tratsch aus.«

Kate lachte leise und gab einige Klatschgeschichten zum besten, während sie das Abendessen beendeten. Sie schloß mit einer saftigen Wiederholung, wie Mrs. Bennett ihre Stunde abgesagt hatte.

»Sie haben etwas ausgelassen«, meinte Maggie herausfordernd und mit tiefer Stimme.

Schuldbewußt lief Kate rot an. »Die Mullan-Mädchen.«

»Selbstverständlich. Dolly ist niemals ohne eine Beschwerde über die beiden von ihrer Rundfahrt zurückgekommen. Was haben sie jetzt wieder ausgeheckt?«

Kate kicherte und konnte nicht widerstehen, Maggie über den Streit der Mädchen zu erzählen, während Dolly immer noch in dem Musikzimmer spielte. »Küssen.«

»Küssen?« Maggie sah sie erstaunt an. »Küssen? Diese Mädchen werden ihrem Vater noch graue Haare machen, es sei denn, er kann sie bald verheiraten.«

»Er hat schon weiße Haare und davon auch nur noch wenige«, erklärte Kate, während sie etwas Vanillesoße zum Nachtisch kosteten.

»Der arme Mann. Ganz allein ohne Frau. Mit den beiden hat er alle Hände voll zu tun.« Maggie lehnte sich auf ihrem Stuhl zurück. »Haben sie Sie auch wieder wegen der Prinzessin ausgefragt?«

Kates Herz schlug schneller. Einerseits hätte sie Maggie gern von dem Zeitungsartikel berichtet, andererseits wollte sie es für sich behalten. Da Dolly jedoch noch am Klavier saß, fand sie weiter nichts dabei, es Maggie gegenüber zu erwähnen. Ihr fühlte sich Kate enger verbunden. Wenn sie ihr von dem Artikel erzählte, konnte sie noch eine weitere Reaktion außer der von sich selbst und Philip einholen. »Nun ... eigentlich ... Moment, ich zeige es Ihnen.«

Sie hielt kurz inne, um Maggies Zustimmung abzuwarten, und holte dann schnell den Ausschnitt aus ihrem Zimmer. Sie reichte Maggie das Papier, bevor sie sich wieder setzte. »Ich wollte es eigentlich nicht erwähnen, da Miss Dolly die Begeisterung der Mädchen für die Elfenbeinprinzessin beunruhigend findet, also ist es das beste, wenn Sie ihr nichts davon erzählen.«

»Oh, Dolly und ich haben den Artikel gelesen. Ich habe mich schon gefragt, ob jemand ihn Ihnen gezeigt hat.« Sie gab Kate den Artikel zurück, die das Blatt Papier rasch zusammenfaltete und in ihre Tasche schob. Nur wenige Familien auf ihrer Rundfahrt konnten sich eine Zeitung leisten, und selbst wenn, war es unwahrscheinlich, daß sie sie Kate zu lesen gaben.

»Was halten Sie davon? Ich meine, daß die Elfenbeinprinzessin in Amerika bleiben will?« Kate sah Maggie erwartungsvoll an.

»Was ich davon halte? Nun, ich halte es für ...«

»Es ist vollkommen unwichtig, wer was davon hält«, unterbrach Dollys schneidende Stimme ihre Schwester.

Kate machte sich Vorwürfe, daß sie nicht bemerkt hatte, daß die Musik aufhörte. Erschreckt drehte sie sich auf dem Stuhl herum und sah Dolly in der Tür zwischen Küche und Musikzimmer stehen.

Mit einem strafenden Blick schob sie ihr Kinn vor. »Ich dachte eigentlich, daß Sie die Neugier der Mädchen bändigen würden, was die Elfenbeinprinzessin angeht, und sie nicht noch ermutigen, Kate. Und was deine unersättliche Gier nach Tratsch angeht, meine liebe Schwester, möchte ich dir einen Vorschlag machen. Trink statt dessen ein Glas Wasser. Es ist weit weniger gefährlich als Tratsch.«

Kate und Dolly maßen sich mit ihren Blicken. »Ich wollte keinen Schaden anrichten, als ich das Thema der Elfenbeinprinzessin aufgebracht habe. Ich ... ich habe Patti und Susan den Artikel weggenommen und ihnen gesagt, daß mich ihr Verhalten störe.« Das war so nah an der Wahrheit, wie Kate es wagte, und sie wartete angespannt auf Dollys Reaktion. Wenn sie hier mit Maggie und Dolly länger zusammenleben wollte, durfte sie sich von Dolly nicht einschüchtern lassen. Gleichzeitig jedoch konnte sie auch die Frau nicht gegen sich aufbringen, die den Schlüssel zu Kates Sicherheit und Zukunft in den Händen hielt. »Patti hat sich entschuldigt«, fuhr sie ruhig fort.

»Und Susan hat sicherlich einfach nur eigensinnig die Schultern gezuckt.« Dolly kannte offenbar das Verhalten der beiden Mädchen sehr gut.

»Deshalb habe ich auch Susan anfangen lassen. Um sie zu beschäftigen. Um fair zu sein, muß ich sagen, daß ich die beiden Mädchen für sehr talentiert halte, und ihr Interesse an der Elfenbeinprinzessin ist eine wahre Quelle der Inspiration und nicht nur eitles Geplapper.«

»Vielleicht.« Dollys Miene wurde weich. »Dann haben Sie die Situation richtig bewältigt. Mit der Zeit lernen Sie noch, eine gute Lehrerin zu werden. Es hängt nur davon ab, wie Sie selbst Ihr Leben führen wollen. Sie haben ein Talent für das Klavier, das Sie an Ihre Schüler weitergeben können, und ich möchte nur ungern mit ansehen, wie Sie es wegwerfen, indem Sie Ihren Ruf ruinieren.«

Kate runzelte die Stirn. »Habe ich ... etwas getan ... ?«

Dolly schüttelte den Kopf. »Nein, noch nicht. Aber wenn Sie weiterhin Philip Massey als Teil Ihres Lebens betrachten, dann kommt es vielleicht soweit. Sie haben bereits eingesehen, daß Sie einmal in Ihrem Leben in Herzensangelegenheiten eine Närrin gewesen sind, und ich glaube ...«

»Pah! Das Mädchen ist jung, aber sie ist nicht dumm. Laß sie sein, wie sie ist. Laß die beiden in Ruhe«, meinte Maggie drängend. »Sie haben sich gerade erst kennengelernt, und Kate hat einen klaren Verstand in ihrem hübschen Kopf. Sie wird ihr Herz nicht an den ersten Mann verschenken, der ihr den Hof macht.«

»An den zweiten.«

»Wie?«

»An den zweiten Mann«, wiederholte Dolly, bevor Kate auch nur ein Wort sagen konnte.

»Und Sie wird uns auch noch lange nicht verlassen, stimmt das, Kate?«

Maggies Frage deutete auf eine unausgesprochene Sorge, die die beiden Frauen umtrieb, und ein Blick in Dollys Augen brachte Kate Gewißheit. Dollys Zurückhaltung und Maggies offene Freundschaft wurden beide von derselben Sorge gesäumt: Wie lange würde Kate bleiben?

Wenn die beiden nur wüßten, wie sehr sie diese Stellung brauchte!

Erleichterung durchströmte sie, und sie lächelte. »Ich würde niemals etwas tun, was meine Stellung gefährden könnte.«

Sie schluckte. »Philip Massey ist ein Freund. Mehr nicht. Und wenn es Sie beruhigt, dann kann ich ihn auch zu den Unterrichtsstunden herkommen lassen, statt in sein Haus zu fahren.«

Dolly blinzelte einige Male, gewann aber rasch ihre Fassung wieder. »Eine Weile wäre das vielleicht das beste. Ich vermag kaum zu glauben, daß Mister Masseys Aufmerksamkeiten auf reiner Freundschaft beruhen.«

»Aber er würde Kate niemals kompromittieren. Dafür ist er viel zu ehrenhaft«, beschwerte Maggie sich und fing an, den Tisch abzuräumen. »Ich wäre allerdings hoch erfreut, wenn er hierherkäme, weil ich einfach die Gesellschaft dieses Mannes mag.«

Kate half ihr beim Aufräumen und wusch das Geschirr ab. Aber ihre Gedanken waren woanders. Es war noch zu früh, Philips Interesse an Kate für mehr als Freundschaft zu halten, aber sie war sicher, daß er sich immer als Gentleman verhalten würde ... bis ihre Lippen bei der Erinnerung an den Kuß kribbelten, den sie sich am Fluß gegeben hatten.

War sie so naiv und unerfahren mit Männern, daß sie tatsächlich glaubte, daß es für einen Mann und eine Frau möglich war, nur Freundschaft füreinander zu empfinden und nichts anderes? Offenbar, denn weder Dolly noch Maggie schienen das für möglich zu halten, aber obwohl sie alt genug waren, um ihre Großmütter zu sein, war keine von beiden verheiratet.

Meine Güte, Großmutter, wie ich dich jetzt bräuchte!

Sie würde wissen, was zu tun und zu sagen war, damit Kates Verwirrung aufhörte, aber sie war nicht da. Kate hatte nur Maggie und Dolly und war zu zurückhaltend, als daß sie sich ihnen wirklich hätte anvertrauen oder ihren Rat bei einem so heiklen Thema hätte suchen können.

Möglicherweise waren Maggies Anfälle ja dafür verantwortlich, daß sie noch unverheiratet war, aber Dolly mußte in ihrer Jugend einmal sehr attraktiv gewesen sein. Sie hatte sicherlich eine Menge Freier gehabt, die um ihre Hand angehalten hatten. Und einer mußte ihre Aufmerksamkeit erregt und sie in die Irre geleitet haben. Vermutlich hatte er ihr Herz mit falschen Absichten gewonnen. Benahm sich Dolly Kate gegenüber deshalb so beschützend? Auf ihre Art? War eine Liebesenttäuschung der Grund für ihre Bitterkeit, die immer wieder bei ihr durchschien?

Als die Küche wieder aufgeräumt war, zogen sich Dolly und Maggie auf ihr Zimmer zurück. Sie waren zufrieden, daß sie das Thema der Klavierstunde geklärt hatten. Sie hatten beschlossen, Philip Massey morgen früh mit dem Milchmann eine Nachricht zukommen zu lassen, daß er ab jetzt ins Haus kommen solle. Kate ging in das Musikzimmer und fuhr sanft mit den Fingern über die Tasten des Klaviers. Wie hatte Philip ihr Spiel beschrieben?

Wie eine Liebkosung.

Eine Gabe der Liebe an ihre Zuhörer.

Ihr stiegen die Tränen in die Augen, und sie setzte sich auf die Bank und spielte. Sie gab sich vollkommen der Musik hin und sah ihre Rolle als Elfenbeinprinzessin plötzlich von einer anderen Seite. Es ging nicht nur um den Skandal. Wenn sie ihre Zuhörer tatsächlich bewegt hatte, wenn sie nur eine einzige junge Frau inspiriert hatte, die Freude an der Musik zu entdecken und die Befriedigung zu erfahren, die es mit sich brachte, das Klavierspiel zu erlernen, dann hatte sie sich vielleicht in der Vergangenheit zu harsch verurteilt.

Ihr Herz schwoll vor Freude, und sie wagte zu glauben, daß sie eines Tages vielleicht von allen Fehlern ihrer Vergangenheit befreit sein würde. Eines Tages, so betete sie, würde sie tatsächlich in eine Zukunft kommen, die voller Liebe zu sein versprach, ein Versprechen, das aber erst noch erfüllt werden mußte.

Ihre Finger streichelten die Tasten. In den tiefsten Abgründen ihrer Seele wußte sie, daß sie Frieden mit dem Klavier und ihrer Begabung geschlossen hatte und daß sie genauso einen Weg finden würde, ihre Vergangenheit und ihre Gegenwart zu versöhnen. Eines Tages würde sie vielleicht einen Mann finden, der sie ganz und gar lieben würde. Einen Mann, der ihr Herz erobern und sich für immer mit ihr verbinden würde.

Doch sollte dieser Traum jemals wahr werden, dann hatte sie zuvor noch einiges in ihrem Leben zu klären. In einem kurzen Augenblick der Selbsterkenntis begriff sie, daß Dolly und Maggie letztendlich recht hatten. Es war sehr schwer, wenn nicht geradezu unmöglich, daß ein Mann und eine Frau nur Freundschaft zueinander empfanden.

Sie mußte nur sich selbst ansehen, dann wußte sie doch, daß dies, was sie für Philip Massey empfand, viel mehr war als Freundschaft. Sie liebte ihn. Sie hatte ihm ihr Herz geschenkt, nicht ganz, aber mit jeder Begegnung ein Stückchen mehr, bis für sie selbst nichts mehr übrigblieb als eine Sehnsucht, die erfüllt werden mußte.

Ja, wenn sie wirklich darauf hoffte, daß ihre Liebe zu einem Mann einmal erwidert wurde, wirklich erwidert wurde, dann konnte sie nur eins tun, um sich darauf vorzubereiten. Nur für den Fall, daß dieser Traum sich erfüllte.

Sie mußte ihr Herz zurückgewinnen.

Es sei denn, daß irgendein Wunder bewirkte, daß Philip sie vielleicht ebenfalls lieben würde.

16. KAPITEL

Schon wieder so eine Nachricht. Philip zerknüllte das Papier in der Faust und warf es zu Boden. Wenn es nach ihm ginge, dann würde er diese Frau von jedem Stück Papier fernhalten, das es zwischen hier und Philadelphia gab, damit sie nicht den Rest des Sommers unablässig Nachrichten schrieb.

Diese hier jedoch war etwas kreativer als ihre bisherigen Zettelchen. Allerdings glaubte Philip ihre Entschuldigung, warum sie den Unterricht nicht mehr in seinem Landsitz weiterführen konnte, keine Sekunde. Dieses blöde Maultier war gestern von der Straße zur Scheune gelaufen und hatte dabei genausowenig gelahmt, wie er in einem Kohlfeld geboren worden war.

Er ging in sein Schlafzimmer und trat auf den Balkon. Dort stützte er sich am Geländer ab. Als er die Boote auf dem Fluß betrachtete, wurde ihm klar, daß ihm keine andere Wahl blieb, als sich ihrer Bitte zu fügen und zum Cottage zu kommen, um seine Unterrichtsstunden dort zu nehmen. Er war offenbar zu weit gegangen. Schon wieder.

Gestern noch schien sie über sein Geschenk hoch erfreut gewesen zu sein, und als sie zu dem Cottage zurückgeritten waren, schien sie sich auch von den Küssen erholt zu haben. Seine eigene Erholung hatte etwas länger gedauert. Genaugenommen hatte er so gut wie gar keine Zeit im Bett verbracht. Jedesmal, wenn er die Augen schloß, sah er ihr Gesicht und ihre verwirrenden braunen Augen, die ihn erstaunt ansahen und ihn verfolgten. Ihre üppigen Lippen, die noch feucht von den Küssen waren, lockten ihn immer wieder zurück zu diesem Moment, als sie seine Seele berührt und ihn glauben gemacht hatte, daß sie die Frau seiner Träume war.

Verflucht!

Er hatte recht gehabt. Diese Frau war keine gewöhnliche Zauberin. Sie erschütterte sein Urteilsvermögen, wie es kein anderer Mensch jemals vermocht hatte. Wenn schon aus keinem anderen, dann mußte er seinen Auftrag genau aus diesem Grund so schnell wie möglich beenden, bevor er den letzten Rest gesunden Menschenverstands verlor, der ihm noch geblieben war.

Philip fuhr sich mit der Hand durch das Haar und versuchte, sich auf sein Ziel zu konzentrieren: Er mußte die Kameebrosche finden und sie mit der Frau zusammen Simon Morrell zurückbringen. Das brachte ihn wieder auf die Frage, warum sie nicht mehr zu ihm auf den Landsitz kommen wollte.

Der einzig mögliche Grund für ihren abrupten Sinneswandel war ihr Gespräch über die Elfenbeinprinzessin. Eigenartigerweise war das ein Gespräch gewesen, das sie in ihrer ungestümen Art vom Zaun gebrochen hatte, die er schon an ihr kannte.

Obwohl sie ihn panisch angesehen hatte, als er erwähnte, daß er einer ihrer Vorstellungen beigewohnt hatte, faßte sie sich überraschend schnell wieder. Als er den Zeitungsartikel erwähnte, hatte sie getan, als hätte sie ihn ohne sonderliches Interesse gelesen. Doch wenn ihre zitternden Hände, die kaum noch die Zügel halten konnten, ein Urteil nahelegten und ihre Worte, die sich beinah überschlagen hatten, als sie mit ihm redete, wußte er es besser.

Allerdings mußte er ihr eins zugute halten. Jemand, der sich weniger sicher gefühlt hätte, wäre vielleicht geflohen, nachdem der Artikel erschienen war, aber sie war weit klüger als ungestüm. Sie hatte die Information in dem Artikel genauso interpretiert, wie er es gehofft hatte. Gestern hatte er sie offenbar bei einer eher spontanen Feier unterbrochen, als sie selbstversunken am Fluß herumgetanzt war. Er wußte genau, warum sie so aufgeregt war. Diese eigensinnige, spontane Frau wähnte sich in Sicherheit!

Es war sein Stolz gewesen oder vielleicht auch seine wachsende Frustration und seine Entschlossenheit, diesen Auftrag endlich zu erledigen, die ihn dazu gebracht hatten, sie zu einem Konzert der Elfenbeinprinzessin einzuladen. Aber seine List hatte sich gegen ihn gewendet.

Statt ihre sprachlose Fassungslosigkeit genießen zu können, hatte sie sich stammelnd von einer Entschuldigung zur nächsten gehangelt und mit jeder zu seinem Unbehagen immer deutlicher bewiesen, daß die Frau, die als Elfenbeinprinzessin bekannt war, keineswegs die betrügerische und manipulierende Frau war, als die Simon Morrell sie dargestellt hatte. Philip hatte erst heute morgen wirklich abschätzen können, wie sehr er sie tatsächlich erschüttert hatte: als er nämlich ihre Nachricht bekommen und begriffen hatte, daß er sie aus ihrer sicheren kleinen Welt gerissen hatte.

Dennoch mußte er herausfinden, ob sie vorhatte, auf Dauer hierzubleiben oder nur solange, bis sie Morrell so weichgeklopft hatte, damit er ihren Forderungen nachgab, und sie dann auf die Bühne zurückkehren konnte.

Ungeachtet Philips Sorgen um ihre Motive gab ihm jedoch ihre plötzliche Weigerung, auf seinen Landsitz zu kommen, die Gelegenheit, die er brauchte, um Zugang zum Cottage zu erhalten und sich dort genauer umzusehen, damit er nach der Kameebrosche suchen konnte.

Er drehte sich um und warf einen Blick auf seine Taschenuhr. Es war elf Uhr. Ihrer Nachricht zufolge erwartete sie ihn um eins, was bedeutete, daß er genug Zeit hatte, an Cynthias Halskette zu arbeiten, und gleichzeitig seine geplante Ankunftszeit einhalten konnte – etwa gegen vier.

Er kam nicht.

Kate war das Herz schwer vor Enttäuschung, und auch Miss Dollys überschwengliche Versicherung, daß sie sich richtig verhalten hatte und Mister Massey seine Stunden nur genommen habe, um sie in eine unschickliche Beziehung zu locken, vermochte sie nicht zu trösten. Maggies Beteuerungen, daß er es sich bestimmt überlegen und sich in den nächsten Tagen melden würde, konnten sie schon gar nicht beruhigen. Hatte ihr Gespräch über die Elfenbeinprinzessin etwas mit seiner Entscheidung zu tun, nicht zu kommen? Oder hatte ihre Weigerung, das Konzert der Pianistin zu besuchen, seine Gefühle verletzt?

Als Josie Gordon und ihre Mutter pünktlich zu der Fünfzehn-Uhr-Stunde erschienen, gab Kate ihre Wache am Wohnzimmerfenster endgültig auf. Da Dolly beschäftigt war und Maggie sich in ihr Zimmer zurückgezogen hatte, entschloß sich Kate, einen Spaziergang zu unternehmen. Sie war noch nie über den Garten hinter dem Haus hinausgekommen, aber die Wälder um das Cottage herum boten Kühle, Schutz und eine Ruhe, die sie in ihrem Zimmer nicht finden würde. Sie hinterließ Dolly und Maggie einen Zettel auf dem Küchentisch und ging zur Hintertür hinaus.

Die Sonne schien und der Himmel war blau. Auch die weißen Wolken vermochten ihre Laune nicht zu heben, und sie schlenderte mit gesenktem Kopf durch den Garten, die Hände auf dem Rücken verschränkt.

Es gab keinen Weg, dem sie hätte folgen können, noch nicht mal einen ausgetretenen Pfad, sondern nur dichte Eichenwälder und Kastanienbäume mit Unterholz aus Büschen und Weinstöcke, und gelegentlich kam sie an eine Lichtung oder flache Flußbette, wo einmal Bäche gegurgelt hatten. Der Baldachin aus Blättern hielt das Sonnenlicht ab, und eine kühle Brise strich ihr ums Gesicht, während sie langsam einen Schritt nach dem anderen weiterging. Sie schien neben sich zu stehen und sich selbst zu beobachten, wie sie so voranschritt, bis sie schließlich beschloß umzukehren.

Kate sah sich um und erkannte, daß sie so weit in den Wald hineingegangen war, daß sie das Cottage aus den Augen verloren hatte. Sie hatte sich verirrt und lief jetzt hilflos im Wald umher, ohne zu wissen, wie sie wieder zurückkehren sollte.

Verzweiflung überfiel sie und wollte sie lähmen. Sie unterdrückte die Tränen, gegen die sie sich schon seit Stunden wehrte und holte tief Luft, bevor sie sich eingestand, daß ihre neugewonnene Freiheit nichts anderes war als ein Labyrinth mit genauso verwirrenden Ecken und Biegungen wie der Heimweg zum Cottage. Die eine Person, von der sie gehofft hatte, daß sie sie sicher durch das Labyrinth geleiten würde, das in ihre Zukunft führte, hatte sie im Stich gelassen.

Philip.

Ihr Führer. Ihre Inspiration. Ihre Liebe.

Wie sollte sie jemals ohne ihn die Hindernisse überwinden, die auf dem Weg noch vor ihr lagen? Wie sollte sie jemals ihr Herz wiederbekommen, wenn sie ihn nie mehr wiedersah?

Sie würde überleben. Irgendwie würde sie überleben.

So wie sie gelernt hatte, jedes andere Leid und jede Enttäuschung zu überstehen, die sie in ihrem Leben bisher schon erfahren hatte.

Kate fühlte sich in ihrer eigenen Unzulänglichkeit gefangen und sah sich um. Sie hatte keine Ahnung, was sie tun sollte und was sie hier erwartete, wenn sie den Rückweg zum Cottage nicht fand. Sicherlich müßte sie hier draußen nicht erfrieren, dazu war es zu mild, selbst in der Nacht. Und sie würde auch nicht verhungern, Blaubeeren und Brombeeren gab es im Überfluß. Es war noch heller Nachmittag, und wenn sie nicht vorhatte, die Nacht unter dem Sternenhimmel zu verbringen, blieb ihr nur eins übrig: weitergehen.

Sie drehte sich um und schlug die entgegengesetzte Richtung ein. Sie merkte sich einen ungewöhnlichen Baum, der offenbar von einem Blitz gefällt worden war, und ging etwa zwanzig Minuten weiter. Ihre Zuversicht wuchs mit jedem Schritt, den sie tat, und sie blieb sogar stehen, um eine Handvoll saurer, aber schmackhafter Blaubeeren zu pflücken und zu essen. Dann ging sie weiter, bis sie plötzlich ... wieder vor dem gefällten Baum stand.

Kate musterte den Baum ungläubig. Anscheinend war sie im Kreis gegangen! Sie straffte die Schultern und machte sich erneut auf, nur um wieder an derselben Stelle zu landen. Sie war wütend über sich selbst und musterte verzweifelt eine kleine Schlucht, die ihr vorher noch nicht aufgefallen war: Es schien kein anderer Weg mehr übrig zu sein, den sie versuchen konnte.

Sie schob sich an einigen Lorbeerbüschen vorbei und zerriß sich den Rock an einem dornigen Busch. Als sie sich endlich befreit hatte, war ihre Geduld allmählich erschöpft, ganz zu schweigen von ihren Röcken. Sie stürmte über den flachen Graben, stolperte über Efeu, in dem sich ihre Füße verfingen, und fiel hinterrücks in ein Dickicht, wobei sie sich schmerzhaft die Ellbogen stieß.

Ein unangenehmer Geruch umgab sie, reizte ihre Augen und nahm ihr fast den Atem. Sie rappelte sich hoch und lief so schnell sie konnte den Graben entlang. Aber der Gestank folgte ihr wie ein Schatten. Sie blieb stehen, klopfte sich Blätter aus den Röcken und rang nach Luft.

Hatte sie etwa einen Skunk aufgeschreckt?

Ausgerechnet!

Sie hob das Gesicht an und nahm einige tiefe Atemzüge sauberer Luft. Sie war fast den Tränen nahe, während sie krampfhaft nach einem Weg suchte, diesen Gestank loszuwerden. Ihr Kleid konnte sie nicht ausziehen, unmöglich. So wie ihr Glück bisher gelaufen war, würde sie sich vermutlich in ein Brennesselbeet setzen, während ihr Kleid lüftete.

Der Gestank war entsetzlich!

Kate rümpfte die Nase und sah sich um. Jenseits des Grabens befand sich eine kleine Lichtung, auf der die Sonne schien. Sie war offenbar allein, und es war mehr als unwahrscheinlich, daß jemand sie sehen würde.

Vorsichtig arbeitete sie sich zu der Lichtung vor, blieb stehen und lauschte, um sicherzugehen, daß sie nicht in die Nähe eines Weges gekommen war, auf dem vielleicht jemand vorbeiging.

Ein Weg?

Sie hatte während dieser ganzen unseligen Episode nicht einmal so etwas wie einen Trampelpfad entdeckt.

Sie zog rasch die verschmutzten Röcke aus und legte sie auf einen Busch zum Lüften, nachdem sie mit Sand die stinkenden Flecken herausgerubbelt hatte. Zögernd entledigte sie sich auch ihres Mieders und hängte es auf einen niedrigen Zweig, nachdem sie erneut mit Sand die Stellen notdürftig gereinigt hatte, wo sie in die Pflanzen gefallen war.

Sie stand nur in ihrem Hemd da, aber die Sonne schien auf ihre Haut und wärmte sie. Da sie nichts anderes tun konnte als warten, ging sie weit genug weg, um es erträglicher zu machen, setzte sich und zog die Beine unter sich. Da sie schamhaft war, auch wenn sie sich allein wähnte, schlang sie die Arme um ihre Brust. Die Brosche, die sie an der Seite ihres Hemdes angebracht hatte, piekte sie dabei in die Unterarme.

Kate hatte sich mittlerweile so daran gewöhnt, die Brosche an ihrem Hemd zu tragen, daß sie sie fast vergessen hätte. Eigentlich hatte sie vorgehabt, die Brosche in ihrem Zimmer oder irgendwo im Cottage zu verstecken, wenn sie nicht auf Reisen war, aber aus alter Gewohnheit trug sie sie dann doch weiter. Das Ungeschick von heute jedoch hatte sie in mehr als einer Hinsicht etwas gelehrt, und sie beschloß, die Brosche sofort abzulegen, wenn sie zu Hause war.

Im Moment konnte sie die Brosche nur verstecken, indem sie ihre Arme um sich schlang, und dabei stand mehr auf dem Spiel als nur ihr Anstand. Das neue Leben, das sie sich selbst schaffen wollte, stand auf dem Spiel, wenn jemand zufällig vorbeikommen und ihre Brosche sehen und erkennen würde.

Sie überlegte, wie lange sie sich so verletzlich dem Zufall ausliefern konnte, und sah zum Himmel hoch. Nach dem Stand der Sonne zu urteilen mochte sie vielleicht zwei oder drei Stunden unterwegs gewesen sein. Mittlerweile würden Dolly und Maggie sich bestimmt schon Sorgen machen, weil Kate geschrieben hatte, daß sie nur einen kurzen Spaziergang machen wollte.

»Einen kurzen Spaziergang, keine verheerende Wanderung«, murrte sie. Gestank hin oder her, sie mußte wieder zum Cottage zurück, bevor ... Bei dem Geräusch eines herannahenden Pferdes sprang Kate panisch auf. Ihr Herz hämmerte, als sie begriff, daß der Reiter gefährlich nah war und ihr den Weg zu den Kleidern blockierte.

Sie verbarg mit dem linken Arm die Brosche und wich langsam zurück, um schließlich dann von der Mitte der Lichtung ins schützende Gebüsch zu stürmen. Sie blieb im Schatten einer Buche stehen und drückte sich eng gegen den glatten Stamm. Dann spähte sie über die Schulter und erhaschte mit pochendem Herzen einen Blick auf die Person, die in ihre Privatsphäre eingedrungen war. Sie konnte sich nicht vorstellen, daß jemand in den Wäldern herumlief. Hatten Dolly und Maggie etwa jemanden losgeschickt, um sie zu suchen?

Grundgütiger Himmel!

Sie schloß die Augen und legte bei sich schnell eine Reihe von Gelübden ab, die selbst eine Heilige nicht hätte halten können, falls Gott ein Wunder bewirke und sie so unsichtbar machte wie den Wind. Dann öffnete sie die Augen, blinzelte zweimal und schloß sie sofort wieder.

Kein Wunder. Kein Entkommen. Keine Gnade vor dem demütigendsten Augenblick in ihrem ganzen Leben.

Philip Massey stand mitten auf der Lichtung!

Kate stöhnte und wäre am liebsten auf die Knie gefallen, hätte sich einen Tunnel gegraben, wäre hineingekrochen und nie wieder herausgekommen. Vergiß deine Zukunft, dachte sie. Sie würde keine haben, wenn er die Brosche zu sehen bekam, bevor sie ihm erklären konnte, warum sie ihn belogen hatte. Sie wollte keine Zukunft, und in diesem Moment hätte sie ihr sehr kurzes Leben auf der Erde liebend gern gegen ein Paar Flügel eingetauscht, mit denen sie in die Ewigkeit hätte davonflattern können.

Sein Lachen schallte über die Lichtung. »Haben Sie heute ein kleines Abenteuer erlebt, Miss Danaher?«

Sie riß die Augen auf. »Wie freundlich, daß Sie mich darauf aufmerksam machen!« fuhr sie ihn an. »Was machen Sie hier?«

»Ich suche Sie.«

Sie spähte um den Baumstamm herum und achtete genau darauf, daß er ihren Oberkörper nicht sehen konnte. »Wie haben Sie mich gefunden?«

Er lachte leise und schnüffelte vernehmlich. »Fragen Sie mich das im Ernst?«

»Ich bin im Moment nicht in der Laune für witzige Plaudereien«, entgegnete sie.

Er trieb sein Pferd vorwärts, nahm Kleid und Mieder vom Baum, hielt es auf Armlänge von sich und galoppierte zu ihrem wenig hilfreichen Versteck. »Ich nehme an, Sie möchten das hier zurückhaben.«

»Nein, ich würde lieber in meinem Hemd nach Hause gehen.« Sie schnaubte fast.

»Wie interessant.«

Der Mann hatte einen verruchten, bösartigen Humor, der ihre Geduld überstrapazierte. »Was interessant werden wird, Mister Massey, ist, wie Sie Ihr wenig ritterliches Benehmen Miss Dolly und Miss Maggie erklären wollen.«

»Wenig ritterlich? Immerhin bin ich einer Dame in der Not beigesprungen.« Er rümpfte die Nase. »Einer im Moment ziemlich übelriechenden Dame, aber ich bin dennoch fasziniert. Was haben Sie gemacht? Versucht, einen Skunk zu streicheln?«

»Für wie dumm halten Sie mich?« erwiderte sie gereizt. »Ich war nur ... etwas ungeschickt.«

Schweigen.

Der Kerl widersprach ihr nicht einmal!

Aber sie konnte es ihm nicht verübeln. Nicht, wenn die Wahrheit so entsetzlich zum Himmel stank!

»Also sind Sie über einen Skunk gestolpert?«

»Vermutlich«, gab sie zu. »Ich ... ich habe versucht, den Rückweg zum Cottage zu finden, und meine Beherrschung verloren. Ich bin durch den Graben gestürmt und habe mich in einem Efeu verfangen. Dann bin ich direkt in irgendeine Pflanze gefallen.«

Er lachte. »Stinkmorchel. Sie sind in Stinkmorcheln gefallen. Das ist ein ziemlich widerliches Zeug.«

Sie ließ die Schultern hängen. »Das stimmt.«

Ernüchtert stieg er ab und reichte ihr die Kleider von der anderen Seite des Baums aus. »Haben Sie sich weh getan?«

Sie ergriff ihre Kleidung und war erleichtert, daß er ihr wenigstens den Rücken zudrehte. Sie preßte sie an die Brust und versuchte, nicht zu weinen. »Mir geht es gut. Ich bin nur vollkommen gedemütigt. Sie wollen mich nicht vielleicht sofort vor Scham sterben lassen und auf der Stelle hier begraben, damit niemand erfährt, was passiert ist?«

Sie hörte, wie er ein Lachen unterdrückte. »Tut mir leid, aber das kann ich nicht tun«, sagte er und ging ein paar Schritte weg.

Kate zog sich hastig das Mieder über und streifte ihre Röcke hoch. »Warum nicht? Mir kommt diese Bitte ganz vernünftig vor. Sie haben doch auch niemandem erzählt, was Precious in der Scheune getan hat.«

»Das steht auf einem vollkommen anderen Blatt. Selbst wenn ich einwilligen würde, Ihr heutiges Mißgeschick geheimzuhalten, würde das wohl nicht lange dauern. Ihre Kleider werden ihren Geruch nicht verlieren, es sei denn, Sie . . . na ja, Sie waschen sie in etwas.« Er hielt inne. »Außerdem, was würde ich nicht alles für Unterrichtsstunden tun? Miss Dolly hat unmißverständlich klargemacht, daß sie keine neuen Schüler mehr aufnimmt.«

Unterricht?

Ihr Herzschlag beschleunigte sich. »Ich war nicht sicher, daß Sie Ihre Stunden weiter nehmen würden, nachdem Sie meine Nachricht bekommen haben.«

»Es ist vielleicht ein wenig unbequem, aber das hat mich noch niemals von etwas abhalten können, das ich mir in den Kopf gesetzt hatte. Ich möchte mich dafür entschuldigen, daß ich mich verspätet habe. Ich habe an einem neuen Schmuckstück gearbeitet und nicht auf die Zeit geachtet. Als ich schließlich bei Ihnen ankam, fing Miss Dolly bereits an, sich Sorgen um Sie zu machen. Ich habe mich angeboten, nachzusehen, ob alles in Ordnung wäre.«

Kate spähte um den Baumstamm herum. »Ich bin sicher, daß ich Ihnen angemessen danken kann, wenn ich jemals vergessen sollte, wie peinlich mir diese Situation ist.« Sie leckte sich die Lippen. »Sind Sie sicher, daß es Ihnen nichts ausmacht, für ihren Unterricht in das Cottage zu kommen?«

Er sah sie über die Schulter an und runzelte die Stirn. Aber der Blick seiner Augen funkelte vor Übermut. »Nur, wenn Sie darauf bestehen sollten, daß wir heute anfangen. Wenn es Ihnen nichts ausmacht, würde ich morgen für besser halten. Für uns beide.«

Anstatt zu erröten oder zu weinen, konnte Kate einfach nicht das Lachen zurückhalten, das in ihr hochstieg. Kurz darauf stimmte er mit ein, und sie bemerkte unwillkürlich, wie gut er aussah, wenn die Sonne auf seinen Haaren glänzte. Das

Lachen ließ auch seine Augen funkeln, und Kate wußte genau, daß es schwer sein würde, einen anderen Mann zu finden, der so war wie Philip.

Sie hatte kein Recht darauf zu warten, daß er ihre Liebe erwiderte, bis sie ihm nicht die ganze Wahrheit über sich selbst erzählt hatte. Aber als ihr Lachen versiegte, wußte sie auch, daß es mehr als närrisch sein würde, diesen Mann kampflos aufzugeben, einen Kampf, den sie gegen sich selbst führen mußte, damit sie den Mut fand, die Frau zu werden, die er verdiente.

»Sind Sie bereit, zurückzugehen?«

Seine Frage riß Kate aus ihren Träumen. Sie nickte. »Wenn Sie vorangehen, folge ich Ihnen.«

Er lächelte, und ihr stockte der Atem. »Gehen wir zusammen, dann zeige ich Ihnen den Weg, damit Sie ihn das nächste Mal finden.«

Zusammen.

Ihr Herz machte einen Satz in ihrer Brust. Wenn Philip heute an ihrer Seite ging, so verdreckt und stinkig wie sie war, dann gab es vielleicht eine Chance, eine wunderschöne, wundervolle Chance, daß er sich eines Tages dafür entschied, für immer zu ihr zu stehen.

»Ich kann mich selbst kaum riechen«, gab sie zu und bot ihm so die Möglichkeit, sein Angebot zurückzuziehen. »Sie müssen nicht mit mir gehen.«

Er lachte und hielt ihr den Arm hin, als wollte er sie auf einen Ball führen. »Ich weiß, daß ich das nicht muß, aber so schlimm ist der Gestank nun auch wieder nicht.«

Sie hakte sich bei ihm ein. »Sie lügen so überzeugend, daß ich fast glauben könnte, Sie meinen es ernst.«

Als sie Seite an Seite zum Cottage zurückgingen, während das Pferd in gebührendem Abstand hinter ihnen hertrottete, schien die kleine Knospe ihrer Zukunft unter dem wärmenden Licht der Sonne wieder aufzublühen.

Ihre Hauptsorge galt im Moment eher der Frage, wie sie Dolly und Maggie gegenübertreten und ihnen das Mißgeschick dieses Nachmittags beichten sollte.

17. KAPITEL

Am folgenden Tag tauchte Philip pünktlich um ein Uhr auf, verbrachte eine halbe Stunde mit Kathryn für seinen Unterricht und nahm dann eine Einladung zum Tee von Miss Maggie an.

Er saß mit den drei Frauen auf der Terrasse und trank seinen bitteren Motherwort-Tee, den Maggie speziell für ihn aufgebrüht hatte.

Sie strahlte ihn über den Rand ihrer Teetasse an. »Und Sie wollen wirklich sagen, daß Sie keine einzige Nacht mehr unter Schlaflosigkeit gelitten haben, seit Sie Mrs. Childs Hausmittel trinken?«

Er lächelte. »Keine einzige, allerdings habe ich bisher noch nicht zu der List gegriffen, den Tee schon am Tag zu trinken.« Er überlegte, wie viele Hausmittel sie wohl schon ausprobiert hatte, um eine Abhilfe gegen ihre Anfälle zu finden. Die Miene ihrer Schwester blieb unverändert grimmig, und er spürte beunruhigt ihr Mißtrauen ihm gegenüber.

Kathryn war geduldig und verständnisvoll, schenkte den Frauen Tee nach und lächelte ihn beruhigend an.

»Ich würde gern mehr tun, um meine Anerkennung zu zeigen«, sagte er. »Würden Sie alle zum Dinner zu mir kommen? Mrs. Spade ist eine ausgezeichnete Köchin.«

Dolly richtete sich sofort kerzengerade auf ihrem Stuhl auf. »Wir gehen nicht in Gesellschaft und verwickeln uns auch nicht gern in ein Netz von gesellschaftlichen Verpflichtungen, die wir kaum erfüllen könnten. Nicht bei dem Zustand meiner Schwester.«

Maggies strahlendes Lächeln erstarb, und Philip schluckte. »Ich wollte nicht ...«

»Was für eine Absicht Sie auch immer verfolgen mögen«, unterbrach ihn Miss Dolly, »wir müssen Ihr Angebot trotzdem ablehnen. Ich möchte meine Schwester nicht öffentlich der Lächerlichkeit preisgeben, wenn Sie zufällig einen ihrer Anfälle erleidet ...«

»Ich würde Mr. Masseys Einladung gern annehmen«, unterbrach Maggie sie, stellte ihre Tasse ab und drehte sich zu Dolly um. »Solange niemand sonst anwesend ist. Wir haben seit ... seit Jahren keine Einladung mehr akzeptiert, stimmt das nicht, Dolly?«

»Nelda Spade wird da sein, und sie ist alles andere als eine verständnisvolle Frau. Sie wird dich nicht besonders freundlich behandeln, wenn du vor ihr in deine Trance verfällst.«

»Miss Dolly hat recht«, mischte sich Kate ein. Offenbar erschreckte ihre Intervention die beiden Frauen, denn sie sahen sie erstaunt an. »Ich habe mich lange mit Nelda Spade unterhalten, und ich stimme Miss Dolly zu. Ich habe gesehen, wie ... wie unmöglich sie Sie behandelt, Mister Massey.«

Sie hielt inne und sah ihn so zärtlich an, daß er kaum atmen mochte. Konnte es tatsächlich eine Frau geben, die so herzensgut und einfühlsam war, was die Bedürfnisse anderer Menschen anging?

»Ich weiß zwar nicht genau, warum Sie ihre Unverschämtheiten tolerieren«, fuhr sie fort, »aber ich würde Miss Maggie nicht gern der scharfen Zunge von Mrs. Spade aussetzen.«

Dolly nickte anerkennend, und Philip bemerkte eine Wärme in ihrem Blick, als sie Kate anschaute, die er noch nie darin gesehen hatte. Da dies jedoch seinen Versuch durchkreuzte, alle Frauen aus dem Cottage zu bekommen, um es in Ruhe nach der Brosche durchsuchen zu können, war seine Enttäuschung nicht geheuchelt. Er senkte den Blick und ließ die Schultern fallen, um den dramatischen Effekt zu unterstreichen. »Tut mir leid, ich wollte Miss Maggie natürlich nicht in eine unangenehme Lage bringen. Ich möchte auf keinen Fall, daß jemand meinetwegen leidet. Ich hatte nur gehofft, na ja, Sie können es sich vermutlich selbst denken ... Es sind natürlich nur wenig Menschen bereit, so weit für einen Besuch zu reisen. Ich hatte gehofft, Sie würden vielleicht erwägen ... Von der Terrasse des Hauses aus hat man einen großartigen Blick über den Fluß, und ich dachte, Sie würden auch die kühle Temperatur genießen.«

Gerade als er glaubte, das Schweigen nicht mehr ertragen zu können, brach Kathryn es. »Ich wüßte eine Möglichkeit ... falls mein Vorschlag nicht zu kühn ist.« Nervös befeuchtete sie sich die Lippen.

Philip reagierte sofort. »Sprechen Sie weiter.«

Sie holte tief Luft. »Ich glaube, daß Mr. und Mrs. Spade nach Philadelphia fahren müssen, um besondere Vorräte zu besorgen. Außerdem haben sie dort Verwandte, die sie gern besuchen würden.«

»Allerdings.«

Ihre Augen funkelten vergnügt. »Wäre es möglich ... Ich meine, wenn Sie ohne Mrs. Spade zurechtkommen ... Warum schlagen Sie ihnen nicht vor, über Nacht dortzubleiben? Das würde unser Problem doch lösen.«

»Und ein neues schaffen«, meinte er stöhnend. »Ich kann leider nicht für Sie alle kochen.«

»Das müssen Sie auch nicht. Wir würden das Essen mitbringen.«

Philip war aufgeregt und hätte sie am liebsten ein Dutzend Mal geküßt. Er zögerte jedoch, zu schnell zuzustimmen, damit er nicht den Verdacht erregte, daß er vielleicht einen Hintergedanken bei seiner Einladung gehabt hätte, und schüttelte den Kopf. »Ich kann nicht von Ihnen verlangen, das zu tun. Ich wollte etwas tun, um meine Wertschätzung zu zeigen, und Ihnen keine zusätzliche Arbeit machen.«

Maggie klatschte in die Hände. »Das ist eine großartige Idee, Kate. Machen wir doch ein Picknick daraus. Ich war schon so lange nicht mehr auf einem Picknick. Wir akzeptieren den Vorschlag, ja, Dolly? Kathryn hat uns soviel von Mr. Masseys Klavier erzählt, und ich weiß, daß du liebend gern darauf spielen würdest.« Sie errötete und warf ihm einen raschen Seitenblick zu. »Sie haben doch nichts dagegen, wenn meine Schwester spielt, hab' ich recht?«

»Maggie! Deine Kühnheit ist wirklich unfaßbar!« Dolly kochte.

Philip lachte. »Ich wäre höchst erfreut, und ich hätte auch zu gern, daß Miss Danaher für mich spielt.«

Als Kate und Maggie sie abwartend ansahen, gab Dolly schließlich nach. »Ich bin offenbar überstimmt. Wir akzeptieren Ihre Einladung.«

Er runzelte die Stirn. »Es ist zwar etwas merkwürdig, Gäste zum Dinner einzuladen, die ihr Essen selbst mitbringen, aber ich beuge mich Ihrer Hilfsbereitschaft. Wenn Sie darauf bestehen. Es gibt nur noch ein Problem«, fügte er mit einem Lächeln hinzu.

»Ein Problem?« Kate neigte den Kopf.

»Schon gut. Ich hole Sie einfach ab. Da das Maultier offenbar lahmt, können Sie die Kutsche nicht benutzen.«

Kathryn sah ihn erschrocken an und errötete schuldbewußt. »O ja, ich habe Precious vollkommen vergessen. Sie... Sie haben recht. Wir können nicht davon ausgehen, daß es...«

»Wenn wir eine Woche warten, hat sie sich vollkommen erholt«, erklärte Dolly.

Sie log ebenfalls, aber Philip war sich nicht ganz sicher, aus welchem Grund. Trotzdem machte er weiter. »Dann treffen wir uns doch nächsten Donnerstag um vier. Die Spades planen schon, an diesem Tag nach Philadelphia zu fahren, und wenn wir bis dahin warten, haben sie keinen Grund zu glauben, daß ich Besucher erwarte.«

Jetzt war er es, der log, aber er würde schon dafür sorgen, daß sie nächsten Donnerstag nach Philadelphia fuhren, und wenn er sie selbst dorthin rudern müßte.

»Ich glaube, das würde uns allen Zeit geben, uns vorzubereiten«, verkündete Dolly.

Mehr als genug, dachte Philip.

Während sich das Gespräch der Frauen dem Menü zuwandte, überlegte er bereits, wie er sich nächsten Donnerstag vor dem Cottage verstecken würde, um in dem Moment hineinzuschlüpfen, wenn sie abfuhren. Dann würde er rasch die Kameebrosche suchen und hätte sicherlich noch Zeit, vor ihnen wieder bei sich zu Hause zu sein.

***

Die nächste Woche verstrich wie im Flug, und Kate konnte es kaum glauben, als schon wieder Donnerstag war. Sie hatte den Vormittag über Miss Maggie bei der Zubereitung des Picknicks geholfen, das sie mit zu Philip Massey nehmen wollten, während Dolly ihre regelmäßigen Unterrichtsstunden mit Carolbeth Hamilton und Josie Gordon abhielt.

Kurz nach drei verschlossen Dolly und Maggie Fenster und Türen, während Kate das Essen hinten in die Kutsche lud. Da diese eigentlich nur für zwei Passagiere angelegt war, mußten sie eng zusammenrücken, um alle hineinzupassen. Kate wollte nicht riskieren, die Brosche zu tragen, weil sie so vielleicht von einer der Frauen entdeckt werden könnte. Sie hatte also zu Hause ein gutes Versteck dafür gefunden, und solange Fenster und Türen verschlossen waren, war sie sich sicher, daß die Brosche auch dann nicht entdeckt würde, wenn jemand in das Cottage einbrechen sollte.

Sie überprüfte das Geschirr und Zaumzeug des Maultiers, bevor sie sich auf den Kutschbock setzte. Sie trug heute ein neues Kleid, das erste, das sie sich genäht hatte, nachdem sie von Helen und Simon weggelaufen war. Auf Dollys Rat hin hatte sie ihr stinkendes Kleid weggeworfen, und beide Frauen hatten geschworen, Kates Mißgeschick nicht weiter zu erwähnen.

Die entzückende Maggie hatte Kate mehrere Kleider von der Frau angeboten, die bis zu ihrem Tod bei den Schwestern gelebt hatte. Sie waren ziemlich altmodisch und an einigen Stellen auch schon recht abgenutzt gewesen. Außerdem waren sie Kate zu weit und zu kurz. Aber mit Maggies Erlaubnis hatte Kate sie aufgetrennt und aus zweien ein neues geschneidert, das sie heute trug.

Es war warm und leicht bewölkt, und deshalb hatte Kate ihre Haube zu Hause gelassen. Statt dessen hatte sie sich ein Band aus gestreiftem Stoff in ihren Zopf eingeflochten und hoffte, daß es Philip Massey auffallen würde.

Sie errötete und beschloß hastig, an andere Dinge zu denken, statt an den Mann, der in der letzten Woche so charmant gewesen war, daß selbst Dolly ihre anfänglich reservierte Haltung ihm gegenüber aufgab. Maggie hielt natürlich an ihrer Überzeugung fest, daß seine Absichten auf weit mehr als Freundschaft beruhten, auch wenn sie nicht genau wußte, wie sie eigentlich genau aussahen.

Kate hoffte inständig, daß Maggie recht haben möge.

Als sie hörte, wie die Küchentür aufging, zog sie die Handschuhe an und nahm die Zügel auf.

Dolly schloß ab, während Maggie in die Kutsche stieg. Sie rutschte dicht an Kate heran. Ihre Augen funkelten. »Ich bin so aufgeregt. Ich kann mich nicht mehr erinnern, wann ich das letzte Mal einen Besuch gemacht habe.«

»Sie werden das Haus mögen, und Mr. Massey hat recht: Der Blick auf den Fluß ist wirklich großartig.«

Dolly setzte sich hin. »Wir müssen dafür sorgen, rechtzeitig vor dem Dunkelwerden wieder zu Hause zu sein«, erklärte sie gebieterisch. »Ich reise nicht gern nachts.«

Kate klatschte mit den Zügeln und trieb Precious an. Die Kutschräder knirschten auf dem Kies. »Sie müssen mir nur ein bißchen Zeit geben, Precious wieder einzuspannen, dann können wir fahren, wann immer Sie wollen.«

»Hat Precious denn Platz genug in der Scheune, um auszuruhen?«

Kate nickte und unterdrückte das Bedürfnis, Dolly zu verraten, daß Precious sich bereits in der Scheune von Mr. Massey wie zu Hause fühlte.

»Haben Sie daran gedacht, die Kekse in Tücher einzuwikkeln, damit sie warm bleiben?«

Maggie strich Kate über den Arm und antwortete für sie. »Genau wie du es vorgeschlagen hast.«

»Hoffentlich haben Sie nicht vergessen, den blauen Topf für den Reispudding zu benutzen, sonst ist er kalt, bis wir zum Dessert kommen.«

Maggie lächelte. »Wir haben gar nichts vergessen, aber wenn du dich besser fühlst, kannst du gern weiterfragen.«

Dolly streckte ihr Kinn vor und sah geradeaus. »Du brauchst dich nicht darüber lustig zu machen, daß ich mich auch um die Kleinigkeiten kümmere. Du bist nämlich die erste, die jammert, wenn du merkst, daß wir etwas vergessen haben. Aber dann ist es zu spät.«

Während die Schwestern weiter miteinander zankten, fragte Kate sich unwillkürlich, warum sie so gesegnet war. Sie hatte ein wundervolles Heim gefunden und hatte immer noch ihr geliebtes Pianoforte. Philip Massey war natürlich der aufregendste Teil ihres neuen Lebens, und sie erinnerte sich noch an das erste Mal, als sie ihn gesehen hatte. Damals hatte sie sich davor gefürchtet, allein mit ihm in seinem Haus zu sein.

Jetzt, während Precious über die Straße trabte, konnte Kate es kaum erwarten, zu seinem Landsitz zu kommen, und sie hätte alles dafür gegeben, für den Rest ihres Lebens dortbleiben zu dürfen ... Wenn er sie nur haben wollte.

Philip hatte sein Pferd hundert Meter weiter angebunden und beobachtete, wie die drei Frauen sich in die Kutsche drängten. Es überraschte ihn nicht, daß Dolly die Hintertür abschloß, und er hegte nicht den geringsten Zweifel daran, daß jedes Fenster sorgfältig verriegelt war.

Er zog einen Dietrich aus der Tasche und lächelte, als die Kutsche mit den Frauen endlich losfuhr. Er war außerordentlich vorsichtig und wartete, bis er kein Quietschen von den Rädern mehr hören konnte, bevor er aus seinem Versteck hinter der Scheune hervorkam.

Während er zur Hintertür ging, blieb er erneut stehen und lauschte, ob die Frauen nicht etwas vergessen hatten und zurückkamen. Die Zahl der Körbe auf der Kutsche legte nahe, daß sie genug Essen für jede arme Seele im Armenhaus der Locust Street eingepackt hatten, und er bezweifelte auch, daß Dolly und Maggie aufhören würden, miteinander zu streiten, bis sie seinen Besitz erreichten.

Zum ersten Mal, seit er diesen Auftrag übernommen hatte, fühlte er sich zuversichtlich. Er steckte den Schlüssel ins Schloß und war nach weniger als zehn Sekunden im Haus. Er wußte bereits von seinen früheren Besuchen, wo sich die drei Schlafzimmer befanden, aber er mußte noch herausfinden, welches davon Kathryn gehörte.

Er durchquerte rasch das Haus, weil er zuerst die beiden Schlafzimmer durchsuchen wollte, die nach vorn heraus lagen. So würde er wenigstens rechtzeitig gewarnt werden, falls sie umgekehrt waren. Obwohl er bezweifelte, daß einer der beiden Räume Kates Zimmer war.

Er öffnete die Tür des ersten Schlafraums und spähte hinein. Verwirrt trat er ein. Dieses Zimmer war eleganter als der prächtigste Raum, den er jemals gesehen hatte, und ihm war sofort klar, daß dies nicht Kathryns Zimmer sein konnte. Obwohl es sicherlich selbst der ehrwürdigsten Prinzessin keine Schande bereitet hätte. Ein dicker, goldfarbener Wollteppich lag auf dem Boden. Dazu paßten die brokatenen Wandteppiche und ein massives Himmelbett mit zugezogenen Vorhängen. Er durchquerte das Zimmer mit wenigen Schritten und kontrollierte den Raum hinter einer geöffneten Tür. Zu seiner Überraschung führte sie in ein angrenzendes Schlafzimmer, das fast genauso möbliert war. Allerdings war hier Grün die vorherrschende Farbe. Außerdem stand hier kein Himmelbett, und einige Kleidungsstücke lagen auf der Tagesdecke.

Anscheinend zahlt es sich aus, Klavierunterricht zu geben, dachte Philip und verließ die beiden Räume. Sie gehörten ganz offensichtlich den Gresham-Schwestern. Dann ging er durch die Küche und betrat das letzte Schlafzimmer. Es war so kärglich möbliert, wie die beiden anderen Zimmer opulent eingerichtet waren. Das mußte Kathryns Schlafraum sein. Methodisch und sorgfältig durchsuchte Philip den Raum, einschließlich der Truhe am Fußende des Bettes.

Aber er fand keine Brosche.

Er erinnerte sich an einen früheren Auftrag und durchsuchte die Stelle unter dem Fensterbrett.

Keine Brosche.

Hatte sie ein Versteck irgendwo anders im Cottage gefunden? Philip konnte sich kaum vorstellen, daß Kathryn das Risiko einging, daß Dolly oder Maggie auf das Schmuckstück stießen. Ein Geräusch vor dem Haus erregte seine Aufmerksamkeit, und er trat rasch ans Fenster. Nach einem kurzen Blick preßte er sich dicht an die Wand. Kathryn und die beiden Schwestern waren zurückgekommen und hatten ihre Kutsche direkt vor der Küchentür abgestellt!

Er hielt den Atem an, während sein Herz ihm bis in den Hals schlug. Ihm fiel keine vernünftige Entschuldigung ein, um seine Anwesenheit im Cottage zu erklären, und da er auch keine Brosche gefunden hatte, um seine Behauptung zu erhärten, daß er hinter der Elfenbeinprinzessin her war, mußte er entweder fliehen oder sich verstecken. Er versuchte, die gedämpfte Unterhaltung vor dem Haus zu verstehen und wagte noch einen Blick aus dem Fenster. Kathryn war ausgestiegen und ging geradewegs zur Hintertür.

Jetzt durfte Philip keine Zeit mehr verlieren. Er stürmte aus ihrem Zimmer, durch die Küche und das Musikzimmer zur Haustür. Aber da er nicht hinausgehen und die Tür hinter sich verschließen konnte, verzog er sich in das linke der beiden Schlafzimmer, das vermutlich Maggie gehörte. Er preßte das Ohr gegen die Tür, damit er hören konnte, ob Kathryn ihr eigenes Zimmer betrat.

Die Hintertür ging knarrend auf, und er hörte, wie sie in die Küche kam. Er drückte sich dichter an die Tür, aber ihre Schritte wurden schwächer, nicht lauter, und er wußte, daß sie tatsächlich in ihr Zimmer ging.

Da er in Maggies Schlafzimmer gefangen war, ließ er sich zu Boden fallen und rutschte auf dem Bauch unter Maggies Bett. Er verfluchte sich dafür, daß er so unbedacht gewesen war und sich in die Enge hatte treiben lassen. Er hörte, wie Kate das angrenzende Schlafzimmer betrat, und da er den Kopf auf den Boden drückte, konnte er sogar ihre Füße sehen, als sie in Maggies Raum kam. Ihre Röcke strichen fast an seinem Gesicht vorbei, als sie sich über das Bett beugte.

Sein Puls hämmerte in seinen Ohren, und er hielt die Luft an. Anscheinend nahm Kathryn etwas vom Bett und verließ dann schnell das Zimmer. Er atmete langsam aus und blieb unter dem Bett liegen, bis die Hintertür wieder geschlossen wurde. Es wäre typisch für sein Glück, daß eine der Frauen Kathryn noch einmal zurückschicken würde!

Er wartete, bis die Kutsche knirschend über den Kies rollte, bevor er sich entspannte und unter dem Bett hervorkroch. Obwohl er vielleicht noch Zeit gehabt hätte, seine Suche auf die anderen Zimmer im Cottage auszudehnen, riet ihm sein Instinkt zu gehen. Und zwar sofort!

Ganz knapp war er der Entdeckung entgangen ... Sollte er seine Jagd nach der Brosche fortsetzen, könnte es verheerende Folgen haben, falls die Frauen noch einmal zurückkehrten und ihn ertappten. Er war zwar entmutigt, ließ sich aber nur vorübergehend von seinen Plänen abbringen. Die Suche nach der Brosche würde er einfach auf einen anderen Tag verschieben. Philip ging durch das Cottage zur Hintertür, achtete darauf, sie sorgfältig abzuschließen, und lief rasch zu seinem Pferd zurück. Er wollte unbedingt wieder auf seinem Besitz ankommen, bevor die Frauen dort eintrafen.

18. KAPITEL

Nur ein Wunder konnte diesen Besuch bei Philip Massey noch in einen Erfolg verwandeln.

Kate hielt die Kutsche vor den Stufen des Hauptportals an. Maggie hatte einen kleinen Anfall erlitten, nachdem sie von ihrer Schwester ziemlich derb ermahnt worden war, weil sie ihren Schal vergessen hatte. Dolly hatte mit eisigem Schweigen darauf reagiert, weil ihr Vorschlag, umzukehren, abgelehnt worden war. Kate hatte sie daran erinnert, daß Mr. Massey viel Mühe auf sich genommen hatte, weil er schließlich ihretwegen die Spades über Nacht weggeschickt hatte.

Precious war wie immer für eine Überraschung gut gewesen. Das Maultier hatte die Kutsche nicht nur einmal, sondern gleich zweimal beinah umgekippt. Dieser Tag war schon halb verdorben, und es blieb Kate nur die Hoffnung, daß nicht noch ein weiteres Desaster passieren würde. Sie sah zur Veranda hinauf und erkannte Philip hinter einem Fenster. Offenbar arbeitete er an einem Schmuckstück. Als er kurz hochblickte, lächelte sie, und er erwiderte das Lächeln. Hier hatte sie das Wunder, das den Tag noch retten konnte. Seine Gutmütigkeit und sein angeborener Charme.

Kate stieg rasch ab und half Maggie und Dolly von der Kutsche, bevor sie die Speisen auslud, die sie für das Picknick mitgebracht hatten. Dolly bezog sofort Stellung auf der Veranda, da sie ja weder Kochen noch Hausarbeit gewöhnt war, während Kate ihrer Schwester bei den Essenskörben half.

Philip kam aus dem Haus, als Maggie gerade die Treppe

hochging. »Warten Sie, ich helfe Ihnen«, bot er an, während er ihr auf der Treppe entgegenkam und ihr die Körbe abnahm.

»Wir haben uns verspätet, und das ist allein meine Schuld«, sagte sie. Offenbar wollte sie ihrer Schwester zuvorkommen, bevor Dolly ihr die Schuld geben konnte. »Ich habe meinen Schal vergessen, und wir mußten umkehren, um ihn zu holen.«

»Ich bin froh, daß Sie es getan haben. Hier am Fluß ist es kühler, vor allem, wenn die Sonne untergegangen ist.«

Kate folgte ihnen die Treppe hoch und stellte die Körbe auf die Veranda neben einen kleinen Tisch, der bereits für das Picknick vorbereitet war.

»Wir bleiben nicht bis zum Sonnenuntergang«, fiel Dolly ein. »Aber ich hatte befürchtet, daß Maggie sich ohne Schal vielleicht erkälten könnte. Sie sagten doch, daß die Spades nicht vor morgen mittag zurückkehren, stimmt das?«

Er zwinkerte Kate zu, die mitbekommen hatte, wie Dolly ihm dieselbe Frage an jedem der letzten drei Tage gestellt hatte, an denen er zum Unterricht gekommen war.

»Frühestens«, sagte er und wiederholte damit exakt die Antwort, die er jedesmal gegeben hatte. Seine Stimme klang kein bißchen ungeduldig. »Sollen wir anfangen? Ich habe einen Bärenhunger. Wenn ich arbeite, esse ich nie, es sei denn, jemand erinnert mich daran.«

»Mr. Massey hat wirklich unglaublich viel Talent«, sagte Kate, während sie den zwei Schwestern zunickte. »Er war so freundlich, mir einige Edelsteine zu zeigen, die er mitgebracht hat. Sie sind absolut hinreißend«, erklärte sie, während die Schwestern sie skeptisch ansahen.

Dolly hob die Brauen. »Ich wußte gar nicht, daß Sie mehr Zeit mit Mr. Massey verbracht haben, als die halbe Stunde, die Sie für den Unterricht brauchten. War Mrs. Spade . . . ?«

»Sie war die ganze Zeit dabei«, mischte sich Philip rasch ein. »Ich habe Miss Danaher die Edelsteine an dem Tag gezeigt, an dem ich ihr geholfen habe, den Handschuh von ihrer verletzten Hand zu ziehen. Da es eine sehr langwierige Arbeit war, habe ich es an dem Arbeitstisch gemacht, den ich im Salon aufgebaut habe.«

»Ich würde die Steine zu gern sehen«, meinte Maggie. Dolly runzelte mißbilligend die Stirn.

Philip holte tief Luft und lächelte. »Dann habe ich wohl die große Freude, Ihnen allen die Edelsteine zu zeigen.«

»Wollen wir zuerst essen?« schlug Kate vor und brachte das Gespräch auf das wohl einzige Thema, das Dolly nicht in ein Verhör verwandeln konnte.

Kate seufzte erleichtert. Dolly benahm sich etwas zu herrisch für ihren Geschmack, obwohl Philip interveniert hatte und verhinderte, daß sie einem von ihnen die Schuld geben konnte.

Darauf entschuldigte er sich und führte Precious in den Stall, nicht ohne daß Kate ihm zuflüsterte, er solle auf keinen Fall vergessen, die Stalltür ordentlich zuzubinden. Anschließend deckte sie den Tisch und stellte das Essen hin, so daß alles fertig war, als er aus dem Stall zurückkehrte.

Das Büfet und der erfrischende Himbeersirup sorgten dafür, daß sich das Gespräch erfreulicheren Themen zuwandte. Als sie fertig gegessen hatten, bestand Philip darauf, das Geschirr in die Küche zu tragen, wo sie es stehenließen. Er versprach, es zu waschen und abzutrocknen, sobald sie nach Hause gefahren waren. Er half sogar Kate, das restliche Essen in die Körbe zu packen, und trug sie in die Scheune, wo er sie in der Kutsche verstaute.

Sie warteten, bis er zurückkam, mit leeren Händen zwar, aber mit den neuesten Nachrichten über das Maultier, worauf Dolly bestanden hatte. Kate freute sich derweil auf einige angenehme Stunden, bevor sie wieder nach Hause aufbrechen würden. Sie war so entspannt und zufrieden wie schon lange nicht mehr, und sie war noch entschlossener als zuvor, endlich dieses Ränkespiel zu beenden, was sie daran hinderte, den Mann zu gewinnen, den sie liebte.

Aber liebte er sie auch? Er mußte Gefühle für sie empfinden, sonst hätte er sie am Bach niemals so nachdrücklich geküßt. Würde er seiner Liebe zu ihr trauen, trotz des Klatsches, der seinen Ruf befleckte? Und würde er ihr verzeihen, daß sie gelogen hatte, was ihre Identität anging?

Die Liebe zu ihm ließ ihren Mut wachsen, den sie gesammelt hatte, um ihm endlich die Wahrheit zu gestehen. Sie wünschte sich von ganzem Herzen, daß sie mit ihren Gefühlen nicht allein stand. Sie war bereit, ihm ihr Herz und ihre Seele auszuschütten, aber nicht, solange Maggie und Dolly anwesend waren.

Als er um die Ecke des Hauses bog, schlug ihr Herz schneller. Er war braungebrannt und wirkte selbstbewußt, und ihr stockte der Atem, genau wie damals, als sie ihn das erste Mal gesehen hatte. Es war mehr als seine rein körperliche Ausstrahlung, die ihr Herz in den vergangenen Wochen gewonnen hatte. Seine Aufmerksamkeit hatte ihre anfängliche Vernarrtheit in Liebe verwandelt, eine wunderbare, gesegnete, erfrischende Liebe, die sie niemals zu einem anderen Mann empfinden würde.

Er hatte kaum die Treppe erstiegen, als Maggie auch schon aufstand. »Ich würde gern Ihre Arbeit sehen, junger Mann.« Sie drehte sich zu ihrer Schwester um. »Und ich werde mich nicht zurückhalten lassen«, sagte sie, bevor Dolly protestieren konnte. »Mr. Massey hat versprochen, uns seine Arbeit zu zeigen, und ich erinnere ihn einfach nur an sein Angebot.«

Lachend ging er zur Haustür, hielt sie auf und winkte sie hinein. Nur Kate merkte, daß er ein wenig zögerte. »Ich bin erfreut, aber ich möchte auch dafür sorgen, daß wir genug Zeit haben, daß Miss Dolly uns etwas am Flügel vorspielt. Und Sie auch, Miss Danaher«, flüsterte er, als Kate an ihm vorbeiging.

Sie antwortete nicht auf diese Bemerkung, aber sie hatte nicht vor, für ihn zu spielen. Nicht heute. Nicht, nachdem er so beredt ihre Vorstellung als Elfenbeinprinzessin beschrieben hatte. Sie würde eine Ohnmacht vortäuschen, wenn er sie unter Druck setzte, aber sie würde niemals für ihn spielen. Es sei denn, daß sie ihm bis dahin erklärt hatte, daß die Elfenbeinprinzessin und sie ein und dieselbe Person waren.

***

Philip folgte den Frauen in sein Arbeitszimmer, ging um sie herum und trat an den Tisch. Er nahm ein Samtetui in die Hand, in dem ein Paar Amethystohrringe lagen, und zeigte es ihnen. Dabei beobachtete er Kathryn ganz genau. Wie beim ersten Mal, als sie die Steine gesehen hatte, war sie sofort von den Amethysten fasziniert. Diesmal nahm sie sie jedoch nicht in die Hand, sondern strich nur mit der Fingerspitze über sie.

Sie blickte hoch und sah Philip an. »Sie waren schon vorher wunderschön, aber jetzt ... Sie haben ein Meisterwerk geschaffen!«

Er lachte und reichte ihr das Etui. »Wohl kaum. Die Fassungen sind längst nicht so modern, wie man erwarten könnte.«

Maggie beugte sich vor und musterte die Ohrringe. »Ich bin beeindruckt, junger Mann. Sie haben wirklich großartige Arbeit geleistet. Wo sind die anderen Steine, von denen Kate gesprochen hat? Ich hoffe doch, daß sie sicher im Safe verstaut sind.«

»Eigentlich liegen sie direkt da drüben.« Er deutete auf den Tisch und nickte. »Wollen wir?«

Dolly stand als erste am Tisch. Sie ließ ihren Blick über die

Steine gleiten, neigte dann den Kopf und musterte gründlich jeden einzelnen Edelstein. Sie schwieg, während Maggie und Kate sich über die Pracht unterhielten, die da vor ihren Augen lag, bis sich Maggie mit sorgenvoller Miene zu Philip umdrehte. »Sind Sie nicht ein bißchen leichtsinnig, wenn Sie all diese wertvollen Juwelen hier vor dem Fenster liegen lassen, wo jeder sie sehen kann, der einen Blick hereinwirft?«

Er zuckte mit den Schultern, obwohl ihn dieselbe Beunruhigung packte, die ihn schon erfaßt hatte, als Maggie darum gebeten hatte, die Steine sehen zu dürfen. »Eigentlich ...«

»Mr. Massey ist Juwelier, Maggie. Kein Narr. Das heißt, hier handelt es sich um ausgesprochen hervorragende Imitationen. Straß ist, glaube ich, die korrekte Bezeichnung dafür.«

»Straß?« wiederholte Kathryn erstaunt. Sie war verletzt und verwirrt.

Ihm sank der Mut. Zwar erstaunte es ihn, daß Dolly den Schmuck korrekt beurteilt hatte, aber nichtsdestotrotz mußte er zugeben, daß sie recht hatte. Gleichzeitig überlegte er, wie er sich in Kahtryns Augen wieder rechtfertigen konnte. Er hätte ihr die Wahrheit erzählen sollen, als er ihr die falschen Juwelen beim ersten Mal gezeigt hatte. Aber sie war einfach zu aufgeregt gewesen, und sie hatte seine Arbeit so sehr bewundert. Er schluckte seinen Stolz herunter und deutete auf die Steine. »Sie haben ein ausgesprochen gutes Auge, Miss Dolly. Die meisten Juweliere würden diese Steine erst mit der Lupe untersuchen müssen, bevor sie entscheiden könnten, daß sie nicht echt sind.«

Sie sah ihn von oben herab an, was nicht ganz einfach war, da Philip immerhin zwanzig Zentimeter größer war als sie. »Ich bin zwar keine Expertin, was Edelsteine angeht, aber ich verfüge über eine Menge gesunden Menschenverstand. Wären diese Steine echt, würden Sie sie niemals so offen hier draußen liegen lassen. Ich erinnere mich daran, daß ich etwas über einige Mitglieder des europäischen Adels gelesen habe. Als es ihnen schlechter ging, haben sie Replikate von ihrem Familienschmuck machen lassen, bevor sie die echten Stücke verkauft haben. Andere haben Juweliere beauftragt, heimlich Nachahmungen anzufertigen und die Originalsstücke ebenso heimlich zu verkaufen. Die Besitzer haben einfach die echten Steine verkauft. Um ihr Gesicht zu wahren. Das ist sehr wichtig in bestimmten Kreisen. Das heißt ... so habe ich es gelesen.«

Philip versuchte, aus Kathryns Miene schlau zu werden, aber sie hatte den Kopf gesenkt. »Sie haben genau ins Schwarze getroffen«, gab er zu. »Wir haben zwar nicht soviel Blaublütige unter unseren Kunden, aber es gewinnt immer mehr Verbreitung unter relativ wohlhabenden Leuten, zwei exakt gleiche Stücke in Auftrag zu geben. Die Imitation wird zu öffentlichen Veranstaltungen getragen, wo die Gefahr am größten ist, daß es gestohlen werden könnte.«

Dolly und Maggie hörten ihm gebannt zu, aber Kathryn weigerte sich immer noch, ihn anzusehen. Philip sorgte sich, daß er vielleicht einen Abgrund zwischen ihnen aufgerissen haben könnte, und als sie schließlich den Blick auf ihn richtete, versuchte sie, wie erwartet, nicht einmal, ihre Enttäuschung zu verbergen.

»Und Sie haben mich in dem Glauben gelassen, daß die Juwelen echt sind. Ich komme mir sehr närrisch vor.«

»Es tut mir leid. Ich hatte nicht vor, Sie absichtlich in die Irre zu führen«, erwiderte er zerknirscht. »Mein Onkel fertigt in seinem Geschäft die echten Schmuckstücke an, während ich die Replikate herstelle. Unsere Klienten erwarten natürlich Geheimhaltung und bauen auf unsere absolute Diskretion. Wenn es sich herumsprechen würde, selbst unabsichtlich, daß ein besonderes Stück eine Kopie ist, würde das den Versuch unterminieren, die Steine in Sicherheit zu halten.«

Kate nickte, aber seine Entschuldigung brachte sie weder

zum Lächeln noch konnte es ihre Stimmung heben. Er schluckte schwer und stellte überrascht fest, wie wichtig es ihm war, daß sie ihm vergab. »Ich hätte Ihnen die Wahrheit erzählen sollen, es tut mir leid. Sie haben so aufgeregt erzählt, was Sie über die Steine gelesen hatten, daß ich nicht das Herz hatte, Ihnen zu gestehen, daß diese Juwelen nicht echt sind. Verzeihen Sie mir.«

Diesmal wähnte er den Anflug eines Lächelns auf ihren Lippen zu erkennen, doch dann legte Maggie ihr den Arm um die Schulter und drehte sie zu sich herum, so daß er nicht sicher war. »Ich dachte auch, sie wären echt, also seien Sie nicht so hart mit sich, Kate! Draußen ist es wunderschön. Die Sonne scheint wieder, und sehen Sie nur! Es sind sogar ein paar kleine Segelboote auf dem Fluß. Segeln Sie, Mr. Massey?« fragte sie über die Schulter.

»Segeln? Ja. Allerdings. Hier auf dem Besitz gibt es ein kleines Skiff, aber ...«

»Entzückend. Warum nehmen Sie Kate nicht mit auf eine Segeltour, während Dolly sich an ihren Konzertflügel setzt?«

»Es wird allmählich spät«, widersprach Dolly.

»Dann segeln Sie eben nur kurz«, schlug Maggie vor. »Diese beiden jungen Leute sollten ein bißchen Zeit haben, sich zu amüsieren, ohne daß wir beide sie wie ein Paar Kanarienvögel im Käfig bewachen.«

Noch bevor er höflich, aber entschieden ablehnen konnte, stand er allein da mit der Frau, die seine Fähigkeit auf die Probe stellte, sich zu konzentrieren und sein Herz im Griff zu behalten. Wenn ihm das schon schwerfiel, solange die Gresham-Schwestern dabei waren, dürfte es beinah unmöglich sein, wenn er allein mit Kathryn den Nachmittag auf einem kleinen Segelboot verbrachte. Es war ein sehr kleines Boot, das Kathryn ihm viel zu nah brachte, und eine Versuchung bot, der kein Mann hätte widerstehen können.

Nicht einmal Omega.

19. KAPITEL

Kate saß auf einem kleinen Kissen auf dem Boden des schmalen Skiffs und benutzte die Sitzbank hinter sich als Rückenlehne. Über ihr schwang das Hauptsegel an seinem Ausleger hin und her wie ein großes Pendel. Philip saß am Heck und manövrierte das kleine Boot durch den starken Wind und die kräftige Strömung, die sie rasch flußabwärts trugen.

Kate hielt sich mit beiden Händen am Bordrand fest, damit sie das Gleichgewicht nicht verlor, und versuchte, ihrer Enttäuschung Herr zu werden.

Er hatte sie belogen, was die Edelsteine anging, und so ihre Meinung von ihm als aufrechtem und integrem Mann erschüttert. War ihre Liebe so stark, daß sie ihn für seine wahre Natur blind machte? In welchen Punkten hatte er sie noch belogen, außer darin, daß er den Geruch von Stinkmorcheln nicht so schlimm fand?

Ihr Herz flehte ihren Verstand an, sich zu beruhigen, bevor sie ihn ungerecht verurteilte. Sie verstand die Notwendigkeit, seine Klienten zu schützen, und respektierte seine Entscheidung, diese Notwendigkeit über ihren Stolz zu stellen. Der Mann, den sie immer mehr liebte, war freundlich und einfühlsam und würde niemals absichtlich jemanden verletzen, schon gar nicht eine naive und nervöse junge Frau, die versucht hatte, ihn mit dem wenigen zu beeindrucken, das sie über Juwelen wußte. Wenn er ihr die Wahrheit erzählt hätte, daß nämlich die Juwelen, die sie so sehr bewunderte, nur Straß waren, wäre sie doppelt so verlegen gewesen wie heute.

Sein Schweigen hatte sie sicher nur vor ihrem eigenen Ungestüm schützen sollen, nichts weiter, und sie versuchte, ihm zu vergeben und zu tun, als wäre es niemals passiert. Welche Wahl hatte sie auch schon, wenn sie erwartete, daß er ihr ebenfalls verzieh? Und zwar dann, wenn sie ihm ihre wahre Identität beichtete – eine weit größere Lüge und längst nicht so selbstlos wie seine eigene.

»Können Sie schwimmen, Miss Danaher?«

Sie verstand seinen Ruf kaum über das laute Geräusch des knatternden Segels und des rauschenden Wassers, aber sie hielt sich trotzdem sofort stärker an dem Schiff fest. Ihr Segeltörn um Pettys Island südlich des Landsitzes hatte sehr ruhig begonnen, aber in den letzten Minuten war der Wind erheblich stärker geworden. Ihr Ausflug auf dem Fluß war mittlerweile ziemlich rauh.

Sie schüttelte den Kopf, um ihm zu sagen, daß es sinnlos war zu antworten. Der Wind hätte ihre Worte nur in die andere Richtung verweht.

»Halten Sie den Kopf unten und klammern Sie sich fest. Es scheint sich ein ziemlich stürmisches Wetter zusammenzubrauen. Ich versuche, umzukehren und davor wegzusegeln.«

Kate senkte den Kopf, bis ihr Kinn fast ihre Brust berührte. Sie spähte dabei so gut sie konnte über den Rand des Bootes und sah die Außenbezirke Philadelphias am Ufer auftauchen. Vor sich sah sie die Fahne auf dem Jayne Building flattern, und dahinter erkannte sie andere Gebäude im Zentrum der Stadt. Ihr Herz schlug schneller. Sie hatte gar nicht gemerkt, wie nahe sie der Stadt gekommen waren, aus der sie geflohen war. Ob Simon und Helen immer noch im Morningstar Hotel darauf warteten, daß man sie fand und zurückbrachte? Sie schnappte nach Luft und versuchte, der Panik Herr zu werden, die in ihr aufstieg.

Die Wellen schlugen über den Rand des Skiffs und durchnäßten ihr Kleid mit kaltem Wasser. Die Sonne war mittlerweile hinter dunklen Wolken verschwunden, die schneller über den Himmel jagten, als Kate es für möglich gehalten hätte. Der Wind änderte immer wieder seine Richtung, bis sie schon glaubte, sich im Mittelpunkt eines Taifuns zu befinden.

Sie hörte ein scharfen Reißen hinter sich. Das Segel flatterte plötzlich frei im Wind.

»Verflucht!«

Kate wandte sich um, um zu sehen, was passiert war. Der Wind drehte wieder, und dann fühlte sie nur noch Schmerz – einen schrecklichen Schmerz am Kopf, als der Mastausleger gegen ihren Schädel prallte. Benommen torkelte sie zur Seite und sah verschwommen den Ausleger, der auf die andere Seite des Bootes schwang. Sie barg den Kopf in den Händen, während ihr Tränen in die Augen schossen und über ihr Gesicht liefen. Schweratmend kauerte sie sich zusammen und kämpfte gegen die Übelkeit an, die sie plötzlich überkam.

»Miss Danaher!«

Sie besaß weder die Kraft noch den Willen, ihm zu antworten.

Das Boot neigte sich unheilvoll auf die Seite, als Philips starke Arme Kate umfaßten und an ihn drückten. »Wie geht es Ihnen? Sind Sie bei Bewußtsein? Antworten Sie!«

Sie schluchzte und nickte, während sie sich enger an ihn drückte. Der Schmerz in ihrem Kopf war so entsetzlich, daß sie den Gedanken, wie skandalös ihre Umarmung war, einfach beiseite schob.

»Wir sind von einer Bö getroffen worden!« rief er. »Die Ruderpinne ist abgebrochen und das Hauptsegel hat sich losgerissen. Geht es Ihnen wirklich gut?«

Philip preßte sie fest an seine Brust, während er mit aller Kraft zu verhindern versuchte, daß sie beide über Bord gespült wurden. Er hielt sie fest in seinen Armen und versuchte, sie davor zu bewahren, gegen die Seiten des Bootes geschleudert zu werden, das wild tanzte und auf Gedeih und Verderb den Elementen ausgeliefert war.

So schnell das Wetter zum Schlechten umgeschlagen hatte, so rasch tauchte plötzlich die Sonne hinter den Wolken auf. Der fauchende Wind milderte sich zu einer starken Brise, und der wogende Fluß beruhigte sich. Kate hörte, wie das Segel nutzlos im Wind flatterte, während das Skiff von der Strömung fortgetrieben wurde.

»Das Schlimmste ist vorbei«, meinte er beruhigend, während er sich aufrichtete und sie sanft mit hochzog. »Ich habe noch nie erlebt, daß sich ein Unwetter so schnell aufgebaut hat und sich dann nach einigen Minuten einfach in Luft aufgelöst hat. Wie fühlt sich Ihr Kopf an? Sind Sie verletzt? Bluten Sie?«

Sie tastete vorsichtig und mit zitternden Fingern ihre Kopfhaut ab und zuckte zusammen. »Keine Schnitte und kein Blut«, sagte sie. »Nur eine große Beule.« Eine weitere Welle von Übelkeit drohte sie zu überrollen, und sie schloß die Augen, um die verwirrenden Bilder zu bekämpfen, die ihre Sicht trübten. Bestimmt war sie nur ein bißchen erschreckt, kein Grund, ihn mit weiteren Klagen zu belasten. »In ein paar Minuten bin ich wieder so gut wie neu.«

»Sie müssen zu einem Arzt.«

Kate versteifte sich, aber als sie versuchte, von ihm wegzurücken, verstärkte er den Griff um ihre Schultern. »Sobald wir an Land getrieben sind, bringe ich Sie zu Doktor Hunt. Er ist ein Freund von mir ...«

»In Philadelphia? Warum können wir nicht einfach nach Hause segeln? Miss Maggie ...«

»Sie ist keine Ärztin, und da wir die Kontrolle über das Ruder und das Segel verloren haben, kann ich das Skiff nirgendwohin steuern, ganz zu schweigen gegen die Strömung flußaufwärts segeln.« Er hielt inne und drehte sich um, um sich zu orientieren.

Philip seufzte und entspannte sich wieder. »Wir sind auf der gegenüberliegenden Seite des Flusses, und die Strömung ist sehr stark. Bis Sonnenuntergang können wir irgendwo an Land gehen. Ich bringe Sie zu Doktor Hunt. Er wird Sie untersuchen und herausfinden, daß Sie nicht schlimmer verletzt sind, als Sie annehmen. Dann bringe ich Sie nach Hause.«

Kate wollte ihm widersprechen, aber ihr Kopf schmerzte so sehr, daß sie keinen vernünftigen Satz zustande brachte. Zum zweiten Mal in ihrem Leben gestattete sie sich einen Moment der Schwäche. Wie an dem Tag in der Scheune, als sie sich dem Weinkrampf hingegeben hatte, genehmigte sie sich jetzt eine Verschnaufpause, bevor sie Philip davon überzeugen wollte, daß sie keinen Arzt brauchte, schon gar nicht in Philadelphia. Nur ein kleines Päuschen... Bis der Kopfschmerz nachließ. Sie seufzte, und ihr fielen die Augen zu. Sie lauschte dem regelmäßigen Rhythmus seines Herzschlags und gönnte sich ein paar Minuten Ruhe... nur ein paar Minuten... um kurz die Augen zu schließen...

Philip ging unruhig im Büro des Arztes auf und ab, voll übler Gedanken. Schuldgefühl und Sorge trieben ihn um und fraßen ihn förmlich auf. Er verfluchte sich dafür, so sorglos und unfähig gewesen zu sein. Er hatte die erste Regel des Segelns mißachtet: Lasse nie den Himmel aus den Augen! Er hatte nicht einmal die Woge kommen sehen, bis es zu spät war. Und zwar nur, weil der Anblick der Frau, die sich unter dem Mast zusammenkauerte, ihn so fasziniert hatte.

Der Wind wehte ihre Röcke hoch, und er konnte ihre Knöchel sehen, die wie aus Marmor schienen. Fast hätte er die Leine losgelassen und sie berührt. Die Umrisse ihrer festen Brüste traten noch deutlicher hervor, als die Gischt ihr Mieder befeuchtet hatte, und als der Wind ihre Haare zerzauste, hatte sie ihre Locken gelöst.

Narr! Er wäre fast über Bord gefallen, als er versuchte, das selbstgemachte Band zu fangen, als der Wind es ihr aus den Händen gerissen hatte.

Philip blieb stehen, vergrub die Hand in die Tasche und zog das feuchte Band heraus. Er musterte den rosa- und lavendelfarben gestreiften Stoff. Wie er sich gewünscht hatte, es selbst aus ihrem Haar zu lösen und das dunkle und dichte Haar zu streicheln.

Er zerknüllte das Band in der Hand und schloß die Augen. Wenn er nicht laut geflucht hätte, als die Ruderpinne brach, und das Segel nicht losgelassen hätte, dann hätte sie sich nicht umgedreht, um zu sehen, was los war.

Philip zitterte immer noch bei der Erinnerung an den Knall, als der Mastbaum gegen ihren Schädel geschlagen war. Es war seine Schuld, daß sie sich verletzt hatte. Sein Herz war ihm schwer, als er sich seine Schuld immer und immer wieder vor Augen führte, und er sah unwillkürlich auf die Tür des Untersuchungszimmers.

Warum brauchte Mark so lange? War Kate doch ernstlicher verletzt, als er gedacht hatte, oder versuchte sie gerade, Mark davon zu überzeugen, daß ihre Verletzung nicht so schlimm war, damit er sich keine Vorwürfe machte? Letzteres würde nicht funktionieren, weil Mark Hunt ein enger Freund war. Also blieb nur die erste Möglichkeit.

Philip nahm seine ruhelosen Runden wieder auf. Wenn ihr Leben wirklich in Gefahr war, würde er sich das niemals verzeihen.

Ein kalter Schauer lief ihm über den Rücken, und er atmete mehrmals tief durch, damit er ruhig und vernünftig blieb. Kate hatte die meiste Zeit geschlafen, während sie langsam an Land getrieben worden waren. Aber er hatte sie relativ leicht wekken können, als sie schließlich in Port Richmond, einige Meilen nordöstlich von Philadelphia, angeschwemmt worden waren. Auf der Kutschfahrt zu Marks Haus war sie wieder eingenickt, und Philip war erleichtert gewesen, daß sie stark genug war, allein in die Praxis zu gehen.

Bedauerlicherweise war Mark zu einem Krankenbesuch unterwegs gewesen, und sie war mehrmals ohnmächtig geworden, während sie auf die Rückkehr des Arztes warteten. Und jedesmal, wenn sie eingeschlafen war, hatte Philip sie ein bißchen schwerer wecken können.

Die Tür zum Untersuchungszimmer schwang auf, und Philip wirbelte herum. Er sah Mark ins Gesicht und stellte seinem Freund gleichzeitig die alles entscheidende Frage. »Wird sie wieder gesund?«

Mark lächelte. »Sie hat nur eine leichte Gehirnerschütterung und ein paar Beulen und Prellungen. Ein oder zwei Tage Ruhe ... mehr braucht sie nicht. Komm, sehen Sie selbst.« Er zog Philip in das Zimmer und schloß die Tür hinter sich.

Kathryn saß auf einem Stuhl und hatte eine graue Decke um die Schultern geschlungen. Sie sah aus wie eine Schiffbrüchige, die an den Strand geschwemmt worden war. Eigentlich war genau das ja auch geschehen. Ihr Haar klebte an ihrem Kopf, und in dem grellen Licht des Untersuchungszimmers sah die Wunde auf der linken Seite grauenvoll aus. Ihre normalerweise verwirrenden Augen waren noch von Schmerz verschleiert, aber als sie Philip sah, hellte sich ihr Blick auf. »Doktor Hunt sagt, ich werde wieder gesund. Können wir jetzt nach Hause fahren?«

Mark sah Philip bedeutungsvoll an, bevor er den Kopf schüttelte. »Nicht so hastig, Miss Danaher. Sie werden nicht weiter gehen als unbedingt nötig ist, um an trockene Kleidung und einen warmen Ort zu kommen. Der Brandy, den Sie getrunken haben, wird Sie nicht lange warm halten.«

Sie sah ihn alarmiert an. »Ich kann aber nicht die ganze Nacht hierbleiben. Wir müssen nach Hause. Die arme Miss Dolly und Miss Maggie sind sicherlich schon krank vor Sorge. Sie glauben sicher, daß ich im Fluß ertrunken bin.«

Mark runzelte die Stirn. »Auch wenn ich Ihre Sorge um Ihre Freunde verstehe, dürfen Sie trotzdem auf keinen Fall heute abend reisen. Ich muß Sie morgen zu einer Nachuntersuchung sehen, um sicherzustellen, daß Ihre Kopfverletzung nicht schwerwiegender ist, als ich annehme.«

Sie zitterte, als müßte sie gegen aufsteigende Panik ankämpfen. »Ich kann nicht hier in der Stadt bleiben. Ich muß nach Hause.« Sie drehte sich um und sah Philip an. »Bitte, Mr. Massey ... Gibt es keine Möglichkeit, daß wir ... ?«

»Wenn der Arzt sagt, daß Sie nicht reisen dürfen, dann geht es nicht.«

»Aber ... Was ist mit Miss Dolly und Miss Maggie?«

»Das Telegraphenbüro ist zwar schon geschlossen, und selbst wenn es noch geöffnet wäre, weiß ich nicht, wie lange ein Telegramm von der Gesellschaft zu dem Landsitz ausgeliefert wird. Er ist ziemlich abgelegen.« Philip sah auf seine Taschenuhr. »Aber es ist noch Zeit bis zur letzten Fähre. Mark, können Sie einen Boten mit einer Nachricht zu dem Landsitz schicken? Darin erklären wir, was passiert ist, und versichern den beiden Ladies, das Miss Danaher bis morgen unter ärztlicher Obhut bleibt. Dann bringe ich sie ins Cottage zurück.«

»Ich werde mich sofort darum kümmern. Kann ich noch etwas für Sie tun?« Er gähnte und lächelte gequält. »Es war ein langer Tag. Tut mir leid. Wenn Sie mich jetzt entschuldigen würden? Ich schicke diese Nachricht los und bin gleich wieder da. Philip, ich muß Ihnen noch einige Dinge sagen, die Sie mit meiner Patientin machen müssen, wenn Sie sie heute nacht behüten.«

Er verließ das Zimmer, und Philip sah, daß Kate im Begriff war, hinter ihm herzulaufen. Er ging zu ihr, legte ihr die Hände auf die Schultern und drückte sie sanft auf den Stuhl zurück. »Das ist keine gute Idee«, meinte er warnend. »Ich bin nicht sicher, ob Sie schon sicher auf Ihren eigenen Beinen stehen können. Und bis Mark zurück ist, möchte ich auch nicht, daß wir es ausprobieren. Mir ist klar, daß Sie heute einiges durchgemacht haben, und ich werde Sie so schnell wie möglich hier wegbringen.«

Er ließ seine Hände auf ihren Schultern ruhen, bis er spürte, daß ihr Zittern nachließ.

Nur ihre Unterlippe bebte noch. »Bleibe ich heute nacht denn nicht hier?«

Er lachte leise. »Nur, wenn Mark noch ein Zimmer angebaut hätte. Bei der letzten Zählung hatten er und Georgina sechs Kinder. Ich bezweifle, daß sie über ein freies Bett verfügen, und schon gar nicht über ein eigenes Zimmer für Sie.«

Kate sah sich um: »Ich könnte hier bleiben.«

»Das glaube ich nicht. Mark empfängt zu jeder Zeit Patienten. Sie sind vielleicht nicht die letzte, die er heute nacht verarztet, obwohl er praktisch im Stehen schläft.«

Sie senkte den Kopf. »Wo . . . wohin gehen wir denn? Wir sind nicht verheiratet, also wäre es nicht schicklich, wenn wir zusammen ein Zimmer mieten würden. Ich habe nicht genug Geld für ein Zimmer in einem Hotel dabei . . .« Ihre Wangen glühten, und sie schloß die Augen, als ihr die Tränen über das Gesicht liefen.

»Da alles meine Schuld ist, können Sie es mir auch überlassen, die Angelegenheit zu regeln«, flüsterte er. Es tat ihm weh, sie so bedürftig und gedemütigt zu sehen, und es rührte ihn zutiefst, sie jetzt zu sehen, wie sie wirklich war: eine Frau, die genauso menschlich war wie alle anderen Menschen auch. Und ihm war außerdem klar, daß sie heute abend nirgendwohin reisen würden. »Ich habe eine Wohnung über dem Juwelengeschäft meines Onkels. Dort bringe ich Sie hin, und da ich allein lebe, wird niemand jemals erfahren, daß wir da waren.«

Sie nickte. »Können wir denn morgen früh sofort abreisen?«

»Sobald Sie bei Doktor Hunt gewesen sind und seine Erlaubnis haben zu reisen.«

Mark betrat das Zimmer. In der Hand hielt er einen großen Umschlag. »Habe ich gerade meinen Namen gehört?«

Philip trat an Kates Seite. »Ich habe Miss Danaher nur daran erinnert, daß sie morgen früh noch einmal zu Ihnen kommen muß.«

Mark reichte Philip den Umschlag. »Kommen Sie um neun mit ihr vorbei.« Er bückte sich zu Kate hinunter und hob mit dem Finger ihr Kinn sanft an, damit er ihr ins Gesicht sehen konnte. »Ich weiß, daß Sie sehr müde sind und nur noch in ein großes, weiches Bett kriechen und schlafen wollen. Leider dürfen Sie genau das nicht tun. Sie müssen wach bleiben. Ich habe Philip einige Instruktionen aufgeschrieben sowie einige Alarmzeichen, auf die er achten muß. Ich möchte, daß Sie mir versprechen zu tun, was er sagt.«

Sie kaute auf ihrer Unterlippe und zog die Decke fester um ihre Schultern. »Ist es in Ordnung, wenn ich ein Bad nehme? Ich fühle mich so schmutzig.«

»Waschen Sie sich lieber gründlich. Ich möchte nicht, daß Sie ausrutschen und in die Wanne fallen. Noch Fragen?«

Kate straffte die Schultern und streckte ihre Hand unter der Decke hervor. »Nein. Danke, Doktor Hunt. Für alles«, sagte sie, während er ihre Hand schüttelte. »Wenn ... wenn Sie mir morgen vielleicht die Rechnung mitgeben könnten ... ? Ich werde dafür sorgen, daß man Ihnen die Summe schickt. Ich kann es vielleicht nicht alles auf einmal bezahlen, aber ich verspreche Ihnen ...«

»Ich brauche nur Ihr Versprechen, daß Sie alles tun, was Philip Ihnen sagt«, unterbrach er sie und zog sie vom Stuhl hoch.

Kate schwankte ein wenig, aber Philip packte sie und zog sie an sich. Er dankte Mark und führte sie rasch zu der Kutsche, die draußen wartete. Während sie zu seiner Wohnung fuhren, hielt Philip seinen Arm um ihre Schulter geschlungen und drückte sie fest an sich. Sein Herz schwoll an, voll von einem Gefühl, das er schon so lange nicht mehr empfunden und an das er nicht mehr geglaubt hatte: Liebe. Eine so tiefe Liebe, daß er kaum glauben mochte, daß ihn das Schicksal mit einem so kostbaren Gut bedacht hatte.

Wie unmöglich es ihm auch scheinen mochte, wußte er doch, daß nur ein Selbstbetrüger abstreiten könnte, daß der Drang nach Schutz und Zärtlichkeit, den er für diese Frau empfand, auf mehr als allein körperlichen Bedürfnissen beruhte oder etwa dem schlechten Gewissen entspringen könnte, das er empfand, weil er ihre Verletzungen verschuldet hatte.

Er liebte sie, und jeder Schlag seines Herzens verkündete diese Liebe. Er liebte ihre Freundlichkeit und ihre Unschuld, ihr Ungestüm und ihre Lust am Leben. Sein Erstaunen über die Stärke seiner Liebe zu ihr erschütterte die Grundlagen seiner müden Existenz.

Er drückte sie an sich, um sich davon zu überzeugen, daß sie nicht einfach nur eine Einbildung war, die sein einsames Herz ihm vorgaukelte. Sie war da. Sie war real. Und er liebte sie.

Er hatte keine Idee, was die Zukunft ihm bringen würde, aber heute abend jedenfalls würde er an ihrer Seite sein und sie bewachen, bis sie wieder vollkommen genesen war. Dann und erst dann würde er gezwungen sein, eine Aufgabe zu erfüllen, die schwieriger war als jede andere zuvor: Er mußte sie genug lieben, um sie gehen zu lassen.

Es war fast Mitternacht, als Philip Kate endlich in den Salon seiner Wohnung über dem Juweliergeschäft führte. Ihre Sorge, was die Schicklichkeit anging, wurde anscheinend immer noch von dem Brandy gemildert, den Mark ihr verabreicht hatte. Sie stand sanftmütig an der Tür, während Philip eine Leselampe entzündete, damit der Raum nicht mehr vollkommen im Dunkeln lag. Als er sich umdrehte, sah er gerade noch, wie sie ein Gähnen hinter vorgehaltener Hand versteckte. Sie sah so sehnsüchtig auf die beiden gepolsterten Stühle vor dem Kamin, daß er sein Mitgefühl einfach nicht länger unterdrükken konnte.

Sie sah aus wie eine verlorene Waise, mit ihrem offenen Haar und der Decke über den Schultern. Ihre Röcke waren immer noch feucht und hingen so schlaff wie ein Segel in der Flaute an ihr herunter. Kates Gesicht war blaß, bis auf ihre geröteten Wangen. Er hoffte, daß sie nicht auch noch Fieber bekam.

»Ich bringe Ihnen etwas warmes Wasser und ein paar Handtücher, damit Sie sich frisch machen können. Dann werden Sie sich besser fühlen.«

Sie sah sich nervös in dem Raum um. »Wo werden Sie ... ?«

»Ich ziehe mich in meinem Zimmer um, während Sie baden.«

»Hier?«

Er lachte leise, als er das Zimmer durchquerte, sie behutsam am Arm faßte und sie sanft zu einem Sessel führte. »Bleiben Sie hier sitzen. Ich bin gleich wieder da.«

Nachdem er Wasser auf den Herd gesetzt und ihn in Gang gebracht hatte, nahm er ein paar frische Leinentücher und eines seiner langärmeligen Flanellhemden aus dem Schrank. Nachdem er eine Decke von dem Bett des Gästezimmers gezogen hatte, ging er zu ihr zurück. Er entzündete ein kleines Feuer im Kamin und ließ sie dann allein.

Philip badete rasch, zog trockene Kleidung an und wartete noch zwanzig Minuten, bevor er wieder in den Salon ging. Sie hatte sich unter die Decke gekauert und ihre Füße an sich gezogen. Ihre Augen waren geschlossen. Er tippte sanft gegen ihre Schulter. »Miss Danaher?«

Sie öffnete die Augen. »Oh, Mr. Massey. Mir geht es gut.

Ich brauche nur noch etwas Ruhe. Ich werde nicht in ein Koma fallen und sterben.«

»Es geht Ihnen alles andere als gut. Sie haben eine Gehirnerschütterung, und Sie dürfen auf keinen Fall schlafen. Nicht, bis Dr. Hunt Sie morgen früh wieder untersucht hat.«

»Dann helfen Sie mir, wach zu bleiben«, sagte sie leise. »Sprechen Sie mit mir. Ich kann es einfach nicht ertragen, hier tatenlos herumzusitzen.« Sie lächelte ihn an. »Ich habe Ihnen nicht einmal dafür gedankt, daß Sie mich gerettet und sich um mich gekümmert haben. Ihnen ist gar nicht klar, was Sie heute getan haben, stimmt's?«

Er schluckte. »Ich weiß, daß ich Sie gefährdet habe, weil ich nicht auf das Wetter geachtet habe. Es ist meine Schuld, daß Sie verletzt wurden. Es tut mir wirklich leid.«

Sie schüttelte den Kopf, nahm seine Hand und zog daran, bis er sich vor sie hinhockte. »Das habe ich nicht gemeint. Niemand kann das Wetter vorhersagen oder kontrollieren. Eine Bö oder eine Welle bildet sich und schlägt unerwartet zu, wie heute. Trotzdem haben Sie sehr entschieden und mutig reagiert. Sie waren sogar ... ein richtiger Held, Mr. Massey.«

»Das wohl kaum«, erwiderte Philip. Er mochte nicht glauben, daß jemand tatsächlich das Wort Held und seinen Namen im gleichen Atemzug nannte, es sei denn als Beispiel für ein Oxymoron. Niemand, außer diese einzigartige Frau hier vor ihm.

»Aber da irren Sie sich, Mr. Massey. In meinen Augen waren Sie immer ein Held, aber heute haben Sie es auch gezeigt«, flüsterte sie. Ihre Stimme zitterte vor lauter Ergriffenheit.

Er sah sie an und wäre von der Hingabe in dem Blick ihrer braunen Augen beinah überwältigt worden. Philip hätte sich nicht träumen lassen, daß ihn eine Frau jemals mit soviel Zuneigung und Liebe ansehen würde. Er schluckte und wußte, daß sie erneut die Gatter zu der tiefsten Sehnsucht seines Herzens geöffnet hatte. Er stand auf und ließ ihre Hand los, um sich zu beruhigen. »Ich sollte Ihnen etwas zu lesen holen. Vermutlich liegt hier noch irgendwo eine Zeitung herum. Sie ist zwar schon etwas älter, aber ich bin sicher, daß Sie einige Nachrichten bestimmt interessieren.«

Kate schüttelte langsam den Kopf, und als sie sich ganz langsam mit der Zunge über die Lippen fuhr, konnte Philip sein Verlangen kaum noch zügeln.

Er räusperte sich. »Vielleicht mögen Sie ja lieber Gedichte? Bevorzugen Sie Shakespeare oder Emerson?«

Als wenn sie aus einem Kokon entschlüpfen würde, kam Kate unter ihrer Decke hervor, stellte sich vor ihn hin und sah ihn an. Sie war kaum eine Handbreit von ihm entfernt. Ihre Augen glühten vor Verlangen. »Ich glaube, daß ich Ihre Gesellschaft der von Shakespeare und Emerson zusammen vorziehe«, flüsterte sie. »Würden Sie mich bitte in den Arm nehmen und küssen, Philip?«

20. KAPITEL

Bitte küß mich, Philip, bitte!

Kate hielt den Atem an, während sie darauf wartete, daß Philip ihrem Wunsch nachkam. Eine Locke seines dunklen Haares war ihm in die Stirn gefallen, und seine dunklen Augen blickten sie eindringlich und mit demselben Verlangen an, das auch sie empfand. Sein männlicher Körper strahlte diese wunderbare Mischung aus Kraft und Zärtlichkeit aus, die ihn zu diesem einzigartigen und begehrenswerten Mann machte, der ihr das Herz für immerdar gestohlen hatte. Der dumpfe Schmerz in ihrem Kopf war verschwunden, und sie lauschte dem Klang ihres heftig klopfenden Herzens. Sein Gesicht lag in dem gedämpften Licht der Leselampe, das seine Gesichtszüge in Schatten tauchte.

Das Feuer im Kamin hatte die kühle Wohnung aufgewärmt, doch es war das Feuer seiner Augen, das ihre Hoffnung nährte, daß er sich nicht von ihr abwenden würde. Sie sah, wie er einen inneren Kampf focht, zwischen verzweifelter Sehnsucht, Ungläubigkeit und Verlangen.

Kate trat näher an ihn heran und blieb dann reglos stehen. Sie wollte diesen Augenblick nicht verstreichen lassen, ohne ihm zu sagen, wie sie wirklich empfand. »Ich liebe Sie, Philip. Ich glaube, ich habe Sie vom ersten Moment an geliebt, als wir uns begegnet sind.«

Beflügelt von ihrer Liebe hatte sie den ersten Schritt getan, um ein Teil seines Lebens zu werden, und der nun folgende große Schritt mußte von ihm ausgehen. Würde er die Kluft überwinden, die noch zwischen ihnen lag?

Würde er den Mut haben zu glauben, daß sie beide ihrer gegenseitigen Liebe wert waren?

»Kate.«

Er murmelte ihren Namen. Seine Stimme klang belegt, als er Kate in seine Arme nahm und sie an sich zog. Seine Brust hob und senkte sich unter seinen tiefen Atemzügen, und als er den Kopf neigte, um sie zu küssen, schlang sie ihre Arme um seinen Hals und hielt ihn fest.

»Kate.«

Sein Atem strich über ihre Lippen, die unter der sanften Berührung kribbelten. Sie sehnte sich nach seinem Mund, nach dem wunderbaren Gefühl, das seine Küsse schon einmal in ihr ausgelöst hatten. Es war so mächtig gewesen, daß die Zeit stillzustehen schien und sich zwei Herzen, zwei Seelen und zwei Geister begegnen und gegenseitig heilen konnten.

Philip legte seinen Mund auf ihre Lippen. Sanft, liebevoll. Er genoß die Freude und das Wunder einer ganz besonderen Liebe, dessen sie sich mit jeder Zärtlichkeit neu vergewisserten, und entzündete die Erinnerung des allerersten Kusses, den sie sich gegeben hatten.

Als Philip sich schließlich von Kate löste, zitterten ihre Lippen. Dann hauchte er zärtliche Küsse auf ihre Stirn und über die Wunde an der Seite ihres Gesichts, und wonnige Gefühle erfüllten Kates Körper.

Er zog sie mit sich, als er sich in einen Sessel setzte. Sie sank auf seinen Schoß und nahm sein Gesicht zwischen ihre Hände. Philip setzte die zärtliche Erforschung ihres Gesichts fort und seufzte, während er ihren Nacken mit der Hand massierte und seine Lippen gegen ihren Hals drückte.

Eine Wärme breitete sich in ihrem ganzen Körper aus. Sie schmolz förmlich gegen ihn, küßte seine Stirn, während er ihre Haut mit seinen Küssen in Brand zu setzen schien. Er liebte sie. Sie schmeckte es auf seinen Lippen und hörte es an seinem hämmernden Herzen.

Das war Magie. Reine, unverfälschte Magie konnte die einzige Erklärung sein, die Philip für die Stärke ihrer Berührung hatte. Da dieses kostbare Geschenk der Liebe seinen Willen aufzuweichen schien, ihr zu widerstehen, kam er nicht mehr von ihr los. »Kate«, stieß er rauh hervor, während er die weiche Haut ihres Halses liebkoste. Er spürte mit den Lippen die Vibrationen der leise brummenden Laute, die sie vor Wonne ausstieß.

Ihre Lippen lockten ihn wieder zu einem Kuß zurück. Sein Verlangen trieb ihn vorwärts, und er vertiefte den Kuß, indem er mit der Zunge hinter diese warmen, süßen Lippen drang. Er sehnte sich nach mehr Magie, nach einem Zauber, den nur diese Frau in ihm auslösen konnte. Sie war nicht mehr seine Beute. Sie war Kate, die Frau seiner Träume, die Partnerin, die das Schicksal ihm bestimmt hatte, und er konnte sich genausowenig von ihr abwenden, wie er aufhören konnte zu atmen.

Ihre Anziehungskraft war so geheimnisvoll und mächtig, daß er keinen Gedanken mehr an Vergangenheit oder Zukunft verschwendete. Nur dieser Augenblick existierte ... dieser verblüffende, wundervolle Augenblick, in dem die Zeit ihm noch eine Galgenfrist gewährte, einen unglaublichen Blick auf den Himmel auf Erden schenkte, bevor die Realität sich wieder zurückmeldete. Er war kein Mann, der eine solche Liebe verdiente. Er war Omega, der Meister der List, ein Mann, der so sehr an Täuschung und Verstellung gewöhnt war, daß es mehr war als nur seine zweite Natur. Es war ein Instinkt geworden, eine Facette seines Charakters, die er vermutlich niemals ändern würde. Er mußte sich eingestehen, daß seine Liebe zu ihr verdorren würde, bevor diese empfindliche Pflanze überhaupt die Chance hatte aufzublühen.

Doch bis es soweit war, wollte er noch einen Kuß. Einen letzten, süßen, ewig andauernden Kuß.

Er nahm ihren Kopf zwischen seine Hände und drehte sie

leicht um, damit er sie besser küssen konnte. Da schrie sie vor Schmerz leise auf. Er ließ die Hände sinken und zog Kate an sich. So sehr hatte sein Verlangen ihn getrieben, daß er ihre Verletzung vollkommen vergessen hatte. »Es tut mir leid. Bitte, weinen Sie nicht. Verzeihen Sie«, flüsterte er, als sie ihren Kopf gegen seine Schulter lehnte.

Sie schmiegte sich dichter an ihn und schlang ihre Arme um seine Brust. »Es tut noch etwas weh, aber es geht mir schon besser«, sagte sie und küßte ihn hinter sein Ohr.

Philip holte tief Luft und ließ seinen Kopf gegen die Rükkenlehne des Stuhls sinken. Sein Puls raste, und sein Verlangen, diese Frau ganz und gar kennenzulernen, ließ sich nicht einfach unterdrücken. Nicht, solange sie auf seinem Schoß saß und sich ihr fester Po gegen seine Lenden drückte, seine Erregung nur noch verstärkte, und das Hemd, das sie angezogen hatte, ihm einen höchst verführerischen Anblick ihrer langen, nackten Beine bot.

Er schob sie auf seinem Schoß zur Seite, nahm die Decke vom Boden und hüllte sie darin ein. Wie könnte er sich eine Frau zu Willen machen, die verletzt und erschöpft war?

Er küßte ihre Stirn. »Es tut mir leid. Ich wollte Sie nicht verletzen. Sind Sie sicher, daß es Ihnen gut geht? Möchten Sie etwas trinken? Ein Glas Brandy? Wasser?«

Sie knabberte an seinem Ohrläppchen. »Mir geht es gut.«

Er rang heftig nach Luft. »Sie ... Ihnen geht es gar nicht gut. Sie sind verletzt. Ich kann nicht glauben, daß ...«

»Mir geht es gut. Sie haben Doktor Hunts Anweisungen, mich wach zu halten, auf eine sehr angenehme Weise befolgt.«

Sie küßte sein Kinn, und er schluckte trocken. Dann schob er sie von sich weg und sah sie an. »Ich habe diese Instruktionen zweimal gelesen, und ich kann mich nicht erinnern, etwas über ... darüber gelesen zu haben, daß ich Ihren Kopf drükken oder Ihre Verletzung berühren soll. Sind Sie sicher, daß es Ihnen gut geht?«

»Mir geht es gut.« Sie seufzte, schloß die Augen und schmiegte sich wieder an seine Brust.

»Das ist keine gute Idee«, warnte er sie, während er sie wieder von sich wegschob. »Ich soll doch dafür sorgen, daß Sie nicht einschlafen, schon vergessen?«

Sie seufzte wieder. »Aber ich bin so müde . . .«

»Ich weiß«, flüsterte er, während er ihr das Haar aus dem Gesicht strich.

»Ich möchte schlafen. Nur ein paar Minuten.«

Sie wollte wieder die Augen schließen, aber er schüttelte sie liebevoll. »Nicht. Denken Sie nicht daran, wie müde Sie sind oder wie gern Sie schlafen möchten. Bleiben Sie wach. Anordnung des Arztes, wissen Sie noch?«

Als sie die Augen öffnete und ihn ansah, verschlug es ihm beinah wieder den Atem. Der Blick ihrer wunderschönen Augen funkelte vor Übermut und Verlangen. »Dann haben Sie wohl keine andere Wahl«, flüsterte sie undeutlich, während sie ihre Lippen auf seine preßte. »Sie müssen mich einfach küssen. Immer und immer wieder. Und nochmal. Und dann möchte ich etwas mit Ihnen besprechen. Wann genau, sagten Sie, erwartet uns Doktor Hunt morgen früh?«

Philip ignorierte das schnelle Pochen seines Herzens, das er unbewußt wahrnahm. Es war überhaupt ein Wunder, daß sein Herz noch schlug, nachdem es in dieser Nacht so heftig gerast hatte, eine Nacht, die ihn an die Grenze seiner Selbstkontrolle gebracht hatte.

Das Pochen wurde lauter und hartnäckiger, und Philip wurde wach. Jetzt erst bemerkte er, daß dieses Klopfen nicht das Echo seines Herzschlags war. Jemand stand vor der Tür.

Er atmete mehrmals tief durch, um seinen schläfrigen Kopf zu klären. Dann wurde ihm klar, daß er seine Pflicht vernachlässigt hatte und mit Kate in den Armen eingeschlafen war. Er sah sie an. Sie hatte die Augen geschlossen.

Wie lange hatten sie beide geschlafen? Schlief sie überhaupt, oder war sie ins Koma gefallen?

»Philip? Ich bin's, Mark Hunt. Öffnen Sie!«

Mit einem Schlag war Philip wach und blinzelte, weil die Sonne ihn blendete. Er zog die Decke über Kate, bevor er sie sanft schüttelte. »Wachen Sie auf, Kate. Doktor Hunt ist hier.«

Sie seufzte und rollte sich auf ihrem Stuhl zusammen.

»Wachen Sie auf!« Diesmal sprach er lauter und sah zur Tür.

Sie wich vor seiner Hand weiter unter ihre Decke zurück. Er hob sie in eine sitzende Position und steckte ihr die Decke hinter den Schultern fest. Als Mark erneut an die Tür hämmerte, schlug Kate verschlafen die Augen auf und blinzelte mehrmals. »Was ... Wie spät ist es?«

»Zeit zum Aufstehen«, erwiderte er kurz angebunden. Es ärgerte ihn, daß sie es geschafft hatte, seine Vorbehalte zu umgehen und sich so einfach in sein Herz zu schleichen. Er rieb sich das Kinn und schüttelte den Kopf. Erst einmal brauchte er eine gründliche Rasur, um sich wieder wohl zu fühlen, aber auf dem ganzen Planeten gab es kein Messer, das scharf genug gewesen wäre, diese Frau aus seinem Herzen zu entfernen, ohne eine tödliche Wunde zu hinterlassen.

Und dennoch mußte es geschehen: Er mußte selbst die scharfe Klinge des Bedauerns ins Herz stoßen, bevor er den nächsten Atemzug tat. Keine Magie mehr und keine Träume.

Nicht, nachdem er gehört hatte, wie Kate ihm gestand, daß sie sich in ihn verliebt hatte, und ihm ihre Liebe anvertraute. Eine Liebe, die er nicht annehmen durfte. Wenn er sie wahrhaft liebte, mußte er die Kraft finden, sie davon zu überzeugen, daß sie ihr Herz dem falschen Mann geschenkt hatte. Einem Mann, der es in so viele Stücke brechen würde, daß es sinnlos wäre, auch nur zu versuchen, es wieder zusammenzusetzen. Sie hatte sich in Philip Massey verliebt, ohne zu merken, daß er eine reine Illusion war. Er hätte alles dafür gegeben, der Mann zu sein, für den sie ihn hielt, aber er war viel zu abgestumpft, um wirklich glauben zu können, daß Liebe allein ihn ändern könnte.

Er mußte diesen Auftrag zu einem Ende bringen, und zwar bald. Und das bedeutete, er hatte keine andere Wahl, als sie zur Rede zu stellen und die Kameebrosche zu verlangen, statt noch mehr Zeit darauf zu verschwenden, sie zu suchen.

Er hatte niemals erwartet, das Spiel zu gewinnen, das er mit ihr führte. Doch bis zu diesem Moment hatte er nicht geahnt, wie hoch der Preis sein würde, den er für die Fehler seiner Vergangenheit zahlen mußte. Er hatte seine Ehre und seinen Namen geopfert, und jetzt wußte er, daß er auch das letzte Wertvolle aufgeben mußte, das ihm noch blieb: sein Herz.

Er drehte sich von Kate weg und ließ Mark herein. »Entschuldigen Sie, alter Freund. Ich bin eingeschlafen. Wir sind beide eingeschlafen.«

Mark hob eine Braue. »Ich bin eigentlich unterwegs zu einem anderen Patienten und dachte, ich sehe kurz nach Miss Danaher«, erklärte er, bevor er an Philip vorbei zu seiner Patientin ging.

Philip ließ die beiden allein und zog sich in sein Zimmer zurück. Dort rasierte er sich mit dem stumpfen Rasiermesser, das er hiergelassen hatte. Seine Wangen brannten immer noch, als er sich umgezogen hatte und wieder in den Salon zurückging. Er sah sich um. »Wo ist Mark?«

Kathryn trug wieder ihr Kleid und rang die Hände. »Er ... er ist vor ein paar Minuten gegangen. Ich soll Ihnen sagen ...« Sie senkte den Blick. »Ich soll Ihnen sagen, daß es mir gut genug geht, daß wir nach Hause fahren können, wenn Sie soweit sind.«

»Je früher, desto besser.« Er hielt ihr die Tür auf, aber Kate machte keine Anstalten zu gehen. Philip fehlte die Geduld. Er wollte so schnell wie möglich zurück zu dem Landsitz, um der Charade endlich ein Ende zu bereiten. Er durchquerte mit langen Schritten das Zimmer und packte ihren Arm. Kate sah ihn enttäuscht an. »Ich glaube, wir sollten gehen«, meinte er drängend.

»Können wir uns nicht einen Augenblick hinsetzen? Ich möchte Ihnen etwas erklären, bevor wir ...«

»Für Erklärungen besteht kein Grund. Wir sind beide erschöpft ...«

»Aber Sie verstehen nicht ...«

»Ich verstehe sehr gut. Und zwar besser, als Sie sich vorstellen können.« Er widerstand der Versuchung, sie in die Arme zu ziehen und sie ein letztes Mal an sich zu drücken. »Miss Dolly und Miss Maggie werden erst zur Ruhe kommen, wenn sie Sie sehen. Sobald Sie wieder sicher zu Hause sind, werden wir genügend Gelegenheiten für ein Gespräch haben.«

»Ich möchte aber jetzt mit Ihnen reden«, meinte sie hartnäkkig. »Es ist wichtig für mich.«

Philip blieb stocksteif stehen. Es war schwer, ihr etwas abzuschlagen, aber er wollte ihr nicht die Chance geben, die Worte zu sagen, die sie später bereuen würde. Dann nämlich, wenn er ihr verraten hatte, daß er angeheuert worden war, sie zu finden und die Kameebrosche zurückzubringen. Er bemühte sich um einen freundlichen Ton. »Es ist wichtig für Sie? Noch wichtiger als die beiden Frauen, die darauf warten, Sie zu sehen und zu erfahren, ob es Ihnen gut geht? Miss Dolly ist eine starke Frau, aber Miss Maggie hat eine angegriffene Gesundheit. Haben Sie schon vergessen, daß Miss Maggie diese Segeltour vorgeschlagen hat? Ich vermute stark, daß sie im Bett liegt und sich mit Selbstvorwürfen quält, aber wenn Sie darauf bestehen ...«

Er ließ ihren Arm los und ging zu den Stühlen. »Sollen wir uns für dieses wichtige Gespräch setzen, oder können wir stehen bleiben?«

Ihr Blick flackerte unentschlossen, und ihre Wangen röteten sich. War es das Schuldgefühl oder die Enttäuschung? Er wußte es nicht genau, aber er bezweifelte, daß sie sein Angebot in beiden Fällen annehmen würde. Philip zählte darauf, daß sie sich mehr Sorgen um die Gresham-Schwestern als um sich selbst machte, und sie enttäuschte ihn nicht.

»Sie haben recht, ich war sehr egoistisch. Wir sollten sofort gehen. Aber ... aber können wir uns trotzdem unterhalten? Später am Tag, vielleicht?«

»Selbstverständlich«, antwortete er und nahm sich vor, sie später daran zu erinnern, falls sie es vergaß. Er hielt immer seine Versprechen, aber diesmal würde es ihm so schwerfallen wie noch nie in seinem Leben.

Welchen Grund sie auch immer gehabt haben mochte, aus dem sie ihre Karriere aufgegeben hatte oder ihn wegen ihrer Identität belog: Sie würde es besser haben, wenn sie zu Morrell zurückging, als wenn sie bei ihm, Philip, blieb. Er wollte alles versuchen, um die Schwierigkeiten zwischen ihr und ihrem Agenten zu beheben. Danach würde er sich rasch verabschieden und verschwinden. Dennoch wußte er, daß er sich zur Hölle auf Erden verurteilt hatte, als er sich in die Elfenbeinprinzessin verliebte: Denn er konnte nichts tun, sich ihrer Liebe wert zu erweisen oder sie zu verdienen.

Nichts.

21. KAPITEL

»Wollen Sie nicht hereinkommen?«

Kate stand auf der Straße vor dem Cottage und sah überrascht zu, wie Philip wieder in die Kutsche stieg, nachdem er ihr herausgeholfen hatte. Er hatte das Gefährt nach ihrer Überfahrt mit der Fähre von Philadelphia gemietet. Während der kurzen Fahrt war er aufmerksam, aber distanziert gewesen. Dennoch hatte Kate angenommen, daß er wenigstens mit Miss Dolly und Miss Maggie sprechen würde, bevor er zu seinem Landsitz zurückfuhr.

Sie hielt sich an dem Wagen fest. Ihr schwindelte weniger von ihrer Kopfverletzung als vielmehr von seinem verwirrenden Verhalten.

Er legte ihr die Hand auf den Arm und stützte sie. »Ich halte es für besser, wenn Sie erst eine Zeitlang mit ihnen allein sind, bevor ich auftauche. Haben Sie den Zettel dabei, den Doktor Hunt Ihnen heute gegeben hat?«

Sie nickte und musterte den Pfad, der zur Haustür führte, bevor sie zu ihm hochschaute. »Kommen Sie heute nachmittag vorbei? Sie haben versprochen, daß wir beide uns unterhalten würden.«

Er kniff die Augen zusammen, und es überlief ihn kalt. »Ich komme nach dem Abendessen vorbei. Bis dahin hatten Sie Gelegenheit, sich ein wenig auszuruhen und sich von den Strapazen zu erholen. Können Sie jetzt gehen, oder soll ich Sie bis zur Tür begleiten?«

Sie straffte die Schultern und trat von der Kutsche zurück. »Es geht schon«, meinte sie, obwohl seine Weigerung, mit ihr in das Cottage zu gehen, sie verletzte. Hatte er jetzt etwa Bedenken wegen der Nacht, die sie in ihren Armen verbracht hatten? Hatte sie sich zur Närrin gemacht, weil sie ihm ihre Liebe gestanden hatte, wenn er nur körperliche Anziehung zu ihr empfand oder schlimmer noch: Mitleid? Wenn er sie liebte, warum hatte er dann nicht die Worte geflüstert, die sie so gern gehört hätte?

»Bis später«, murmelte er und klatschte mit den Zügeln. Die Kutsche rollte weiter.

Die beunruhigenden Fragen, die ihr im Kopf herumgingen, verstärkten nur noch ihre Schmerzen. Kate holte tief Luft, um sie zu vertreiben, drehte sich um und ging langsam den Pfad entlang. Das Geräusch der Kutsche hinter ihr erinnerte sie daran, daß sie vor knapp zwei Monaten hinter dieser Stechpalme gestanden und der Mietdroschke gelauscht hatte, die sie zum ersten Mal zu diesem Cottage gebracht hatte.

Damals war sie erleichtert gewesen, als das Geräusch der knirschenden Räder verklungen war, doch heute wartete sie mit angehaltenem Atem darauf, daß Philip aus irgendeinem Grund vielleicht doch umdrehen und zu ihr zurückkommen würde.

Aber das tat er nicht.

Enttäuscht steckte Kate die Hand in die Tasche und spürte den Zettel, den Doktor Hunt ihr mitgegeben hatte, für den Fall, daß der erste nicht angekommen war. Sie erschauerte und erinnerte sich wieder an den Tag, als sie hier angekommen war. Damals hatte sie nur Dollys Brief, ihre Liebe zur Musik und zum Klavier bei sich gehabt, die ihre Hoffnungen und Träume nährten.

Kate schüttelte den Kopf. Die Noten und Akkorde jedes kostbaren Tages hier, einschließlich des ersten, waren bereits gespielt. Sie konnte nicht in die Zeit zurückreisen, auch nicht zu ihrem ersten Tag und zu keinem anderen, um die Sonate ihres Lebens neu zu komponieren. Ganz gleich, wie sehr sie die dissonanten Halbwahrheiten und ausgesprochenen Lügen bereute, die ihr Heim bei Dolly und Maggie gefährdeten, ihre Stellung als Lehrerin und auch ihre Liebe zu Philip Massey.

Sie ging weiter den Pfad entlang, doch ihre Schritte waren langsamer als beim ersten Mal. Dennoch war Kate entschlossen, den Rest der Musik ihres Lebens als eine süße Melodie zu komponieren, die von Mut und Wahrheit inspiriert war, die ihr den Zufluchtsort geben konnte, nach dem sie sich so sehnte.

Eine der wichtigsten Lektionen, die sie bei ihrem kurzen Aufenthalt hier gelernt hatte, war, daß eine Zuflucht nur eine Geisteshaltung war, ein innerer Friede, den nur sie allein für sich schaffen konnte. Keiner konnte in diesen Frieden eindringen oder ihn ihr stehlen, wenn sie es nicht wollte. Für sie würde es keinen Zufluchtsort und keinen wahren Frieden geben, solange sie ihre Vergangenheit nicht mit ihrer Gegenwart versöhnte. War die Sonate ihres Lebens bisher auch eher kläglich, so war es doch die ihre und einzigartig, und Kate mußte sie akzeptieren.

Als sie sich dem Cottage näherte, wurde ihr klar, daß Philip nicht der einzige war, der die Wahrheit verdient hatte. Zwei ganz besondere Frauen warteten drinnen auf sie, Frauen, die sie in ihrem Heim willkommen geheißen hatten und sie einen kurzen Blick auf das ehrbare Leben hatten werfen lassen, das auch sie führen konnte. Kate wollte dieses Leben, und zwar nicht nur für ein paar Monate oder Jahre, bis Simon sie schließlich aufgestöbert hatte. Sie wollte nicht jeden Tag ihres Lebens damit verbringen, den dumpfen Akkorden der Angst oder der Unsicherheit zu lauschen, und sie würde auch ihre Liebe zu Philip nicht länger durch eine Täuschung gefährden.

Sie wollte diesen Zufluchtsort, aber nur, wenn sie die Kraft aufbringen konnte, die Hand danach auszustrecken und ihn auch zu ergreifen.

Es würde ihren ganzen Mut erfordern, die Schuld einzugestehen, die sie in den letzten zwei Monaten auf sich geladen hatte, und die Wahrheit über ihre wahre Identität zu enthüllen. Als Kate die Haustür erreichte, hatte sie eine wichtige Entscheidung getroffen. Sie würde warten, bis Philip am frühen Abend kam, und wenn dann die drei Menschen, die ihr in ihrem neuen Leben am wichtigsten waren, versammelt waren, würde sie ihnen die Wahrheit gestehen. Jedes winzige Stückchen. Und jede bedeutsame Einzelheit. Angefangen von ihrem albernen Spielchen mit Charlotte Anne Ludfallow und der schmerzlichen, aber notwendigen Erinnerung an den Tag, an dem ihr kleiner Schwindel aufgeflogen war und sie unter die Kuratel des Mannes geraten war, der ihr Leben ruinierte: Simon Morrell.

Kate wischte sich Freudentränen weg, als sie sich vorstellte, daß nun ihre Reise von einer demütigenden Vergangenheit in eine gesegnete Zukunft beginnen sollte, öffnete die Tür und trat ein.

Als Philip auf seinem Landsitz ankam, machte er sich gar nicht erst die Mühe, die Pferde auszuspannen. Er fuhr einfach zur Hintertür, zog die Handbremse fest und brachte den Pferden frisches Wasser und Hafer an Ort und Stelle. Dann stürmte er ins Haus, wo er Nelda Spade begegnete, die in der Küche stand und ein Paket auspackte.

Sie sah ihn an, warf einen Blick aus dem Fenster und runzelte die Stirn. »Pferde gehören in den Stall.«

Er verlangsamte nicht einmal den Schritt, während er an ihr vorbei und durch die Küche ging, aber er bemerkte trotzdem, daß die Gresham-Schwestern offenbar peinlichst genau darauf geachtet hatten, alles wieder aufzuräumen, bevor sie gegangen waren. »Ich bleibe nur so lange, bis ich mich umgezogen und gepackt habe.«

»Machen Sie eine Reise, Mr. Massey? Sie scheinen sich auf dem Land weniger zu entspannen . . .«

Er blieb unvermittelt stehen. »Was ich tue oder nicht«, fuhr er sie an, »geht Sie nicht länger etwas an. Wenn es das je getan hat. Ich fahre nach Philadelphia zurück. Den Rest des Sommers werde ich dort verbringen. Sie können das Haus gern verrammeln oder einige Zimmer abschließen. Mir ist es egal. Solange sie damit erst anfangen, nachdem ich weg bin.«

Philip war kurz vor dem völligen Zusammenbruch und hielt sich nur mühsam auf den Beinen. Dennoch merkte er, daß er sich zusammennehmen mußte. Er fuhr sich mit der Hand durchs Haar. »Es tut mir leid. Ich bin erschöpft, hungrig und am Ende meiner Geduld. Ich wollte Sie nicht anfahren.«

Sie sah ihn finster an. »Was wird aus Ihrer Miete? Und Ihren Stunden bei Miss Danaher?«

Philip atmete aus und zählte langsam bis fünf. »Wenn Sie sich erinnern wollen, ich habe die ganze Summe im voraus bezahlt. Und was Miss Danaher angeht: Ich werde an ihrem Cottage vorbeifahren und mit ihr sprechen, bevor ich abreise.«

Bevor wir beide abreisen.

»Und wenn Sie mich jetzt entschuldigen würden: Ich gehe in mein Zimmer. Bringen Sie mir bitte mein Essen auf einem Tablett dorthin. Ganz gleich, was. Hauptsache ich kann es essen, während ich packe.«

Er drehte sich um, verließ das Zimmer und ging geradewegs zu dem Safe im Arbeitszimmer. Er legte Cynthias Halskette in eine große Ledertasche und wandte sich ab, ohne sich die Mühe zu machen, den Safe zu schließen. Dann sammelte er die Imitationen von der Arbeitsplatte und packte sie zu der Halskette. Sein Werkzeug verstaute er in einer anderen Tasche und trug alles nach oben in seine Zimmer.

Philip hatte sich etwas formeller angezogen und einen Reisekoffer zur Hälfte mit seiner Kleidung vollgepackt, als Nelda endlich mit dem Essenstablett hereinkam. Da Philip die Arme mit Kleidung voll hatte, deutete er mit einem Nicken auf die Kommode. »Stellen Sie es dorthin«, sagte er. »Und ich wäre Ihnen dankbar, wenn Sie die Tür hinter sich zumachten, wenn Sie hinausgehen.«

Nelda knurrte eine unfreundliche Bemerkung, die er nicht verstand, stellte das Tablett ab und schlug die Tür hinter sich ins Schloß.

Er ließ die Kleidungsstücke in die Truhe fallen und musterte die zerknitterte Unordnung. »Ich hätte sie packen lassen sollen«, beschwerte er sich seufzend.

Dann zuckte er mit den Schultern, ging zu dem Tablett, nahm ein Stück Schinken und schob es sich in den Mund. Er war hungriger, als er bemerkt hatte, und unterbrach das Pakken, während er sich über das Essen hermachte. Als er satt war, fühlte er sich immer noch erschöpft. Er stolperte fast in dem Zimmer umher, während er kontrollierte, ob er etwas vergessen hatte.

Zufrieden, daß er alles eingepackt hatte, legte er zum Schluß den Werkzeugkoffer und die Schmucktasche in die Truhe. Jetzt war er bereit, Kate zur Rede zu stellen und die Kameebrosche zu verlangen, die sie ihrem Agenten gestohlen hatte. Er würde die beiden nicht mehr aus den Augen lassen, bis er sie Morrell übergeben hatte.

Aber es dauerte noch einige Stunden, bis er in dem Cottage erwartet wurde. Er warf einen Blick auf sein Bett, schob aber den Gedanken an ein kurzes Schläfchen sofort beiseite. So sehr er einen kurzen Schlaf auch brauchen mochte, war er doch viel zu aufgedreht, um Ruhe zu finden. Er würde sich nur von einer Seite auf die andere wälzen.

Es blieb ihm nichts zu tun, und es gab keinen Grund, seine Abreise weiter hinauszuschieben. Dennoch zögerte er. Er bezweifelte, daß Kate es mittlerweile geschafft hatte, ihr Mißgeschick in aller Ausführlichkeit zu schildern. Doch selbst wenn, hatten die Gresham-Schwestern sie bestimmt geradewegs ins Bett geschickt. Allein die Vorstellung, wie Kate in ihrem Bett lag, ließ sein Herz höher schlagen. Aber er hatte nicht das Recht zu erwarten, daß er jemals die Fantasien verwirklichen könnte, die ihm durch den Kopf schossen. Statt dessen war er davon überzeugt, daß der Pfad der Ehre und der Würde bedeutete, die stärksten Sehnsüchte seines Herzens zu verleugnen. Also mußte er Kathryns Interessen vor seine eigenen stellen.

Kurz entschlossen packte er die Truhe, trug sie hinunter und lud sie in die Kutsche. Mit einem letzten Blick auf das Haus und einem erleichterten Seufzer, daß Nelda Spade ihm nicht mehr in die Quere gekommen war, fuhr er geradewegs zum Cottage.

Heute abend würden die Elfenbeinprinzessin und die Kameebrosche wieder dort sein, wo sie hingehörten: Bei Simon Morrell. Mit dem Geld, das Philip als Bezahlung für seine Dienste bekam, würde er Bradford sein Geld zurückzahlen können. Mit diesem letzten eingelösten Schuldschein würden sein Ruf und seine Ehre wiederhergestellt sein. Dieser Gedanke befriedigte seine letzten Gewissensbisse. Er bezweifelte zwar, daß er jemals wieder das Leben führen konnte, das er hinter sich gelassen hatte, als er zu Omega wurde. Sicher war er sich jedoch, daß er mit dem Schmerz der Gewißheit leben mußte, sein Herz der einzigen Frau auf der Welt geschenkt zu haben, die er niemals sein eigen nennen konnte: der Elfenbeinprinzessin.

Kate betrat das Cottage und blieb sofort wie angewurzelt stehen. Statt Freude über ihre Rückkehr vorzufinden, hörte sie hinter den geschlossenen Schlafzimmertüren das Schluchzen einer Frau und die leise, tröstende Stimme einer anderen Frau.

Ihr schlug das Herz bis zum Hals, und sie preßte sich die Hand gegen die Stirn. Weinte Miss Maggie? Hatte sie etwa einen Anfall erlitten, einen, der ernstliche Folgen hatte? Oder war die Nachricht, die Doktor Hunt per Boten geschickt hatte, nicht angekommen? Wußten die beiden nicht, daß Kate und Philip den Sturm überstanden hatten, und glaubten die Schwestern statt dessen, daß sie beide im Fluß ertrunken waren?

Kalte Schauer liefen Kate über den Rücken, und sie ging rasch zur Tür von Miss Maggies Schlafzimmer. Sie stand einen Spalt auf, aber Kate zögerte, einfach so hineinzuplatzen. Sie könnte die beiden Frauen zu Tode erschrecken, vor allem, wenn sie das Schlimmste annahmen, das ihr und Philip hatte widerfahren können. Das erstickte Schluchzen wurde stärker, und Kate stieß die Tür auf. Sie hoffte, daß das Quietschen der Angeln die Aufmerksamkeit der Schwestern erregte und den Schock ihrer Anwesenheit milderte. Die Szene, die sich ihr bot, und die Worte, die sie hörte, hätten ihr beinah das Herz gebrochen.

Maggie lag rücklings auf der Tagesdecke auf ihrem Bett. Ihre Schwester saß auf einem Stuhl daneben und kühlte ihr mit einem Lappen die Stirn. Maggies Augen waren vom vielen Weinen bereits geschwollen, und sie flehte ihre Schwester inständig an.

»Warum, Dolly? Warum mußte das passieren? Ich wollte den beiden jungen Menschen doch keinen Schaden zufügen! Es ist alles meine Schuld. Was soll ich nur tun? Ich mochte Kate doch so gern ...«

»Schhh!« beruhigte Dolly sie. »Wir können nichts an dem ändern, was passiert ist. Du darfst dir nicht die Schuld an etwas geben, das keiner von uns vorhersehen konnte. Und bis wir nicht absolute Gewißheit haben, ist es sehr gut möglich, daß sie überlebt haben. Vielleicht hören wir ja heute etwas von ihnen.«

Kate war bis ins Mark gerührt von ihrer Zuneigung zu ihr und betroffen von ihrer unnötigen Trauer. Sie konnte es nicht ertragen, daß sie auch nur eine Sekunde länger litten, trat in das Zimmer und marschierte geradewegs zum Bett. »Miss Dolly? Miss Maggie? Bitte, weinen Sie nicht. Mir geht es gut. Ich bin wieder zu Hause.«

Dolly sprang förmlich hoch, und Maggie setzte sich mit einem Ruck kerzengerade auf. »Kate!« Ihr Gesicht leuchtete, als sie voller Unglauben und Staunen lächelte. »Kate! Da sind Sie ja! Ich hatte solche Angst...«

»Es tut mir so leid, daß ich Ihnen Kummer bereitet habe«, flüsterte Kate. »Haben Sie denn die Nachricht von Doktor Hunt nicht bekommen?«

Dollys erleichtertes Lächeln und ihre Überraschung verflogen im Nu, und sie runzelte die Stirn. »Eine Nachricht? Nein, wir haben keine Nachricht bekommen. Wir haben bis lange nach Einbruch der Dunkelheit gewartet, und als Mister Massey und Sie nicht wiedergekommen sind, haben wir angenommen... Wir hatten keine Wahl, als abzuwaschen und den Besitz so schnell wie möglich zu verlassen. Wir wußten ja nicht, wie früh am Morgen die Spades zurückkommen würden.«

Kate bückte sich und umarmte Maggie. Dann griff sie in die Tasche und holte die zweite Nachricht heraus, die Doktor Hunt an Dolly geschrieben hatte. »Ich bin nicht ganz sicher, aber ich glaube, Mister Massey hatte Doktor Hunt gebeten, einen Boten zu dem Landsitz zu schicken statt zum Cottage. Es tut mir so leid. Ich hatte nicht vor, Ihnen soviel Sorgen zu bereiten.«

»Wir sind beide froh, daß Sie sicher und gesund wieder zu Hause sind«, flüsterte Maggie. Sie betrachtete erstaunt Kates Gesicht und strich mit den Fingern zart über ihre Wunde. »Sie haben sich ja verletzt, Sie Arme. Was ist passiert? Sind Sie wirklich wieder ganz gesund?«

Kate schloß einen Moment die Augen, als Maggie ihre Wange streichelte. »Doktor Hunt hat mir versichert, daß ich nach einem oder zwei Tagen Pause wieder völlig gesund bin. Der Mastbaum hat meinen Kopf getroffen, als wir von einer Woge erfaßt worden sind. Mr. Massey ... Oh, Miss Maggie! Er war so mutig! Er hat sich um mich gekümmert und hat mich heute morgen nach Hause gebracht ...«

»Laut dieser Nachricht von Doktor Hunt hat sich Mister Massey gestern nacht um Sie gekümmert!« fuhr Dolly hoch. »Sie waren doch nicht allein mit ihm, oder? Ihr Ruf steht auf dem Spiel, und sollte ich auch nur eine Sekunde etwas anderes annehmen müssen, dann wird Mr. Massey die Konsequenzen für sein Verhalten tragen müssen.«

»Mr. Massey hat mich nur zu Doktor Hunt gebracht und ... mich heute morgen nach Hause gefahren. Er war ein vollendeter Gentleman«, wiederholte Kate. Sie fragte sich, ob es ihn in Dollys Augen auch als vollendeten Gentleman qualifizierte, daß er sie die ganze Nacht mit seinen Küssen wach gehalten hatte. Dieser Gedanke erinnerte sie an das Streitgespräch der Mullan-Zwillinge über Küsse. Sie verzieh sich allerdings ihre kleine Lüge, weil sie keine Lust hatte, ihre Beziehung zu Philip Massey, die schon kompliziert genug war, noch weiter zu verwirren, indem sie Miss Dolly oder ihrer Schwester erzählte, daß sie die ganze Nacht in seinen Armen verbracht hatte.

»Werden Sie mir verzeihen, Kate? Ich wollte Ihnen keinen Schaden zufügen, als ich vorschlug, daß Mr. Massey Sie auf eine Segeltour mitnehmen sollte.« Maggies Augen waren feucht vor Tränen, und Kate streichelte ihr zärtlich die Wangen.

»Aber das war doch nicht Ihre Schuld. Es sei denn, sie hätten diese Windbö erzeugt!« Kate lachte und drückte Miss Maggie einen Kuß auf die Stirn. »Es war ein Unfall. Ein verrückter Zufall. Bitte geben Sie sich daran nicht die Schuld.«

»Genau das habe ich gesagt, bevor Kate angekommen ist«, erinnerte Dolly ihre Schwester. »Ich nehme an, wir sollten versuchen, das alles zu vergessen.«

»Und statt dessen dieser jungen Lady ein heißes Bad einlaufen lassen und etwas zu essen machen. Sind Sie hungrig, Kate?« fragte Maggie, während sie aufstand und ihren Arm um Kates Hüfte legte.

Kate war überwältigt von der Zuneigung, die sie ihr entgegenbrachten, aber sie wußte auch, daß jetzt der Moment gekommen war, an dem sie ihnen die Wahrheit erzählen mußte. Wenn sie so lange wartete, bis Philip ankam, waren sie vielleicht beleidigt, daß sie sie nicht schon früher ins Vertrauen gezogen hatte. Immerhin lebte Kate schon länger bei ihnen, als sie Philip Massey kannte, und da die Schwestern sie sowohl in ihr Heim als auch in ihre Herzen aufgenommen hatten, schien es ihr nur fair, es ihnen zuerst zu gestehen.

Sie holte tief Luft, während die beiden aus dem Zimmer gingen. »Eigentlich bin ich nicht sehr hungrig, und ich möchte gern mit Ihnen reden. Vielleicht können wir uns einen Moment ins Wohnzimmer setzen, wo wir es alle gemütlich haben.«

Als die drei Frauen es sich im Salon bequem gemacht hatten, zitterten Kate die Knie. Ihre Handflächen waren naß vor Schweiß, und sie hatte pochende Kopfschmerzen. Sie dachte an Philip, an seinen Mut und seine Ehrlichkeit, und flehte den Himmel um die richtigen Worte an. Ihr Herz hämmerte in ihrer Brust, als sie den beiden Schwestern ins Gesicht sah. »Ich war nicht ganz ehrlich zu Ihnen«, begann sie. »Aber ich kann nicht mehr länger mit dem leben, was ich getan habe. Ich hoffe, daß Sie mir meine Täuschung verzeihen, aber bis jetzt habe ich einfach nie den Mut gefunden, Ihnen die Wahrheit zu gestehen.«

Sie senkte den Blick, weil sie nicht mit ansehen wollte, wie sich die Zuneigung der beiden älteren Frauen in Verachtung verwandelte. »Kathryn Danaher ist nicht mein richtiger Name. Ich heiße Baxter. Kathryn Baxter«, fuhr sie rasch fort, bevor sie der Mut verlassen konnte. »Aber Zuhörer auf der ganzen Welt kennen mich einfach als die Prinzessin. Die Elfenbeinprinzessin.«

Eine der beiden holte scharf Luft.

Die andere seufzte beseelt.

Kate spannte sich an und straffte die Schultern. Dann hob sie den Blick und hoffte, daß noch etwas Zuneigung in ihren Herzen übrig war, eine Zuneigung, die sich in ihren Blicken zeigte und die ihnen half, Kate zu vergeben, daß sie sie belogen hatte. Wenn sie diese Zuneigung für immer ausgelöscht hatte und ihr die reine Verachtung entgegenstarrte, dann hätte sie es nur sich ganz allein zuzuschreiben.

Da ertönte eine sanfte Stimme:

»Ich habe dir doch gesagt, daß sie es uns gestehen würde, sobald sie dazu in der Lage wäre.«

22. KAPITEL

Kate konnte kaum glauben, daß sie Maggie richtig verstanden hatte. Ihr wäre fast das Herz stehengeblieben. Verwirrt sah sie von einer Schwester zur anderen.

Maggie strahlte über das ganze Gesicht vor Selbstzufriedenheit. Dolly hingegen war offenbar keineswegs froh darüber, daß sie eines Irrtums überführt worden war. Ihre Miene konnte man bestenfalls skeptisch nennen. Kate hielt sich an den Armlehnen ihres Sessels fest und sah die beiden fassungslos an. »Sie ... Sie wußten es? Sie ... Sie wußten, wer ich bin? Die ... die ganze Zeit?«

Dolly preßte die Lippen aufeinander, bis sie so bleich waren, daß sie perfekt zu ihrem Haar paßten. »Natürlich wußten wir das. Obwohl Sie sich ja alle Mühe gegeben haben, uns hinters Licht zu führen. Doch als Sie für uns gespielt haben, habe ich Ihre einzigartige Begabung für das Klavier sofort erkannt.« Sie sah Kate liebevoller an, als sie es je getan hatte. »Ihr Gesicht konnte Sie nicht verraten, aber Ihre Begabung ist einfach unverkennbar. Auch wenn Sie sich beim Vorspielen einmal sogar absichtlich verspielt haben.«

»Aber warum haben Sie mich nicht zur Rede gestellt?« Warum haben Sie mich bleiben lassen, obwohl Sie wußten, daß ich Sie angelogen habe?« Kate konnte es nicht fassen und erinnerte sich, wie schwer es ihr gefallen war, beim Vorspielen mittelmäßig zu spielen. Offenbar war ihre Befürchtung richtig gewesen, daß sie zu gut gespielt hatte. Aber waren auch ihre Ängste berechtigt gewesen, daß sie sie dann weggeschickt hätten?

Sie hielt den Atem an und hoffte auf Verständnis und Verzeihung.

Maggie beugte sich in ihrem Sessel vor. »Wir waren neugierig, Kate. Ich bin sicher, daß Sie einen sehr guten Grund dafür hatten, Ihre wahre Identität vor einigen Leuten geheimzuhalten. Dolly hatte Ihnen geschrieben, daß wir beide Ihr Talent bewundern. Sie waren eine Inspiration für viele junge Frauen, aber warum haben Sie Ihre Karriere aufgegeben? Warum sind Sie hierhergekommen und haben so getan, als wollten Sie diese Stellung?«

»Genau, warum?« fiel Dolly ein. »Ich glaube, wir haben das Recht, die Wahrheit zu erfahren, und wir haben es auch verdient zu wissen, ob Sie wirklich dieses Leben gegen ein ehrbareres eintauschen wollen, oder ob Sie einfach nur Zeit verstreichen lassen wollen um in der ›Abgeschiedenheit‹ Kraft zu schöpfen, wie Ihr Agent es der Zeitung berichtet hat.«

Kate holte mehrmals tief Luft und befeuchtete ihre Lippen. »Mein Agent wollte nicht, daß ich mich zurückziehe, und hat mich gezwungen, als die Elfenbeinprinzessin aufzutreten. Aber ich konnte es einfach nicht länger ertragen, also ... bin ich weggelaufen«, stieß sie hervor. »Ich glaube, er hat dieses Interview nur gegeben, um mir Angst einzujagen und mich aus meinem Versteck aufzuscheuchen. Denn er hat mich bis jetzt nicht gefunden.« Ihre Augen füllten sich mit Tränen der Reue, weil sie die beiden Frauen hintergangen hatte. »Ich wollte Ihnen so gern vertrauen, aber ich hatte einfach Angst.« Ihr letztes Wort war nurmehr ein Flüstern.

»Wovor hatten Sie Angst, Liebes?« fragte Maggie sanftmütig.

»Daß Sie mir nicht glauben würden«, antwortete Kate flüsternd. »Ich bin keine Prinzessin, und ich habe auch niemals etwas von den Dingen getan, die man mir nachsagt. Ich bin nur ... ich bin einfach so müde, mit der Lüge zu leben.«

Dolly setzte sich noch aufrechter hin. »Wenn Sie erwarten,

daß wir Ihnen Glauben schenken, dann fangen Sie am besten vorn an. Ganz vorn!« betonte sie und streckte kampflustig ihr Kinn vor.

»Wir versprechen auch, Ihnen zuzuhören und Sie nicht zu verurteilen, Liebes. Machen Sie nur, erzählen Sie uns alles.«

Maggies Ermunterung verstärkte Kates Überzeugung, daß es das richtige war, die Wahrheit zu erzählen. Mit zitternder Stimme berichtete sie ihnen von ihrer Großmutter, der Liebe zum Klavier, das Kate eine so große Freude bereitet hatte, und den närrischen Spielchen, die sie mit Charlotte Ann Ludfallow gespielt hatte. Sie zählte all die Punkte auf, die zu jener schicksalshaften Nacht vor langer Zeit geführt hatten, zu dieser Nacht, die ihr Leben für immer verändert hatte. Sie hielt inne und holte tief Luft, um sich gegen die schmerzlichste Erinnerung ihres Lebens zu wappnen. »Die Ludfallows veranstalteten eine Dinnerparty und überraschten Charlotte Ann mit der Aufforderung, vor mehreren Dutzend Gästen zu spielen. Unglücklicherweise erwies sich ihr Spiel als ein völliges Desaster, und ihre Eltern waren mehr als peinlich berührt. Sie waren wütend und bestürzt, als sie die kleine Täuschung von uns Kindern entdeckten. Sie hatten einen Theateragenten und seine Frau eingeladen und gehofft, er würde Charlotte Ann eine Karriere als Konzertpianistin anbieten, sobald er sie spielen gehört hatte.«

»Sie hatten das Recht, sich zu ärgern«, verkündete Dolly.

»Aber ihr wart doch noch Kinder«, konterte Maggie, wie immer mit dem verständnisvolleren Ton.

»Ich war elf, ich hätte es besser wissen müssen«, antwortete Kate. Sie wünschte, sie hätte noch einmal das Rad der Geschichte zurückdrehen und diesen schicksalhaften Fehler ungeschehen machen können.

»Was ist dann passiert?« wollte Maggie wissen.

Die Erinnerung bohrte sich wie ein spitzer Stahl in Kates Herz. »Sie haben meine Großmutter entlassen und uns befohlen zu gehen. Da hat sich der Theateragent eingemischt. Simon Morrell. Er hat angeboten, mich mitzunehmen. Die Ludfallows waren einverstanden, meine Großmutter bei sich wohnen zu lassen, unter der Voraussetzung allerdings, daß sie die Vormundschaft auf Morrell übertrug. Als er versprach, daß ich den Klavierunterricht bekommen sollte, den ich so sehnlichst wünschte, gab sie nach. Wir haben uns niemals wiedergesehen.«

Kate drängte die Tränen zurück, schloß die Augen und kämpfte um ihre Fassung. Als ihr Herzschlag sich wieder beruhigte, warf sie einen kurzen Blick auf Maggie und Dolly. Sie glaubte, einen Schimmer von Mitgefühl in Maggies Augen zu sehen, aber Dolly ließ sich nicht anmerken, ob sie geneigt war, ebenso verständnisvoll zu sein wie ihre Schwester.

Kate räusperte sich und schilderte schnell die Jahre der Isolation und der Ausbildung, ihr Scheitern, so gut zu werden, daß sie eine Pianistin von Weltruhm werden konnte, und Simons Entscheidung, sie auf der Bühne unter dem Pseudonym der Elfenbeinprinzessin auftreten zu lassen.

Dolly horchte auf. »Hat Simon Morrell Ihre Tourneen in Europa und Amerika organisiert?«

Kate nickte. »Er hat auch die Gerüchte über die Elfenbeinprinzessin in die Welt gesetzt, damit Gönner in die Theater strömten. Seine Frau hat ein besonderes Kostüm für mich entworfen, damit meine Identität verschleiert blieb.« Sie seufzte. »Die Elfenbeinprinzessin und ihr skandalöser Hintergrund waren nichts weiter als ein Theatertrick, mit dem Simon Morrell Geld verdienen wollte.«

»Glauben Sie wirklich, daß Ihr Agent sich diese ... Person aus den Fingern gesogen hat?«

Dollys Frage konnte Kate nicht überraschen. Sie hatte sich in den ersten Jahren mit demselben Gedanken herumgeplagt. »Ich weiß nicht, woher und wann ihm diese Idee kam«, gab sie zu. »Ich erinnere mich nur daran, daß Simon und Helen, seine

Frau, davon überzeugt waren, damit ein Vermögen verdienen zu können. Vielleicht dachten sie, mit einer geheimnisumwobenen Prinzessin die Zuhörer in ganz Europa faszinieren zu können. Und sie behielten ja auch recht damit. In jedem Land, in dem ich auftrat, waren die Adligen davon überzeugt, daß ich irgendwie ihrer Schicht angehörte. Ich ... ich bin nicht sehr stolz darauf, daß ich diese Rolle für Simon gespielt habe. Einmal habe ich sogar versucht zu fliehen. Es war bei einem Gastspiel in Wien. Allerdings habe ich es nur bis zur Hintertür des Hotels geschafft.«

Noch mehr Erinnerungen. Noch mehr Schmerz. Es war schrecklich quälend, ihre Vergangenheit zu enthüllen, aber sie fuhr trotzdem fort. »Im letzten Mai bin ich einundzwanzig geworden, und ich hatte geglaubt, die Bühne dann verlassen zu dürfen. Ich habe mich darauf gefreut, ein normales, ehrbares Leben zu führen, bis ich entdeckte, daß Simon eine neue Konzerttour arrangiert hatte. Da bin ich weggelaufen, und seitdem verstecke ich mich bei Ihnen.«

Sie spielte nervös mit ihren Fingern. »Ich kann nur hoffen, daß Sie mir verzeihen, daß ich Sie beide hintergangen habe. So sehr ich auch bei Ihnen bleiben möchte ... ich kann verstehen, wenn Sie mich wegschicken.«

»Und wohin würden Sie gehen?« wollte Maggie ruhig wissen.

Kate stieß einen tiefen Seufzer aus. »Ich weiß es nicht. Was mich angeht, so existiert die Elfenbeinprinzessin nicht mehr, und ich werde niemals wieder zurück auf die Bühne gehen.«

»Sie müssen auch nicht zurückgehen«, meinte Maggie. Sie sah ihre Schwester an. »Ich denke, wir sollten Kate so lange bei uns bleiben lassen, wie sie will. Was sagst du dazu?«

Dolly war offenbar tief in Gedanken versunken und antwortete zunächst nicht. »Ich habe noch ein paar Fragen an sie, bevor ich das entscheiden kann«, sagte sie schließlich. Sie sah Kate offen an. »Weiß irgend jemand, ein Diener oder ein Freund, der Ihnen bei der Flucht geholfen hat, wo Sie sind?«

»Nein. Niemand. Dessen bin ich mir absolut sicher, weil ich ohne jede fremde Hilfe entkommen bin.«

»Was wollen Sie tun, wenn Simon Morrell Sie findet oder jemanden schickt, der Sie sucht?«

Kate straffte sich. »Ich trete nie wieder auf! Wenn er mich findet und mich zwingt, wieder zurückzugehen, werde ich einfach sitzen bleiben und mich weigern zu spielen. Das hätte ich von Anfang an tun sollen.«

»Wie alt waren Sie damals?« wollte Maggie wissen.

»Sechzehn.«

»Dann waren Sie ja noch ein Kind!« rief sie aus. »Der Mann sollte sich schämen.«

»Der Mann hat kein Gewissen«, erwiderte Dolly kühl. »Ich glaube, es wird Zeit, daß er eins bekommt. Zwar kann ich nicht gutheißen, was Sie getan haben, aber ich vermute, daß Sie seinem Willen ausgeliefert waren.« Sie drehte sich zu ihrer Schwester um. »Kate kann bei uns bleiben, und sobald er begreift, daß sie nicht kommt, wird er gezwungen sein, die Konzerte abzusagen. Sein Ruf wird ruiniert sein, und das sollte ihn lehren, andere Menschen zu seinen Zwecken zu mißbrauchen.«

Kates Unglauben verpuffte, als sie Dollys entschlossene Miene und das Lächeln auf Maggies Gesicht sah. Sie freute sich, und als sich ihre Aufregung gelegt hatte, machte sich ein ruhiger Friede in ihr breit. »Ich darf bleiben? Sie helfen mir, mich zu verstecken?«

»Wir helfen Ihnen«, bestätigte Dolly. »Aber nur, weil Sie uns schließlich doch noch die Wahrheit erzählt haben.«

Maggie stand auf und half Kate hoch. »Und jetzt möchte ich, daß Sie aufhören, sich Sorgen zu machen. Hier bei uns sind Sie sicher.« Sie hakte sich bei Kate unter. »Ich wußte, daß Sie einen guten Grund hatten, uns das alles nicht gleich am ersten Tag zu erzählen. Jetzt wollen wir einen guten, starken Tee trinken, bevor wir Sie in die Badewanne stecken. Morgen sehen wir weiter.«

Kate war ganz schwach vor Erleichterung und konnte die Tränen nicht mehr zurückhalten. Als die drei durch das Musikzimmer gingen, warf sie einen Blick auf den Flügel, ihren Freund, ihre Last und – ihre Rettung. All die Jahre auf der Bühne in dieser aufwendigen Verkleidung waren jetzt endgültig Vergangenheit. Keine Schuldgefühle. Keine Schleier. Keine Kameebrosche.

Die Brosche! Wie hatte sie nur vergessen können, die Kameebrosche zu erwähnen?

Kate war enttäuscht von sich selbst, aber es war ja noch genug Zeit. Sie würde ihnen beim Abendessen von der Kameebrosche erzählen. Jetzt wollte sie einfach nur ein paar ruhige Momente mit Dolly und Maggie verbringen, bevor sie ein langes, heißes Bad nahm und etwas Hübsches für Philips Besuch heute abend anzog.

Philip! Sie war so von ihrer Beichte in Beschlag genommen gewesen und hatte sich so darüber gefreut, daß Dolly und Maggie sie aufgenommen hatten, daß sie ganz vergessen hatte, sie über sein Kommen heute abend zu informieren. Und ein zweiter beunruhigender Gedanke störte ihren kaum errungenen Seelenfrieden. Wenn Dolly und Maggie ihre wahre Identität die ganze Zeit gekannt hatten, war es nicht möglich, daß auch Philip wußte, wer sie in Wirklichkeit war?

Das Zimmer schien sich um sie zu drehen. Sie zitterte vor Kälte und ihre Zähne klapperten, als sie sich das Gespräch mit ihm über die Elfenbeinprinzessin ins Gedächtnis rief.

Sie schuldete Philip eine Menge Dankbarkeit für das leuchtende Vorbild, das er ihr gewesen war. Ohne ihn, der sie auf ihrem Weg führte, hätte sie niemals den Mut aufgebracht, den Schleier von ihrer Vergangenheit zu lüften für eine Zukunft, von der sie schon so viele Jahre geträumt hatte.

Ohne Philip hätte sie niemals die heilende Kraft der Liebe erfahren. Er war ihr Führer, ihr Held und ihre Liebe ... ihre einzig wahre Liebe.

Allerdings konnte er auch sehr gut ihr Feind sein.

Während ihrer gemeinsam verbrachten Nacht war er sehr zärtlich und liebevoll gewesen. Es war gut möglich, daß er bereits gewußt hatte, daß sie die Elfenbeinprinzessin war. Das würde sein barsches Benehmen von heute morgen erklären. Kate konnte kaum atmen, während sie sich vorstellte, daß sie ihn in einigen Stunden wiedersehen würde. Denn es würde nur gut verlaufen, wenn er noch nicht die Wahrheit über ihre Vergangenheit wußte. Wenn er ihre Zuneigung erwiderte, könnte er ihre Täuschung und ihre Vergangenheit vielleicht nicht verzeihen. Wenn er jedoch keine starken Gefühle für sie hegte, dann war ihre Beichte sowieso überflüssig. Andererseits war es genausogut möglich, daß er die Illusion zerstörte, die sie hier in ihrem Zufluchtsort aufgebaut hatte, indem er sie darüber informierte, wie einfach sie aufzuspüren gewesen war, weil er der Mann war, den Simon ihr hinterhergeschickt hatte.

Sie mußte schon sehr naiv sein zu glauben, daß er sich in sie verliebt hatte und daß er von einem Feind zu ihrem Helfer bekehrt werden konnte.

Nur eine Frau konnte das denken, die naiv genug war, an die Liebe zu glauben und dem Mann völlig zu vertrauen, an den sie ihr Herz verloren hatte.

Kate fühlte sich erfrischt nach dem langen Bad und sah in ihrem neuen Kleid wesentlich präsentabler aus als zuvor. Sie betrachtete sich in dem Spiegel über dem Waschtisch. Unter ihrem frisierten Haar war die Verletzung kaum noch zu sehen, aber ihre Augen verrieten ihre innere Unruhe und Verwirrung. Ihr Herz bat sie, Philip zu vertrauen, aber ihr gesunder Menschenverstand und ihr Überlebensinstinkt warnten sie vor ihrem Gegner.

Kate wandte sich entschlossen vom Spiegel ab: Sie brauchte Klarheit. Sobald er angekommen war, würde sie ihn zur Rede stellen, ihm ihre wahre Identität verraten und die Konsequenzen dafür übernehmen. Ein gebrochenes Herz war noch das kleinste Übel, das ihr passieren konnte.

Sie verließ ihr Schlafzimmer und ging in das Musikzimmer, während Maggie in der Küche das Abendessen zubereitete und Dolly sich in ihrem Zimmer umzog.

Nachdem Kate das Metronom und einen Stapel Notenhefte von dem Klavier genommen und auf den Boden gelegt hatte, hob sie den Deckel des Pianos ab und lehnte ihn an die Wand. Sie sah sich rasch um und vergewisserte sich, daß sie noch allein war. Sie raffte ihre Röcke hoch, stieg auf die Pianobank und beugte sich über das Klavier. Mit einer Hand hielt sie das Gleichgewicht, während sie mit der anderen hineingriff, um die Kameebrosche herauszuholen, die sie hier versteckt hatte.

Schnell ließ sie sie in der Tasche verschwinden, stieg wieder von der Bank herunter und richtete alles wieder so her wie vorher. Jetzt war sie bereit, Dolly und Maggie auch von der Brosche zu erzählen und um ihren Rat zu bitten, wie sie sie an Simon zurückgeben konnte. Sie drehte sich um und ging in die Küche.

Kate hatte den Raum jedoch kaum betreten, als sie schon bemerkte, daß etwas nicht stimmte: der Tisch war nicht gedeckt, das Essen nicht bereitet. Maggie stand am Fenster mit dem Rücken zum Zimmer.

Sie hatte wieder einen Anfall erlitten!

Kates Herz schlug schneller, als sie zu der älteren Frau trat, ihr den Arm um die Schultern legte und sie liebevoll ansah.

Maggies weggetretene Miene war so friedlich und glücklich, daß Kate fast ein schlechtes Gewissen bekam, weil sie in diese abgeschlossene Welt eindrang. Wohin flohen wohl Maggies Gedanken, wenn sie einen solchen Anfall hatte? Vermutlich an einen Ort, der weit weg war, und in eine Zeit, die schon lange verflossen war. Ob Maggie sich später an ihre Gedanken erinnerte? »Es ist Zeit für das Abendessen«, flüsterte sie und fürchtete, daß Maggie vielleicht nicht zurückkommen mochte.

Doch die Lider der älteren Frau zuckten, und ihre Lippen zitterten einen Augenblick, bevor sich der Blick klärte und sich Kate zuwandte. »Oh, Liebes«, sagte sie leise, als sie auf den Tisch und den leeren Ofen sah. »Das Abendessen wird sich heute vielleicht ein bißchen verspäten. Es tut mir leid. Habe ich Ihnen Angst eingejagt?«

Kate drückte sie sanft. »Überhaupt nicht. Soll ich Ihnen helfen?«

»Das wird Dolly gar nicht gefallen. Sie hat zwar versucht zu begreifen, aber es ist ihr nicht klar, wie schwer es für mich ist. An manchen Tagen ist es besser als an anderen, aber heute...«

»Heute haben Sie mich sehr glücklich gemacht«, sagte Kate schnell, damit Maggie erst gar kein schlechtes Gewissen wegen dieses Leidens bekam, das sie nicht kontrollieren konnte. Dolly mußte all die Jahre unter sehr anstrengenden Umständen gelebt haben. Und da sie jetzt gezwungen war, sich zur Ruhe zu setzen, konnte man es ihr auch nicht verübeln, wenn sie ab und zu die Geduld mit ihrer Schwester verlor.

Ein Klopfen an der Haustür unterbrach ihr Gespräch. Maggie drehte Kate sanft um. »Ich nehme an, daß dies Ihr junger Freund ist. Gehen Sie und machen Sie ihm auf.«

»Ich bin noch nicht einmal dazu gekommen, Ihnen zu sagen, daß er vorbeikommen wollte«, sagte Kate leise. Sie wurde ganz blaß. »Ich hatte ihn erst nach dem Abendessen erwartet. Woher wußten Sie, daß er kommen würde?«

Maggie führte sie durch das Musikzimmer zur Tür. »Haben Sie ihm gesagt, wer Sie wirklich sind?«

Kate schüttelte zitternd den Kopf. Maggie schien nicht zu glauben, daß er es schon wußte. War Kate vielleicht ein Opfer ihrer eigenen Paranoia geworden? War es falsch gewesen, ihm zu mißtrauen?

»Sagen Sie es ihm«, drängte Maggie sie. »Wenn er Sie so sehr liebt wie Sie ihn, dann wird er verstehen, warum Sie so lange mit dieser Beichte gewartet haben.«

Kate fehlten die Worte, und sie konnte Maggie nur ansehen. Die lachte leise und legte Kate ihre Hand auf die Wange. »Sie sind so jung und unschuldig. Haben Sie wirklich geglaubt, daß Sie ihre Gefühle und die Wahrheit verbergen können? Glauben Sie einfach an die Liebe, die ich auf den Gesichtern von Ihnen beiden gesehen habe.«

»Ich liebe ihn wirklich, von ganzem Herzen«, flüsterte Kate. Sie hatte ein schlechtes Gewissen, doch Maggies Vertrauen und Zuversicht ließen sie schwanken, ob Philip sie tatsächlich hinterging. »Ich weiß nur einfach nicht, ob meine Liebe stark genug ist, um den Betrug an ihm auszugleichen.«

»Liebe vertraut und verzeiht, mein Liebes. Und jetzt gehen Sie.« Maggie schob sie behutsam weiter.

Sie ging ein paar Schritte, drehte sich aber plötzlich wieder um und ging zurück, um Maggie zu umarmen.

Maggies Augen waren feucht. »Wahrer Liebe begegnet man nur einmal. Lassen Sie sie nicht zwischen ihren Fingern zerrinnen.«

»Das werde ich nicht«, versprach Kate ihr, während sie sich selbst die Tränen aus den Augen wischte. Nicht, ohne darum zu kämpfen, nahm sie sich vor.

Es klopfte wieder, diesmal lauter und hartnäckiger.

»Er scheint etwas unruhig zu sein«, meinte Maggie mit einem Lächeln. »Ich glaube nicht, daß er gern wartet.« Sie zwinkerte Kate zu, die von dieser Geste überrascht war. »Führen Sie ihn auf die Terrasse. Dort sind Sie ungestörter.«

»Aber Miss Dolly ...«

»Ach, Dolly wird gar nicht erfahren, daß er hier ist, bis Sie mit ihm geredet haben.«

Kate holte tief Luft und tastete unwillkürlich nach der Kameebrosche, während sie zur Tür ging.

Wieder klopfte es.

Sie beeilte sich und hoffte, daß Maggie recht hatte und Philip früher gekommen war. Dann hätte sie Zeit, ungestört mit ihm zu reden und ihm die Wahrheit zu erzählen. Sie mußte diese unerträgliche Spannung zwischen Hoffnung und Verzweiflung einfach beenden.

Ihre Hände zitterten, als sie das innere Schloß zurückschob und die Tür öffnete. Das grelle Sonnenlicht blendete sie. Die Gesichtszüge des Mannes waren wie hinter einem Schleier verborgen, während sich ihre Augen auf die plötzliche Helligkeit einstellten, aber seine Silhouette erkannte sie sofort.

Ihr Herz schlug schneller, und ihre Beine schienen nachzugeben. Ihr Mund war wie ausgetrocknet, und als sie versuchte, seinen Namen auszusprechen, kam nur ein heiseres Flüstern heraus.

23. KAPITEL

Kate«, flüsterte Philip. Das Herz hämmerte in seiner Brust, als er ihr Gesicht betrachtete, das vor Erstaunen und Liebe glühte, während die Sonne sie in ihrem goldenen Glanz erstrahlen ließ.

Philip fühlte einen Kloß im Hals, und heiße und kalte Schauer liefen ihm den Rücken herunter. Als sie seinen Blick mit ihren faszinierenden braunen Augen erwiderte, ballte er die Hand zu einer Faust, damit er sie nicht ausstreckte und Kate an sich heranzog. »Entschuldigen Sie, daß ich früher gekommen bin, aber wir müssen miteinander reden«, sagte er ruhig. »Ist es vielleicht möglich, daß wir uns irgendwo ein paar Minuten ungestört unterhalten?«

Kate nickte, trat hinaus und zog die Haustür hinter sich zu. Sie blickte zu ihm hoch und zögerte. »Wir können uns auf die Terrasse setzen, wenn es Ihnen recht ist. Sie sind ja sehr formell angezogen.«

Unwillkürlich straffte er sich und hielt ihr seinen Arm hin. »Heute ist ein sehr wichtiger Tag, für uns beide«, erklärte er. Als sie ihre Hand auf seinen Unterarm legte, spannte er sich an. Die Erinnerung an ihre gemeinsame Nacht hätte beinah seinen Entschluß umgeworfen, sie endlich zurück nach Philadelphia zu bringen und sich für immer aus ihrem Leben zu verbannen.

Sie gingen schweigend an dem Cottage vorbei zum rückwärtigen Garten. Als sie aus dem warmen Sonnenschein in den Schatten der Terrasse traten, suchte er nach den richtigen Worten, um sein Anliegen vorzubringen. Kate war ihm so nah, daß er den Puls in ihrem Hals schlagen sah, und er mußte schlucken. Die innige Liebe zwischen ihnen schien fast greifbar zu sein. Doch wenn er sie wahrhaft liebte, durfte er ihr die ganze Stärke seiner Liebe niemals eingestehen, um nicht die Kraft zu verlieren, sie zur Rückkehr zu ihrem Agenten zu überzeugen.

Sein Herz war ihm schwer vor Traurigkeit, als er sie ansah. Sie setzten sich nebeneinander auf die Bank der Terrasse. Philip drehte sich um und legte den Hut neben sich, und Kate ordnete ihre Röcke und steckte eine Hand in die Tasche. Nach einem kurzen Schweigen sah Kate ihn an und lächelte. »Ich möchte Ihnen noch einmal danken ... für alles.«

Als er die leichte Schwellung an ihrem Kopf bemerkte, hämmerte sein Herz in der Brust. »Ich hoffe, Sie vergeben mir, daß ich so unachtsam war und diese Verletzung verschuldet habe.«

»Da gibt es nichts zu verzeihen«, erwiderte sie. »Sie konnten die Woge nicht voraussehen, und als sie uns getroffen hat, haben Sie sehr schnell reagiert. Sie sind ein außergewöhnlicher Mann«, flüsterte sie. »Mutig und stark und aufrecht.«

Philip konnte vor Beklemmung kaum atmen, und er hustete verlegen. »Das Äußere kann täuschen.«

»Aber nicht immer in böser Absicht.« Sie senkte den Blick einen Moment. »Ich wollte eigentlich schon gestern abend mit Ihnen sprechen, aber da hatten wir ... da war nicht genug Zeit. Ich bin diejenige, die Sie um Verzeihung bitten muß. Weil ich nicht ganz ehrlich zu Ihnen war.«

Ihre Lippen bebten leicht und lösten in ihm Erinnerungen an ihre Küsse aus. Plötzlich wurde ihm erschreckend klar, daß er sie wahrscheinlich nie mehr küssen würde. Aber bevor er diesen traurigen Gedanken weiter verfolgen konnte, hatte sie ihre Hand aus der Tasche gezogen und hielt sie ihm hin, als würde ihr ganzes Leben dort auf ihrer Handfläche liegen. »Erkennen Sie die?« flüsterte sie.

Ihre Hand zitterte, aber Philip faßte sie nicht an, um sie zu beruhigen. Er war vollkommen von der Kameebrosche fasziniert, die in ihrer Hand lag, und war sprachlos, weil sie ihm genau das Schmuckstück zeigte, das er so sehr gesucht hatte.

Als er sie fragend anblickte, lächelte sie unsicher. »Es ist die Brosche, die die ...«

»Elfenbeinprinzessin getragen hat«, beendete er ihren Satz. Er nahm die Brosche hoch und starrte sie mehrere Sekunden ungläubig an. »Was machen Sie ... ?«

»Während der letzten fünf Jahre habe ich diese Brosche getragen, wenn ich auf der Bühne als Elfenbeinprinzessin aufgetreten bin.« Sie holte tief Luft. »Mein Name ist nicht Kathryn Danaher. Eigentlich heiße ich Kathryn Baxter.«

Philip sah sie an. Eine Welle der Zärtlichkeit überkam ihn, ein Bedürfnis, sie zu beschützen, doch er wappnete sein Herz gegen Gefühle, auf die er kein Recht hatte. Nichts durfte ihn daran hindern, sie zurück zu ihrem Agenten zu bringen.

»Warum erzählen Sie mir das jetzt?« wollte er wissen. Er mußte Zeit gewinnen, seine Gefühle unter Kontrolle bekommen, um all die unmöglichen Gedanken zu verscheuchen, die ihm durch den Kopf schossen und die ihm einreden wollten, daß ihre Liebe alle Hindernisse überwinden könnte. Er mußte sich auf seinen Auftrag konzentrieren, der ihn heute hierhergeführt hatte.

»Weil es ein Fehler war, Sie in die Irre zu führen. Es tut mir leid, sehr leid.« Ihre Stimme brach, und in ihrem Blick lag Bedauern.

Philip richtete sich gerade auf und runzelte die Stirn. Er bemühte sich, wütend zu wirken, obwohl er in Wahrheit ihren Mut bewunderte. Nur eine deutliche Zurückweisung würde Kate klarmachen, daß sie ihre Liebe dem falschen Mann geschenkt hatte. »Eine Entschuldigung scheint mir ein wenig unangemessen zu sein. Nicht nach all dem, was zwischen uns passiert ist.«

Tränen traten ihr in die Augen. »Ich liebe Sie, Philip. Ich kann es nicht länger ertragen, Sie zu hintergehen. Bitte, lassen Sie mich Ihnen erklären, warum ich Sie anlügen mußte.«

Er schluckte und nickte, während er die Brosche umklammerte. »Und was für eine Erklärung soll das sein?«

Sein barscher Ton löste eine wahre Tränenflut aus, und sie wischte sich mit zitternden Händen die Wangen trocken. Offenbar konnte sie sich kaum noch beherrschen. Ihr Anblick schmerzte ihn weit mehr, als er es jemals für möglich gehalten hätte.

»Ich hatte gehofft, daß Sie verständnisvoller sein würden. Offensichtlich habe ich Ihre ... Ihre Gefühle für mich falsch eingeschätzt«, stieß sie heiser hervor. Ihre Stimme klang eher traurig als ärgerlich, was Philip weit lieber gewesen wäre.

»Offensichtlich!« fuhr er sie unter heimlichen Qualen an.

Sie zuckte zusammen, aber nach einem kurzen Augenblick des Zögerns begann sie mit ihrer Geschichte. Mit brutaler Ehrlichkeit und ohne auch nur die kleinste Einzelheit auszulassen, schilderte sie all die Ereignisse, die sie vor zehn Jahren in Morrells Klauen gebracht und sie schließlich zu Dolly und Maggies Cottage geführt hatten. Sie beichtete jede Unwahrheit, die sie ihm erzählt hatte, um ihre wirkliche Identität zu verbergen, und legte all ihre Gründe dar, aus denen Sie von ihrem Agenten weggelaufen war.

Philip fühlte sich durch ihre mutige Beichte tief gedemütigt, und er konnte nicht länger leugnen, was sein Herz ihm schon längst eingehämmert hatte: Jedes einzelne Wort von ihr entsprach der Wahrheit. Davon war er ebenso überzeugt wie von der Liebe, die er für sie empfand.

In einem einzigen Moment wurde ihm klar, daß es sein eigener irriger Stolz und sein Verrat gewesen waren, die diese faszinierende Unschuld zur Hinterlist erklärt hatten, eine Unschuld, die er schon beim ersten Mal in ihrem Blick erkannt hatte. Daß sie ihn für mutig und aufrecht hielt, wo er doch in

Wirklichkeit nur log und betrog, war bittere Ironie ... und die würde ihr Herz ihm sicherlich niemals verzeihen.

Nicht nach dem, was Morrell ihr angetan hatte. Die Vorstellung, daß dieser Mann einer jungen, unschuldigen Frau einen so skandalösen Ruf angehängt und sie wie eine Gefangene gehalten hatte, entfachte eine heiße Wut in ihm. Morrell war keineswegs das Opfer in der Sache, und Kate hatte ihre Situation niemals schlimmer dargestellt, als sie tatsächlich war.

Auch wenn Philip sich nicht von Grund auf ändern konnte, konnte er doch seinen Charakter und sein Talent zur List zu Kates Gunsten nutzen statt zu seinen eigenen. Wenn er sie zu Morrell zurückbrachte, würde dieser keine Wahl haben, als auf Philips Forderungen einzugehen. Sonst würde er die Elfenbeinprinzessin niemals wiedersehen. Forderungen, die es Kate erlauben würden, Anerkennung für ihr Talent zu erlangen, und die sie endlich von dem Skandal reinwaschen würden, der ihre Karriere trübte. Forderungen, die sie aus dem Gefängnis Morrells befreiten. Forderungen, die am Ende Philip die größte Liebe kosten würden, die er jemals erlebt hatte.

Als Omega hatte er Täuschung zu einer Kunstform erhoben. Er log mühelos und manipulierte Leute mit Leichtigkeit, aber nichts von dem, was er vorher getan hatte, hatte ihn auf die schwierige Aufgabe vorbereitet, Kate glauben zu machen, daß er sie nicht liebte.

Mein Held.

Ihre Worte setzten ihm zu, und in seiner Brust schien ein Messer zu wüten. Wenn er auch nur einen Funken Hoffnung haben wollte, sie davon zu überzeugen, daß sie zu ihrem Agenten zurückkehren mußte, würde er ihr Bild von ihm gründlich zerstören und sie davon überzeugen müssen, daß der Mann, in den sie sich verliebt hatte, eine bloße Illusion war.

Er zwang sich, ruhig und gelassen zu antworten. »Gestatten Sie mir auch ein Geständnis«, sagte er, wenn auch seine

Stimme keinen Widerspruch zuließ. »Obwohl ich tatsächlich Philip Massey heiße und Juwelier bin, bringe ich hin und wieder auch gestohlenen Schmuck und gelegentlich – sehr gelegentlich – Ausreißer zurück. Simon Morrell hat mich engagiert, um die Brosche zu suchen, die Sie gestohlen haben, und ihm bei der Gelegenheit auch die Elfenbeinprinzessin zurückzubringen.«

Kate sprang hoch und sah ihn fassungslos an, während sie einige Schritte zur Seite machte. Auf ihrem Gesicht malten sich Schock, Ungläubigkeit und Entsetzen, und ihr Körper schien von Krämpfen geschüttelt zu werden. Sie rang sichtlich nach Atem, und ihre Augen liefen über vor Tränen. »Nein ... das ... das kann nicht sein! Nicht ... nicht Sie, Philip! Nicht Sie!« flüsterte sie heiser, während sie schwankend dastand. »Ich habe Sie doch geliebt.«

Er stand auf und legte ihr sanft die Hand auf die Schulter. Als sie vor ihm zurückwich, wappnete er sich, um den letzten Nagel in den Sarg ihrer Liebe zu treiben. »Vielleicht können Sie mir ja auf unserem Weg zurück nach Philadelphia noch einige nette Geschichten über all die anderen Männer berichten, die Sie angeblich geliebt haben.«

Kate wurde kreidebleich, und Philip begriff im gleichen Moment, daß die Strafe, die er für seine Lügen und seine Täuschungen zahlen mußte, weit schwerwiegender sein würde, als er sich vorgestellt hatte. Er sah zu, wie sich das Entsetzen auf ihrem Gesicht breitmachte, als sie langsam begriff, daß sie sich schrecklich in ihm geirrt hatte. Es war ihm also gelungen, ihr das Bild des Mannes, der ihrer Meinung nach für Ehrlichkeit, Integrität und Mut stand, ganz und gar zu zerstören.

Philip beobachtete ihr Gesicht und sah, wie die glühende Liebe zu ihm in ihren Augen erlosch und statt dessen ein tiefer Schmerz seine Schatten warf. »Sie waren mein Held«, flüsterte sie. »Ich habe Ihnen vertraut, Ihnen geglaubt. Wie konnten Sie mich so betrügen?«

»Auf genau dieselbe Art, wie Sie den Mann hintergehen konnten, der Sie zu einer gefeierten Berühmtheit gemacht hat«, konterte er kalt, während sein Inneres vor Schmerz und Trauer zu verbrennen schien.

Kates Augen schwammen in Tränen. »Wenn Sie noch ein bißchen Freundlichkeit für mich übrig haben, dann würde ich Sie bitten, es sich noch einmal zu überlegen. Und bitte, reden Sie mit niemandem über das, was ich Ihnen erzählt habe.«

Er schnaubte verächtlich. »Und was ist mit Miss Dolly und Miss Maggie? Finden Sie nicht, daß die beiden verdienen zu erfahren, was und wer Sie tatsächlich sind?«

Sie hob das Kinn. »Ich habe es ihnen heute nachmittag gesagt.«

»Und?«

Kate befeuchtete ihre Lippen. »Sie glauben mir und sind einverstanden, daß ich weiter bei ihnen bleibe.«

Er schüttelte den Kopf. »Und für wie lange? Bis Sie sich entscheiden, wieder davonzulaufen?«

Sie ignorierte die Frage und starrte ihn schweigend an.

Philip fuhr gnadenlos fort: »Was haben Sie sich eigentlich davon versprochen, daß Sie mir die Brosche gezeigt haben? Glaubten Sie, daß ich sie für Sie verkaufen würde, oder Ihnen etwas dafür leihe?«

»Nein!« Kate schrie es heraus, und ihre Augen weiteten sich vor Entsetzen. »Ich wollte Sie bitten, mir zu helfen, sie meinem Vormund zurückzugeben, ohne ihm zu verraten, wo ich bin. Ich hatte erwartet, daß er jemanden engagiert hatte, mich zu suchen, aber ich hatte nicht gedacht, daß er Erfolg damit gehabt hat.«

»Was für eine unglaubliche Ironie des Schicksals.« Philip spie die Worte förmlich heraus, während sich eiskalter Stahl in sein Herz bohrte, als er die Angst in ihren Augen und ihrem Gesicht sah.

»Sie haben Ihre Geschichte wohl dem falschen Mann

anvertraut.« Er stand auf. »Und Sie haben auch Ihre Verführungskünste überschätzt, wenn Sie glauben, daß ich Ihnen helfe.«

Kate sah ihn mit einem glühenden Blick an. »Ich möchte meine Brosche zurückhaben.«

Sie hielt ihm die Hand hin, aber er schüttelte nur den Kopf. »Die Brosche bekommt Morrell zurück, und Sie dazu.«

»Nach allem, was ich Ihnen erzählt habe?« schrie Kate. »Warum glauben Sie mir nur nicht?« Sie stieß seine Hand weg, und die Brosche flog durch die Luft und fiel zu Boden.

Kate wollte sie aufheben, aber er packte ihre Hände. »Ich werde die Brosche bekommen, aber zuerst sorge ich dafür, daß Sie eins begreifen: Nichts wird mich davon abhalten, meinen Auftrag zu erfüllen.«

Sie wich vor ihm zurück und stolperte zu der Brosche. Sie hob sie auf, ging zu Philip und legte ihm das Schmuckstück in die Hand. »Nehmen Sie sie. Bringen Sie sie Simon zurück. Offenbar hat er mich angelogen, als er sagte, daß wir kein Geld mehr hätten. Denn er besaß wohl genug, um Sie zu kaufen. Er lügt sehr gut, aber in Ihnen hat er seinen Meister gefunden.«

Die Tränen strömten ihr über die Wangen, aber diesmal wischte sie sie nicht fort. Trotzig schien sie sie wie Orden zu tragen, die die Ungeheuerlichkeit seines Verrates spiegelten.

»Bitte bringen Sie ihm die Brosche zurück«, bat sie ihn. »Aber zwingen Sie mich nicht dazu, mit Ihnen zu gehen. Ich führe jetzt ein neues Leben. Ein ehrbares Leben. Bitte zwingen Sie mich nicht dazu, zu Simon zurückzugehen.«

Sie hielt den Atem an, während sie auf seine Antwort wartete, aber er beachtete sie gar nicht. Mit dem Ärmel wischte er die Brosche sauber und starrte einen Augenblick darauf. Dann trat er aus dem Schatten der Veranda in das Sonnenlicht. Er hauchte die Steine an und betrachtete sie erneut. Als er die Brosche schließlich an die Wange hielt, war er nicht mehr nur fasziniert, sondern auch vollkommen verwirrt.

Schwer atmend hielt er Kate die Brosche hin. »Straß«, sagte er ruhig. »Sie haben versucht, mir diese Brosche anzudrehen, obwohl sie nur Straß ist? Glaubten Sie wirklich, ich würde nicht erkennen, daß es sich um eine Fälschung handelt?« Er schüttelte den Kopf. »Ich weiß nicht, warum Sie das versuchen, aber Sie haben genau eine Minute, um die richtige Brosche zu holen, sonst werden Sie es Ihr Leben lang bereuen.«

24. KAPITEL

Straß? Das... das ist völlig ausgeschlossen!« stieß Kate hervor. »Das ist die Brosche, die ich immer auf der Bühne getragen habe.« Alle Farbe war aus ihrem Gesicht gewichen, und ihre Augen blickten so besorgt, wie er es noch nie erlebt hatte.

Philip erkannte den Ausdruck unverstellter Verblüffung in ihrem Blick und schob sofort den Gedanken beiseite, daß sie ihm etwas vorspielte. Er hatte schon einmal gesehen, wie sie so reagiert hatte, nämlich als sie erfuhr, daß die Edelsteine auf seinem Arbeitstisch Nachahmungen waren, während Miss Dolly und er die Gründe diskutierten, aus denen sich manche Leute Replikate ihrer echten Schmuckstücke machen ließen.

Philip hätte gern geglaubt, daß sie keine Ahnung hatte, daß die Brosche mit falschen Diamanten verziert war. Und wenn das so war, dann hatte Morrell nicht nur gelogen, was diese Frau anging. Auch den Wert der Brosche hatte er vorsätzlich falsch angegeben.

Als Morrell Philip zuerst sein Angebot gemacht hatte, war ihm sehr nachdrücklich daran gelegen gewesen, daß Philip neben der Brosche auch die Elfeinbeinprinzessin finden und zurückbringen sollte. Als Philip jedoch den Auftrag abgelehnt hatte, weil er nicht gern auf Menschenjagd ging, hatte Morrell das Erfolgshonorar sofort verdoppelt, so sehr war ihm daran gelegen, daß die Prinzessin herbeigeschafft wurde.

Da die erhöhte Summe es Philip ermöglichte, seine Schulden bei Bradford auf einen Schlag zu tilgen, war er auf das unschöne Geschäft eingegangen.

Philips Blick ruhte immer noch auf ihr, als sie erneut schwankte. Er führte sie zur Bank zurück und wartete, bis sie sich setzte. Sie atmete mehrmals tief durch, bis ihre Wangen wieder Farbe bekamen.

»Wie können Sie so sicher sein, daß sie aus Straß ist?« fragte sie, während sie ihn panisch ansah. »Simon hat mir niemals erzählt...«

»Ich bin mir vollkommen sicher«, unterbrach er sie rasch. »Ich bin Juwelier, haben Sie das vergessen?«

»Müssen Sie sie nicht untersuchen?« widersprach sie. »Benötigen Sie dafür nicht Spezialwerkzeug oder zumindest Ihre Linse?«

Er schüttelte den Kopf. »Ich habe sie bereits genügend überprüft. Die größeren Steine brauchen zu lange, bis der Atemhauch wieder verschwindet. Und sie reagieren auch zu warm auf Berührung, als daß sie echt sein könnten. Vertrauen Sie mir. Ich habe lange genug mit Straß gearbeitet, um es zu erkennen, wenn ich es sehe.«

Sie ließ ihre Schultern sinken, und ihr Blick verschleierte sich. Im nächsten Moment jedoch funkelten ihre Augen ihn angriffslustig an. »Und wie soll ich wissen, ob Sie mir die Wahrheit sagen? Warum ... warum sollte ich Ihnen glauben?« flüsterte sie. Sie haben bei so vielen anderen Dingen auch gelogen.«

»Ich glaube kaum, daß Sie in der Position sind, sich zu beschweren«, erwiderte er. »Sie waren kaum ein Vorbild an Ehrlichkeit, stimmt's? Meinem Auftrag liegt eine legale Geschäftsvereinbarung zugrunde.«

Sie zuckte nicht mit der Wimper, und ihre Augen wurden noch matter, als sie ihn ungläubig ansah. »Vielleicht lügen Sie mich auch jetzt an. Vielleicht sind die Steine an der Brosche echt, und Sie wollen nur, daß ich glaube, es handele sich um Straß. Vielleicht tun Sie ja nur so, als hätte Simon Sie wegen der Brosche betrogen. In Wirklichkeit wollen Sie sie heimlich nach Philadelphia bringen, dort auseinandernehmen und die Diamanten verkaufen. Sie sind doch bestimmt mehr wert als das Honorar, das er Ihnen zahlt, oder?«

Sie zitterte und sprang auf die Füße. »Wollen Sie mit mir spielen? Soll ich Sie anbetteln, daß Sie Simon nicht erzählen, wo ich bin, obwohl Sie schon längst das, was Sie wirklich wollen, in den Händen halten?« Sie sah verletzt und gequält aus, und sie sah ihn flehentlich an, bevor sie resigniert den Kopf schüttelte. »Es ist so schwer, die Wahrheit zu erkennen. Offenbar sind wir beide sehr geübt darin, andere zu täuschen.«

»Das sind wir«, bestätigte er ruhig. Er senkte den Blick und betrachtete die Kameebrosche in seinen Händen. Philip war klar, daß sie noch viel mehr war als nur das Markenzeichen der Elfenbeinprinzessin. Ob sie nun echt war oder nicht: Sie entschied über seine und Kates Zukunft.

Er atmete unregelmäßig und schloß die Augen. Er stellte sich die Freiheit vor, die ihn erwartete, sobald er Brosche und Prinzessin bei Simon Morrell abgegeben und seine letzte Schuldzahlung bei Bradford beglichen hatte.

Diese Imitation hingegen würde Morrell niemals akzeptieren, genausowenig wie Bradford den Termin für den Schuldwechsel verlängern würde, es sei denn ... War es möglich, daß Morrell gelogen hatte, was den Wert der Brosche betraf, weil er eigentlich die Elfenbeinprinzessin wieder haben wollte? Oder war Kate diejenige, die ihm etwas vormachte? Sollte er ihre Geschichte für wahr halten und ihr erneut die Möglichkeit geben wegzulaufen?

Das durfte nicht passieren.

Nicht jetzt. Nicht, wo er so kurz vor seinem Ziel war, das er sich vor Jahren gesetzt hatte.

»Wir fahren nach Philadelphia«, erwiderte er entschieden. »Soll sich Morrell Ihrer annehmen. Wenn Sie die Wahrheit über die Brosche erzählen, wird er zufrieden sein, weil er das bekommen hat, was er wollte. Falls Sie jedoch lügen, werde ich ihm das Vergnügen ermöglichen, Sie zu zwingen zu verraten, wo Sie die echte Brosche versteckt haben. Und in beiden Fällen ist mir mein Honorar sicher.«

»Und wie wollen Sie die Brosche finden? Wollen Sie ins Cottage stürmen und die beiden alten Frauen erschrecken, die Ihnen immer nur Freundlichkeit entgegengebracht haben? Wie herzlos Sie geworden sind.« Sie deutete schwach auf das Cottage. »Tun Sie es doch einfach. Gehen Sie hinein. Verschaffen Sie sich Zutritt und ängstigen Sie sie zu Tode, während Sie ihr Heim auf den Kopf stellen.«

Philip straffte sich. Nach dem, wie er auf ihre mutige Beichte reagiert hatte, mußte sie ihn für berechnend und grausam halten. Und sie konnte nicht wissen, wie hoch der Preis dafür war, daß er sie verletzte. »Ich würde niemals etwas tun, das Miss Dolly oder Miss Maggie aufregen würde.«

Sie seufzte. »Ich auch nicht. Immerhin, darin sind wir uns einig. Vielleicht ist es der einzige Punkt, in dem wir uns vertrauen.«

Ihr Blick war so aufrichtig und sehnsüchtig, daß er ihr von Herzen gern getraut hätte. Sie sahen sich lange in die Augen. Furcht, Unschuld und Tugend mischten sich in ihrem Blick und rührten ihn zutiefst. Er wollte so gerne alles glauben, was Kate ihm über die Brosche erzählt hatte. Er wollte die Frau in seinen Armen halten und sie vor Morrell schützen, aber er war in einer selbstgemachten Hölle gefangen – eine Hölle, die sieben lange Jahre gedauert hatte und fast so ausgesehen hatte, als würde sie ihn den Rest seines Lebens einkerkern.

»Bitte«, flüsterte sie. »Warum vertrauen Sie mir denn nicht? Alles, was ich Ihnen erzählt habe, ist die reine Wahrheit.«

In Philip herrschte ein völliger Aufruhr, als er Kate anstarrte, die immer noch im Schatten der Veranda stand.

»Bitte.«

Kathryns schlichte Bitte riß ihn aus seinen Träumen. Trotz seines Entschlusses, sein Herz gegen sie zu verhärten und ihr zu widerstehen, konnte er nicht aufhören, ihr in die Augen zu sehen. Und plötzlich wußte er, was zu tun war.

Er holte tief Luft und schob die Brosche in die Tasche. »Wenn Sie mich für einen Narren halten und glauben, Sie könnten verschwinden, während ich weg bin, dann lassen Sie sich warnen: Ich habe Sie einmal gefunden. Ich finde Sie auch ein zweites Mal.« Er hielt inne, und sein Herz hämmerte wild in seiner Brust. »Wohin Sie auch gehen, ich werde Ihnen folgen. Und wo Sie sich auch verstecken, ich werde Sie finden.«

Sie drängte ihre Tränen zurück, aber seine Drohung konnte sie nicht einschüchtern. Statt dessen richtete sie sich auf. »Ich werde hier bei Miss Dolly und Miss Maggie sein. Das ist jetzt mein Heim. Wie bald ... wie lange ...?«

»So lange ich brauche«, flüsterte er und drehte sich rasch von ihr weg. Er ging schweren Schrittes, aber entschlossen weg. Sein Wille war eisern, und sein Herz bewachte den unmöglichen Traum, daß ihre Zukunft mehr als eine Illusion war.

25. KAPITEL

Noch am selben Abend stieg Philip die mit Teppich verkleideten Stufen zu Morrells Suite im vierten Stock des Morningstar Hotels hinauf. Die Brosche ruhte, gereinigt und poliert, in einem neuen Beutel in seiner Tasche.

Der unausweichlichen Begegnung mit Morrell sah er sowohl mit Angst als auch mit Erleichterung entgegen. Während der Fahrt vom Cottage nach Philadelphia hatte Philip Zeit gefunden, über seine Unterredung mit Kate nachzudenken und zu planen, wie er Morrell entgegentreten wollte. Ihm war völlig klar, daß er an der Schwelle eines neuen Lebens stand.

Ganz gleich, wie es ausging, Philip hatte jedenfalls keine Lust, seine Entscheidung hinauszuzögern oder gar zu überdenken, Morrell von Angesicht zu Angesicht zu konfrontieren. Das hatte er noch nie mit einem Klienten gemacht, der Omega angeheuert hatte. Da Philip aber bei diesem Auftrag bereits jede andere Regel verletzt hatte, schien es nur passend, auch die letzte zu brechen und beide Identitäten zu enthüllen.

Für Kate. Und für sich selbst, für seine Selbstachtung.

Wenn Kate log, was die Brosche betraf, dann konnte er zum Cottage zurückkehren und um Mitternacht wieder mit ihr in Philadelphia sein. Er würde Bradford am nächsten Morgen auszahlen, nachdem er Cynthias Halskette abgeliefert hatte, und seine lang ersehnte Freiheit feiern.

Sollte sie jedoch die Wahrheit sagen, wie er vermutete, dann wäre seine Karriere als Omega vorbei, weil seine wahre Identität dann bekannt geworden wäre. Er könnte eine kleine

Summe von seiner Schuld begleichen, doch es würde ihn Jahre kosten, den Rest abzutragen. Lange, einsame Jahre, und er würde jeden Tag dieser Zeit damit verbringen, seine Entscheidung zu bereuen.

Im Versuch, die Bänder dieses Auftrags zu entwirren, die sich wie ein Strick um seinen Hals legten, blieb er auf dem Treppenabsatz stehen und lockerte seine Krawatte. Dann konzentrierte er sich auf die Kate, die er vor wenigen Stunden zurückgelassen hatte und vergaß die Schilderung der hinterlistigen Person, die Morrell ihm von der Elfenbeinprinzessin gegeben hatte.

Er holte tief Luft und stieg die letzte Treppe hinauf. Morrell erwartete ihn nicht, was zu Philips Gunsten ausschlug. Diesmal würde er keine Zeit haben, sich eine passende Geschichte zurechtzulegen. Morrell würde Philips Fragen nicht standhalten können, sondern letztlich die Wahrheit sagen müssen.

Ein junges irisches Zimmermädchen mit schwarzem Haar und melodischem Akzent öffnete auf sein Klopfen die Tür. Sie ließ ihn im Flur warten, während sie fragte, ob Morrell ihn empfangen wollte. Philip wäre am liebsten ohne Ankündigung hineingestürmt, doch er hielt sich zurück, um den Impresario nicht zu befremden und mißtrauisch zu machen.

Einen Augenblick später war das Mädchen wieder da und führte ihn durch das Foyer in einen verschwenderisch ausgestatteten Salon, in dem drei Leute warteten. Philip versuchte zu erraten, wer von den beiden Männern Morrell sein mochte. Der große, imposante, dunkelhaarige Mann stand zuerst auf, und Philip gratulierte sich im stillen dafür, ihn richtig identifiziert zu haben. Das Mädchen ging hinaus und schloß die Tür hinter sich.

»Ich bin ziemlich schockiert, Sie hier zu sehen und Ihnen höchst persönlich gegenüberzustehen, Simon Morrell«, stellte er sich knapp vor. Er streckte die Hand aus. »Soll ich immer noch Omega sagen, oder … ?«

»Massey. Philip Massey«, antwortete Philip. Jetzt gab es kein Zurück mehr.

»Massey, ich möchte Ihnen meine Frau Helen vorstellen. Und Mister William Pennington.«

Philip nickte der blassen, rothaarigen Frau zu und bemerkte die wertvollen Juwelen an ihrem schlanken Hals. »Mrs. Morrell.«

Sie musterte ihn neugierig mit ihren himmelblauen Augen. »Ich hoffe, Sie bringen uns gute Nachrichten, Mr. Massey.«

Er biß die Zähne zusammen und sah den anderen Mann an. Er zögerte, vor Unbeteiligten über die Elfenbeinprinzessin zu sprechen.

Der knochige, weißhaarige Gentleman stand auf und schüttelte Philip die Hand. »Schön, Sie kennenzulernen. Ich habe sehr viel über ... über Ihre Arbeit gehört.« Seine Worte hatten einen deutlichen englischen Akzent, und seine einfache, aber aufrechte Haltung zeugte von aristokratischer Herkunft. Sie stand in scharfem Kontrast zu Morrells einfacher Sprechweise und seinen übertriebenen Gesten.

Philip hob eine Braue. »Ich dachte, ich hätte meine wahre Identität von meiner Arbeit als Omega immer eindeutig getrennt.«

Der Mann kniff seine staubblauen Augen zusammen. »Das haben Sie auch. Ich bezog mich auf Ihren Ruf als ein Mann, der bisher jeden gestohlenen Schmuck zurückgebracht hat. Vermutlich waren Sie auch diesmal erfolgreich?«

Die Versicherung des Mannes, daß er nur Philips Ruf als Omega kannte, konnte seinen Herzschlag nicht verlangsamen. Er drehte sich zu Morrell, um zu erfahren, was Pennington von diesem Auftrag wußte.

Morrell hatte sich neben seine Frau gesetzt und deutete auf einen Stuhl neben dem Engländer. »Pennington ist Investor«, erklärte er.

Der ältere Mann lachte leise. »Sein größter und vermutlich

einziger Investor, fürchte ich. Ohne die Prinzessin bleiben die satten Profite aus, die sie uns so regelmäßig beschert hat. Setzen Sie sich und erzählen Sie uns Ihre Neuigkeiten.«

Philip unterdrückte seine Überraschung darüber, daß der Mann so offen zugab, welchen finanziellen Erfolg Kate ihnen gebracht hatte. »Als wir über den Auftrag geredet haben, sagten Sie nichts von einem Investor«, meinte er, während er sich setzte.

Der Theateragent runzelte die Stirn. »Ich bespreche normalerweise nicht alle Facetten meines Geschäftes mit Angestellten«, erwiderte er. »Haben Sie sie gefunden oder nicht?«

Philip ignorierte die Frage, aber ihm entging nicht, daß Morrell zuerst nach der Elfenbeinprinzessin gefragt hatte, ohne die Kameebrosche auch nur zu erwähnen. Philip zog den Beutel aus der Tasche und hielt ihn Morrell hin.

Helen griff danach. Sie holte die Kameebrosche heraus, betrachtete sie sorgfältig und lächelte. »Sie haben Sie tatsächlich gefunden!« rief sie. Sie reichte sie ihrem Ehemann, der sie kurz musterte und sie dann beiläufig in die eigene Tasche steckte. »Was ist mit der Prinzessin?«

»Ja«, mischte sich Pennington ein. »Erzählen Sie. Haben Sie sie gefunden?«

Philip ignorierte ihre Fragen erneut, damit er die Kontrolle über das Gespräch behielt. »Ich glaube, Sie sollten sich die Brosche genauer ansehen.«

Helen runzelte die Stirn, und Morrell neigte den Kopf.

»Sehen Sie genauer hin«, drängte Philip die beiden, während er innerlich immer aufgeregter wurde.

Morrell holte die Brosche aus der Tasche, warf einen Blick darauf und reichte sie dann seiner Frau. Die musterte sie ebenfalls noch einmal. Als sie Philip anschließend fragend ansah, war der grimmige Ausdruck auf seiner Miene nicht vorgetäuscht. »Es ist Straß. An der ganzen Brosche ist kein einziger Stein echt, einschließlich der Silhouette der Frau. Sie ist nicht einmal aus Elfenbein geschnitzt.«

Morrells Miene blieb unbewegt. »Sind Sie sicher, daß die Brosche eine Fälschung ist?«

»Seien Sie kein Narr. Natürlich ist er sicher. Der Mann ist schließlich Juwelier«, mischte sich Pennington ein. Er sah Philip an. »Ich hatte eigentlich erwartet, daß Morrell Ihnen gesagt hat, daß die Brosche nicht echt ist. Sie wurde auf der Bühne als Teil des Kostüms der Prinzessin benutzt, und es bestand kaum die Notwendigkeit, ein wirklich wertvolles Schmuckstück dafür aufs Spiel zu setzen. Das Theater ist voll von Dieben.«

Philip ballte unwillkürlich die Hände zu Fäusten. »Ich hole keine Theaterkostüme zurück, und ich arbeite auch nicht unter Vorspiegelung falscher Tatsachen. Schon gar nicht, nachdem ich Ihnen erzählt habe, daß ich gewöhnlich keine Aufträge annehme, die vermißte Personen betrifft.«

Morrells Gesicht lief rot an, und seine Miene verzerrte sich vor Wut. »Sie wurden engagiert, um die Brosche und die Prinzessin zurückzubringen. Es ist an diesem Punkt vollkommen irrelevant, ob Sie wegen des Wertes der Brosche getäuscht wurden oder nicht. Sie haben sie gefunden, ich habe sie akzeptiert, und jetzt will ich wissen, wo sich die Frau befindet. Ohne die Prinzessin werde ich Ihnen Ihr Honorar nicht zahlen. Oder haben Sie schon unsere Abmachungen vergessen?«

»Ich habe unsere Abmachungen keineswegs vergessen«, fuhr Philip ihn an, »aber ich mag keine Hinterlist.« In die Erleichterung, daß Kate die Wahrheit gesagt hatte, mischte sich die tiefe Überzeugung, daß sie auch in allen anderen Belangen recht hatte.

Helen spielte nervös mit der Brosche, aber Pennington blieb ruhig. »Im Moment ist nur wichtig, Mr. Massey, ob Sie unsere Prinzessin gefunden haben oder nicht. Ich verstehe Ihren Ärger darüber, daß Sie in die Irre geführt wurden, und ich entschuldige mich für Morrell. Er hätte ehrlich sein sollen, was den Wert der Brosche angeht. Auch wenn ich erst kürzlich von dem Verschwinden der Prinzessin informiert worden bin, haben Sie selbst vor wenigen Minuten erklärt, daß Sie normalerweise keine verschwundenen Personen zurückholen. Morrell brauchte offenbar den Besten seines Fachs, und das bedeutet, daß er ...«

Philip unterbrach ihn mit einem verächtlichen Schnauben. »Das Ziel heiligt nicht immer die Mittel, und ich tanze nicht nach jedermanns Pfeife. Honorar oder nicht.«

»Wir haben alle dasselbe Ziel, Massey.« Pennington seufzte. »Nämlich zu sehen, wie die Prinzessin wieder auf die Bühne zurückkehrt, wo sie hingehört. Sie bekommen Ihr Honorar, und dann werden wir dafür sorgen, daß die Konzerttournee wie vorgesehen ablaufen kann.«

Penningtons Argumente waren vernünftig, vor allem, weil er schließlich nur die Bedingungen wiederholte, denen Philip selbst zugestimmt hatte. Außerdem strahlte der Investor eine Integrität aus, die seinen Worten zusätzliches Gewicht verlieh.

Morrell jedoch war offenbar nicht in der Stimmung, einzulenken. »Sie sind wiederholt meiner Frage ausgewichen, und ich frage Sie hiermit noch einmal: Haben Sie die Prinzessin oder haben Sie sie nicht?«

»Ich habe mit ihr gesprochen«, gab Philip gereizt zu. »Aber ich werde weder ihren Aufenthaltsort noch irgendwelche anderen Informationen über sie preisgeben, bevor sie mir nicht einige Fragen beantwortet haben.«

Morrell sprang auf die Füße. Sein Gesicht zeigte hektische rote Flecken vor Erregung. »Sie sind wohl kaum in der Position, um Forderungen zu stellen!«

»Ach nein?« Philip spie die Worte hervor, stand auf und erwiderte Morrells drohenden Blick. »Sie haben mich angelogen, was die Brosche anging. Welche Lügen haben Sie mir noch aufgetischt, damit ich die Elfenbeinprinzessin für Sie suche?« Er hätte den Agenten am liebsten an der Kehle gepackt und ihn so lange geschüttelt, bis die Wahrheit aus ihm herausgepurzelt wäre.

»Gentlemen, setzen Sie sich bitte. Diese ganze wütende Zurschaustellung männlichen Stolzes ist sehr unangenehm, vor allem, da eine Lady anwesend ist. Setzen Sie sich, damit wir die ganze Angelegenheit vernünftig und zivilisiert besprechen können.«

Morrell ließ sich auf das Sofa zurückfallen, wo seine Frau sofort versuchte, ihn zu beruhigen. Philip bedachte die beiden mit einem wütenden Blick, bevor er sich ebenfalls wieder niederließ.

»Da wir uns nun alle beruhigt haben«, fuhr Pennington fort, sollten wir Mr. Massey zunächst seine Fragen stellen lassen.« Er hob die Hand, als Morrell protestieren wollte. »Ich bin sicher, daß wir Mr. Masseys Bedenken aus dem Weg räumen und diese Angelegenheit schnellstens erledigen können. Einverstanden?«

Helen flüsterte ihrem Ehemann etwas ins Ohr, woraufhin er widerwillig nickte.

Philip öffnete die Fäuste. »Einverstanden.« Er räusperte sich. Die Antworten, die er nun auf seine Fragen bekommen würde, waren entscheidend. Er holte tief Luft. »Ich möchte wissen, wo und wann Sie Kathryn ... Kate Baxter kennengelernt haben.«

***

Philip starrte die drei Menschen in dem Zimmer an. Morrell zappelte auf seinem Stuhl herum, während seine Frau mit versteinerter Miene schweigend neben ihm saß. Auch Penningtons Miene war unbewegt und schwer zu durchschauen. Er hatte seine Händc im Schoß gefaltet.

»Mehr haben Sie dazu nicht zu sagen?« fragte Philip Morrell. Er war zu ungeduldig, um eine Antwort abzuwarten. »Sie fühlen sich nicht einmal bemüßigt abzustreiten, daß Sie Kathryn als Kind praktisch gefangengehalten haben?«

»Ich war ihr Vormund. Ich hatte das Recht, dafür zu sorgen, daß sie ihr Talent weiterentwickelte!«

Helen sprang ihrem Ehemann zu Hilfe. »Kate mangelte es an nichts. Sie hatte die besten Lehrer ...«

»Sie wollte ihre Großmutter sehen, und Sie haben es ihr nicht erlaubt. Nicht ein einziges Mal!« unterbrach er sie. »Welchen Schaden hätte das angerichtet? Sie hatte doch schon Mutter und Vater verloren. Wieviel Schmerz soll ein Kind denn noch ertragen?« Er sah Pennington an, der blaß geworden war. Dieser Mann war offenbar nicht das richtige Opfer für seine Wut.

Es verwirrte Philip, wie offen Morrell Kates Schilderung der Ereignisse bestätigte, die dazu geführt hatten, daß er als ihr Vormund eingesetzt worden war. Und wie skrupellos er das öffentliche Bild der Elfenbeinprinzessin entworfen hatte, nur um eine Theaterillusion zu schaffen. Philip fragte weiter. »Und die neue Konzerttour? Die Sie arrangiert haben, trotz Kates wiederholter Bitte, sich von der Bühne zurückziehen zu dürfen.«

Pennington zuckte zusammen, und Morrells Gesicht lief wieder rot an. »Ich ... ich ...«

»Du Narr! Ich habe dir doch vorgeschlagen, daß sie sich erholen sollte, bevor wir sie wieder in die Konzertmühle schikken! Hast du denn nichts aus den Vorfällen in Wien gelernt?« Helen seufzte. »Wenn du auf mich gehört hättest und ihr eine längere Pause ...«

Pennington beugte sich vor. »Wien? Was ist in Wien geschehen?«

Helens Blick glühte vor Widerwillen. »Das Mädchen hat versucht wegzulaufen. Wir haben zwar die Tournee unterbrochen und ihr ein paar Tage Ruhe gegönnt, aber sie wurde danach immer unkooperativer und fordernder.«

»Wie zum Beispiel im vergangenen Mai, als sie nach dem Geld fragte, das sie in den letzten fünf Jahren verdient hatte, und Sie ihr eingeredet haben, daß alles ausgegeben wäre? Daß Sie diese Geldmittel dafür verwendet hätten, die Spesen zu zahlen, weil die Einnahmen geringer waren, als Sie erwartet hatten?« Philip sah sie verächtlich an. »Haben Sie jemals ihr Geld für sie beiseite gelegt und von ihren Mitteln ihre Kosten bezahlt, oder war es einfacher, zu lügen und so zu tun, als hätten diese Mittel niemals existiert?«

»Wie können Sie es wagen!« rief Helen. »Wir haben sehr hart dafür gearbeitet, daß sie endlich Erfolg hatte.«

»Anscheinend«, meinte Pennington. »Aber da ich selbst eine beträchtliche Summe aus meiner Investition in die Elfenbeinprinzessin zurückerhalten habe, dachte ich natürlich, daß Miss Baxter ebenso großzügig entschädigt wurde. Es bestürzt mich, daß Sie sie offenbar ausgenutzt haben, und noch mehr, daß sie sogar unglücklich gewesen zu sein scheint.«

»Sie haben einen Profit erwartet, und ich habe dafür gesorgt, daß Sie ihn bekommen haben«, protestierte Morrell. »Sie haben doch auf der neuen Konzerttournee bestanden!«

»Das stimmt.« Pennington seufzte und rieb sich mit seinen knochigen Fingern die Augen. Er nickte Philip zu. »Wenn Sie so freundlich wären, die Elfenbeinprinzessin zurückzubringen, dann versichere ich Ihnen, daß wir unsere ... Meinungsverschiedenheiten lösen werden. Miss Baxter wird von nun an in Entscheidungen mit einbezogen und auch entsprechend entlohnt. Ich werde persönlich dafür garantieren.«

Philip sah ihn mißtrauisch an. War Pennington die Stimme der Vernunft in dieser verrückten Geschichte, oder versuchte er nur, Philip zu beschwichtigen, indem er ihm den naiven Investor vorspielte, der von seinem Partner getäuscht wurde? War er so wild entschlossen, weiter Profit zu machen, daß er darüber hinwegsehen konnte, was Morrell zuvor getan hatte, und nicht erwartete, daß er es wieder tun würde?

Pennington spitzte die Lippen, als Philip schwieg. »Natürlich wird Ihr Honorar sofort bezahlt, wenn Sie die Elfenbeinprinzessin zurückbringen.«

»Mein Honorar«, flüsterte Philip. Er war sicher, daß Morrell Kates Interessen nur wenig mehr berücksichtigen würde, als bisher – wenn überhaupt.

Wenn er den Rest seines Lebens mit dem Wissen verbringen müßte, daß er seine Chance vertan hatte, sich in Kates Augen zu rehabilitieren, dann wollte er wenigstens den Trost haben, sie von den Geiern befreit zu haben, die sich über die Früchte ihres Talents hermachten.

Als er Kate zum ersten Mal begegnet war, hatte er dem Drang, sich der Fesseln seiner Vergangenheit zu entledigen, freien Lauf gelassen. Er hatte geleugnet, was er unzweifelhaft in ihren Augen gesehen hatte: Vertrauen, Unschuld und ihre angeborene Tugend, die auch die Jahre des Leidens unter Morrell nicht hatten zerstören können.

So sehr Philip auch die Ketten zerbrechen wollte, die ihn an die Vergangenheit fesselten, konnte er sich doch nicht dadurch befreien, daß er sie einfach zu Morrell zurückschickte oder verriet, wo sie sich aufhielt.

»Mein Held.« Philip zuckte zusammen, als er sich an ihre Worte erinnerte, die ihn jetzt verfolgten. Er sagte sie sich immer und immer wieder lautlos vor, bis sie eine Herausforderung wurden. Er hatte sich nie für etwas anderes als einen ganz gewöhnlichen Mann gehalten, der vielleicht einfach nur ein paar Fehler mehr hatte als die meisten anderen Menschen. Daß man ihn für einen Helden hielt, hatte er niemals auch nur im Traum gedacht.

Bis Kate kam.

Philip straffte die Schultern und stand auf. Er wußte, daß er alles tun würde, um ihren Erwartungen an ihn gerecht zu werden. »Mein Honorar, Gentlemen, wird nicht dadurch beschmutzt werden, daß Miss Baxter gegen ihren Willen auf die

Bühne zurückkehrt«, informierte er sie entschlossen. »Wenn Sie mich jetzt entschuldigen wollen ...«

Er wandte sich zum Gehen, als Morrell sich mit blitzenden Augen auf ihn stürzte. »Sie Mistkerl! Sie werden mir jetzt sofort sagen, wo sie ist! Sie können niemanden zum Narren halten! Sie wollen sie selbst auf die Bühnen bringen! Ich werde Sie verklagen, Massey, darauf können Sie sich verlassen! Damit kommen Sie nicht durch!« Er keuchte vor Erregung und sah Philip wutentbrannt an.

»Ich glaube kaum«, erwiderte dieser. »Sie können mich nicht einschüchtern, wie Ihnen das bei einer jungen Frau gelungen sein mag. Und wenn ich auch nur eine einzige Anzeige irgendwo sehe, die für die Herbsttournee die Rückkehr der Elfenbeinprinzessin verkündet, werde ich dafür sorgen, daß die Zeitung in ihrer nächsten Ausgabe eine sehr interessante Fortsetzung bringt.« Er blieb stehen und genoß sein heftig klopfendes Herz als Zeichen seiner Verpflichtung für Kate. »Ich bin sicher, daß eine Vielzahl ihrer Anhänger nur zu gern die wahre Identität der Elfenbeinprinzessin erfahren möchten. Sie werden sicherlich sehr enttäuscht sein, wenn sie herausfinden, daß sie nur eine ganz gewöhnliche Frau niederen Standes mit einem außergewöhnlichen Talent ist.«

Und die Frau, die ich liebe.

Ein Stich durchbohrte sein Herz und nahm ihm fast den Atem. Philip begrüßte es als Zeichen dafür, daß er noch lebte.

»Das würden Sie nicht wagen!« fuhr Helen ihn an, während sie vom Sofa aufsprang und ihrem Ehemann zu Hilfe eilte.

»Ach nein? Dann denken Sie lieber genau darüber nach, bevor Sie versuchen, sie zu finden und in ein Leben zurückzuzwingen, daß sie nicht führen will.«

»Ich werde Sie ruinieren!« knurrte Morrell. »Ich werde Ihren Ruf zerstören.«

Philip lachte bitter. »Jetzt verfallen Sie aber tatsächlich dem

Wahn. Ich habe keinen Ruf mehr, den man noch zerstören könnte.«

»Sie Wurm!« tobte Morrell. »Glauben Sie denn, daß Sie der einzige sind, den ich auf ihre Spur gesetzt habe?« Als Philip überrascht zurückzuckte, fuhr Morrell schnaubend fort: »Sie wollen vielleicht nicht mit uns zusammenarbeiten, aber ich nehme an, daß einer der anderen Detektive das tun wird. Seien Sie versichert, Massey, daß ich sie finden werde. Es ist nur eine Frage der Zeit.«

»Würden Sie es sich noch einmal überlegen, wenn Sie meine Lage berücksichtigen?«

Penningtons Bitte war beinah rührend, und Philip warf ihm einen Blick über die Schulter zu. »Warum sollte ich das tun? Damit Sie ihre Taschen füllen können, wenn Sie wieder in England sind, während Kate in der Gewalt eines Mannes ist, dessen Wort nicht mal die Luft wert ist, die er braucht, um es zu geben?«

»Ich verdoppele ihr Honorar höchstpersönlich. Nein, ich verdreifache es sogar!«

Philip schüttelte den Kopf. »Mein Gewissen steht nicht zum Verkauf, und genausowenig Kate.« Er verließ die Suite und schlug vernehmlich die Türen hinter sich ins Schloß. Während er den Flur und die Treppe hinunterging, wußte er, daß er jetzt den Rest seines Lebens damit verbringen mußte, die Schuld aufzubringen, die er Bradford zu zahlen hatte. Aber er bedauerte nur eines: Daß er niemals einen Weg finden würde, Kates Verzeihung zu gewinnen und die Liebe wieder zu neuem Leben zu erwecken, die sie ihm einst zu Füßen gelegt hatte.

26. KAPITEL

Nach einer unruhigen und sorgenvollen Nacht stand Kate auf, zog sich an und frühstückte rasch. Sie hinterließ Dolly und Maggie einen Zettel auf dem Küchentisch und ging zur Scheune, wo sie Precious vor die Kutsche spannte. Da am Montag die Rundtour anfing, mußte sie vorher zu Mrs. Spencer fahren, um die Handschuhe abzuholen, die sie für Dolly bestellt hatte.

Außerdem brauchte sie Ablenkung. Es war sinnlos, sich während der nächsten drei Tage, bis die Tour begann, in Selbstmitleid zu wälzen, genauso unsinnig wie der Traum, den sie heute Nacht gehabt hatte, und der ihr den guten, aufrechten und ehrlichen Philip Massey, den Mann, den sie immer noch liebte, zurückgebracht hatte. Doch Philip würde nicht wieder in ihr Leben treten, und wenn, dann nur, um sie zu zwingen, wieder zu Simon zurückzugehen.

Sie brauchte auch Zeit für sich allein, weg vom Cottage, um sich zu entscheiden, ob sie hierbleiben sollte oder an einem anderen Ort von vorn beginnen wollte. Obwohl sie sich geschworen hatte, für das neue Leben zu kämpfen, das sie sich geschaffen hatte, fürchtete sie, Dolly und Maggie noch weiter hineinzuziehen, als sie es schon getan hatte. Simon war der skrupelloseste Mann, den sie jemals kennengelernt hatte, und sie wußte, daß ihr Agent nicht zögern würde, den beiden Schwestern zu drohen, um Kate wieder auf die Bühne zu zwingen.

Kate lenkte die Kutsche die Zufahrt hinunter und auf die kiesbestreute Straße nach Haddonfield. Heute war es für die

Jahreszeit verhältnismäßig kühl, und sie war froh, daß sie ihren Schal dabei hatte. Sobald sie Dollys Handschuhe abgeholt hatte, würde sie wieder zu diesem Ort an den Fluß fahren, wo sie den Zeitungsartikel über die Elfenbeinprinzessin gelesen hatte.

Und wo Philip sie das erste Mal geküßt hatte.

Sie erschauerte, trotz ihres Schals. Doch sie wollte sich von den Erinnerungen dieses schicksalhaften Tages nicht entmutigen lassen. Sie würde herausfinden, wie sie ihn vergessen konnte, und es gab keinen besseren Ort, Pläne zu schmieden und ihre Möglichkeiten zu erwägen, als den Platz, an dem sie ihm ihr Herz geschenkt hatte.

Der Kies knirschte unter den Rädern der Kutsche, und sie blickte kurz auf die Straße. Ihr Traum, daß Philip der Mann sein könnte, der hinter die vielen Schichten von Täuschungen blicken und sie dennoch akzeptieren würde, kam ihr jetzt närrisch und schrecklich naiv vor: eine romantische Phantasie, die ihren Schmerz und ihre Enttäuschung nur noch vertiefte.

Kate kämpfte nicht gegen die Tränen an, die ihren Blick verschleierten, und sie ersparte sich auch keine Schuldzuweisung. Sie hatte ihm ihr Herz geöffnet, und sie würde lernen müssen, den Schmerz zu überwinden. Sie würde niemals wieder einem Mann und ihrem Urteilsvermögen trauen, nicht, nachdem sie sich so sehr in Philip geirrt hatte.

Sie klatschte mit den Zügeln und ließ Precious trotten. Wenn sie hier verschwinden und woanders ein neues Leben beginnen wollte, blieb ihr nicht mehr viel Zeit. Sie war vielleicht einmal eine Närrin gewesen, aber ein zweites Mal sollte ihr das nicht passieren. Noch bevor der Tag zu Ende ging, würde sie entweder bei Dolly und Maggie bleiben oder aber längst auf dem Weg an einen Ort sein, an dem Philip sie niemals finden würde.

Philip war aufgedreht und nervös nach einer schlaflosen Nacht und konnte es kaum erwarten, zu dem Leben zurückzukehren, das er hinter sich gelassen hatte, als er Morrells Auftrag akzeptiert und den Landsitz gemietet hatte.

Nachdem er kurz bei seinem Onkel gewesen war, öffnete er den Juwelierladen und verpflichtete sich, Anfang nächster Woche wieder zu arbeiten. Philip ließ Cynthias Halskette von einem der Angestellten einpacken. Mit dem Päckchen ging er geradewegs zu Bradfords Villa, wo man ihn augenblicklich in ein kleines Arbeitszimmer führte.

Während er wartete, ging er unruhig auf und ab. Er wollte die Halskette abliefern und Bradford überreden, kleinere, regelmäßige Zahlungen zu akzeptieren, da er nicht in der Lage war, den Wechsel zum ersten September einzulösen. Das würde ihn zwar die nächsten fünf Jahre einschränken, aber da jetzt seine doppelte Identität enttarnt war, blieb ihm keine andere Wahl.

»Massey! Sie verschwenden wirklich keine Zeit, hab' ich recht?«

Philip blickte hoch und sah, wie Bradford auf ihn zukam.

Der vierschrötige Mann mit dem dicken Bauch lächelte Philip an. »Nicht, daß ich mich darüber beschweren wollte. Sie haben mir eine große Sorge von der Seele genommen.« Er schüttelte Philip die Hand und deutete auf eine Karaffe mit Sherry auf dem Schreibtisch. »Wenn Sie feiern wollen ...«

»Das ist noch etwas früh«, meinte Philip ablehnend. Er war verwirrt. »Ich habe Ihnen die Halskette rechtzeitig zu Ihrem Hochzeitstag nächste Woche versprochen«, sagte er, als er Bradford das Päckchen hinhielt. Da er nur ein paar Tage zu früh gekommen war, verblüffte ihn Bradfords Verhalten. Er zweifelte allerdings nicht daran, daß Cynthia den armen Mann wegen der Halskette gelöchert hatte, und war noch froher als vorher, daß es ihm erspart geblieben war, den Rest seines Lebens mit ihr verheiratet zu sein.

Bradford legte das Päckchen auf seinen Schreibtisch, öffnete es und hielt die Halskette gegen das Licht. Die Granate funkelten wie winzige rote Sonnen, und die Perlen glitzerten, als hätte der Tau sie geküßt. »Unglaublich«, murmelte er und lächelte. »Cynthia wird begeistert sein. Eins muß ich Ihnen lassen, Massey«, sagte er, während er in eine Schreibtischschublade griff. »Sie halten Wort. Es gab Zeiten, da ...« Er hielt inne und blickte in die Schublade. »Da ist er ja. Ich habe ihn noch gestern abend für sie ausgestellt.«

Er reichte Philip einen Umschlag, der die Bezahlung für die Halskette verwirrt entgegennahm. Immerhin hatte er Bradford gar nicht darüber informiert, daß die Kette heute schon fertig werden würde. »Ich bin ziemlich überrascht, daß Sie schon alles vorbereitet haben«, gab er zu.

»Der Bote hat gesagt, daß Sie vermutlich irgendwann heute kommen würden, um sich darum zu kümmern.«

Philip hatte das Gefühl, daß ihm die Realität aus den Händen glitt. »Der Bote?«

»Der, den Sie gestern abend geschickt haben.« Bradford lachte und hob die Hände. »Lassen Sie mich raten: Sie haben ein Vermögen gewonnen, aber sie waren völlig betrunken. Und jetzt, da Sie ausgenüchtert sind, erinnern Sie sich an nichts.«

»So in etwa«, erwiderte er, während er den Umschlag öffnete, um sich davon zu überzeugen, daß die Summe die Kosten für die Halskette deckte. Er zog ein Stück Papier heraus, das ihm sehr vertraut vorkam. Philip blinzelte, las es einmal, las es zweimal und traute seinen Augen immer noch nicht.

»Sie müssen gar nicht so ungeheuer überrascht dreinschauen. Was soll ich mit Ihrem Wechsel sonst machen? Hätte ich ihn der Post anvertrauen sollen?«

Philips Hände zitterten so stark, daß das Papier flatterte. »Es ist bezahlt«, stieß er hervor. »Die Schuld ist ... ganz bezahlt.«

»Und mehr als einen Monat zu früh. Wie gesagt, Sie sind ein Mann, der zu seinem Wort steht, und das respektiere ich. Wenn Sie mir eine Rechnung für die Halskette schicken, dann werde ich dafür sorgen, daß es sofort erledigt wird.«

Philip war vollkommen sprachlos. Wie oft hatte er sich die Erleichterung ausgemalt, wenn er den Wechsel endlich wieder in der Hand hielt. Aber er verspürte keine Erleichterung. Keine Freude. Nur Mißtrauen, das zu Furcht wurde, und als er schließlich mit Bradford sprach, klang seine Stimme heiser. »Der... ehm, der Bote... Können Sie ihn mir beschreiben?«

Bradford schenkte sich einen Sherry ein. »Sie waren offenbar wirklich betrunken, ja?«

»Der Bote«, wiederholte Philip nur. Sein Puls raste.

Bradford musterte ihn gleichgültig. »Schlank, sehr knochig. Vielleicht sechzig, seinen Falten und dem weißen Haar nach zu urteilen. Für einen Adligen war er sehr freundlich. Dachte, daß er vielleicht sogar mit Ihrem Onkel befreundet ist.«

Pennington, dachte Philip. Er war zwischen völliger Überraschung und Ratlosigkeit hin- und hergerissen und spürte, wie langsam der Ärger in ihm hochstieg. Er faltete den Schuldschein zusammen, schob ihn wieder in den Umschlag und steckte diesen in seine Tasche. »Ich weiß Ihre Geduld genauso zu schätzen wie die Beschreibung, die Sie mir soeben gegeben haben«, sagte er ruhig, während er aufstand, eine Entschuldigung vorbrachte und hastig aufbrach.

Philip schaffte es, in das Morningstar Hotel zurückzukehren, bevor sich der Ärger in ihm zu einer unkontrollierten Wut verdichtet hatte. Er konnte sich nicht vorstellen, warum Morrell Pennington zu diesem Trick angestiftet haben sollte. Wenn Pennington allerdings aus eigenem Antrieb gehandelt hatte, dann konnte er nur ein Ziel haben: Philip dazu zu bringen, seine Meinung zu ändern und die Elfenbeinprinzessin nach Philadelphia zurückzubringen.

Schon der Gedanke an Penningtons Unverfrorenheit ließ Philips Zorn wachsen. Woher wußte Pennington von dem Wechsel, den Bradford in seinem Besitz hatte? Und noch wichtiger war die Frage, warum Pennington ihn eingelöst hatte. Theoretisch gesehen hatte Philip keine Verpflichtung, etwas für Pennington zu tun, aber er war klug genug, um zu wissen, daß der Mann etwas von ihm verlangen würde. Zum Beispiel eine Lady mit braunen Augen und unglaublichem Talent.

Zehn Minuten, nachdem er das Hotel betreten hatte, stand Philip wieder auf der Straße – verwirrter als zuvor. Morrell und seine Frau waren gestern spät abends abgereist, und Pennington hatte niemals hier gewohnt. Philip begann eine systematische Suche in allen größeren Hotels der Stadt. Als dies keinen Erfolg zeitigte, ließ er von Leuten, auf deren Hilfe er zählen konnte, alle Pensionen absuchen, einschließlich der, in der Kate auf ihrer Flucht sich versteckt hatte.

Aber weder von Morrell noch von Pennington war eine Spur zu finden.

Mittags dehnte er seine Suche auf Eisenbahnstationen und Seemannsheime aus. Aber auch hier hatte er kein Glück, und so kehrte er am Nachmittag erschöpft und ausgelaugt in seine Wohnung über dem Juweliergeschäft zurück.

Er stieg die Treppe hoch und schalt sich selbst einen Narren. Morrell hatte nicht geblufft. Vielleicht hatte er wirklich andere Detektive engagiert, um die Elfenbeinprinzessin zu suchen. Was bedeutete, daß es nur einen einzigen Ort gab, an dem Pennington sein konnte: das Cottage, um Kate zu holen.

Philip hatte wertvolle Zeit verloren, um die Stadt zu durchsuchen. Wenn sie aber schon entdeckt hatten, wo Kate jetzt wohnte, mußte er eiligst das Cottage erreichen, bevor sie Kate zwingen konnten, mit ihnen zu gehen.

Falls sie überhaupt noch da war.

Und sich nicht dafür entschieden hatte zu verschwinden, bevor Philip wiederkam.

Er betrat seine Wohnung, um sich rasch umzuziehen und eine kleine Reisetasche zu packen. Wenn er sich beeilte, würde er noch die Drei-Uhr-Fähre nach Camden erwischen.

Als er in den Salon trat, blieb er wie angewurzelt stehen und starrte den Mann an, der in dem Sessel am Kamin saß.

»Ich hoffe, daß Sie mir mein Eindringen verzeihen. Ihr Onkel war so freundlich, mich hereinzulassen. Ich hatte gehofft, Sie heute morgen noch anzutreffen, aber Sie sind früher aufgebrochen, als ich angenommen hatte.«

Philip spannte sich an. Er preßte die Lippen zusammen und rang um Fassung. Er mußte einen kühlen Kopf bewahren. »Pennington«, sagte er und hoffte, daß seine Stimme nicht seine Überraschung verriet. Er zog den Umschlag aus der Tasche und streckte ihn dem Mann entgegen. »Können Sie mir das erklären?«

Der ältere Mann lachte leise, und seine Augen funkelten. »Ich dachte mir, daß dies Ihre Aufmerksamkeit erregen würde.«

»Oh, meine Aufmerksamkeit haben Sie, aber Sie haben auch eine Menge zu erklären.« Philip baute sich unmittelbar vor dem Mann auf. »Und damit können Sie auch sofort anfangen. Warum haben Sie meine Schulden an Bradfod gezahlt? Und wenn Sie schon dabei sind, können Sie mir auch gleich verraten, wie Sie das überhaupt herausgefunden haben.«

»Das ist eine lange Geschichte«, meinte Pennington. »Vielleicht wollen Sie sich lieber hinsetzen.«

»Machen Sie's kurz!« fuhr Philip ihn an. »Ich habe nicht vor, mich von Ihnen hinhalten zu lassen, während Morrell nach Kate sucht. Wenn er nicht schon längst zum Cottage unterwegs ist, um sie mit Gewalt zurückzuholen.«

Penningtons sachliche Miene zeigte plötzlich einen Anflug von Trauer. »Morrell und seine Frau stellen keine Bedrohung mehr für Miss Baxter dar.«

»Und seit wann?«

»Sie sind heute am frühen Morgen nach Liverpool zurückgesegelt«, erklärte er. »Von dort aus werden Sie auf den Kontinent weiterreisen, wo Morrell zweifellos seine nächste Berühmtheit suchen wird.«

Philip mochte die Antwort kaum glauben und tat sie als Lüge ab, da keiner seiner Kontaktleute ihm von Morrells Abreise berichtet hatte. Allerdings stand der Bericht eines Mannes noch aus. Er sah auf die Uhr. Vierzehn Uhr dreißig. Noch eine halbe Stunde bis zur nächsten Fähre. »Beeilen Sie sich. Ich habe eine Verabredung.«

»Ich hatte gehofft, Sie würden mir das ersparen...«

»Sie verschwenden meine Zeit.«

Pennington seufzte, griff in seine Westentasche, holte ein kleines Päckchen heraus und reichte es Philip.

Der blieb ungerührt. »Sollte das ein weiterer Versuch sein, mich zu bestechen, damit ich Kate Baxter...«

»Nehmen Sie das Paket und öffnen Sie es, Mr. Massey.«

Verwirrt und am Ende seiner Geduld nahm Philip dem Mann das Paket aus der Hand und riß die Verpackung auf. Dann starrte er vollkommen verblüfft auf den Inhalt. Seine Hände zitterten, und sein Herz hämmerte in seiner Brust, während er unwillkürlich ein paar Schritte zur Seite tat und sich auf den Stuhl neben Pennington fallen ließ.

Sein Mund war trocken, als er sprachlos den älteren Mann anstarrte. Sein Verstand überschlug sich, und ein Dutzend Fragen stiegen auf einmal in ihm hoch, ohne daß er eine einzige hätte aussprechen können.

Pennington lächelte. »Sie haben Informationen, die ich brauche. Deutlicher gesagt: Sie wissen, wo die Prinzessin ist. Bevor Sie widersprechen, sollten Sie sich anhören, was ich zu sagen habe.«

Philip nickte.

Er hörte aufmerksam zu, als Pennington anfing zu reden.

Zunächst sprach er langsam, doch dann fing er allmählich Feuer und redete beseelter. Eine geschlagene Stunde lauschte Philip ihm, stellte Fragen und schwankte so oft zwischen Unglauben und Erleichterung hin und her.

Als Pennington endlich fertig war, war Philip davon überzeugt, daß der weißhaarige Gentleman, der in dem Sessel neben ihm saß, nicht nur der größte Märchenerzähler aller Zeiten war; nein, er war auch der phantasievollste und überzeugendste Lügner, der ihm je untergekommen war.

Aber den Beweis für Penningtons Geschichte hielt Philip selbst in der Hand.

Er befeuchtete die Lippen und räusperte sich. »Was soll ich tun?« stieß er rauh hervor, obwohl er die Antwort genau kannte – und fürchtete.

»Bringen Sie mich zur Prinzessin.«

Es dämmerte bereits, als Kate ihre Entscheidung gefällt hatte. Sie würde hierbleiben und sofort ihre Rundreise antreten. Ihre Reisetasche war fertig gepackt, und sie mußte nur noch Dolly und Maggie davon überzeugen, daß es besser war, einige Tage früher mit der Tour zu beginnen.

Nach dem Abendessen saß sie neben Maggie im Musikzimmer, während Dolly einige kurze Stücke spielte. Kate lehnte sich zurück und schloß die Augen. Über zwei Monate waren vergangen, seit sie zum ersten Mal auf diesem Stuhl gesessen hatte. An diesem Tag waren ihre Gebete erhört worden, und sie hatte die Stellung als Dollys Ersatz bekommen.

All der Lug und Trug, der ihr neues Leben belastet hatte, war fort, und es machte sie glücklich, daß die beiden Frauen sie akzeptierten. Aber der Liebeskummer dämpfte ihre Freude, und in dem Dunkel ihrer Trauer entdeckte sie immer noch einen schwachen Hoffnungsschimmer. Und ihr Gewissen sagte ihr, daß sie Philip nicht die alleinige Schuld an den Mißverständnissen zwischen ihnen geben durfte.

Sie hatte sich in Philip nicht geirrt.

Er war ein Mann von Mut und Charakter, und es war nicht seine Schuld, daß er von Simon belogen und getäuscht worden war.

Und als Kate schließlich den Mut gefunden hatte, ihm die Wahrheit zu gestehen, war es schon zu spät gewesen. Sie konnte ihm nicht vorwerfen, daß er ihr nicht mehr glaubte. Wäre sie von Anfang an ehrlich zu ihm gewesen, dann hätte sie ihn vielleicht davon überzeugen können, diesmal die Wahrheit zu sagen.

Ihre heftigen Vorwürfe gegen ihn klangen ihr noch im Gedächtnis nach. Welches Motiv hätte er haben sollen, ihr weiszumachen, daß die Brosche aus Straß war? Wenn er Simon hintergehen und die Brosche verkaufen wollte, hätte er sie einfach nehmen und gehen können. Sie wäre nur zu froh gewesen, wenn er sie in Ruhe gelassen hätte.

Jetzt glaubte sie ihm und wußte plötzlich, daß die Brosche tatsächlich aus Straß sein mußte. Simon hatte vermutlich ihren Wert falsch beziffert, um Philip zu locken, den Auftrag anzunehmen. Würde er die Informationen über ihre Herkunft benutzen, um Simon zur Rede zu stellen? Wie konnte Philip entscheiden, welche Geschichte über die Elfenbeinprinzessin er glauben sollte?

Er würde es wissen, denn er liebte sie ja. Die Lust in seinen Küssen und das Verlangen in seinem Blick waren echt gewesen, aber er war so schwer verletzt worden, daß er ihr nicht glauben konnte, als sie endlich die Wahrheit erzählte. Auch wenn er ihr wohl niemals verzeihen würde, konnte sie sich auch nicht vorstellen, daß er sie verraten und ihren Aufenthaltsort an Simon weitergeben würde, es sei denn, daß seine finanzielle Notlage ihn dazu zwang.

»Kate, Liebes, sind Sie zu müde, um etwas für uns zu spielen?«

Sie lächelte, noch bevor sie die Augen öffnete. »Natürlich nicht, Miss Maggie. Was möchten Sie denn gern hören?«

Dolly stand von der Pianobank auf und drehte sich um. »Etwas, das Sie normalerweise während ihrer Auftritte spielen«, sagte sie.

»Für Elise«, flüsterte Maggie, und ihre Augen schimmerten verdächtig. »Sie haben es am ersten Tag gespielt, als Sie zu uns gekommen sind, wissen Sie noch?«

Kate sah die beiden Frauen nacheinander an, während sie aufstand. »Ich wollte Sie eigentlich noch fragen, ob es Ihnen recht ist, wenn ich ein paar Tage früher mit der Rundtour anfange. Ich würde gern morgen früh aufbrechen.«

Dolly sah sie forschend an. »Haben Sie vor wegzulaufen?«

Kate schüttelte den Kopf. »Ich habe Phil ... Mr. Massey erzählt, daß ich mein Heim bei Ihnen nicht aufgeben möchte, und das werde ich auch nicht tun. Es ist nur so, daß ich mich gern ablenken würde ...«

»Sind Sie sicher, daß Sie stark genug dafür sind? Sie sollten lieber die nächsten Tage nutzen, um ein wenig zu verschnaufen«, schlug Maggie vor.

»Oder warten, ob Mr. Massey sich dafür entscheidet, zurückzukommen und Sie zu Ihrem Agenten zu bringen«, fuhr Dolly fort. »Er wird zurückkommen. Merken Sie sich meine Worte. Ich habe dem Mann niemals vertraut, und wie sich herausstellte, aus gutem Grund.«

Kate wurde blaß. »Er wird nicht zurückkommen«, flüsterte sie. Sie verteidigte ihn, obwohl ihr Herz bei der Vorstellung bebte, daß sie sich vielleicht irren könnte. »Wenn er zurückkommt, während ich auf der Rundreise bin, muß er eben warten, bis ich wieder da bin. Wenn ... falls er Sie irgendwie bedroht, sagen Sie ihm, wo ich bin, dann kann er ...«

»Wir können Ihnen immer einen Boten hinterherschicken, Kate«, sagte Maggie freundlich. »Wollen sie jetzt für mich spielen? Später können wir darüber reden, ob Sie morgen früh fahren oder nicht.«

Kate trat an das Klavier und ließ ihre Finger über die Elfenbein- und Ebenholztasten gleiten, während sie sich auf die Bank setzte. Sie senkte den Kopf und suchte in ihrer Erinnerung nach der richtigen Eröffnung für Beethovens *Für Elise.*

Dann schloß sie die Augen und begann zu spielen. Zögernd, bis die Musik wieder von ihrem Herzen in ihre Finger strömte. Die Melancholie, die ihren Geist erfüllt hatte, übertrug sich auf ihr Spiel, und sie glitt erlöst in eine Welt ein, wo sanfte Musik gebrochene Herzen heilte und Liebe, wie zerbrechlich sie auch sein mochte, gestärkt und erneuert werden konnte.

27. KAPITEL

Kate hatte schließlich Dollys Einverständnis erhalten, die Rundreise früher als geplant zu beginnen, und am nächsten Morgen winkte sie den beiden Frauen in aller Herrgottsfrühe zum Abschied zu, als sie Precious am Haus vorbeitrieb. Sie war froh und sicher, daß Philip nicht zurückkehren würde, wenn er erst einmal herausgefunden hatte, daß sie die Wahrheit gesagt hatte, und freute sich darauf, die nächsten beiden Wochen beschäftigt zu sein.

Da der Blick auf die Hauptstraße von Büschen verdeckt war, fuhr Kate langsam und vorsichtig aus der Ausfahrt. Als sie eine Kutsche herannahen hörte, zügelte sie Precious sofort. War das Philip? Ihr Herzschlag beschleunigte sich, und sie hielt die Luft an. Sie hatte noch nicht einmal das Grundstück verlassen, und schon vertrieben Ängste ihre Zuversicht.

Als Abner Spade vorbeifuhr, ihr freundlich zunickte und an die Hutkrempe tippte, lächelte Kate und seufzte vor Erleichterung auf. Philip würde nicht zurückkommen. Sie wiederholte diesen Satz immer und immer wieder, wie eine Beschwörungsformel, bis sich ihr Puls wieder normalisierte. Wie lange würde es dauern, bis ihr Verstand akzeptierte, woran ihr Herz glaubte? Würde sie den Rest ihres Lebens damit verbringen, sich darum zu sorgen, daß er doch nicht der Mann war, für den sie ihn hielt?

Kate trieb Precious weiter und bog in die Straße ein. Auf den nächsten Meilen begegnete sie einigen Bauern, die ihre Waren zum Coopers Creek brachten, sie dort auf Barken verluden und nach Camden und Philadelphia verschiffen ließen.

Kates Zuversicht wuchs mit jeder Minute, bis der Anblick einer Kutsche in der Ferne wieder einen Zwist zwischen ihrem Verstand und ihrem Herzen erzeugte. Doch sie wollte sich nicht länger von ihrer Furcht beherrschen lassen, packte die Zügel fester und straffte sich, in der Hoffnung, daß die Kutsche an der Kreuzung vor ihr abbiegen würde.

Doch das tat sie nicht.

Als die Entfernung zwischen ihr und der Kutsche abnahm, starrte Kate auf den Fahrer und mußte sich auf die Unterlippe beißen, um seinen Namen nicht laut hinauszuschreien.

Philip.

Ein Reflex drängte sie, umzudrehen, Precious anzutreiben und zu flüchten. Schnell. Sofort. Irgendwohin! Aber dann schaltete sich ihr Verstand ein, und sie wußte: Sie würde nicht weglaufen. Nicht einmal verstecken wollte sie sich. Sie würde sich ihm mutig stellen, ohne Scham oder Bedauern. Offenbar besaß er kein Gewissen, wenn er ihr zuhören konnte und dennoch hierher zurückkehrte, um sie zu Simon zurückzubringen.

Eines Tages würde Philip erkennen, daß er sich geirrt hatte, aber dann war es zu spät. Für sie beide. Würde er jemals erfahren, wie sehr sie ihn geliebt hatte und wie leichtfertig er ihre Liebe verspielt hatte? Sie hatte alles riskiert – ihr Heim, ihre Stellung und sogar ihr Herz – und sie hatte alles verloren.

Auch wenn sie ihm körperlich kaum trotzen konnte, verfügte sie doch über einen anderen Vorteil: Sie hatte ihren Seelenfrieden gefunden, den ihr niemand mehr nehmen konnte. Sie war ruhig. Mit einem sanften Zug an den Zügeln hielt sie Precious an, zog die Bremse fest und faltete die Hände in ihrem Schoß. Die Morgensonne schien ihr über die linke Schulter, und sie drehte den Kopf etwas, damit die Krempe ihrer Haube die Helligkeit milderte, und senkte dann den Kopf.

Als die Kutsche am Wegesrand anhielt, blickte sie wieder hoch. Philip sah sie an, und ihr Herz machte vor Freude einen

Satz. Die kalte, harte Maske, die er ihr vor seiner Abfahrt gezeigt hatte, war verschwunden, und statt dessen lächelte sie der freundliche, empfindsame Mann an, der ihr Herz gewonnen hatte.

»Kate.«

Er flüsterte ihren Namen so leise, daß ihr Tränen in die Augen stiegen. Wie konnte er bloß so grausam sein, wo er doch ganz offensichtlich hierhergekommen war, um sie zu Simon zurückzuholen?

»Ich gehe nicht mit Ihnen zurück.« Ihre Stimme klang nicht so fest, wie sie es gewünscht hätte, aber sie saß kerzengerade und mit hoch erhobenem Kopf da. »Meine Schüler warten auf mich. Wenn Sie mich nun entschuldigen würden ...«

»Ich kann Sie nicht weiterfahren lassen.«

Sie senkte den Blick und starrte ins Leere. Als er vom Kutschbock herunterkletterte, wappnete sie sich innerlich gegen das, was kommen mußte. Würde er es wagen, sie mit Gewalt aus der Kutsche zu holen?

Sie hielt sich an den Zügeln fest, als Philip näher kam. »Ich komme nicht mit zurück«, wiederholte sie und weigerte sich, ihn anzusehen, obwohl sein Schatten die Sonne verdunkelte, als er neben ihre Kutsche trat. Ihr Herz schlug heftig, und sie preßte die Knie zusammen, um das Zittern zu unterdrücken.

»Es tut mir so leid«, sagte er leise. »Ich wünschte, ich könnte einen Weg finden, daß Sie mir glauben. Oder mir verzeihen.«

Ihr Herz zog sich zusammen, und ihr Mund wurde trocken. Sie war zu betäubt, um weinen zu können, und eine dumpfe Verzweiflung stieg in ihr auf: Sie würde ihm nicht entkommen können. Sie würde niemals ein ehrbares Leben führen und sich in einen Mann verlieben, der ihre Vergangenheit akzeptierte und sie trotzdem liebte. »Ich würde gern Miss Dolly und Miss Maggie auf Wiedersehen sagen. Werden Sie mir das noch gewähren?«

Er schüttelte den Kopf. »Jetzt nicht. Erst möchte ich, daß Sie in meine Kutsche steigen.«

Seine Stimme war leise, aber entschieden. Kate zuckte zusammen, und ihr Kopf fuhr ruckartig herum. Sie sah ihn an wie einen Fremden. »Haben Sie es so eilig, Ihr Honorar einzustecken, daß Sie mir nicht einmal die Zeit gönnen, um mich zu verabschieden? Sind Sie wirklich so kaltherzig, oder wollen Sie mich einfach bestrafen?«

Er versteifte sich, und seine Miene wurde hart. »Ich bin keineswegs nachtragend. Ich versuche nur, Ihnen verständlich zu machen, daß da jemand in der Kutsche auf Sie wartet.«

Hatte er etwa Simon mitgebracht? Hierher? Kate ignorierte Philips ausgestreckte Hand und kletterte aus dem Einspänner. Sie ging vor ihm her und näherte sich zögernd der Kutsche. Während Philip ihr den Schlag öffnete, sah sie zu Boden.

Dann holte sie tief Luft und hob den Blick. Ein älterer Mann mit sanften blauen Augen und schlohweißem Haar lächelte sie freundlich an. Er hätte ihr Großvater sein können, und sein formeller Aufzug unterstrich seine Autorität, auch wenn er durchaus freundlich schien.

»Sie sind sehr schwer aufzuspüren, Miss Baxter. Entschuldigen Sie bitte die merkwürdigen Umstände, unter denen wir uns begegnen ...«

»Kenne ich Sie?« flüsterte sie. Sein deutlicher englischer Akzent jagte ihr Angst ein. »Warum sind Sie hier? Was wollen Sie von mir?«

Statt zu antworten, tupfte er sich mit einem Tuch über die Stirn. »Schreckliches Wetter«, meinte er dabei. »Gestern war es noch kalt und bewölkt, und heute wieder diese Hitze. Möchten Sie nicht hereinkommen, damit Philip losfahren kann und wir etwas frische Luft bekommen, während wir uns unterhalten?«

Kate sah Philip an, aber sein Blick war undurchdringlich,

seine Lippen fest verschlossen. »Wir fahren zu dem Landsitz, und ich bringe Sie dann später zurück«, versprach er.

»Und was geschieht mit Precious?«

»Ich binde das Maultier an die Kutsche. Dann muß es einfach hinterherzockeln.«

»Bitte haben Sie keine Angst«, sagte der Mann freundlich. »Ich versichere Ihnen, daß ich nur mit Ihnen sprechen möchte. Wenn ich fertig bin, wird Philip Sie wieder zurückbringen.«

Kate blieb kaum eine andere Möglichkeit, und außerdem wurde sie langsam neugierig. Also stieg sie in die Kutsche und ließ sich auf das rote Lederpolster dem Mann gegenüber sinken. Sie brauchte einen Moment, bis sich ihre Augen an das schattige Innere der Kutsche gewöhnt hatten, aber als die Kutsche anrollte, konnte sie den Mann klar erkennen. Sie zog die Handschuhe aus, legte sie auf den Sitz neben sich und faltete die Hände, während sie darauf wartete, daß er mit seiner Geschichte anfing.

»Zuerst möchte ich Ihnen etwas zeigen«, erklärte er, zog ein kleines Paket aus der Tasche und reichte es Kate. Obwohl es nur locker eingewickelt war, zitterten ihre Finger zu sehr, um es auspacken zu können. Er half ihr.

»Meine Brosche!«

Er lachte nervös. »Nicht ganz.«

Sie hob das Schmuckstück an die Augen und musterte es in dem Licht, das durch die offenen Kutschfenster hereinfiel. »Sie sieht aus wie ...«

»Wie diese hier?« Er legte ihr eine zweite Brosche in die Hand.

Sie war etwas größer als die erste und hatte weniger Diamanten. Außerdem war das Bildnis der Frau in ihrer Mitte nicht so sorgfältig geschnitzt. »Gibt es zwei? Gibt es wirklich zwei davon?«

Der Mann deutete auf die andere Brosche. »Dies hier ist die

Kopie, die Sie auf der Bühne getragen haben. Die andere wurde vor fünfunddreißig Jahren als Hochzeitsgeschenk angefertigt. Für meine Braut.« Er hielt inne, und seine Stimme sank zu einem Flüstern ab. »Sie war der wertvollste Schatz meines Lebens, meine Prinzessin.«

Kate starrte ihn erstaunt an. »Wollen Sie damit sagen, daß... daß Simon die Elfenbeinprinzessin gar nicht erfunden hat?«

Er schüttelte den Kopf, und seine Miene wurde sauertöpfisch. »Wohl kaum. Dafür hat der Mann nicht genug Verstand.«

»Dann gab es also wirklich eine Prinzessin?«

Er nickte. »Eigentlich eine Herzogin, Elizabeth. Prinzessin nannte man sie wegen ihrer Zartheit, und Morrell griff die Bezeichnung gleich auf...«

»Dann sind Sie ... sind Sie ein Herzog?«

»Arthur George Winthrop, Herzog von Grengarden«, verkündete er und nahm rasch die beiden Broschen wieder an sich.

»Sie ... Ihr ... Euer Erlaucht«, stotterte Kate und wollte unwillkürlich einen Knicks machen, was sich allerdings als unmöglich erwies, da sie saß und sich in einer Kutsche befand.

Kate hätte nicht verblüffter sein können, wenn die Kutsche sich plötzlich in Luft aufgelöst hätte. Sie war verwirrt wie noch nie in ihrem Leben, und ihre Kopfverletzung meldete sich wieder mit pochenden Schmerzen. Daher war sie froh, daß der Herzog nicht vorzuhaben schien, ihr Gespräch noch in der Kutsche weiterzuführen, und sie schweigend den Weg bis zum Landsitz zurücklegten. Dort angekommen half der Herzog Kate aus der Kutsche, während Philip bereits auf der Vordertreppe war. Er hatte gerade die Veranda erreicht, als Nelda Spade die Tür öffnete.

Sie hatte die Hände in die Hüften gestemmt und blockierte den Zugang zum Haus. »Ich dachte, Sie wären abgereist.«

»Wie Sie sehen, bin ich wieder da.«

Sie schnaubte und sah um ihn herum. Ihre Augen funkelten beleidigt. »Schon wieder mit diesem ... störrischen Tier im Schlepptau? Und mit Gästen? Was macht Kate denn hier?«

»Es sind wichtige Gäste. Wir nehmen den Tee im Salon«, erwiderte er. Er ging direkt auf sie zu und unterdrückte ein Lächeln, als sie zurückwich, um ihn vorbeizulassen.

»Ich bin nicht auf Besuch vorbereitet, weil ich gerade dabei war, das Haus zu schließen.«

»Das dürfte nicht mehr nötig sein«, meinte er, während sie weiter zurückwich. »Ich habe meine Meinung geändert. Richten Sie alle Räume wieder her. Aber erst, nachdem sie den Tee serviert haben.«

Mit einem verachtenden Blick entschwand Nelda in die Küche. Im gleichen Moment führte der Herzog die blasse und sichtlich verwirrte Kate ins Haus. Philip versuchte, einen Blick von ihr zu erhaschen, aber sie sah starr vor sich auf den Boden.

Philip wußte nicht genau, wieviel ihr der Herzog bis jetzt erzählt hatte. Allem Anschein nach hatte er ihr aber bereits die beiden Broschen gezeigt. Er unterdrückte sein Verlangen, Kate beschützend in die Arme zu nehmen, und führte seine Gäste in den Salon.

Der Herzog setzte sich neben Kate auf das Sofa. Er hatte seine wahre Identität allen Menschen gegenüber hinter dem Namen William Pennington verborgen und erst in Philips Wohnung den Schleier des Geheimnisses gelüftet. Da ansonsten kein Sitz mehr frei war, hockte Philip sich auf die Klavierbank, mit dem Rücken zum Instrument. Er schalt sich einen Narren, weil er nicht mit dem Ansturm von Gefühlen gerechnet hatte, die die Erinnerungen an die Zeit auslösten, die er hier mit Kate verbracht hatte.

Schon wieder.

Als Kate ihn schließlich zögernd ansah, schien sich eine

Klammer um seine Brust zu legen. Wie gern wäre er mit ihr allein gewesen, aber er wußte, daß er Geduld haben mußte.

»Muß ... muß er bei unserer Unterhaltung dabeisein?«

Ein scharfer Schmerz durchzuckte Philip, doch er erhob sich sofort. »Ich habe ohnehin einiges zu erledigen.« Er war versucht, auf sein Recht als Hausherr zu pochen, aber statt dessen beschloß er, die Situation zu seinem eigenen Vorteil zu nutzen, und folgte Nelda, die den Tee gebracht hatte, in die Küche. Jetzt wollte er seine eigenen Pläne in Szene setzen. »Ich werde Ihre Dienste einige Tage lang nicht benötigen«, informierte er sie.

Sie sah ihn hochmütig an. »Gestern sollte ich das Haus schließen. Vor zehn Minuten sind Sie mit Gästen hereingeschneit. Und jetzt soll ich ...«

»Nehmen Sie sich eine Woche frei. Besuchen Sie Ihre Schwester. Tun Sie, was Sie wollen, aber ich erwarte, daß Sie und Ihr Ehemann in einer Stunde abgereist sind.«

Sie hob angriffslustig das Kinn. »Und was ist mit unseren Löhnen? Sie haben uns vor zwei Tagen nicht bezahlt, und Sie können nicht erwarten, daß wir ohne Geld ...«

Sie verstummte verblüfft, als er einige Geldscheine aus der Tasche zog und sie auf den Tisch legte. »Hier ist ein Monatslohn. Betrachten Sie es als einen Bonus für die Unannehmlichkeiten, die ich Ihnen bereitet habe.«

Sie raffte das Geld so schnell vom Tisch, daß Philip überrascht war. Er hätte nicht gedacht, daß ein so dicker Mensch sich so schnell bewegen konnte. »Wir kommen nächsten Freitag wieder.«

Sie sprach leise mit sich selbst, während sie zur Hintertür schlurfte, und merkte nicht einmal, daß er ihr nach draußen folgte und zu den Ställen ging, um sein Pferd zu satteln.

Der Herzog hatte vielleicht die Ereignisse des heutigen Tages bestimmt, aber für heute abend hatte Philip seine eigenen Pläne. Und zwar mit einem Ende, das nicht einmal der Herzog vorhersehen konnte.

28. KAPITEL

Kates Wangen waren immer noch naß von Tränen, als sie sich gegen die Lehne des Sofas sinken ließ. Sie war immer noch erschöpft von den Gefühlswirrungen, die Philips Anblick in der Kutsche in ihr ausgelöst hatte. Und die letzte halbe Stunde, die sie mit dem Herzog verbracht hatte, hatte sie auch nicht gerade beruhigt.

Nachdem Philip gegangen war, griff der Herzog nach ihrer Hand und drückte sie sanft. »Sie zittern ja«, sagte er leise.

Kate nickte nur. Sie war zu bestürzt, um eine Erklärung abzugeben oder ihn auch nur um Verzeihung zu bitten, weil sie dazu beigetragen hatte, den Ruf seiner Herzogin in den Schmutz zu ziehen.

»Haben Sie Angst vor mir?«

Sie nickte wieder.

»Oh, meine liebe Kate«, flüsterte er. »Wie habe ich Sie nur so falsch einschätzen können.«

Verwirrt blickte sie ihn an und stellte fest, daß seine Augen genauso feucht waren wie ihre.

Er schüttelte den Kopf. »Ich wußte nicht, wie unglücklich Sie all die Jahre gewesen sind. Ich bin Ihnen eine umfassende Entschuldigung schuldig, und stehe so tief in Ihrer Schuld, daß ich das wohl kaum wiedergutmachen kann.«

Kate wagte kaum mehr zu atmen. »Ich ... ich verstehe Sie nicht. Ich dachte, Sie wollten ... mich für das bestrafen, was ich als Elfenbeinprinzessin getan habe.«

Er sah sie erstaunt an. »Sie bestrafen? Um Himmels willen, nein. Ich bin hier, um Ihnen zu danken!«

Der Raum schien sich um Kate zu drehen, und sie schloß einen Moment die Augen. Als sie sie wieder öffnete, zeigte seine Miene einen Ausdruck schlechten Gewissens, der ihre Bestürzung nur steigerte.

»Ich möchte Ihnen von Elizabeth erzählen«, begann er. »Wir waren zehn Jahre verheiratet, aber zu unserem großen Leidwesen hatten wir keine Kinder. Keine Erben.« Sein Blick wurde starr, während er langsam den Kopf schüttelte. »Wir beide waren erzogen worden, den Altar der Pflicht und der Aufopferung anzubeten, und Elizabeth liebte mich, vielleicht sogar mehr, als ich es verdiente. Sie hat den König überredet, mir zu erlauben, sie zu verlassen und eine andere Frau zu heiraten. Und Gott möge mir verzeihen, ich habe es getan.«

»Sie ... Sie haben sich von ihr scheiden lassen?«

Er runzelte die Stirn. »Der Skandal war grauenhaft. Und die Leute gnadenlos. Ich habe versucht, sie zu warnen ...«

Seine Stimme war so leise geworden, daß Kate ihn kaum noch verstehen konnte. Sie wartete geduldig, bis er seine Fassung wiedererlangt hatte und fortfuhr.

»Sie hat sich versteckt, versprach aber, sich mit mir in Verbindung zu setzen, wenn es ihr an etwas mangelte. Inzwischen heiratete ich rasch wieder. James wurde nach kaum einem Jahr geboren, aber meine neue Frau, Eleanor, starb fast bei seiner Geburt. Sie war für den Rest ihres Lebens Invalide. Ich widmete mich ihr und unserem Sohn. Sie ist vor sieben Jahren gestorben, und seit diesem Tag suche ich nach Elizabeth. Ich habe niemals aufgehört, sie zu lieben. Meine Prinzessin. Meine Elfenbeinprinzessin.«

Kate zog es die Kehle zusammen, als sich sein Blick in Erinnerung an all die verlorenen Jahre verdunkelte. Da sie unwissentlich geholfen hatte, den Skandal am Leben zu erhalten, der mit ihrer Scheidung assoziiert wurde, verstand sie nicht, wie ihre Rolle bei seiner Suche nach der Herzogin etwas anderes als seinen Zorn verursachen konnte, schon gar nicht seine Dankbarkeit.

Er sah sie an und lächelte, als er die echte Brosche aus der Tasche nahm und in seiner Hand verschloß. »Die ersten zwei Jahre meiner Suche verliefen ergebnislos. Ich war so verzweifelt, daß ich alles versucht hätte. Dann habe ich von Morrell gehört, der gerade dabei war, Ihre Karriere zu zimmern. Er hatte einen kleinen Besitz von einem meiner Freunde gemietet, der Ihre Übungen hörte und von ihrer Begabung für das Klavier beeindruckt war. Er sagte, es erinnere ihn an Elizabeth. Dies wiederum brachte mich auf eine neue Idee, wie ich nach ihr suchen könnte.«

»War das in Avon?« wollte Kate wissen. Sie überlegte kurz, an wie viele isolierte Orte Simon sie während ihrer Ausbildung verschleppt hatte.

»Ein bißchen weiter südlich. Aus Sorge um meinen Sohn wollte ich mich Morrell nicht als Herzog von Grengarden vorstellen. Also habe ich meine wahre Identität geheimgehalten und mich Morrell unter dem Namen William Pennington als privaten Investor vorgestellt. Ich war derjenige, der Ihre ganze Karriere als Elfenbeinprinzessin geschaffen hat. In der Hoffnung, daß mich Ihr Ruhm zu Elizabeth führen würde.« Er öffnete die Hand und betrachtete die Kameebrosche. »Sie ist ihr ähnlich, wissen Sie.«

Kate schüttelte den Kopf und hielt an sich, um nicht vor Erleichterung vom Sofa zu fallen. Es war einfach unglaublich. Die letzten fünf Jahre ihres Lebens sahen aus dieser neuen Perspektive betrachtet plötzlich vollkommen anders aus. Doch tausend Fragen waren noch offen.

»Ich wußte nicht, wie unglücklich Sie waren oder wie schlecht Morrell Sie behandelt hat. Er versicherte mir immer, daß Sie gern kooperierten, vor allem, weil das Geld, das Sie verdienten, mehr als genug sein würde, damit Sie sich bald zur Ruhe setzen konnten.« Er zog seine Hand zurück, nahm einen Umschlag aus seiner Jacke und legte ihn ihr in den Schoß. »Bitte verzeihen Sie mir und gestatten Sie mir, daß ich das wiedergutmache, was Morrell und seine Frau Ihnen angetan haben.«

Sie sah auf den Umschlag. »Ist das mein Verdienst?«

»Das und noch ein wenig mehr, um mein Gewissen zu beruhigen«, gab er zu. »Ich habe darauf bestanden, daß Morrell Sie überredet, noch eine Konzerttour zu geben. Ich wollte einfach nicht die Hoffnung aufgeben, daß Sie mir noch ein wenig länger helfen würden, Elizabeth zu finden.«

Kate schluckte schwer. Sie wußte nicht, ob sie es ablehnen konnte, wenn er sie bat, noch einmal auf die Bühne zurückzukehren. »Wollen Sie immer noch, daß ich wieder spiele?«

Diesmal lächelte er sie strahlend an. »Das dürfte nicht nötig sein«, meinte er. »Dank Ihnen habe ich den Weg zu meiner Elizabeth gefunden.«

»Sie haben sie gefunden?«

»Allerdings. Sie hat mir ein Paket mit ihrer Brosche geschickt, zusammen mit einem Brief, der wunderbarerweise eine sehr stürmische Überfahrt überstanden hat. Die Brosche ist heil angekommen, wie Sie sehen, aber der Brief ist naß geworden, und die Tinte war so verschwommen, daß ich die meisten ihrer Worte nicht entziffern konnte.« Er lachte leise. »Es ist fast schon grausam, daß sie nach all der Zeit endlich Kontakt zu mir aufnimmt und ich ihre Worte nicht entziffern kann und auch nicht wußte, wo sie war.«

Kate umklammerte die Lehne des Sofas. »Aber sagten Sie nicht, daß Sie sie gefunden hätten?«

»Ich weiß, wo ich sie finden kann«, verbesserte er sie. »Die wenigen Worte, die ich lesen konnte, erwähnten Philip Massey und Sie. Da das Schiff aus Philadelphia gekommen ist, bin ich direkt dorthin gereist. Dort stieß ich auf Morrell und habe dann selbst einige Nachforschungen angestellt.«

»Als William Pennington?«

Er nickte. »Glücklicherweise war ich bei Morrell, als Philip ankam.«

Ihr sank der Mut. »Philip hat Ihnen und Simon erzählt, wo Sie mich finden können«, meinte sie trocken.

»Simon und Helen haben Philip ziemlich stark zugesetzt, aber er ist wirklich ein starker Mann. Er hat keine Sekunde gewankt und niemals nachgegeben. Er hat sich absolut geweigert, uns zu verraten, wo wir Sie finden könnten. Selbst, als ich angeboten habe, sein Honorar zu verdreifachen.«

»Er hat es Ihnen nicht gesagt?« Sie konnte es kaum glauben, daß ihr Vertrauen in Philip zu guter Letzt also doch berechtigt gewesen sein sollte.

Der Herzog lachte leise. »Der arme Morrell. Selbst Helen konnte ihn nicht trösten. Natürlich habe ich meine Unterstützung für die nächste Tournee zurückgezogen und dafür gesorgt, daß die beiden mit dem nächsten Schiff nach Europa gesegelt sind. Dann habe ich mich mit Philip in Verbindung gesetzt und ihn dazu gebracht, mich zu Ihnen zu führen.«

»Was hätten Sie getan, wenn er Ihr erstes Angebot angenommen hätte?«

Der Herzog zuckte mit den Schultern. »Ich hätte natürlich bezahlt. Mein Ziel war es, Sie zu finden und Ihnen die Wahrheit zu erzählen. Um jeden Preis.«

Sie errötete und wurde von einer Welle von undefinierbaren Gefühlen überschwemmt.

»Ihr Mann ist wirklich nicht leicht zu überzeugen«, fügte der Herzog hinzu.

Kate senkte den Blick und starrte auf ihren Schoß. »Ja, das stimmt wohl.« Sie umklammerte den Umschlag mit ihren Honoraren der letzten fünf Jahre. Sie würde sich die Geschichte des Herzogs von seiner Liebe merken und daraus lernen. In ihrem Herzen schätzte sie den Mann wert, der es ihr möglich gemacht hatte, endlich den Sinn ihres Lebens als Elfenbeinprinzessin zu erfahren: Philip.

Er war also doch ihr Held.

Und er war und blieb ihre Liebe. Für immer und ewig.

Heute hatte sie Philip vorschnell verurteilt, aber ihre Liebe zu ihm war stärker als je zuvor. Sie waren beide Opfer der Umstände geworden und hatten nach der Pfeife des Schicksals getanzt. Sie waren aufeinandergeprallt und hatten Fehler gemacht, hatten ungeheure Hindernisse vor sich errichtet, die sie wieder überwinden mußten.

Sie dachte an den Herzog und die geheimnisvolle Herzogin von Grengarden, die unwiederbringliche Jahre verloren hatten. War ihr und Philip dasselbe Schicksal bestimmt? Würden sie jetzt endlich ihre Mißverständnisse klären können?

Der Herzog riß Kate aus ihrer Träumerei, als er aufstand und in dem Zimmer umherging. »Wo, glauben Sie, versteckt Philip sich? Ich möchte eigentlich dringend aufbrechen.« Er sah aus dem Fenster und runzelte die Stirn. »Da wir jetzt eine Einigung erzielt haben, möchte ich unbedingt Elizabeth sehen.«

Kate stand auf, legte den Umschlag auf das Sofa und blickte ebenfalls aus dem Fenster. »Die Kutsche steht noch da, und auch mein Einspänner. Philip muß also noch hier sein.« Sie ging durch den Flur in Philips Arbeitszimmer, aber es war leer. Sie traf den Herzog vor der Tür der Bibliothek. »Ich frage Mrs. Spade«, schlug Kate vor. »Sie weiß sicher, wo er ist.«

Sie lief rasch in die Küche und stellte überrascht fest, daß die Haushälterin nicht da war. Kate nahm an, daß sie wieder in ihr Cottage gegangen war, und setzte sich einfach über die Unschicklichkeit hinweg, nach oben in die Privatgemächer zu gehen. Sie stieg die Dienstbotentreppe in den ersten Stock hinauf und ging dort an einigen geschlossenen Türen vorbei bis zu einem Zimmer am Ende des Flurs. Die Tür stand weit offen, und sie konnte durch das Fenster den wunderbaren Blick auf den Fluß genießen.

Das mußte Philips Raum sein, dachte Kate und sah sich hoffnungsvoll um. Das Zimmer war leer. Mehr noch, es war vollkommen verlassen. Kein einziges persönliches Hab und

Gut war zu sehen, und es war offensichtlich, daß das Zimmer verschlossen werden sollte. Ein Laken bedeckte die Chaiselongue und die Kommode, und an der Tür lag ein Haufen dreckiger Lappen neben einem Eimer mit Schmutzwasser.

Philip war gegangen und hatte offensichtlich nicht die Absicht wiederzukommen.

Kate blieb nur noch die winzige Hoffnung, daß Philip einfach wieder in seine Wohnung in der Stadt umgezogen war, nachdem sein Auftrag erledigt war. Sie lief rasch nach unten, wo sie den Herzog in der Bibliothek antraf. »Er ist nicht mehr hier«, sagte sie mit zitternder Stimme. Dann fiel ihr plötzlich ein, daß er ausgeritten sein konnte und folglich das Pferd zurückbringen mußte, da es zum Besitz gehörte. Da sie ihrer Begegnung heute mit Bangen entgegengesehen hatte, vermutete sie, daß er wahrscheinlich ähnliche Ängste ausgestanden hatte und einfach Zeit brauchte, um sich zu sammeln.

Wenn der Herzog damit einverstanden war, die Kutsche selbst zu fahren und bald aufzubrechen, könnten sie endlich einmal allein sein, wenn Philip zurückkam. »Wenn Sie zurück möchten, könnten Sie ruhig die Kutsche nehmen«, schlug sie vor. »Philip wird das sicherlich nichts ausmachen.«

Er wurde blaß. »Meine Liebe, ich habe in meinem ganzen Leben noch keine Kutsche gelenkt.«

»Ich auch nicht.« Sie kicherte, als ihr plötzlich eine Idee kam. »Aber ich kann Sie fahren. In meinem Einspänner. Es ist zwar etwas holperig, aber wenn Sie aufbrechen wollen ...«

Seine Augen funkelten. »Sie haben mich noch nicht einmal gefragt, wohin ich eigentlich fahren möchte.«

»Na ja, ich dachte, Sie wollten nach Philadelphia zurück. Ich kann Sie zur Fähre nach Camden bringen, und bin dann immer noch rechtzeitig wieder hier ...«

»Um Philip zu treffen?«

Sie nickte und spielte etwas verlegen mit ihren Röcken.

Er seufzte. »Ich habe all die Jahre warten müssen, um Elizabeth zu finden, so daß es vermutlich auf einige Stunden auch nicht mehr ankommt. Vielleicht sollte ich warten.«

»Ich würde aber Philip ganz gern allein sehen«, meinte sie nach einem Zögern und versuchte, dem Gesicht des Herzogs zu entnehmen, ob er ihr ihre Offenheit übelnahm. »Ich kann Philip eine Nachricht hinterlassen, in der ich ihm sage ... ihn bitte, auf mich zu warten, damit wir uns unterhalten können. Ich bringe Sie gern mit dem Einspänner zur Fähre.«

Er wich ihrem Blick aus. »Ich sollte Ihnen wohl etwas mehr über meine Pläne erzählen ...« Er hielt inne und dachte nach, bevor er weitersprach. »Schreiben Sie doch einfach schon mal die Nachricht an Philip. Ich erzähle Ihnen meine Geschichte unterwegs zu Ende.«

Erleichtert und gleichzeitig neugierig auf den Rest der Geschichte holte Kate rasch Papier und Tinte aus dem Sekretär und schrieb eine kurze Notiz. Sie legte sie auf den Flügel und verstaute den Briefumschlag mit ihrem Honorar in dem Sekretär, wo er am sichersten war.

Dann führte sie den Herzog hinaus zum Einspänner, holte kurz ihre Handschuhe aus der Kutsche und löste Precious' Leine von dem Haltering. Sie warf einen prüfenden Blick zum Himmel. Nach dem Stand der Sonne zu urteilen mußte es gegen Mittag sein. Sie kletterte auf ihren Sitz und hoffte, daß sie gegen zwei Uhr zurück sein würde.

»Machen Sie sich keine Sorgen«, meinte der Herzog. »Sie werden bald wieder hier sein.«

Auf der Rückseite des Hauses stießen sie auf Nelda Spade und ihren Mann, die auf einem Karren saßen. »Hoffentlich haben Sie die Tür hinter sich abgeschlossen«, fuhr Nelda sie an. »Wir kommen erst in einer Woche zurück, und Mr. Massey ist vorhin verschwunden, als würde er auf einem Hurrikan reiten. Es sieht ganz so aus, als wären Sie die letzten, die fahren.«

Kate lief es kalt den Rücken hinunter, und sie riß heftig an den Zügeln. »Er ... er ist weg?«

»Ich wünsche ihm eine gute Reise. So einen Mann habe ich noch nie getroffen. ›Schließen Sie das Haus. Öffnen Sie's. Schließen Sie's‹«, äffte sie ihn nach. »Man weiß nie, was in der nächsten Minute passiert.«

Kate schüttelte den Kopf. Sie konnte nicht glauben, daß Philip gegangen war, ohne sich von ihr zu verabschieden, und den Herzog einfach so zurückließ. »Er wird zurückkommen, und sei es nur, um das Pferd zurückzubringen.«

»Das bezweifle ich.«

Abner Spade sprach selten, wenn seine Frau dabei war, und Kate sah ihn erstaunt an. Er war nur halb so groß wie Nelda, aber genauso dick. »Ich bin zur Scheune gegangen, um den Karren anzuspannen. Da hab ich ihn getroffen, kurz bevor er weggeritten ist. Er murmelte etwas davon, daß der Herzog gut auf sich selbst aufpassen könne. Er, Massey, habe eigene Pläne.«

Der Herzog legte Kate den Arm um die Schultern, weil sie anfing zu zittern. »Hat Mr. Massey gesagt, um was für Pläne es sich handelte?«

Abner schüttelte den Kopf. »Hat er nicht. Ich hab' auch nicht gefragt. Der Mann hat mich kaum wahrgenommen.«

»Typisch«, mischte sich seine Frau ein. »Der Mann hat sich innerhalb von wenigen Tagen in einen richtig ungehobelten Bären verwandelt. Ich bin froh, daß er weg ist.« Sie nickte ihrem Gatten zu, und sie fuhren ab.

Kate konnte kaum atmen, während sie tapfer die Tränen zurückhielt. Philip kam nicht zurück. Weder ihretwegen noch wegen des Herzogs.

Der ältere Mann zog sie enger an sich, als sie ihren Tränen freien Lauf ließ. »Es tut mir so leid«, flüsterte er. »Sehr, sehr leid. Ich dachte wirklich, ihr beide würdet durch alle Schwierigkeiten hindurch einen Weg zueinander finden.«

Das hatte Kate auch gedacht, aber anscheinend hatte Philip nicht die Absicht, sie jemals wiederzusehen. Nachdem sie sich ausgeweint hatte, wischte sie sich die Wangen mit ihren behandschuhten Händen ab und seufzte. Solange sie diese Handschuhe besaß, die er ihr geschenkt hatte, würde sie etwas haben, das sie daran erinnerte, wie närrisch sie gewesen war anzunehmen, daß sie und Philip jemals zusammen sein würden.

Sie holte tief Luft. Wenn es für sie und Philip kein glückliches Ende geben würde, dann konnte sie wenigstens die Rolle weiterspielen, die den Herzog mit seiner lang verschollenen Herzogin wiedervereinen würde. Kate hatte in den vor ihr liegenden Jahren noch reichlich Zeit, ihre Fehler zu betrauern, die sie bei Philip gemacht hatte. Und wenn sie jetzt dem Herzog half, dann hielt sie das wenigstens davon ab, sich wieder in Tränen aufzulösen.

Sie fuhr weiter, aber er legte seine Hand auf ihre. »Wollen Sie nicht zurückfahren und ihre Nachricht mitnehmen oder die Türen verschließen?«

Sie schüttelte den Kopf. In dieses Haus würde sie keinen Fuß mehr setzen. Jetzt nicht. Und vielleicht überhaupt niemals wieder. »Ich will nur weg«, flüsterte sie. »Soll Philip sich doch um die Türen kümmern.«

»Dann werde ich Ihnen auf der Fahrt den Rest der Geschichte erzählen.«

Kate lächelte, dankbar für die Ablenkung. »Ich muß zugeben, daß ich ziemlich neugierig bin, mehr über Ihre Herzogin zu erfahren und über den Ort, wo sie auf Sie wartet. Hoffentlich bin ich nicht zu vorwitzig, Euer Erlaucht.«

Er lächelte, als könnte er es kaum noch erwarten, sein Geheimnis zu erzählen. »Ich habe noch eine Überraschung für Sie, aber erst könnten Sie mir helfen, indem Sie mich einfach Mister Winthrop nennen.«

Kate war vollkommen überrumpelt und warf ihm einen Seitenblick zu. »Mr. Winthrop?«

Er lachte, doch als der Einspänner scharf nach rechts ausscherte, wurde er blaß. »Wenn ich sie jemals wiedersehen soll, sollten Sie besser auf den Weg achten.«

Erschreckt steuerte sie Precious von den verlockenden Blättern am Wegesrand weg. »Es tut mir leid. Sie haben mich schockiert. Ich dachte ...«

»Ich habe vor, Elizabeth zu fragen, ob sie mich noch einmal heiraten will, aber ich werde sie nicht mit nach England nehmen. Der Skandal wäre diesmal doppelt so unerträglich. Sie hat genug gelitten. Wir beide haben genug gelitten«, verbesserte er sich. »Ich habe mit meinem Sohn vor meiner Abreise ein langes Gespräch geführt. Meine Angelegenheiten sind geordnet, und er ist mehr als fähig, Verantwortung zu übernehmen. Und wenn ich hierbleibe, brauche ich meinen Titel nicht. Arthur Winthrop reicht vollkommen.«

Während er über seine weiteren Pläne für das Leben mit Elizabeth sprach, sah Kate starr auf die Straße und konnte seine Worte kaum glauben. Je länger er redete, desto fester packte sie die Zügel. Die Ereignisse ihres Lebens, vor allem der letzten zwei Monate, wurden noch weiter enträtselt.

Als er endlich fertig war, hatte er die Identität der wahren Elfenbeinprinzessin enthüllt. Aber es war so unglaublich, daß Kate die Füße gegen die Bodenplatte stemmen mußte, bis ihre Zehen weh taten, damit sie wußte, daß sie nicht träumte.

»Sind Sie sicher? Sie haben sich bestimmt nicht geirrt?«

»Ganz sicher nicht«, erwiderte er amüsiert.

Kate lenkte den Einspänner weiter, zu benommen, um nachzudenken oder etwas zu empfinden. Als sie sich dem Cottage näherten, fing sie an zu zittern. Sie holte tief Luft und verlangsamte die Geschwindigkeit. Ihre Hände bebten, und sie warf einen kurzen Blick auf den Fußweg, der zum Cottage führte.

Als Winthrop seine Hand auf ihre legte, seufzte sie und brachte Precious zum Stehen.

Der Einspänner knarrte, als Winthrop ausstieg. Er sah sich

nicht um. Statt dessen klopfte er sich den Staub von der Weste und schritt geradewegs zur Haustür des Cottages. Ein Zufluchtsort, wie sich jetzt herausstellte, der vor vielen Jahren auch ein sicherer Hafen für eine andere junge Frau gewesen war: Für Elizabeth, die Herzogin von Grengarden, und ihre hingebungsvolle Schwester Rosamunde.

Die Melodie *Für Elise* ging Kate im Kopf herum, und jetzt verstand sie, warum dieses Stück ihre Konzerte immer eröffnet hatte. *Für Elizabeth.* Sie senkte den Kopf und ließ ihren Herzschmerz von der vertrauten Melodie des Stückes lindern.

29. KAPITEL

Noch bevor der Herzog den Fußweg zum Cottage halb zurückgelegt hatte, ließ Kate Precious antraben und fuhr weg. Sie konnte nichts sehen vor lauter Tränen. Aber sie wollte durch ihre Neugier, ob nun Dolly oder Maggie die Herzogin von Grengarden war, nicht dieses langersehnte Wiedersehen stören. Kates Zuneigung zu den Schwestern wurde durch diese neue Enthüllung nicht im geringsten geschmälert. Sie hatten sie in ihr Heim aufgenommen, und das war ein weit sicherer Zufluchtsort gewesen, als Kate es sich jemals hätte träumen lassen. Sie empfand nur Trauer darüber, daß sie selbst die Quelle ihrer Sorgen gewesen war.

Wie damals, als sie durch den Wald spaziert war und sich verirrt hatte, so fuhr sie auch jetzt ziellos umher und ließ Precious freien Lauf. Kate wollte nirgendwo hin. In weniger als vierundzwanzig Stunden hatte sich ihr Leben von oben nach unten und innen nach außen verkehrt, bis sie so durcheinander war, daß sie kaum noch Realität von Phantasie trennen konnte. Oder Wahrheit von Lüge.

Hatten denn alle, die sie kennengelernt hatte, auf die eine oder andere Weise gelogen, was ihre Identitäten betraf?

Arthur Winthrop, der Herzog von Grengarden, war ebenso William Pennington, der Mann, der Simon und Helen engagiert hatte, um die Frau zurückzubekommen, die der Herzog immer geliebt hatte.

Simon und Helen waren genau die Meister der Manipulation, für die Kate sie schon immer gehalten hatte. Und sie hatten den Plan des Herzogs benutzt, um ihre eigene Geldgier zu befriedigen. Der einzige Trost, der Kate blieb, war, daß die beiden jetzt auf dem Weg nach Europa waren, ohne zu ahnen, wie sie selbst benutzt worden waren.

Miss Dolly und Miss Maggie waren allem Anschein nach zwei ganz gewöhnliche Frauen mit bescheidenen Mitteln. In England hingegen waren sie wohlhabend und von hohem gesellschaftlichem Rang gewesen. Elizabeth, Herzogin von Grengarden, war gezwungen gewesen, sich nach einem verheerenden Skandal zu verstecken, den sie für das Wohl ihres Liebsten ertragen hatte. Ihre Schwester, Lady Rosamunde von Sheldonshire, war in Trauer um ihren Verlobten gewesen, der in Indien gefallen war. Der Skandal um ihre Schwester hatte auch ihren Ruf beschmutzt, und sie war zusammen mit ihr geflohen.

Kate hielt an einem schattigen Plätzchen am Straßenrand. Sie war es müde, ihre Gedanken zu sortieren, und die Hitze setzte ihr zu. Sie stellte die Bremse fest und ließ Precious nach Herzenslust an den frischen Blättern knabbern. Nachdem sie Haube und Handschuhe ausgezogen hatte, fuhr sie sich durch die verschwitzten Haare und wischte sich die Tränen von den Wangen. Ein ganzer Berg Fragen tauchte auf, was ihre Verwirrung nicht gerade klärte.

Warum hatte Dolly der Elfenbeinprinzessin geschrieben, statt sich mit dem Herzog in Verbindung zu setzen? Wollte Dolly die Künstlerin kennenlernen, um sie zu bitten, die Tournee zu beenden? Damit der Skandal, vor dem sie aus England geflüchtet war, sich nicht auch hier ausweitete? Oder irrte sich Kate? Wollte Dolly nur ihre Schwester schützen, die eigentliche Herzogin?

Zu viele Fragen.

Und zu viele mögliche Antworten.

Kate wurde schwindlig vom vielen Nachdenken. Da der Herzog jetzt seine Prinzessin gefunden hatte, würden Dolly und Maggie keinen Bedarf mehr für sie, Kate, haben. Sie mußte später zurückkehren und ihre Habseligkeiten zusammenpacken, bevor sie allein ein neues Leben anfing. Sie konnte nur hoffen, daß sie noch einmal miteinander sprechen würden, bevor sie abreiste.

Kate schüttelte den Kopf und schloß ihre geschwollenen Augen, damit sie etwas ausruhen konnten. Sie hatte nicht das Recht, jemand anderen so hart zu verurteilen. Sie selbst hatte mehr Pseudonyme als jeder einzelne von ihnen. Selbst Baxter war nicht ihr richtiger Namen, weil ihre Mutter gar nicht gewußt hatte, von welchem Vater das Kind war, das in ihr heranwuchs. Sie hatte den Namen kurz vor Kates Geburt von einem durchreisenden Händler ausgeborgt und bald danach den letzten Seufzer getan. Auch Elfenbeinprinzessin war so ein Name, den sie sich ausgeliehen hatte und der eigentlich einer sehr mutigen Frau gehörte.

Kate hatte gehofft, daß der Name Danaher sie in ihr neues Leben führen würde, das jedoch nur zu einer Neuauflage der Vergangenheit geworden war, mit noch mehr Lügen, mehr Täuschungen und mit viel mehr Schmerzen.

Jetzt begnügte sie sich damit, sich einfach nur Kate zu nennen, und schlug die Augen wieder auf. Da erst bemerkte sie, daß sie nicht sehr weit von dem Landsitz entfernt war.

Philip. Auch er hatte mehr als nur eine Identität, war sehr komplex und voller Widersprüche. Kate vermied die Erinnerungen, die ihr so viel Leid verursachten.

Es wurde Zeit, aufzuhören, der Vergangenheit nachzutrauern oder die Gegenwart zu sezieren. Sie mußte die Zukunft in die Hand nehmen, und der Herzog hatte ihr die Mittel verschafft, die sie dazu brauchte.

Ihr Honorar!

Sie hatte es auf dem Landsitz gelassen! Plötzlich hatte Kate es eilig, den schmerzlichsten Tag ihres neuen Lebens endlich zum Abschluß zu bringen. Schnell streifte sie die Handschuhe wieder über, trieb Precious an und fuhr zu dem Besitz.

Philip wußte, daß irgend etwas nicht stimmte, als er zur Hintertür des Landsitzes hereinstürmte. Es war so still. Unheimlich still.

Er ging zur Bibliothek in der Hoffnung, von dort eine Stimme zu hören. Oder wenigstens ein Weinen. Irgend etwas, das ihm versicherte, daß der Herzog und Kate immer noch über die Ereignisse sprachen, die zu den verblüffendsten vierundzwanzig Stunden seines Lebens geführt hatten.

Sein Herz hämmerte noch von dem langen Ritt. Er hatte alle Vorbereitungen für die Überraschung getroffen, die er geplant hatte. Jetzt jedoch verlangsamte er seine Schritte, betrat voll böser Vorahnungen die Bibliothek und sah sich um.

Kate war weg.

Der Herzog auch. Das ergab keinen Sinn, und Philip warf einen kurzen Blick durchs Fenster. Die Kutsche, die er für den Herzog gemietet hatte, stand noch da, aber der Einspänner war fort.

»Kate ...« Seine Stimme war ein heiseres Flüstern. Wie hatte der Herzog nur sein Versprechen brechen und sie gehen lassen können, bevor Philip zurück war? Da der Herzog selber auch verschwunden war, gab es nur eine mögliche Erklärung: Kate hatte die Geschichte des Herzogs angehört und dann entschieden, zum Cottage zurückzukehren. Sie wollte Philip nie mehr wiedersehen oder ihm auch nur die Gelegenheit geben, sie um Verzeihung zu bitten.

Wahrscheinlich waren sie in diesem Augenblick bei Dolly und Maggie und feierten fröhlich das Wiedersehen zwischen dem Herzog und seiner Prinzessin, während Philip einsam und allein über seine Schuld und die Folgen seines Handelns nachgrübeln konnte. Er schluckte und wandte sich vom Fenster ab. Da sah er aus den Augenwinkeln eine Nachricht auf dem Flügel liegen. Schon wieder ein Zettel? Sie konnte doch nicht so grausam sein, ihm so unpersönlich mitzuteilen, daß er die Liebe zerstört hatte, die sie ihm geschenkt hatte.

Er ging zu dem Flügel. Seine Hände zitterten, als er den Zettel in die Hand nahm. Er war gefaltet, und sie hatte seinen Namen darauf geschrieben: Mr. Massey.

Hatte er noch die winzigste Hoffnung gehegt, daß sie seine Entschuldigung akzeptieren würde, war auch diese jetzt zerstört. Sie war wieder zur kühlen Formalität übergegangen, auf der sie bei ihrem ersten Unterrichtstag am Klavier bestanden hatte.

Er strich mit den Fingern über die Tasten und schloß die Augen. In seiner Erinnerung sah er sie wieder so, wie sie damals ausgesehen hatte. Sie war verlegen und nervös gewesen und beinah aus der Haut gefahren, als er ihre Hand berührt und ihr die Tasche abgenommen hatte. Diese Unschuld und die Anziehung, die sie für ihn empfunden hatte, war nicht gespielt gewesen. Sie waren echt, so echt, daß ihm bei dem Gedanken an seinen Verlust das Herz weh tat.

Nur seine Erinnerungen würden ihm bleiben. Selbst die Rückzahlung seiner Ehrenschulden war jetzt beschmutzt, und die Aussicht auf eine Zukunft ohne Kate... Plötzlich stieg Ärger in ihm hoch, zögernd zuerst, dann immer heftiger und entschiedener.

Er würde sie einfach nicht gehen lassen.

Nicht so.

Nicht ohne Kampf.

Es war so typisch für sie, daß sie ihm eine Nachricht hinterließ und einer direkten Konfrontation auswich! Er zerknüllte den Zettel ungelesen und schleuderte ihn durchs Zimmer. Letztlich wußte er genau, daß es sein eigener Fehler war, daß sie ihm lieber eine Nachricht hinterließ, als zu warten, bis er wiederkam: Er war nicht gerade besonders verständnisvoll gewesen, als sie das einzige Mal mit ihm hatte reden wollen. Jetzt konnte er ihr nicht vorwerfen, daß sie den einfacheren Weg vorzog.

»Nie wieder«, sagte er und beschloß, sofort zum Cottage zu

reiten und sie zu konfrontieren. Wenn sie sich diesmal unterhielten, würde er zuhören, und sie auch.

Philip war schon fast in der Scheune, bis ihm einfiel, daß sein Pferd noch schweißnaß von dem hastigen Ritt hierher war. Er blieb stehen. Sicher war es besser, in Ruhe abzuwarten und sich einen Plan zurechtzulegen, wie er sie wieder zurückgewinnen konnte, als ruhelos in der Scheune hin und her zu laufen und darauf zu warten, bis das Pferd wieder zu Atem kam.

Er schlenderte zum Haus zurück. Als er wieder in der Bibliothek war, betrachtete er den Flügel. Dieses Instrument hatte seine erste Begegnung mit Kate inspiriert. Er schloß die Augen und atmete schwer.

Kate war das größte Geschenk von allen gewesen, das einem Mann im Leben gemacht werden kann. Sie hatte ihm die Chance geboten, der Mann zu werden, der er wirklich sein wollte.

Er ließ sich auch von dem Knirschen der Räder im Kies der Auffahrt nicht aus seinem Traum reißen, daß das Schicksal ihm ein letztes Mal verzeihen möge. Er ging zur Tür und machte sie auf. Als er auf die Veranda trat, blickte er zur Auffahrt und blinzelte. Er konnte seinen hämmernden Puls nicht beruhigen und wagte nicht, seinen Augen zu trauen.

30. KAPITEL

Philip.«

Kate flüsterte seinen Namen, als sie die Hand ausstreckte und sich an der Seite der Einspänners festhielt, um nicht vor Aufregung umzufallen. Er stand im Schatten der Veranda vor der Haustür, wie an dem Tag, an dem sie sich das erste Mal getroffen hatten. Sie war zu verblüfft, um mehr zu sagen, und blieb regungslos stehen. Sie fürchtete, daß er nur eine Illusion sein könnte, die ihre Sehnsucht ihr vorgaukelte. Das Herz hämmerte ihr in der Brust, und Tränen stiegen ihr in die Augen. Sie zitterte, als sich Ungläubigkeit in schiere Freude verwandelte und ihre Träume wahr zu werden versprachen.

Er sah sie an und zögerte nur kurz, bevor er über die Veranda schritt und die Treppe hinunterstieg. Das Sonnenlicht ließ seine braunen Haare schimmern, und das Verlangen in seinen dunklen Augen ließ ihr Herz in dem vertrauten, unregelmäßigen Rhythmus schlagen, den nur Philip auslösen konnte. Am Fuß der Treppe blieb er stehen, und im selben Augenblick wußte sie, daß er keine Illusion war.

Er war hier. Und er war echt. Und er stand leibhaftig nur einen Hauch von ihr entfernt da.

Kate unterdrückte die Tränen der Rührung. Sie wußte, daß man Zeit nicht zurückdrehen und keiner von ihnen ändern konnte, was in den letzten Monaten geschehen war. Doch für den Mutigen bot sie jeden Tag neue Chancen, nicht, die Vergangenheit zu ändern, wohl aber die Zukunft.

»Miss Danaher?«

Seine Stimme war freundlich und fest, und seine Frage ließ die Erinnerung an den Tag in ihr hochsteigen, an dem sie sich das erste Mal getroffen hatten. Als würde sie wirklich die Vergangenheit neu durchleben und die Gelegenheit bekommen, sie zu ändern, reagierte sie, bevor dieser magische Moment verstrich. »Mister ... Mister Massey?«

Er ging auf sie zu, und sie streckte instinktiv eine Hand nach der Tasche aus, die sie für die Rundreise gepackt hatte. Sein Lächeln war zurückhaltender als beim ersten Mal, aber ihr Herz setzte trotzdem einen Schlag lang aus. Fühlte er es auch? Diese Aura, die sie umgab?

»Sie sind Miss Danaher, nehme ich an. Ich habe Sie erwartet ... für meine Unterrichtsstunde.« Er legte seine Hand auf ihre, um ihr die Tasche abzunehmen, ganz wie damals. Ihr lief ein Schauer über den Rücken, und Hoffnung durchströmte sie. »Kommen Sie, ich führe Sie hinein«, flüsterte er, und seine Augen wurden noch dunkler vor Gefühl.

Sie blickte auf seine wundervolle Hand, die von einem Bildhauer gemeißelt zu sein schien. Sie hatte einmal geglaubt, daß diese Hände eines Konzertpianisten würdig wären, aber jetzt konnte sie sich nur noch daran erinnern, wie er ihr Gesicht umfaßt und sie in die Arme gezogen hatte.

Sie drehte ihre Hand herum und verschränkte ihre Finger mit seinen, als könnte sie das noch ein bißchen länger in der Vergangenheit festhalten. »Ich heiße Kate«, sagte sie. »Einfach nur Kate.« Sie holte tief Luft und versuchte, nicht an den Tränen zu ersticken, die ihr die Kehle zusammenzogen und ihr über die Wangen rannen.

Als sie weitersprach, war ihre Stimme heiser und rauh. »Ich will Sie nicht anlügen. Danaher ist nicht mein wahrer Name. Genausowenig wie Baxter. Ich habe die letzten fünf Jahre als die Elfenbeinprinzessin auf der Bühne gestanden, aber ich bin ... ich bin weggelaufen. Ich habe meine Brosche mitgenommen, obwohl sie mir nicht gehört ... Und weil ich ein ehrbares Leben als Klavierlehrerin führen wollte. Wenn ... falls Sie jemanden anderen engagieren wollen, dann könnte ich ... könnte ich das verstehen. Ich will nicht mehr lügen, schon gar nicht Ihnen gegenüber. Ich will Sie nie mehr belügen.«

Das Verlangen in seinem Blick ging ihr durch Mark und Bein, und er drückte ihre Hand. »Ich heiße Philip. Philip Massey. Ich bin von Beruf Juwelier und ein Narr aus eigener Schuld. Ich habe ein Doppelleben geführt, weil ich vor sieben Jahren einen schrecklichen Fehler begangen habe und in einen Handel verwickelt worden bin, der fehlgeschlagen ist. Als Omega habe ich den Auftrag akzeptiert, die Brosche zu suchen, die Sie gestohlen haben, und Sie zu Ihrem Agenten zurückzubringen. Ich brauchte das Geld, um die letzte Person auszuzahlen, die mir vertraut hatte.« Er holte tief Luft. »Ich habe Sie unter falschen Voraussetzungen engagiert, weil ich dachte, daß Sie ...«

Er verstummte, und ihr Herz klopfte so stark und so schnell, daß sie fürchtete, es müßte gleich explodieren. Sie nutzte die Stille und wagte es jetzt, so weiterzusprechen, wie Sie es gern am ersten Tag getan hätte. »Simon Morrell hat Ihnen Lügen darüber erzählt, wer und was ich bin. Wenn Sie mir zuhören wollen, dann kann ich Ihnen die Wahrheit sagen. Wenn Sie mir helfen würden, die Brosche zurückzubringen, ohne meine Identität zu enthüllen ...« Sie drängte ihre Tränen zurück. »Bitte. Ich will nicht zurück.«

Philip ließ ihre Hand los, doch im nächsten Augenblick war er um den Einspänner herumgetreten und stand vor ihr. »Ich glaube Ihnen«, flüsterte er. »Bitte haben Sie keine Angst. Ich werde einfach einen anderen Weg finden, meine Schulden zurückzuzahlen. Ich werde die Brosche für Sie zurückbringen.«

Sein Blick war eindringlicher und strahlender als je zuvor. Sie legte ihm die Hand auf die Wange, und er küßte ihre Handfläche. Kate lief es heiß und kalt durch den ganzen Körper. »Glauben Sie, daß es anders gewesen wäre, wenn wir von Anfang an ehrlich zueinander gewesen wären?« fragte sie, während er ihre Hand weiter mit seinen Küssen bedeckte.

Er hielt nur kurz inne, hob den Kopf und sah sie an. »Nein, das denke ich nicht. Ich muß zugeben, daß ich Ihnen niemals geglaubt hätte.«

Kate seufzte. »Ich hätte auch niemals den Mut aufgebracht, Ihnen die Wahrheit zu erzählen.«

Sie hatten ein Patt erreicht, und jeder versank in seine eigenen Gedanken. Das Schweigen zwischen ihnen war angespannt und zerrte an ihren Nerven. Wenn sie den Mut hätte, die Chance in ihrem Schmerz zu erkennen, würde sie vielleicht eine neue Melodie hören, eine schnelle, sehnsüchtige, die die Sonate ihres Lebens zu einem Konzert vollenden würde, das sie nicht nur mit ihrem Talent, sondern auch mit ihrer Liebe zu diesem Mann komponieren konnte.

Kate befeuchtete die Lippen. Sie weigerte sich, ihren Traum aufzugeben, daß sie irgendwie eine Möglichkeit finden konnten, einander zu verzeihen. »Es tut mir leid. Entschuldigen Sie, daß ich Ihnen nicht vertraut habe. Selbst heute nicht, als ...«

Philip nahm ihr Gesicht zwischen seine Hände und musterte sie traurig. »Es wird niemals leicht sein, sich dem zu stellen, was zwischen uns vorgefallen ist«, sagte er heiser. »Aber wir können unsere Fehler bewältigen und aus ihnen lernen. Wir können zwar die Vergangenheit nicht ändern, aber die Zukunft ...« Er hielt inne und sah sie liebevoll an. »Ich kann die barschen Worte nicht auslöschen, die ich gesagt habe, und auch nicht ungeschehen machen, was ich getan habe, aber ich möchte, daß Sie wissen, daß ich es für den Rest meines Lebens bereue. Bitte Kate, ich möchte, daß du mir noch eine Chance gibst. Gib uns noch eine Chance.«

Sie zitterte und konnte nur nicken. Im nächsten Augenblick hatte er sie in seine Arme gezogen und drückte sie an seine

Brust. Sie preßte ihr Gesicht an seinen Hals und klammerte sich an ihn. Er hielt sie fest, während er Zärtlichkeiten flüsterte, die sie beruhigten. Sie spürte seinen Herzschlag, der genauso schnell war wie ihr eigener. Und sie gab sich seiner Stärke und seiner Entschlossenheit hin, die sie tröstend umhüllten. Nachdem sie sich ausgeweint hatte und ihre Ängste verschwunden waren, wischte sie sich die Wangen ab und blickte Philip an.

»Ich kann immer noch nicht glauben, daß du wirklich zurückgekommen bist«, flüsterte er. »Ich dachte, du wärst für immer verschwunden.«

Sie versuchte zu lächeln. »Hast du denn meine Nachricht nicht bekommen? Ich habe sie auf das Klavier gelegt.«

Er schüttelte den Kopf. »Ich habe es nicht fertiggebracht, sie zu lesen, weil ich den Gedanken nicht ertragen konnte, daß du nicht mehr zurückkommen würdest. Schon gar nicht, wenn ich es von deiner Hand geschrieben lesen mußte.«

Kate verschränkte die Hände hinter seinem Nacken und blickte ihm in die Augen. »Meinst du das ernst? Glaubst du wirklich, daß wir nochmal von vorn anfangen können?«

Philip lächelte und küßte ihre Nasenspitze. »Ich liebe dich, Kate. Sag mir einfach, wann du bereit bist, neu anzufangen ...«

»Jetzt«, flüsterte sie und wäre von den mächtigen Gefühlen beinah überwältigt worden, die sie durchströmten. »Ich liebe dich, Philip. Ich werde dich immer lieben.«

Er zeigte ihr sein wölfisches Lächeln und sah sie mit teuflischem Funkeln in den Augen an. Dann küßte er sie, immer und immer wieder. Kate war beinah schwindlig vor Freude, und ihr war kribbelig von Kopf bis Fuß. »Mr. Massey! Ihr Verhalten ist im höchsten Maß unschicklich!« spottete sie und hoffte, daß ihre Wangen nicht so rot aussahen, wie sie brannten.

»Sie haben keine Ahnung, wie unschicklich ich noch sein will, Miss ... Miss ...«

»Kate. Nennen Sie mich einfach Kate.« Sie quietschte vergnügt, als er sie hochhob, ins Haus trug und in sein Zimmer ging. Dort stellte er sie auf die Füße, schob den Eimer und die Lappen in den Flur und schloß die Tür.

Philip drehte sich zu Kate um. Seine Miene war nüchtern. »Wir haben beide Fehler gemacht, und wir haben beide auf die harte Tour unsere Lektionen gelernt. Wir hätten uns fast verloren. Das darf nie wieder passieren.«

Sie nickte, warf einen nervösen Blick auf das Bett und lächelte. »Ich habe noch nie ... Ich meine ... Ich brauche wohl ein bißchen Übung, bis ich ...«

Er lächelte sie strahlend an und überwand den Abstand zwischen ihnen mit einem schnellen Schritt, bevor Kate auch nur blinzeln konnte. »Lektion Nummer eins«, murmelte er, während er sie küßte und sie in die Arme nahm. »Hinterlasse diesem Mann nie wieder eine Notiz.« Er knabberte an ihrer Unterlippe. »Ich hasse Notizen.«

»Einverstanden«, erwiderte sie und seufzte wohlig, als er über ihren Rücken strich und mit den Daumen die Seiten ihrer Brüste streichelte.

Als sie seinen Hals umschlang, löste er ihr Haar und fuhr sanft mit einer Fingerspitze über ihre Wunde.

Kate schloß die Augen und lehnte sich dichter an ihn. Aber er schob sie von sich weg. Als sie ihn anblickte und protestieren wollte, versiegelte er ihr den Mund mit einem Kuß. »Noch mehr Lektionen«, neckte er sie und zog langsam ihre Handschuhe aus, wobei er jeden Quadratzentimeter ihrer Haut küßte, bis sie brannte. »Trag niemals Handschuhe, wenn du einen Mann küßt oder ...«

Sie schob die Hand in sein Hemd und liebkoste seine Brust. Köstliche Gefühle durchrieselten sie, als sie seine Härchen unter ihren Fingerspitzen fühlte. »Hmm, das ist eindeutig besser.«

Er stöhnte und preßte sie an sich. »Keine Lektionen mehr.

Du bist eine viel zu gute Schülerin«, beichtete er heiser und küßte sie so leidenschaftlich, daß sie zitterte.

Philip betrachtete diese wundervolle Frau, die er da in den Armen hielt, und wußte, daß die Geister der Vergangenheit bereits für alle Zeiten verschwunden waren. Aber noch hatte jeder einzelne von ihnen ein unersetzliches Geschenk hinterlassen. Kate Baxter, das uneheliche Waisenkind, war erwachsen geworden und hatte sich ihre Unschuld bewahrt. Die Elfenbeinprinzessin hatte ihre Schleier fallen lassen und ihre letzte Verbeugung getan. Kate Danaher, die scheue und ehrbare Klavierlehrerin, war vermutlich errötet, bevor auch sie sich aufgelöst hatte, nicht ohne zwei wertvolle Geschenke zurückzulassen: Treue und Vertrauen.

Philip barst vor Liebe fast das Herz. Endlich, endlich hielt er sie in den Armen ... Diese ganz besondere Frau, die sich einfach nur Kate nannte.

»Kate«, stieß er stöhnend hervor. Sie war von noch reinerem Geist, als er es sich vorgestellt hatte, und er weigerte sich, diese entzückende junge Frau mit irgend etwas aus seiner eigenen Vergangenheit zu beflecken.

Er jagte den gehetzten Omega davon, weit weg, aber er behielt dessen Sinn für die Realität. Philip war älter und weiser geworden und durchtrennte mit einem Hieb die Bänder, die ihn noch an seine Vergangenheit fesselten. Aber er behielt die Weisheit, die aus der Erfahrung geboren war, damit sie ihn in den kommenden Jahren führen möge. Dem Träumer in seinem Herzen gelobte er, ohne Zurückhaltung, ohne Angst und mit totaler Hingabe zu lieben, bevor er die Frau in seinen Armen zum Bett trug und sich neben sie legte ...

Kate reckte sich unter den Laken, aber sie wagte nicht, die Augen zu öffnen, aus Angst, daß sie feststellen mußte, nur geträumt zu haben. Sie schmiegte sich dichter an Philip heran, und er küßte sie auf die Nasenspitze.

»Müde? Oder bist du aufgewacht, weil du Lust auf mehr hast?«

Kate errötete, und als ihre Haut anfing zu glühen, erinnerte sie sich daran, daß Philip keinen Zentimeter ihres Körpers ungeliebt gelassen hatte. Sie schlug vorsichtig ein Auge auf, sah die Kleider auf dem Boden und machte es sofort wieder zu. »Ich denke noch nach«, murmelte sie, während er seinen Arm um ihre Hüfte schlang.

»Ach ... darüber?« Er knabberte an ihrem Ohrläppchen.

»Nein.« Sie kicherte und bog den Kopf zurück, damit sie ihn ansehen konnte. »Über dich. Und über mich. Und über ...«

Sie hielt inne, lauschte und erstarrte zu Stein, als sie das unverwechselbare Knirschen von Kutschrädern auf dem Kies wahrnahm. Sie schluckte und sah ihn panisch an. »Sollten Nelda und ihr Mann nicht eine Woche unterwegs sein? Erwartest du jemanden?«

Er schlug alarmiert die Augen auf und lachte dann laut. »Das hab' ich völlig vergessen.«

»Du hast es vergessen?« Sie kletterte aus dem Bett und zog sich hastig an. »Du ... du hast jemanden eingeladen ... Und wir ... ich meine ... wir haben ... ich meine ...«

Sie fummelte hastig an den Bändern ihres Unterhemdes herum, aber Philip streckte die Hand aus und zog sie wieder ins Bett zurück. »Mach dir keine Sorgen. Ich regele das schon«, sagte er gelassen, während er ihr die Decke um die Schultern legte. »Aber laß dir nicht zuviel Zeit beim Anziehen.«

Er küßte sie so leidenschaftlich, daß sie ihre nächste Frage vergaß, und war schon so gut wie angezogen, als sie wieder auf die Erde zurückkam. Er richtete seine Krawatte, setzte sich auf den Bettrand und nahm Kates Hand. »Bevor ich hinuntergehe, sollte ich dich wohl etwas fragen.«

Sie nickte und sah nervös zu den Balkontüren. Er drehte ihren Kopf herum und sah sie an. »Für eine Frau, die mehr Namen in ihren zwanzig Jahren ...«

»Einundzwanzig«, korrigierte sie ihn beiläufig, während sie ihre Hand an seine Lippen legte. Sie war überrascht, wie weich sie jetzt waren. Als er sie vor einigen Minuten noch berührt hatte ...

Als er die Stirn runzelte, ließ sie die Hand sinken.

»Ich dachte, du könntest dich vielleicht mit einem Namen begnügen, den du eine Weile behalten kannst. Damit man dich einfacher vorstellen kann. Der Klang von Kate Massey gefällt mir. Dir auch?«

Sie sah ihn erstaunt an. »Willst du damit sagen ...?«

»Heirate mich, Kate. Jetzt, sofort, oder ...« Seine Augen funkelten. »Ich kann natürlich Reverend Mullan auch bitten, ein andermal wiederzukommen, aber Patti und Susan würden sicher schwer enttäuscht sein.«

»Du hast den Priester eingeladen? Und seine Töchter? Sie sind hier? Woher wußtest du so genau ...?«

Er lächelte. »Ich wußte es nicht. Ich war nur entschlossen. Und hoffnungsvoll. Während du mit dem Herzog geredet hast, bin ich zu Reverend Mullan geritten und habe ihn dazu gebracht, eine Ausnahme zu machen und uns heute zu trauen. Ich habe Mrs. Spencer und ihren Ehemann gebeten, als Trauzeugen zu fungieren. Ich bin sicher, daß sie der errötenden Braut nur zu gern beim Anziehen helfen würden.«

Kate zog sich die Decke über den Kopf.

»Willst du gar nicht wissen, ob Miss Dolly und Miss Maggie auch eingeladen sind?«

Sie warf die Decke zurück. »Du kannst sie nicht eingeladen haben. Hat der Herzog dir nicht erzählt ...?«

»Er kommt auch«, meinte er, während er zur Tür ging. »Ich wäre nicht einmal überrascht, wenn er auch heute heiraten würde. Vielleicht gibt es ja sogar eine Doppelhochzeit.«

Sie sprang aus dem Bett und versuchte, Philip daran zu hindern, die Tür zu öffnen. »Hat er dir erzählt, welche der beiden Schwestern seine Herzogin ist?«

Er nickte. »Bist du noch nicht dahintergekommen?«

»Es ist Miss Dolly, stimmt's?«

Er lächelte wieder.

»Miss Maggie?«

Es klopfte an der Haustür. Als sie sich umdrehte, drückte er sich an Kate vorbei. »Warum ziehst du dich nicht an und kommst herunter. Dann siehst du es selbst.«

»Philip Massey, komm sofort wieder her!« flüsterte sie so laut sie sich traute, als er über den Flur ging. »Ich habe noch nicht ja gesagt!«

Er blieb wie angewurzelt stehen, drehte sich um, kam zu ihr zurück und nahm sie in die Arme, bevor sie Luft holen konnte. »Willst du mich heiraten, Kate? Bitte.«

Sie lächelte unter Tränen. »Ja, ich will dich heiraten.«

Er lächelte wieder, küßte ihre Stirn und setzte sie wieder auf den Boden ab, bevor er über den Flur davonschritt.

Sprachlos drehte Kate sich um und ging in das Zimmer zurück. Sie zog sich so schnell an wie möglich. Es gab nur einen einzigen Grund, aus dem sie sich beeilte, und das war der Gedanke, in wenigen Minuten Mrs. Philip Massey zu sein.

Sie richtete ihr Haar und steckte ein paar Haarnadeln fest, die sie auf dem Boden gefunden hatte. Als sie hinausging, traf sie Mrs. Spencer am oberen Treppenabsatz.

»Meine Liebe! Mr. Massey meinte, Sie würden Hilfe brauchen, aber wie ich sehe, sind Sie bereits so gut wie fertig. Er ist ja so ein romantischer Mann, stimmt's?« dröhnte sie, während Kate weiter die Treppe nach unten stieg, wo Philip bereits auf sie wartete.

Er führte sie in die Bibliothek, wo sich der Rest der Gäste versammelt hatte. Kate umarmte mit Herzklopfen Miss Dolly und Miss Maggie und auch den Herzog, der zwischen den Schwestern stand. Sie beschwichtigte ihre besorgten Mienen mit einem Lächeln. »Später«, flüsterte sie ihnen zu.

Kate wollte keine Sekunde länger warten, Philips Frau zu werden und seinen Namen annehmen zu dürfen, und stellte sich neben ihm vor den Priester. Die Mullan-Zwillinge standen neben ihnen. Ihre Augen glänzten vor Aufregung. Ihr Vater nickte Mr. und Mrs. Spencer zu, die als Trauzeugen verpflichtet waren. Kate sah den Mann an ihrer Seite an, während leise Musik den Raum erfüllte.

Philip beugte sich herunter und flüsterte ihr den Namen der echten Elfenbeinprinzessin ins Ohr. Sie lächelte, aber sie sparte ihr strahlendstes Lächeln für den Moment auf, in dem der Priester Philip und sie zu Mann und Frau erklärte.

Philip drehte sich zu ihr um. Als er sie küßte, schloß sie die Augen. Dennoch hatte sie noch einen Seitenblick auf das nächste Brautpaar erhascht, das nun vortrat.

»Ich liebe dich, Kate Massey«, flüsterte er, während er seinen Arm um ihre Hüfte schlang und sie an sich zog.

Der Klang ihres neuen Namens trieb ihr die Tränen in die Augen. Sie blickte hoch zu ihm und wußte, daß sie seinen Namen mit Stolz und Freude für den Rest ihres Lebens tragen würde. Ein Leben, das mit Wahrheit, Ehre und vor allem Liebe erfüllt sein würde. »Du bist das Licht meines Lebens«, erwiderte sie ebenfalls flüsternd. Jetzt endlich waren alle ihre Träume wahr geworden. »Nur du, Philip. Für immer und ewig.«

Als er sie küßte, hörte sie, wie die Mullan-Zwillinge ein Kichern unterdrückten, weil schon die nächste Zeremonie begann. Ein weiteres Paar gab sich zum zweiten Mal das Jawort der Liebe als Mann und Frau. Die Stimme des Herzogs war tief und fest, die der Herzogin kaum lauter als ein Flüstern.

»Ich, ElizabethMagnolia, gelobe, dich, Arthur George ...«

Kate hielt Philips Hand fest und sah fasziniert zu, wie eine strahlende Maggie den Schwur der Liebe zu ihrem geliebten Herzog ablegte. In diesem Moment wußte Kate genau, wohin

Maggie immer geflohen war, wenn sie einen Anfall erlitten hatte. Sie war in der Zeit zurückgereist, damit sie mit dem Mann zusammensein konnte, dem all die Zeit ihr Herz gehört hatte.

Mit einem tiefen Seufzer der Zufriedenheit schmiegte Kate sich in die Umarmung ihres Gatten und wußte endlich, daß sie immer geliebt werden würde und einen sicheren Hafen in dem süßesten Zufluchtsort gefunden hatte, den es gab: der Liebe. Eine Liebe, die vertrauensvoll und zärtlich war, selbstlos und verzeihend.

Wie Philip.

ENDE